Der Königsschlüssel

Seit vielen Jahrhunderten herrscht der Mechanische König in der Königsstadt Marinth. Jedes Frühjahr wird er bei einer feierlichen Zeremonie mit dem mächtigen Königsschlüssel aufgezogen, um für ein weiteres Jahr regieren zu können. Auch Vela, die Tochter des Königsmechanikers, kommt für dieses Ereignis in die Stadt. Eigentlich will sie nichts lieber, als bei ihrem Vater in die Lehre zu gehen, damit er sie in die Geheimnisse der Mechanik einweiht. Doch dann geschieht das Unfassbare: Vor den Augen des versammelten Volks stürzt ein gigantischer Vogel mit nachtschwarzen Schwingen vom Himmel und raubt den Königsschlüssel. Fortan steht der König still – und mit ihm das ganze Land.

Velas Vater wird in den Kerker geworfen, weil er den Schlüssel nicht verteidigen konnte. Begnadigt ihn der König nicht, soll er hingerichtet werden. Doch der König steht still. Vela macht sich auf, um den Schlüssel zu finden, denn das Schicksal ihres Vaters und des ganzen Landes hängt davon ab.

Eine abenteuerliche Reise beginnt …

BORIS KOCH
& KATHLEEN WEISE

DER KÖNIGSSCHLÜSSEL

Roman

Originalausgabe

WILHELM HEYNE VERLAG
MÜNCHEN

FSC
Mix
Produktgruppe aus vorbildlich
bewirtschafteten Wäldern und
anderen kontrollierten Herkünften

Zert.-Nr. SGS-COC-1940
www.fsc.org

Verlagsgruppe Random House FSC-DEU-0100
Das für dieses Buch verwendete FSC-zertifizierte Papier
Super Snowbright liefert Hellefoss AS, Hokksund, Norwegen.

Originalausgabe 06/2009
Redaktion: Catherine Beck

Printed in Germany 2009
Innenillustrationen: www.benswerk.de
Umschlaggestaltung: Animagic, Bielefeld
Satz: Greiner & Reichel, Köln
Druck und Bindung: GGP Media GmbH, Pößneck

ISBN 978-3-453-52534-4

www.heyne.de
www.heyne-magische-bestseller.de

Für Adrian Leonard

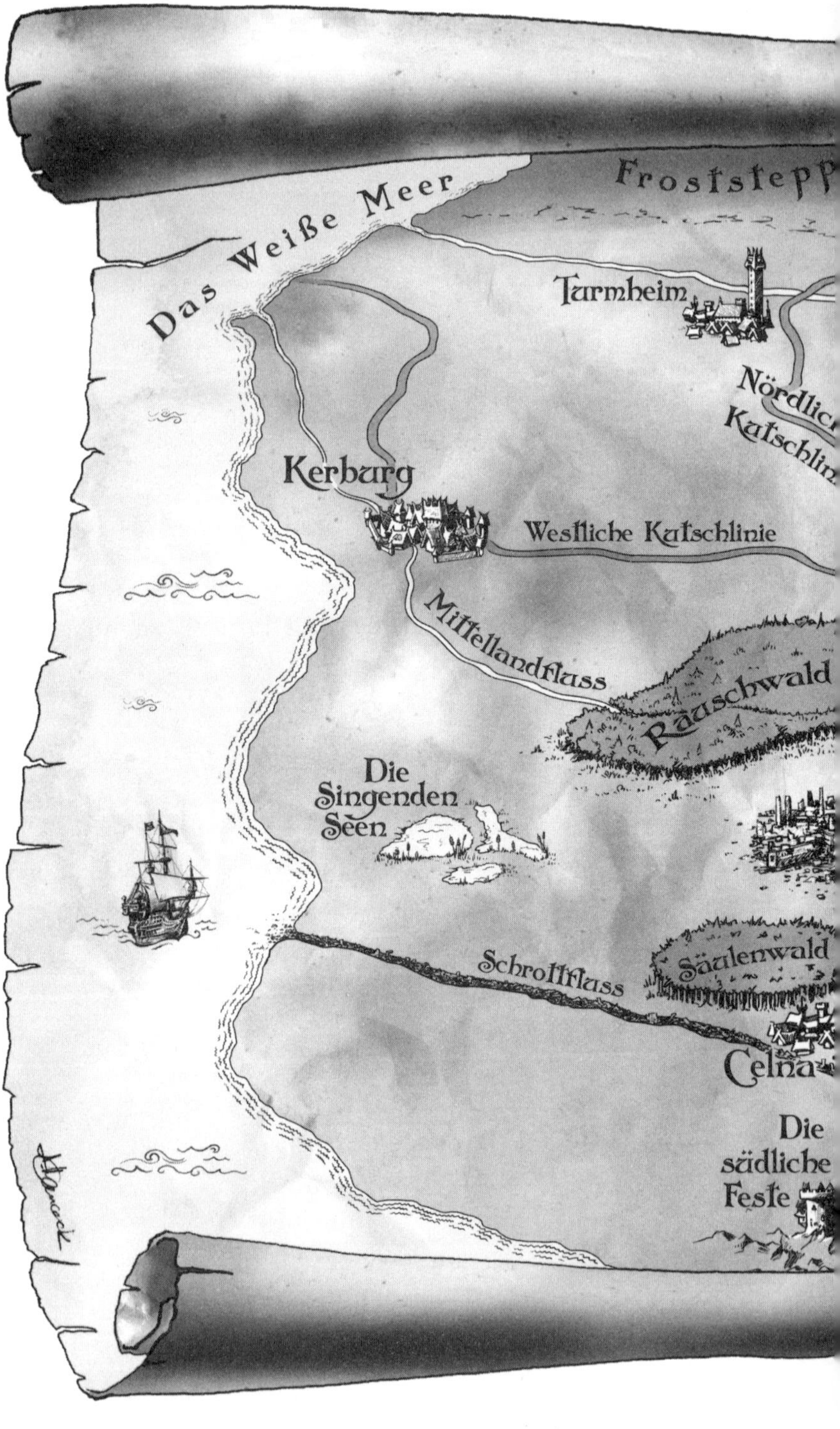
Das Weiße Meer
Froststepp
Turmheim
Nördlic
Kutschlin
Kerburg
Westliche Kutschlinie
Mittellandfluss
Rauschwald
Die
Singenden
Seen
Schrottfluss
Säulenwald
Celna
Die
südliche
Feste

Himmelszinnen
Sepian
Athago
Das grüne Herz
Marinth
Mond-
weizen-
felder
Östliche Kutschlinie
N
Hexenhaus
Sanjorkh
W
O
Sternbruck
Feuersteppe
S
Nachtberge

MARINTH

Die frisch gewaschenen Banner des Mechanischen Königs flatterten im Frühlingswind über den beiden Türmen des Stadttors. Die Doppeldeckerkutsche der Nordlinie hielt an der Überlandstation direkt davor. Verschwitzte und mit Staub bedeckte Fahrgäste kletterten heraus, streckten sich und blinzelten in die Sonne. Sie alle waren nach Marinth gekommen, um der Schlüsselzeremonie und dem Turnier beizuwohnen.

Vela, die oben am Fenster gesessen hatte, verließ die Kutsche als Letzte. Sie warf sich den verschlissenen Rucksack ihres Großvaters über die Schulter und kickte die Kutschentür schwungvoll zu.

»Hey! Pass doch auf, du Rotzgöre!«, motzte der Kutscher, aber Vela achtete nicht auf ihn. Tief sog sie die frische Luft ein und atmete erleichtert durch. Weshalb in Linienkutschen so oft ein scharfer Zwiebel-Bohnen-Eintopf an die Reisenden verteilt wurde, würde sie nie verstehen.

Gemächlich folgte sie den anderen Leuten in die Stadt. Gleich hinter dem Tor begann der jährliche Schlüsselmarkt; bunte Stände säumten die breite Hauptstraße, überall drängten sich Bürger und Gäste aus dem ganzen Land. Lachende Händler boten lauthals kandierte Früchte an. Es gab glasierte Nüsse, die wie fliegende Käfer geformt waren, und daneben die bittersüßen Sonnenschoten, deren grell gelbe Farbe weithin leuchtete, weil die Händler sie mit Öl einrieben.

Bei einem alten Mann mit meerblauer Schürze erstand Vela eine Tüte mit gesalzenen Fingerfischen, die tatsächlich nur so groß waren wie ihr kleiner Finger. Darauf hatte sie sich schon die ganze Reise über gefreut, bei jeder Schale Eintopf hatte sie an die Leckereien der Stadt gedacht. Hastig stopfte sie sich im Weitergehen die getrockneten Fische in den Mund.

Ein Jahr war vergangen, seit sie das letzte Mal hier gewesen war, aber es kam ihr vor, als verändere sich in Marinth nie etwas. Neugierig ließ sie den Blick über die überfüllten Buden und die Häuser in deren Rücken schweifen. Die Häuser bestanden allesamt aus dem gleichen roten Stein, der an Rost erinnerte und zu großen Quadern gehauen war. Die Mauern waren dick und die Fenster klein, damit im Sommer die große Hitze nicht ungehindert in die Räume eindringen konnte.

Marinth hatte ihr gefehlt. Vela konnte nicht aufhören zu lächeln, selbst dann nicht, als ihr ein großer dünner Mann mit einem blau-weißen Wappen auf der Brust vor die Füße fiel, weil ihn ein Wirt aus dem Lokal geworfen hatte. Zu viel Wein am frühen Morgen. Hätte man den dünnen Mann gefragt, wahrscheinlich nur zu Ehren des Königs!

Er erhob sich mühsam und schielte Vela über seine gewaltige Nase hinweg an. »Verzeihung, junge Dame«, lallte er und verbeugte sich schwankend. Dann wandte er sich ab und stolperte in das Lokal zurück. »Und ob ich diesen vermaledeiten Bären unter den Tisch trinken kann!«, rief er.

Vela schüttelte lachend den Kopf und stopfte sich den letzten Fisch in den Mund. Hätte ihre Mutter das gesehen, hätte sie wieder gejammert: »Die Stadt ist groß und gefährlich und voller … voller … Fremder.«

Dabei lebte Velas Vater hier. Außerdem konnte sie langsam wirklich auf sich selbst aufpassen. Sie hatte schon dreizehn Geburtstage hinter sich, und wenn es hart auf hart käme, konnte sie einem Angreifer immer noch den schweren Hammer gegen das Knie schmettern. Wozu schleppte sie das Ding denn sonst überall mit hin?

Ihre Hand suchte nach dem glatten Griff des Werkzeugs, das an ihrem Gürtel hing, gut versteckt unter dem weiten Hemd. Auch der Hammer war ein Geschenk ihres Großvaters Rendo. Er hatte ihn in derselben Schmiede für sie angefertigt, in der auch ihr Vater gelernt hatte – bevor er nach Marinth gegangen war, um Königsmechaniker zu werden. Wenn sie den Hammer berührte oder ansah, erinnerte sie sich an den Geruch der Schmiede, und es war fast so, als höre sie Großvater Rendos hohe, kratzende Stimme. Sie fühlte sich sicher. Und die zwei Wochen bei ihrem Vater würden wie jedes Jahr viel zu schnell vergehen.

Im Vorübergehen ließ sie die Hände über die ausgehängten weichen Tücher gleiten. Johlende Kinder stießen gegen ihre Beine und Hüfte und rannten weiter, eine verzweifelte Mutter eilte ihnen hinterher. Schließlich blieb Vela an einem weiteren Essensstand stehen und beobachtete, wie der dicke Verkäufer mit gewaltigem Schnauzbart dünnen Teig auf eine heiße Platte goss. Mit leisem Zischen färbte sich der Teig goldbraun. Der Mann gab eine Masse aus Feueräpfeln darauf, um dann erneut Teig darüberzugießen. Die ineinanderfließenden Schichten faltete er zu einem Dreieck, das fest und braun wurde. Zum Schluss legte er das Gebäck auf Silberpapier und reichte es einer wartenden Frau.

Der stechend süße Duft der Feueräpfel war zu verlockend, und so reihte sich Vela hinter einer Handvoll Wartender ein und schwelgte im Geruch des warmen Teigs. Als sie endlich an der Reihe war, konnte sie es kaum erwarten, hineinzubeißen. Die Hälfte verschlang sie, noch bevor sie den nächsten Stand erreicht

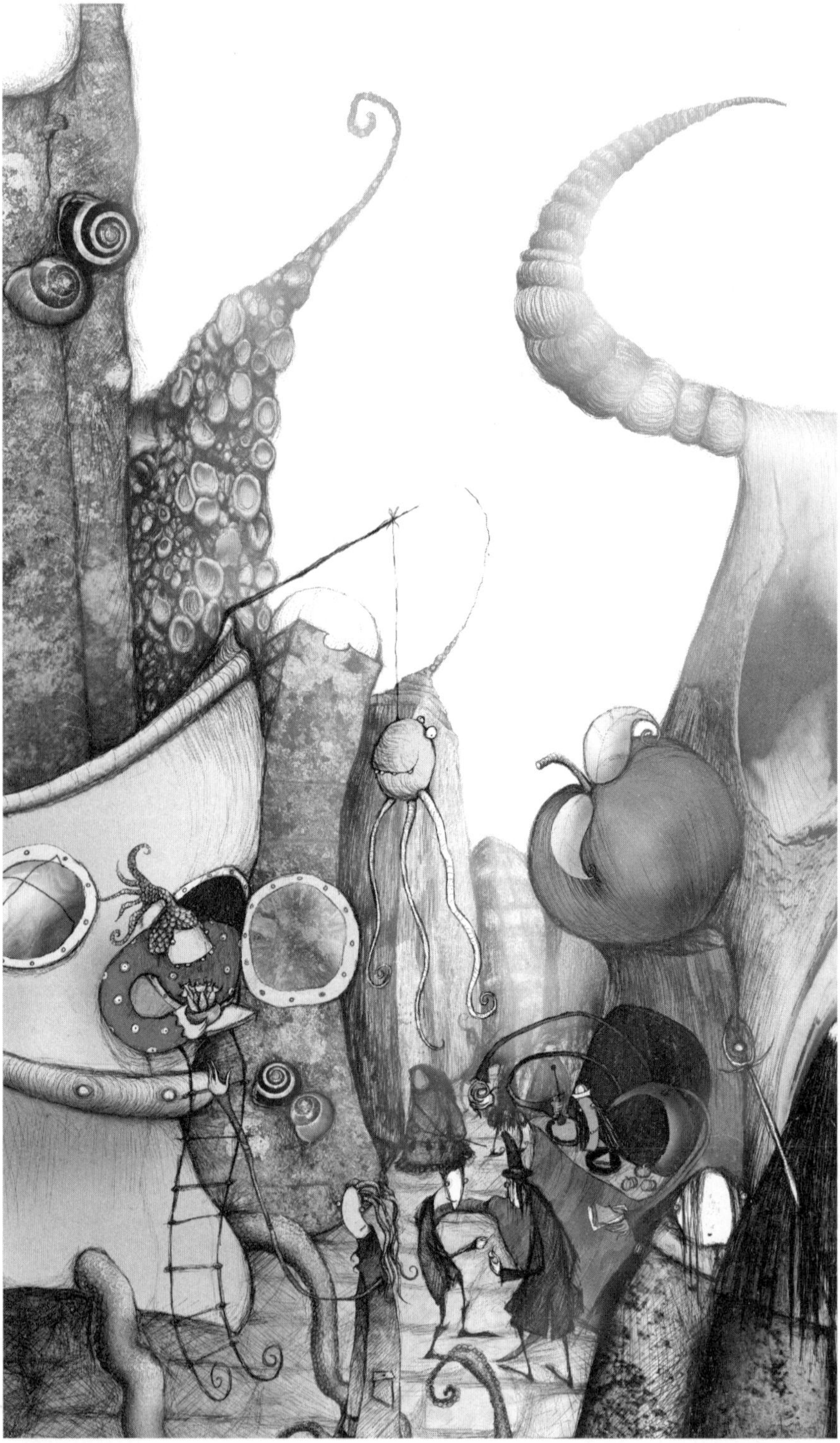

hatte. Es musste am Wetter liegen, sagte sie sich, zu Hause war sie nie so hungrig. Dort war es kühler und die Auswahl der Früchte begrenzt. Das Einzige, was es dort im Überfluss gab, war Wind.

Wie sich das Wetter im Dorf ihrer Mutter und in der Stadt ihres Vaters unterschied, so unterschied sich auch das Leben darin. Es kam Vela vor, als laufe sie hier schneller, weil sie sich daheim ständig gegen den Wind stemmen musste. Aber eigentlich liefen alle Menschen in der Stadt schneller.

Auf dem großen Marktplatz angekommen, ging Vela auf den massiven Steinbrunnen in der Mitte zu, umrundete ihn und setzte ihren Rucksack auf der anderen Seite ab. Sie schwang sich auf den Brunnenrand, ließ die Beine baumeln und sah zur Allee hinüber, die vom Marktplatz wegführte. Sie war mit Roststein gepflastert und von weiß blühenden Mammutzitronenbäumen gesäumt, die ihren Duft auf jeden ergossen, der zwischen ihnen entlangging. Am Ende der Allee erhob sich das Königsschloss auf einem Hügel, mit roten, silberverzierten Wänden, gelben Dächern und einem breiten Band aus quadratischen Fenstern in den Mauern, die alle von grünem Stoff verdeckt wurden.

Der König war natürlich unermesslich reich. Bereits der schwere, weiche Stoff eines Vorhangs kostete mehr, als ein einfacher Knecht im Jahr verdiente. Vela hätte gern grüne Vorhänge vor ihrem Fenster zu Hause gehabt, aber das war unmöglich, denn der Wind hätte sie abgerissen. Deshalb hatte sie, wie alle im Dorf, Bretter davorgenagelt.

Sie atmete tief durch und blieb einfach sitzen. Sie wollte noch nicht zu ihrem Vater gehen, auch wenn sie sich darauf freute, ihn zu sehen. Jedes Mal begrüßte er sie mit demselben Satz: »Himmel, wie groß du geworden bist!«, und Vela hasste diese Worte.

Als sie noch ganz klein gewesen war, hatte er das Dorf verlassen, um der Gehilfe und Nachfolger des Königsmechanikers zu werden. Seitdem sah sie ihn immer nur diese zwei Wochen im Jahr, wenn der König feierlich aufgezogen wurde. Und von Mal zu Mal brachte sie es weniger über sich, ihn zu fragen, ob sie bei ihm in die Lehre gehen dürfe. Auch jetzt saß sie wieder hier und fand keine Worte und keinen Mut. Wie alle anderen rechnete auch er fest damit, dass sie in die Fußstapfen ihrer Mutter, Großmutter und Urgroßmutter treten und den Himmel, das Meer und die wilde Froststeppe am nördlichen Ende des Reiches beobachten würde.

Ihre Mutter achtete auf die Wolken, um in ihrer Formation kommende Stürme zu lesen. Sie wartete auf die brennenden Flugwürmer, die seit über zweihundert Jahren nicht mehr gesehen worden waren, auf Piraten, auf die giftzahnigen Barbakatzen, die mit dem ersten Schnee auf der Suche nach Futter kamen, und sie wartete auf die Räuberbande des listigen Lyssu, der am liebsten die schwere Steuerkasse stahl, wenn die königlichen Geldsammler im Dorf waren. Ihre Mutter konnte das Wetter lesen wie keine Zweite. Sie kannte jedes Tier des Nordens, jede mögliche Bedrohung und wusste jede Bewegung am Horizont zu deuten.

Vela bewunderte sie dafür, aber sie konnte sich das nicht vorstellen. Jeden Tag auf den alten Turm klettern, mehr als dreihundert ausgetretene Stufen empor, und aus den weit blickenden Fenstern starren, stundenlang, tagelang, ohne dass etwas passierte. Sie selbst würde das Warten und die unsägliche Langeweile auf dem Turm nicht ertragen.

Sie wollte etwas mit ihren Händen tun, wirklich arbeiten, nicht immer nur warten.

Ihre Mutter behauptete immer, Vela habe Wind anstelle von Blut in sich, und dass man dem nicht entkommen könne, doch Vela kam es vor, als habe sie eher Feuer im Blut – wie Großvater Rendo und ihr Vater. In der Schmiede hatte sie sich stets wohler gefühlt als auf dem Turm. Der starre Gesichtsausdruck und entrückte Blick ihrer Mutter, der die äußere Welt nach Feinden absuchte, erschreckte sie – anders als der Anblick ihres rüstigen Großvaters, der den Hammer schwang und aus Metall Waffen, Werkzeuge und Schmuck fertigte.

Aber darüber sprach sie nicht mit ihren Eltern. Manchmal glaubte sie, Großvater Rendo ahnte, was in ihr vorging. Immerhin hatte er ihr den Hammer geschenkt, der sie nun begleitete wie ein treuer Freund.

Leise Musik aus einer Seitengasse unterbrach Velas Gedanken, und sie roch das schäumende Bier, das am Rand des Platzes ausgeschenkt wurde. Sie blinzelte gegen das Licht der Mittagssonne und sah zum Schloss hinauf. Ihr Vater wartete sicher schon in der Werkstatt auf sie, nervös, weil die Zeremonie bevorstand. Noch einmal atmete sie tief durch.

Endlich war sie wieder in Marinth. Hier und jetzt musste es doch möglich sein, das zu bekommen, was man sich wirklich wünschte.

IN BEWEGUNG

Cephei hasste und liebte diese Tage im Jahr.

Er hasste sie, weil in der Gaststube am Morgen und am Abend das reinste Chaos herrschte und außer dem Wirt Dorado und Cephei selbst niemand mehr nüchtern war. Und er liebte sie, weil er am Nachmittag, wenn auch die letzten Gäste unterwegs waren, nach Marinth hineinrennen konnte, um sich die Wettkämpfe und bunt gekleideten Besucher aus allen Teilen des Landes anzusehen.

Am meisten jedoch freute er sich auf das große Turnier, das der König stets mit seinen ersten Worten nach der Schlüsselzeremonie eröffnete.

Aber noch war es nicht so weit, denn im Augenblick fegte Cephei noch die Scherben eines Suppentopfs zusammen. Dabei schmerzte sein Rücken, und Hunger hatte er auch. Während sich die Gäste die Bäuche vollschlugen, musste er mit dem Essen warten, bis die Mittagszeit vorbei war, nur um sie zu bedienen.

»Kannst du nicht aufpassen, du Dummkopf!«, schimpfte Dorado, bevor es der feiste Gast tat, dem Cephei gerade mit dem schmutzigen Besen versehentlich über den Fuß gefegt hatte. Der Wirt sah ihn finster an, das Spültuch über die Schulter geschwungen und die Hände in die Hüfte gestützt.

»Tut mir leid«, antwortete Cephei und bekam sogleich eine Backpfeife verpasst.

»Dir werde ich deine frechen Antworten schon austreiben«, sagte der Wirt und hob die Hand erneut.

Cephei sah zu, dass er einen freien Tisch zwischen sich und

Dorado brachte, bevor er sich die Wange rieb. Der Wirt hatte nicht fest zugeschlagen, das Brennen ließ bereits nach. Wenigstens würde er keinen blauen Fleck davontragen, den letzten hatte man zwei Wochen lang sehen können. Da wollte er einmal keinen Ärger bekommen und entschuldigte sich sogar, und schon hielt Dorado ihn für frech!

Stumm kehrte Cephei weiter und biss die Zähne aufeinander. Wenn es nach ihm ginge, könnte Dorado jederzeit tot umfallen, er würde dem Wirt keine Träne nachweinen. Aber so wie er das sah, würde der Alte ewig leben.

»He, Kleiner, bring mir noch ein Bier!«, rief ein rotäugiger Gast, und Cephei stellte den Besen zur Seite.

Er ging hinter die Theke, um vom Fass zu zapfen. In dem Moment ging die Tür auf, und die Schusterstochter Sarina kam herein, ihr Lachen schallte durch den ganzen Raum, wahrscheinlich hatte sie mit jemandem auf der Straße gescherzt. In der Hand hielt sie einen großen Tonkrug, und während sie auf Cephei zukam, folgten ihr nicht wenige Blicke.

Cephei mochte die Schusterstochter, sie war zwar doppelt so alt wie er und auch doppelt so breit, aber sie besaß ein freundliches Lachen und einen langen, schwarzen Zopf, der fröhlich hin und her wippte, wenn sie die Straße hinabging. Schwungvoll setzte sie den Krug auf der Theke ab.

»Mach mal voll, mein Süßer. Mein Vater hat heute besonderen Durst.« Sie zwinkerte ihm zu. »Er sagt, er wird noch wahnsinnig wegen der Schlüsselzeremonie. Nicht wegen dem König oder so, nur weil eben die ganzen Leute in letzter Minute kommen und die Löcher in ihren Sohlen gestopft haben wollen. Dabei sieht die doch sowieso niemand.« Sie lachte wieder und klopfte auf die Theke.

»Ist doch gut fürs Geschäft.«

»Ja, aber schlecht für den Durst.«

Cephei grinste. Sarina zwinkerte noch einmal, und schon schien der Tag ein bisschen heller. Er schob ihr den vollen Krug über die Theke. Sie zählte die Geldstücke ab, dann hob sie den Krug vorsichtig hoch, um nichts zu verschütten, und trat den Rückweg an. Cephei hatte den Krug besonders hoch gefüllt, weil der Schuster doch so großen Durst hatte, und nun schien sie Mühe zu haben, alles heil nach Hause zu kriegen, ohne die Hälfte zu verschütten. Doch sie lachte nur wieder, und Cephei sah ihr nach, bis sie aus der Tür verschwunden war.

Dorado unterhielt sich derweil mit dem blonden Holzhändler, in dessen Ohren wieder einmal Sägespäne steckten. Sie sprachen über das heiße Wetter und natürlich über das bevorstehende Fest.

»Wird auch Zeit, dass die den alten Knaben mal wieder aufziehen«, stänkerte der Händler. »Ich warte schon seit sechs Wochen auf die Entscheidung. Wie soll man da vernünftig sein Geschäft führen, he?«

Der Wirt nickte. »Du hättest den Kerl einfach abfackeln sollen. Hätte doch sowieso keinen interessiert.«

Der Händler gluckste und sah in sein Bier, während er sich mit den Ellbogen auf der Theke abstützte.

Cephei schüttelte den Kopf. Das war Dorados Antwort auf alles: Wenn ein Problem auftauchte, schlug man einfach so lange darauf ein, bis es verschwand. Cephei wusste nicht genau, worum es in dem Gespräch ging; anscheinend hatte sich ein zweiter Holzhändler an der Kreuzung niedergelassen, der jetzt das Geschäft verdarb. Der König sollte entscheiden, ob das rechtens war.

»Ich bin froh, wenn das Fest vorbei ist«, beschwerte sich der Händler weiter. »Dann geht wieder alles seinen Gang. Die Tage, ja Wochen davor macht der König doch nichts mehr, und während der Feierlichkeiten sowieso nicht.«

»Kann mich nicht übers Geschäft beschweren.« Dorado wischte über die Theke. »Nach dem Turnier wollen die Leute trinken. Und dieses Jahr kommen sogar die Ritter und werden ordentlich feiern. Hab einen guten Handel mit einem Mann gemacht, der die Ritter nach dem Turnier direkt hierherführen wird. Das lässt es klingeln.«

Der andere winkte ab, aber Cephei bekam eine Gänsehaut vor Aufregung. Ritter hier in der Gaststube! Dann hätte er Gelegenheit, sie aus der Nähe zu beobachten und abenteuerliche Geschichten aufzuschnappen, die sie einander erzählen würden.

O ja, er liebte diese Tage, ganz sicher.

Lächelnd brachte er dem Rotäugigen das Bier und fegte die letzten Scherben zusammen. Dann stieg er die ausgetretenen Stufen hinauf und lief in seine Kammer. Hungrig schlang er das trockene Stück Brot und den Käse herunter, die Dorado ihm am Vorabend gegeben hatte. Endlich.

»Mann, Mann, wenn das noch lange so weitergeht, bin ich krumm, bevor ich groß bin«, sagte sich Cephei, während er beobachtete, wie ein langbeiniger Weberknecht an der Wand emporkroch.

Mit verschränkten Beinen saß Cephei auf dem Bett. Seine Schultern krümmten sich von selbst nach vorn, er zog den Kopf ein, wie immer in der Kammer. Sie war winzig, und manchmal hatte er den Eindruck, dass sie noch weiter schrumpfte, während er sich darin aufhielt.

Als er sich anfangs den Raum noch mit Equu geteilt hatte, war es besonders schlimm gewesen. Außer zum Schlafen hatten sie sich nie gemeinsam in der Kammer aufhalten können, weil sie sich sonst ständig auf den Füßen herumgetrampelt wären. Doch dann war Equu Knappe bei Ritter Leppo geworden und hatte der Kammer ein für alle Mal den Rücken gekehrt.

Cephei musste den Arm nicht einmal ganz ausstrecken, um den Weberknecht mit Daumen und Zeigefinger an einem der langen Beine von der Wand zu klauben. Langsam schwenkte er den Arm zum geöffneten Fenster und legte das Tier auf das äußere Fensterbrett. Der Weberknecht war so überrascht, dass er sich nicht bewegte, sondern einfach in der Sonne liegen blieb. Cephei stützte sich mit dem Ellbogen daneben ab, um ihn weiter zu beobachten.

»Und jetzt? Willst du hier weiter rumgammeln?«, fragte er. »So wird das aber nichts mit dir. Man muss immer in Bewegung bleiben, klar?«

Das hatte ihm Equu gesagt, wenn sie wieder einmal vor einem von Dorados Wutausbrüchen davongerannt waren. Equu war bereits fünfzehn und tat so, als unterscheide er sich deshalb gewaltig von Cephei.

»Wegen zwei lächerlicher Jahre, stell dir vor«, sagte er zu dem reglosen Weberknecht. »Genau genommen: einem Jahr und elfeinhalb Monaten.«

Equu war einer der zwei Freunde, die Cephei in der Stadt hatte. An manchen Tagen hatte Equu sein Essen mit ihm geteilt, wenn Dorado wieder einmal der Meinung gewesen war, Cephei sei zu frech, zu faul oder zu irgendwas gewesen, um sich ein Abendbrot verdient zu haben.

Aber jetzt war Equu fort. Er diente in der Nähe des Schlosses als Knappe und bekam regelmäßig zu essen. Davon träumte Cephei. Noch ein Jahr musste er durchhalten, dann wäre er alt genug und würde sein Glück bei einem der Ritter versuchen.

Wenn er erst mal aus diesem Loch hier raus war, würde sich einiges ändern. Und zwar zum Besseren, so viel stand fest.

»Was meinst du?«, fragte er den Weberknecht, der endlich ein Bein hob, aber da war es schon zu spät.

Vom Baum gegenüber kam Cepheis zweiter Freund angeflogen, stürzte sich auf das Spinnentier und schluckte es im Ganzen herunter.

»Er hätte sich ja nur bewegen müssen, oder?« Cephei sah den Erdwühler an, und der Vogel blickte aufmerksam zurück.

Mit einem Finger strich er dem Erdwühler über den Kopf. Die meisten Leute wussten nicht, wie weich das Gefieder am Kopf eines Erdwühlers war, es sah so struppig und schmutzig aus. Sie hielten den Vogel für hässlich und jagten ihn fort, sobald er sich in ihrer Nähe niederließ, weil er so schmutzig braun war und mit dem langen platten Schnabel in der Erde wühlte, auch in frisch ausgehobenen Gräbern, und das verschaffte ihm seinen schlechten Ruf. Doch Cephei fand ihn wunderschön. Es lag wohl an den dunklen Augen, die ihn groß und aufmerksam anschauten.

Manchmal kam er sich selbst wie ein Erdwühler vor, nur dass er nicht im Boden wühlte, sondern im Dreck. Die Menschen jagten ihn auch fort, wenn er sich in ihre Nähe wagte, es sei denn, sie schickten ihn nach Essen oder Bier. Vielleicht lag es daran, dass er weder den Namen seiner Mutter noch den seines Vaters kannte. Sie hatten keinen Zettel hinterlassen, als sie ihn eines Nachts vor die Tür des Waisenhauses gelegt hatten. Der fehlende Name war ein Makel, den er nicht loswurde. Also hatten sie ihm im Waisenhaus einfach den nächstbesten Namen gegeben. Doch die Menschen blieben misstrauisch, als mache es einen Unterschied, von wem man seinen Namen bekam.

»Du hast doch auch keinen. Mögen dich die anderen Vögel deswegen weniger?«, fragte er den Erdwühler, der mit dem Schnabel klapperte. »Siehst du.«

Als Dorado ihn vor vier Jahren aus dem Heim geholt hatte, hatte Cephei geglaubt, jetzt würde er endlich ein Zuhause finden, und irgendwie hatte er das ja auch. Es war nicht so, wie er es sich vorgestellt hatte, aber es war das einzige Zuhause, das er kannte.

Aber all das würde sich ändern, wenn er erst Knappe wäre. Equu erzählte, seine Kammer im Haus des Ritters sei dreimal so groß wie diese hier, und Cephei glaubte ihm. Dreimal so groß, und auch die Decke sei nicht so niedrig.

»Tja«, sagte er zu dem Vogel. »Langsam sollten wir los zur Zeremonie und zum Turnier, was?« Der Erdwühler legte den Kopf schief, und Cephei nickte. »Wenn ich wissen will, was von einem Knappen alles erwartet wird, muss ich sie doch beobachten, oder?«

Wieder einmal bekam er von dem Vogel keine Antwort, das war das Schwierige an ihrer Freundschaft.

»Wenn ich erst mal Knappe bin, esse ich auch Kuchen, bestimmt. Und natürlich Fingerfische. Tütenweise Fingerfische. Dann kann ich dir davon abgeben. Wäre doch mal was anderes als immer nur Brot für mich und Weberknechte für dich, oder?«

Es würde eine tolle Zeit werden. Auch Equu sah besser aus, seit er nicht mehr für Dorado schuftete. Cephei musste einfach durchhalten, irgendwann würde sich auch ihm eine Chance bieten, er musste nur in Bewegung bleiben, immer in Bewegung.

Er klopfte sich auf die Schenkel und kletterte aus dem kleinen Fenster, um in die Stadt zu laufen.

DER KANZLER

Das Zimmer sah noch genauso aus, wie sie es in Erinnerung hatte. Vielleicht ein bisschen kleiner, aber das konnte auch daran liegen, dass Vela wieder ein Stück gewachsen war. Die Dielen waren dunkel gestrichen. An den Wänden hingen Strohbilder, für die die Stadt berühmt war, und die einen schwachen Duft nach Feldern verbreiteten.

In den Rahmen posierten frühere Würdenträger vor beeindruckenden Landschaften, auch der Mechanische König selbst war abgebildet: ein freundlicher Sieger über die Feinde des Reichs.

Zwei seiner größten Siege erkannte Vela auf den Darstellungen: Vor dreihundert Jahren hatte er die kannibalischen und plündernden Horden der gescheckten Wolfsreiter zurückgeschlagen, und kurz vor Velas Geburt hatte er die kahlköpfigen Seefahrer mit den goldenen Ohren zurück ins Meer getrieben, so dass diese selbsternannten Herren aller Küsten gedemütigt und dezimiert zu den Schlangeninseln heimkehren mussten. Der Mechanische König hatte in beiden Fällen gesiegt, ohne Rache zu nehmen.

Vela saß auf dem Bett und drehte die Kurbel am Fußende. Das eingerostete Ding bewegte sich nur langsam und quietschend, erst mit beiden Händen konnte Vela den Hebel eine halbe Drehung vorwärtsbewegen. Das Bettgestell hob sich zitternd in die Höhe. Jedes Jahr schob sie das Bett ein Stück nach oben, weil ihre Beine länger geworden waren und sie so besser sitzen konnte.

Als sie endlich das Bett in der richtigen Höhe hatte, öffnete sich die Tür und ein Mädchen in einem langen blauen Faltenrock und einer weißen Bluse stand im Türrahmen. In der Hand hielt sie eine Pergamentrolle.

»Kassia!«

»Hallo Vela.« Kassia lächelte, kam herein und umarmte Vela. Dann setzte sie sich ihr gegenüber auf das zweite Bett.

Auch Kassia hatte sich kaum verändert. Natürlich war sie älter geworden, das Gesicht vielleicht ein klein wenig schmaler, aber ihr dunkelblondes Haar war wie stets zu einem damenhaften Knoten gedreht, der von einer silbernen Spange gehalten wurde – und noch immer redete sie furchtbar gern und beinahe ohne Atem zu holen.

»Es ist wirklich schön, dich mal wiederzusehen, Vela, ich hatte schon Vater nach dir gefragt, aber der kann sich das ja nicht alles merken, sagt er immer nur, deshalb habe ich dann deinen Vater gefragt, und der hat mir gesagt, dass du ganz bestimmt wieder zur Zeremonie kommst, schließlich machst du das jedes Jahr, nicht wahr? Ich bin sicher, wir können in den nächsten Tagen noch einiges zusammen unternehmen, ich muss nur sehen, wie ich alles schaffe, ich habe nämlich jetzt immer sehr viel zu tun, seit ich bei dem Chronisten in der Lehre bin, und da muss ich mich anstrengen, weil Vater doch erwartet, dass ich gute Zeugnisse bekomme, damit ich später einmal die Kanzlei übernehmen kann, und dafür muss ich eben lernen, aber wir werden schon Zeit finden, nicht wahr?«

Nein, es hatte sich wirklich nichts geändert.

Vela kannte Kassia seit Jahren. Weil die Zimmer im Schloss während der Schlüsselzeremonie knapp waren, hatte man sie bei ihrem ersten Besuch kurzerhand zu der gleichaltrigen Kanzlertochter gesteckt. Dabei war es dann geblieben. Kassia schien nicht viele Freunde zu haben und war jedes Mal aufgeregt, wenn Vela ihren Vater besuchte.

Es dauerte einen Moment, bis Vela bemerkte, dass das Mädchen tatsächlich schwieg und eine Antwort erwartete. Was hatte sie bloß gefragt? Irgendwo in der Mitte des Redeflusses hatte Vela den Faden verloren.

»Hallo? Vela? Geht es dir gut? Soll ich den Hofarzt holen lassen, damit er dir eine Arznei gibt? Oder dich schröpft! Oder einen Aderlass macht. Das hilft, weißt du. Ich erinnere mich noch genau, als die Cousine der Schwester von Erestas Tante bei einem Spaziergang zu Ehren von Ganther, einem am Hofe wohlgelittenen …«

»Es geht mir gut, Kassia, wirklich. Ich bin nur müde von der Reise.«

»Ach so, na gut, dann …«

Vela stand auf, um ihre Sachen aus dem Reisesack in den kleinen Schrank neben ihrem Bett zu räumen. »Sag mal, Kassia, gehst du eigentlich gern zu dem Chronisten?«

Das Mädchen setzte sich auf Velas Bett und sah ihr beim Auspacken zu, während es wieder mit einem Redeschwall begann: »Mein Vater sagt, dass es eine wichtige Aufgabe ist und dass ich stolz darauf sein kann und dass ich viel lernen muss, damit ich später weiß, wie man die Geschichte richtig aufschreibt, und ich muss dann alles festhalten, alle großen Taten, die in unserem Reich geschehen, damit die Menschen, die nach uns kommen, einmal wissen, wer sich um das Reich verdient gemacht hat, das ist dann fast so etwas wie Unsterblichkeit, hat Vater gesagt, und er wäre sicher sehr enttäuscht, wenn ich nicht gut bin in meiner Lehre, aber das muss er nicht, weil ich wirklich jeden Tag hingehe und gut aufpasse und fleißig lerne und …«

»Ja, schon klar, aber machst du es auch gern?«

Kassia sah sie stumm an, die Hände im Schoß, die Stirn in Falten gelegt. Offenbar verstand sie die Frage nicht.

Nach einem Seufzer sagte Vela: »Schon gut, spielt keine Rolle«, und Kassia lächelte wieder.

Gerade als Vela erneut etwas sagen wollte, hörte sie draußen die Zahnräder der goldenen Aufzuggondel knirschen, die von kräftigen Dienern im Keller hoch- und runtergekurbelt wurde. Sie sprang vom Bett, riss die Tür auf und sah ihren Vater mit dem Kanzler eben am Ende des Gangs auftauchen. Sie hatte also richtig gehört. Ihr Vater redete auf den Kanzler ein, aber sie konnte nicht verstehen, worum es ging. Sie sah nur, wie der Kanzler die Stirn in Falten zog, genau wie seine Tochter.

Nach dem König war der Kanzler der zweitwichtigste Mann im Land, er kümmerte sich um all die Sachen, um die sich der König *nicht* kümmern konnte, weil die Zeit einfach nicht reichte. Jeden Tag strömten Händler, Bauern und andere Untertanen in die Stadt und den Palast, um zum König zu sprechen. Sie trugen Beschwerden vor, baten um Hilfe oder wollten Geschäfte eröffnen. Die Schlange der Bittsteller reichte manchmal bis in den Hof. Kein Wunder also, wenn der Kanzler ein beschäftigter Mann war.

»Dein Vater kommt«, sagte sie über die Schulter, aber Kassia erhob sich nicht. Sie blieb auf dem Bett sitzen und streckte die Beine aus.

Vela zuckte mit den Schultern und sah den Männern entgegen. Beide waren nicht besonders groß, ihr Vater besaß breite Schultern und kräftige Hände. Der Kanzler nicht. Das Haar ihres Vaters war im Nacken zu einem grauen, zerzausten Zopf gebunden, das des Kanzlers sorgfältig frisiert. Ihr Vater trug eine blaue Hose und ein sonnengelbes Hemd, der Kanzler ein dunkelblaues Seidenhemd zu einer dunklen Hose, die von einem Gürtel zusammengehalten wurde, dessen Schnalle das Wappen des Mechanischen Königs zierte, das goldene Zahnrad auf rotweißem Grund.

Das Gesicht des Kanzlers besaß etwas Weiches, das es schwer machte, sich an ihn zu erinnern, wenn er wieder aus dem Blickfeld verschwunden war. Woran sich die Leute erinnerten, war seine sanfte Stimme. Es wurde gemunkelt, dass bereits sein Vater, der frühere Kanzler, im Palastchor gesungen hätte, aber Vela konnte sich das nicht vorstellen. Einmal hatte sie ein Gemälde des alten Kanzlers gesehen, und darauf waren seine hellen Augenbrauen fest zusammengezogen, ein mürrischer Zug lag um seinen Mund. Ihr fiel es schwer zu glauben, dass ein so missmutiger Mann an irgendetwas Freude hatte, und schon gar nicht an etwas so Fröhlichem wie Musik und Gesang.

Als die Männer nur noch wenige Meter von ihr entfernt waren, bemerkte ihr Vater sie endlich. Er blinzelte. »Vela«, rief er und lächelte.

Sie lächelte zurück und trat einen Schritt weiter in den Gang. Vor ihr blieben die Männer stehen, und der Kanzler musterte sie eingehend.

»Sie erinnern sich an meine Tochter Vela? Sie ist wieder zu Besuch, um die Zeremonie zu sehen.«

Nicht nur dafür, dachte Vela. Aber sie sagte nichts, streckte nur artig die Hand aus, und der Kanzler ergriff sie. Seine Hand war warm und der Druck kräftig, auch das hatte sich nicht geändert. Das Alter schien ihm nichts anzuhaben, dieser Griff blieb gleich, büßte nichts von seiner Kraft ein. Es war etwas, das Vela jedes Mal irritierte, weil dieser Händedruck so wenig zum Aussehen des Mannes passen wollte. An seinem Handgelenk hing an einer kurzen Kette eine schmale, silberne Taschenuhr. Nur wenige Leute waren im Besitz einer solchen Uhr, und nur der Kanzler trug sie offen mit sich herum. Er war ein solch beschäftigter Mann, dass er stets einen Blick darauf haben musste und keine Zeit damit verschwenden wollte, sie mühsam aus der Tasche zu kramen.

Der Blick des Kanzlers suchte durch die offene Tür seine Tochter, die den Blick zwar erwiderte, aber schwieg. Dann sah er wieder zu Vela. »Schön, schön, dann wünsche ich dir also eine angenehme Zeit.« Er nickte und ging langsam weiter, während ihr Vater noch einen Moment bei ihr stehen blieb.

»Willst du mit auf den Balkon?«, fragte er.

Überrascht sah sie ihn an. »Wirklich?«

»Wenn du magst.«

Sie nickte eifrig. Natürlich wollte sie auf den Balkon!

»Dann komm nachher rechtzeitig, und ich sage dir, wo du dich hinstellen kannst.« Mit einem ermutigenden Lächeln klopfte er ihr auf die Schulter und folgte dem Kanzler.

Vela sah ihnen nach und schüttelte den Kopf. In der Stadt ging wirklich alles schneller. Jetzt war sie erst ein paar Stunden hier, und irgendwie zog alles so rasch an ihr vorbei, dass sie gar nicht richtig mitbekam, was eigentlich passierte.

Dabei war sie nach ihrer Ankunft noch wütend auf ihren Vater gewesen. In der Werkstatt hatte er sie nur kurz in den Arm genommen, gesagt, dass sie wirklich groß geworden sei, und sie dann aufs Zimmer geschickt.

»Du kennst den Weg ja noch«, hatte er gesagt, »und vor der Zeremonie gibt es noch viel zu tun.« Das war alles gewesen. Als hätten sie sich nur ein paar Tage nicht gesehen und nicht ein ganzes Jahr lang! Fast wäre sie in Tränen ausgebrochen, aber der große Tom hatte neben ihr gestanden, und da hatte sie die Tränen runtergeschluckt. Vor diesem Mann, der gemeinsam mit ihrem Vater in der Werkstatt arbeitete, wollte sie sich nicht blamieren. Als sie noch klein gewesen war, hatte er ihr einmal verraten, wie die Wasserpumpen funktionierten, die die Springbrunnen im Schlosspark mit Wasser versorgten – und ihr versprochen, wenn sie älter wäre, würde er ihr das Geheimnis der mechanischen Fische mit den bunt schimmernden Muschelaugen im Schlossteich erklären. Sie mochte den Mann.

Wütend war Vela aus der Werkstatt gestürmt, und jetzt bot ihr Vater ihr einen Platz auf dem Balkon an, wo sie den König ganz aus der Nähe sehen konnte. Das hatte sie noch nie gedurft. Bisher hatte sie immer mit dem Volk im Hof gewartet.

»Du verstehst dich gut mit deinem Vater, oder?«, fragte Kassia plötzlich hinter ihr.

»Warum?«

»Na ja, du sprichst ihn einfach so an, und er fragt dich, ob du mit auf den Balkon kommst.« Sie zuckte mit den Schultern und sah auf ihre Füße. »Ich gehe nur zu meinem Vater, wenn er mich rufen lässt. Er sagt immer, dass ich ihn nicht bei der Arbeit stören soll. Und ich will ihn ja auch nicht stören.«

Vela sagte nichts dazu. Eigentlich hatte sie Kassia immer beneidet, weil sie in der Stadt lebte, eine Ausbildung machen durfte und ihr Vater immer in der Nähe war. Dass Kassia unglücklich sein könnte, war ihr nie in den Sinn gekommen.

Einen Moment lang sah Vela noch den Gang hinunter, obwohl die Männer längst hinter der nächsten Ecke verschwunden waren, dann ging sie wieder ins Zimmer, um sich für die Zeremonie anzuziehen. Kein einfaches Vorhaben, denn Vela mochte

Kleider nicht besonders. Sie waren hinderlich, wenn man sich hinhocken musste, und wenn sie mit Schmieröl arbeitete, konnte sie nicht die Hände daran abwischen. Bei der Zeremonie gab es sicher kein Schmieröl, aber sie wollte trotzdem kein Kleid tragen. Damit sie nicht vollkommen unpassend gekleidet war, zog sie die gute grüne Leinenhose an und dazu das passende Hemd mit den großen Perlenknöpfen.

Kassia klatschte begeistert in die Hände, als sie Vela darin sah. »Du siehst aus wie der Wald.«

»Wie der Wald?«

»Ja, du weißt schon, der Rauschwald vor der Stadt.«

»Ich dachte, man muss einen Tag lang gehen, um ihn zu erreichen.«

Kassia lachte. »Na siehst du, vor der Stadt.«

Vela schüttelte den Kopf und sah an sich herunter. Sie war noch nie bis zum Rauschwald gekommen. Sie kannte nur die Landschaft zwischen ihrem Dorf und Marinth, die nördliche Route der Linienkutsche, aber auf der anderen Seite der Stadt war sie nie gewesen. Weder ihr Vater noch ihre Mutter hatten Zeit, um mit ihr dorthin zu reisen, und allein durfte sie es nicht, weil es zu gefährlich war.

Was genau in diesem Landstrich zu *gefährlich* war, das wollten sie ihr wieder einmal nicht sagen. Die in der Ebene ansässigen Bauern konnten es wohl nicht sein, und auch die wilden Tiere waren wohl kaum anders, größer oder bissiger als nördlich der Stadt. Wenn von mörderischen Räubern und Ungeheuern die Rede war, hieß es stets, sie lebten im Rauschwald, nicht *vor* dem Rauschwald.

»Stimmt es, dass dort Ungeheuer hausen?«, wollte sie von Kassia wissen, die sich gerade ihr festliches goldenes Kleid über den

Kopf zog und dabei an einem Ohrring hängen blieb. Vela half ihr, das Schmuckstück aus dem Stoff zu befreien.

»O ja, es gibt viele Ungeheuer. Manche sind so schrecklich, dass man von ihrem bloßen Anblick zu Stein erstarrt.«

»Ist doch Unsinn«, murmelte Vela, der das reichlich übertrieben vorkam.

»Nein, kein Unsinn. Vater hat es mir selbst gesagt. Und wenn man sich zu weit in den Rauschwald hineinwagt, verirrt man sich. Rettungslos. In der Kanzlei gibt es Berichte von Männern, die wahnsinnig geworden sind, als sie den Wald durchqueren wollten.«

»Das sagen sie doch über jeden Wald.« Vela trat einen Schritt zur Seite, und Kassia zog das Kleid nach unten.

»Aber bei diesem stimmt es«, behauptete Kassia fest und ordnete und überprüfte die Zierbänder und Schleifen. »Das Rauschen der Blätter ist wie eine Melodie, die dir nie wieder aus dem Kopf geht, und darüber wirst du verrückt. Das ist der Grund, warum keine Kutschen durch den Rauschwald fahren, sondern nur um ihn herum. Außerdem sagt man, dass dort eine Hexe haust.«

Auch das sagen sie über jeden Wald, dachte Vela, trotzdem schauderte sie ein wenig. Zu Hause in ihrem Dorf hatte Vela ein einziges Mal eine Frau gesehen, von der ihre Mutter behauptete, dass sie wahrscheinlich eine Hexe sei. Die Frau war auf der Durchreise gewesen und hatte um den Hals einen taubeneigroßen Smaragd getragen, der angeblich Zauberkräfte enthielt. Ansonsten hatte sie ausgesehen wie andere Frauen auch, kein bisschen gefährlich, und doch war sie Vela unheimlich gewesen. Kaum hatte sie sich der vermeintlichen Hexe auf sieben Schritt genähert, hatte sie zu frösteln begonnen und eine Gänsehaut bekommen. Niemals wieder hatte sie kältere Augen gesehen.

Ihr Großvater hatte ihr früher manchmal von Hexen erzählt, wenn er ihr Angst einflößen wollte. Am Feuer der Schmiede hatten sie gesessen, und wenn die Kohle knisterte und zischte, berichtete er von Trollen und Hexen, die harmlose Kinder in kleine knorrige Bäume verwandelten und ihnen ihr Mal siebenfach in die Rinde ritzten, so dass die Baumkinder bluteten, oder ihnen die Zungen herausschnitten, weil sie zu laut gewesen waren. Manchmal war er mit seinen Geschichten so überzeugend gewesen, dass Vela zu Hause die ganze Nacht nicht schlafen konnte. Die Mutter hatte dann immer mit dem alten Mann geschimpft und gesagt, er solle ihr nicht solche Flausen in den Kopf setzen – aber Vela war jedes Mal wieder hingegangen, um eine neue Geschichte zu hören.

Doch etwas Wahres musste dran sein an den Geschichten, denn schon vor Hunderten von Jahren hatte der Mechanische König die Hexerei unter Strafe gestellt, weil früher wohl zu viel Unsinn damit getrieben worden war, gefährlicher, gar tödlicher Unsinn. Und auch, weil die Frösche immer weniger wurden, denn die Hexen benutzten sie sehr gern für ihre Zaubertränke und fingen sie in großen Mengen, hatten sogar eigens ausgeklügelte Froschfallen entwickelt und fast alle Teiche des Landes von Fröschen entvölkert. Das war schädlich, denn Frösche brachten Glück – behaupteten jedenfalls die alten Weiber.

Doch abgesehen von den schauerlichen Geschichten von Großvater Rendo hatte sich Vela nie groß für Hexerei interessiert. Sie hatte schon immer etwas schmieden oder bauen wollen, und etwas zu bauen, hatte nichts mit Zauberei zu tun, nur mit handwerklichem Können.

Vela ging zu dem kleinen quadratischen Fenster und sah hinaus. Unter sich konnte sie die Stadt sehen, die Menschenmasse, die sich im Hof versammelte, und auch die weiß blühenden Mammutzitronenbäume.

»Ich würde gern mal in den Rauschwald gehen«, flüsterte sie.

»Warum denn das? Es ist gefährlich, das habe ich dir doch gerade gesagt …«

»Aus Neugier.«

Aber das war nur die halbe Wahrheit. Im Grunde würde sie gern mal *irgendwohin* gehen, Hauptsache nicht zurück. Lange würde es nicht mehr dauern, bis sie in die Fußstapfen ihrer Mutter treten und die Stufen des Turms emporsteigen musste. Und wenn sie erst einmal dort oben angekommen war, gäbe es kein Zurück mehr. Das hatte es für ihre Mutter auch nie gegeben.

»Dein Leben riskieren nur wegen ein bisschen Neugier? Du bist mir wirklich eine …« Kassia verstummte, stellte sich einen Moment neben sie und sah ebenfalls auf die Stadt hinunter. Dann griff sie nach Velas Arm und zog sie aus dem Zimmer. »Los jetzt! Wir kommen sonst noch zu spät!«

Gemeinsam rannten sie den Flur entlang und die Treppe hinunter, denn der mit samtenen Polstern ausgestattete Aufzug war König, Kanzler und wichtigen Staatsgästen vorbehalten. Schließlich waren sie einzigartig und bedeutsam. Und darüber hinaus von vornehmer Langsamkeit.

Die letzten drei Stufen nahmen die Mädchen auf einmal, sprangen Hand in Hand und stießen fast mit einer Küchenmagd zusammen, die gerade um die Ecke bog.

»Passt doch auf, Mädchen!«, rief die Frau ihnen nach. »Benehmt euch gefälligst, ihr seid hier im Schloss und nicht bei den wilden Horden! Also wirklich.«

Lachend eilten sie weiter bis in die helle Eingangshalle des Schlosses, in der sich schon die Menschen drängten. Das Stimmengewirr übertönte jedes andere Geräusch, und von draußen drang der Lärm der sich zum Schloss bewegenden Menge herein.

Vela sah zu der breiten Treppe hinüber, die zum Balkonzimmer emporführte. Dort würde bald der Mechanische König stehen und seinem Volk winken. Ihr Herz schlug vor Aufregung schneller.

Kassia folgte ihrem Blick. »Ja, dann …«

»Willst du nicht auch mitkommen? Dein Vater hat sicher nichts dagegen, und wenn ich doch auch mit rauf darf …«

Doch Kassia schüttelte den Kopf. »Nein, besser nicht. Wenn er mich dabeihaben wollte, hätte er gefragt. Wahrscheinlich stehe ich nur im Weg. Aber ich wünsch dir viel Spaß. Du kannst mir ja winken.«

»Das mache ich.«

Mit einem Lächeln drehte sich Kassia um und ging durch die geöffneten Türen hinaus auf den Hof, um sich einen guten Platz zu sichern.

Einen Moment zögerte Vela noch, dann stieg sie langsam die Stufen empor. Dabei tastete sie nach dem Hammer an ihrem Gürtel. Sie glaubte nicht, dass ein Hammer bei einer Schlüsselzeremonie besonders schicklich war, aber er brachte ihr Glück, und das weite Hemd verdeckte ihn vollständig; niemand konnte ihn sehen.

Das Herz klopfte ihr bis zum Hals. Sie würde den König sehen.

DER RAUB

Cephei hatte sich einen Platz auf einem Mammutzitronenbaum vor dem Schlossplatz erkämpft, von dem aus er die Zeremonie auf dem gläsernen Balkon über die Köpfe der Menschenmenge hinweg gut erkennen konnte. Der Erdwühler saß auf dem Ast neben ihm und hielt nach Essensresten Ausschau, die bei solchen Feiern immer zu Boden fielen.

Der Platz selbst und auch die breite Allee waren zugestopft mit Menschen, einige Kutschen waren steckengeblieben, und nun saßen die Leute auf den Kutschdächern, um besser sehen zu können. Fahnen wurden geschwenkt, und vereinzelt kam es zu Handgemengen, wenn sich die Leute gegenseitig auf die Füße traten oder jemand glaubte, einen Taschendieb entdeckt zu haben. *Als ob die sich erwischen lassen würden,* dachte Cephei und feixte.

Er sah zum Schloss und hoch zu dem riesigen, gläsernen Balkon, der größer war als die ganze Wirtsstube, in der er arbeitete. Der Boden bestand aus buntem Glas und färbte so das Licht, das durch ihn fiel. Unter dem Balkon zu stehen, war, als stünde man in einem Regenbogen. Vermutlich hätte man sogar den vielbesungenen Topf Gold gefunden, wenn man gegraben hätte. Doch wer wagte es schon, auf der Terrasse des Königs ein Loch auszuheben?

Das Geländer war durchsichtig und wurde jede Woche geputzt, vor der Schlüsselzeremonie sogar dreimal und besonders gründlich, so dass jeder vom Schlossplatz aus hindurchsehen und genau verfolgen konnte, was oben geschah.

Plötzlich erschallten Posaunen, und das Volk verstummte, um kurz darauf in Jubel auszubrechen, als der König auf den Balkon trat. Mit gemessenen Schritten bewegte er sich auf den Thron mit dem tellergroßen Loch in der Lehne zu und winkte huldvoll. Wie immer lag ein Lächeln auf seinem goldenen Gesicht. Die edelsteinbesetzte Krone strahlte in der Sonne mit den Diamantaugen des Königs um die Wette. Trotz der Wärme trug er einen Brokatumhang und schwere Stiefel aus Drachenleder, eine grünrot gestreifte Hose und ein Wams, dessen Farbe unter all den goldenen und silbernen Orden auf der Brust nicht zu erkennen war. Kein Tropfen Schweiß zeigte sich auf seiner Stirn, denn der König war über etwas so Gewöhnliches wie Schwitzen erhaben. Er blieb vor dem Thron stehen, nickte und winkte und strahlte in alle Richtungen.

Cephei war noch nicht weit herumgekommen und hatte noch nie den König eines anderen Landes gesehen, aber er war sicher, dass man seine Majestät zu Recht den freundlichsten König aller Länder nannte. Es waren viele Geschichten über den König im Umlauf, aber niemand konnte sagen, welche davon wahr und welche nur der lebhaften Phantasie einiger Erzähler entsprungen waren. Seit vielen hundert Jahren lebte niemand mehr, der die Ankunft des Königs in diesem Land miterlebt hatte.

Keinem einzigen Königsmechaniker war es je gelungen, das Geheimnis der komplizierten Mechanik des Königs zu entschlüsseln, aber sie hatten bei ihren Forschungen einige erstaunliche Erfindungen gemacht. Uhren, welche die Zeit unabhängig von der Sonne anzeigten, kleine mechanische Tiere, die sich im Schlossgarten tummeln sollten, oder auch eine Waage, die nicht mit Gegengewichten funktionierte, sondern das Gewicht auf einer Skala anzeigte. Angeblich gab es sogar einen Kleiderschrank, der einer vornehmen Dame beim Anziehen half, aber da Cephei noch nie im Ankleidezimmer einer vornehmen Dame gewesen war, konnte er das nicht bezeugen.

Doch sicher war, dass sich einiges verändert hatte, seit der König in Marinth angekommen war und die Führung übernommen hatte. Das sagten jedenfalls die Chronisten der Königlichen Kanzlei, denn auch wenn sich niemand mehr an die Ankunft des Mechanischen Königs erinnerte, so stand doch in den Büchern, dass Wohlstand und Glück im Lande seit diesem Tag stetig wuchsen. Die Leute liebten die neue Mechanik und die Erleichterungen und unterhaltsamen Spielereien, die sie mit sich brachten. Selbstverständlich konnten sich nur die reichen Leute solche Gerätschaften leisten, Mechanik war teuer, und die großen Werkstätten in der mit stählernen Platten gepflasterten Uhrmacherallee verdienten sich goldene Nasen.

Der König setzte sich mit den langsamen Bewegungen eines alten Mannes, doch sein Rücken war aufrecht, nicht gebeugt. Niemand sonst auf dem Balkon saß. Nicht die zahlreichen Höflinge, und schon gar nicht die vier Palastwachen, die am Rande des Balkons standen und in bunten, tadellos geputzten Uniformen steckten.

Equu hatte Cephei erzählt, die Palastwachen könnten besser lächeln als kämpfen, zumindest sagte das sein Ritter, wenn er betrunken und mit der Welt unzufrieden war. Lächeln konnten sie zweifellos, und gegen wen sollten sie auf dem Balkon auch kämpfen? Es gab niemanden, der es gewagt hätte, den Mechanischen König anzugreifen.

Dicht beim König stand der Kanzler, aber er zog auch an diesem Tag nicht viel Aufmerksamkeit auf sich. Das taten die auffällig herausgeputzten Höflinge und Hofdamen, die auf den

Balkon geströmt waren, um sich dem Volk zu zeigen und sich einzubilden, dass der Jubel für den König auch ein wenig ihnen selbst galt.

Und während sie alle winkten und sich beobachten ließen, bemerkte Cephei in einer Fensterleibung halb verborgen ein Mädchen, dessen braune Locken wie das lange Fell eines Muths aussahen. Ihre Kleidung war schön und sicherlich aus teurem Stoff, aber sie trug Hosen und kein Kleid wie die anderen Hofdamen, und auch kein funkelndes Diadem im Haar. Und vor allem winkte sie nicht. Sie war wohl in seinem Alter und beobachtete ebenso gespannt wie er das Treiben auf dem Balkon, zu dem sie nicht richtig zu gehören schien.

»Na, Erdwühler, wie gefällt dir das alles?«, fragte Cephei seinen Freund, aber das Tier reagierte nicht. Es hob nur den Schnabel in die Luft und drehte ihn hektisch in alle Richtungen. Ein kühler Windhauch streifte Cephei.

In diesem Moment erschallten wieder die Posaunen, riefen mit den sieben königlichen Tönen nach Aufmerksamkeit, und Cephei blickte zum Balkon. Eben trat der Königsmechaniker aus dem Schloss. Neben ihm ging eine junge Frau, die noch breiter lächelte als der König und auf deren hochgesteckten blonden Haaren ein silbernes Krönchen balancierte. Sie trug ein enges rosa Kleid und eine breite glitzernde Schärpe, auf der *Schlüsselfräulein* geschrieben stand. Sie war die diesjährige Schlüsselkönigin, und Cephei hielt sie für viel schöner als die vom letzten Jahr. Sie konnte eleganter schreiten als jede andere, deshalb trug sie den Königsschlüssel auf einem weichen, grünen Kissen neben dem Mechaniker her, der einen weit weniger reizvollen Anblick bot.

»Der Schlüssel! Der Schlüssel!«, riefen einige in der Menge. Und sofort fielen die meisten mit ein.

Ein Scherzbold unter Cepheis Baum brüllte: »Die Schlüsselkönigin! Die Schlüsselkönigin!«, aber dann sah ihn die Frau an seiner Seite eisig an, und er verstummte.

Der Erdwühler fiepte kurz, ließ sich vom Baum fallen und flog eilig davon, ganz tief über den Menschenmassen, schnurgerade fort vom Schloss.

»He!«, rief ihm Cephei nach, doch der Vogel kehrte nicht um. »Ein toller Freund bist du«, murmelte er. Und dann spürte er den kalten Hauch wieder, deutlicher diesmal, auch wenn sich die Blätter des Baums nicht bewegten. Ein Frösteln überlief ihn, und die Härchen auf seinen Armen und Beinen sträubten sich.

Auf dem gläsernen Balkon hob eben der Königsmechaniker den goldenen Schlüssel, der so lang war wie ein Unterarm, vom Kissen. Langsam trat er hinter den König. Die anderen auf dem Balkon lächelten weiter, und das Volk jubelte. Der Mechaniker näherte sich langsam dem Stuhl, und schlagartig legte sich Ruhe über die Menschen. Alle hielten den Atem an, denn der Moment, in dem der König aufgezogen wurde, war ein ganz besonderer. Der Mechaniker ging die letzten Schritte, hob den Schlüssel dicht vor die Augen, als müsse er ihn noch einmal begutachten, und beugte sich dann vorsichtig herab.

Doch plötzlich schrie jemand aus der Menge auf, und gleich darauf noch jemand. Irritiert wandte der Königsmechaniker den Kopf zum Schlossplatz.

»Da oben! Da oben!«, gellte es aus der Menge. Arme wurden emporgerissen, und Finger deuteten in den Himmel.

Durch das Laub über sich konnte Cephei nichts erkennen. Er bewegte den Kopf nach rechts und links, vor und zurück, aber er entdeckte nicht mehr als hier und da einen Fetzen strahlend blauen Himmels. Er schielte wieder zur Menge hinunter

und sah, wie die Finger wieder herabsanken, immer schneller in Richtung Balkon. Dort lächelte nur noch der König.

Die Hofdamen kreischten, die Höflinge auch, die Schlüsselkönigin ließ das Kissen fallen, und der Königsmechaniker stand stocksteif, das Gesicht ängstlich nach oben gerichtet. Nun wurde es auch Cephei unheimlich, und er versuchte erneut zu erkennen, was die Leute am Himmel entdeckt hatten, aber er reckte den Hals vergebens.

Die Wachen zogen ihre Waffen. Doch so geschmeidig ihre Bewegungen auch waren, die schmalen Schwerter wirkten

merkwürdig fremd in ihren Händen und überhaupt nicht gefährlich. Mühsam schoben sich die Männer durch die aufgeregte Menschenmasse auf dem Balkon.

Jetzt endlich bekam Cephei den Grund für die Aufregung zu Gesicht: ein Vogel mit Schwingen so breit wie zwei Pferde, die Federn in der Farbe der dunkelsten Stunde der Nacht und einem spitzen feuerroten Schnabel, der länger war als die Schwerter der Wachen und viel bedrohlicher. Seine Krallen sahen aus, als könne er damit eine ganze Kuh vom Erdboden in die Lüfte reißen.

Der Vogel stürzte vom Himmel. Schneller, als Cephei je ein Pferd hatte rennen sehen, schneller, als er je einen Stein in den Brunnen hatte fallen sehen, und direkt auf den Balkon zu.

Der Königsmechaniker wurde umgestoßen, und mit einem

Mal blinkte der Schlüssel im Schnabel des Vogels. Für einen Lidschlag hockte das Tier auf der Balkonbrüstung und überragte jeden Menschen dort, selbst die langen Palastwachen wirkten neben ihm winzig. Dann breitete der Vogel seine gigantischen Flügel aus und wischte mit ihnen die Männer und Frauen hinweg, die ihm im Weg standen. Zwei Höflinge stürzten über das Geländer. Sie landeten auf der Menschenmenge, die in Panik umherwogte und nicht wusste, in welche Richtung sie fliehen sollte. Jeder schob und zerrte woanders hin.

Auf der Unterseite sahen die Schwingen des Vogels aus wie alte Spinnweben in der dunklen Ecke eines lange verlassenen Schuppens. Mit zwei kräftigen Schlägen dieser Schwingen war der Vogel schon über dem Dach des Palastes, dann verlor Cephei ihn durch das dichte Laub wieder aus den Augen. Aber die ängstlichen Blicke vieler verrieten ihm, dass er in Richtung Süden verschwand. Fassungslos hockte Cephei auf dem Baum und konnte sich nicht rühren.

Niemand hatte das Tier bemerkt, bis es zu spät gewesen war. Es hatte nicht das geringste Geräusch gemacht. Und ebenso lautlos war es auch wieder verschwunden, doch die Menschen schrien nun umso lauter. Sie flohen, kauerten sich in Ecken, stießen sich gegenseitig um und drängten fort vom Schlossplatz, auch jetzt noch, da der Vogel längst verschwunden war. Die Höflinge waren vom Balkon ins Innere geflohen, hilflos blickten die Palastwachen umher und drehten sich hektisch im Kreis.

Nur der König war nicht davongesprungen. Er war mitsamt seinem Thron umgekippt und lag regungslos auf der Seite. Dabei lächelte er noch immer. Unverwandt starrte Cephei zu seinem Herrscher hinüber, doch er konnte nicht die leiseste Zuckung ausmachen. Zitternd klammerte er sich an den alten Baumstamm und murmelte: »Steht auf, Majestät. Steht doch auf!«

Doch der König rührte sich nicht und wurde schließlich von den Palastwachen hineingetragen. Dass er nicht mehr aufgezogen wurde, war undenkbar! *Der Königsmechaniker findet sicherlich einen Weg,* dachte Cephei, aber er fühlte sich mutlos. Was, wenn nicht? Was sollte aus ihnen werden ohne den freundlichsten König aller Länder?

EIN ALTES GESETZ

Ich will zu meinem Vater!«, forderte Vela zum siebzehnten Mal, und die dicke Palastwache mit dem großen Schnurrbart und den kleinen Augen antwortete erneut: »Das geht nicht.«

»Warum?«

»Ist Befehl.«

»Aber warum?«

»Befehl ist Befehl.« Der Mann hielt seinen kräftigen Arm erhoben, um sie festzuhalten, falls Vela wieder die Tür zum Spiegelsalon stürmen wollte, in dem ihr Vater nach dem Überfall untergebracht worden war. Vor den Räumen, in denen die anderen Verwundeten lagen, standen jedoch keine Wachen.

Vela hatte es inzwischen aufgegeben, sich mit Gewalt, Schreien oder Betteln Zutritt verschaffen zu wollen, denn die Palastwache war viel zu stark für sie. Doch sie wollte wissen, wie es ihrem Vater ging. Dieser gigantische Vogel hatte ihn weggestoßen, er war unglücklich gefallen und hatte sich den Kopf geschlagen. Auf seinem Hemd, das die Klauen des Untiers zerrissen hatten, war Blut gewesen, und dann war auch noch eine korpulente Hofdame mit hohen spitzen Schuhen auf seine Hand getreten, bevor ein alter Höfling und eine Wache ihm aufhelfen konnten.

Vela hatte nichts tun können, alles war so schnell gegangen, und sie war zu überrascht und zu schwach gewesen, um sich durch die durcheinanderlaufenden Erwachsenen zu kämpfen. Immer wieder hatten die panischen Würdenträger sie zurück in ihre Ecke gedrückt. Danach hatten sie ihren Vater einfach ins Schloss geschleppt, noch bevor sie mit ihm reden konnte. Alle waren aus Angst vor weiteren Angriffen ins Schloss geflohen, und sie war hinterhergestürzt, hatte ihren Vater jedoch nicht einholen können.

»Ich will zu ihm!«, schrie sie deshalb zum achtzehnten Mal, doch bevor die Palastwache antworten konnte, öffnete sich hinter ihr die Tür zum Salon, und der Hofarzt trat heraus. Ein schmaler kleiner Mann mit einer riesigen Tasche, der nach Schwefel stank und auf dessen Mantel Fettflecken zu sehen waren. Missbilligend sah er sie über den Rand seiner Brille hinweg an.

»Was veranstaltest du hier für einen Lärm, Kind?«

»Wie geht es meinem Vater?«, japste Vela.

Der Arzt wirkte nervös, als er sprach. »Es geht ihm den Umständen entsprechend gut. Er hat eine große Beule auf dem Hinterkopf und ein paar kleine Ritzer auf der Brust. Die Krallen des Vogels sind nicht tief eingedrungen. Nur die linke Hand ist geschwollen und braucht wohl ein paar Tage Ruhe. Ich habe einen Aderlass vorgenommen, damit der Dreck aus der Wunde fließen kann. Oder auch mögliches Gift von den Krallen des Vogels.«

»Kann ich zu ihm?«

»Nein.«

»Aber warum?«

»Befehl ist Befehl.« Damit wandte sich der Arzt ab und eilte den Flur entlang, um nach den anderen Verwundeten zu sehen, die in diesem Flügel untergebracht waren. Aus dem Jagdzimmer erklang das verzweifelte Wimmern einer Frau, die der Vogel mit dem unheimlichen nachtschwarzen Flügel gestreift hatte.

Der Arzt versuchte sie zu beruhigen. »Aber, aber, meine Dame, nur keine Bange, nach dem Aderlass wird es Ihnen besser gehen, versprochen. Das mögliche Gift werden wir einfach fortspülen.«

Dann wurde die Tür geschlossen, und Vela bekam nichts mehr

mit. Doch in ihr keimte der Verdacht, dass der Hofarzt vielleicht immer einen Aderlass anwandte, ganz gleich, welche Krankheit vorlag.

»Befehl ist Befehl«, äffte sie ihn nach und sah wieder die Palastwache an. »Und woher kommt der Befehl?«

»Von oben.« Der Mann blickte verwirrt zurück. »Die kommen doch immer von oben.«

Mit offenem Mund starrte sie ihn an, dann stapfte sie wutschnaubend davon. »Von oben. Danke. Und ich dachte, hier im Schloss gibt der Küchenjunge die Befehle. Pah!«

Sie lief zur vorderen Treppe, auf der einige Küchenmägde saßen und klagten, wobei sie in ihre Schürzen weinten und immer wieder riefen: »Aber der König, der König!«

Doch Vela konnte sich jetzt keine Gedanken um den König machen und darüber, dass er nicht aufgezogen worden war. Wenn es ihrem Vater erst wieder gut ging, würde der sich darum kümmern. Sie musste ihn nur zuerst sehen – und Kassia musste ihr dabei helfen! Sie war schließlich die Tochter des Kanzlers und konnte sicher ein gutes Wort für Vela einlegen.

Während sie durch den Palast in den östlichen Flügel eilte, in dem ihr gemeinsames Zimmer lag, sah sie in den Gängen viel mehr Wachen postiert als sonst. Die Blicke der Männer waren grimmig und misstrauisch, immer wieder bellten sie Befehle, verlangten nach dem Hofarzt oder sagten den Höflingen, dass sie nicht in den Gängen stehen bleiben sollten. Hinter manchen Türen wurde geschrien, hinter anderen geweint.

Seit es die Schlüsselzeremonie gab, hatte es keinen solchen Überfall gegeben, und niemand wusste, wie es jetzt weitergehen sollte. Allen saß die Angst im Nacken.

Aber ist das ein Grund, mich nicht zu ihm zu lassen?, dachte

Vela, und ihr Blick war nicht weniger grimmig als der der Palastwachen. Als sie endlich ihr Zimmer erreichte und hineinstürmte, lief Kassia dort hin und her wie ein eingesperrtes Tier. Sie war sichtlich aufgebracht, auch wenn ihr Vater unverletzt war.

»Das ist eine Katastrophe!«, rief sie, und Vela stieß gleichzeitig hervor: »Die lassen mich nicht zu meinem Vater!« Dann sahen sie sich an und fragten: »Was?« und »Wer?«

Erst nach mehreren Anläufen schafften sie es, nacheinander zu reden. Vela berichtete, dass sie nicht zu ihrem Vater durfte, obwohl er gar nicht so krank war. »Kann dein Vater da nichts machen?«

Bedrückt sah Kassia sie an. »Machen? Nein, machen kann er da nichts. Auch der Kanzler muss sich ans Gesetz halten, damit die Ordnung im Land bewahrt wird. Gerade nach so einem furchtbaren Unglück.«

»Was für ein Gesetz? Gibt es ein Gesetz, dass den Besuch bei kranken Vätern verbietet?«

»Nein. Aber den Besuch von Gefangenen ohne entsprechende Genehmigung.«

»Gefangenen? Wieso Gefangenen?« Velas Stimme war ganz dünn geworden. Was hatte das nun wieder zu bedeuten? Ihr Vater war doch kein Gefangener.

»Wusstest du das nicht?« Bestürzt sah Kassia sie an. Ihre Augen waren voll Mitleid. »Es tut mir so leid für dich, so schrecklich leid …«

»Aber warum? Er hat doch nichts getan!«

»Na ja, er hat den Königsschlüssel verloren.« Kassia sprach ganz leise, als wolle sie damit die Schärfe aus dem Vorwurf nehmen.

»Verloren? Das Biest hat ihn Vater entrissen!«

»Ja, schon, doch das kommt auf dasselbe hinaus. Dein Vater hatte die Verantwortung.«

»Aber …« Vela wusste einen Moment nichts zu sagen. Wie konnte irgendwer ihren Vater beschuldigen? Wie konnte gerade Kassia das tun? »Aber dieses Ungeheuer war riesig, alle haben es gesehen. Niemand hat es aufgehalten. Nicht einmal die Palastwachen! Dabei sind sie doch für die Sicherheit zuständig!«

»Ja und nein.« Kassia klang nun beinahe belehrend, nicht mehr mitleidig. »Die Palastwachen sind für die Sicherheit der Menschen verantwortlich. Sie wurden wegen der beiden Männer, die vom Balkon gestürzt sind, eingesperrt. Da die beiden aber überlebt haben, wird ihre Strafe nicht allzu lang ausfallen.«

»Und Vater? Wie lange muss er im Gefängnis bleiben?«

Kassia drehte sich zum Fenster und starrte hinaus.

»Kassia! Sag es mir!« Vela zerrte sie an der Schulter herum. »Wie lange?«

Das Mädchen mied ihren Blick. Tränen bildeten sich in seinen Augen, und Vela wurde ganz übel. Beißende Angst packte sie.

Kassia führte sie zum Sofa, mit jedem Schritt zitterte Vela mehr.

»Es gibt da ein altes Gesetz, das seit über dreihundert Jahren besteht«, begann Kassia ungewohnt langsam. »Es dient dem Schutz des Königs, und damit dem Schutz unseres ganzen Landes. Es ist ein strenges Gesetz, und es besagt, dass jeder, der den Königsschlüssel stiehlt, verkauft, veruntreut oder auch nur verliert, als Landesverräter gilt.«

»Landesverräter?«

»Ja. Und jeder Landesverräter kommt für ein Jahr hinter Gitter …«

»Ein ganzes Jahr?«, brauste Vela zornig auf. »Weil er den Schlüssel nicht festhalten konnte? Wo er dem König jahrelang treu gedient, ihn gewartet und repariert hat? Er hat nichts getan! Er ist doch kein Krieger …«

»Ein Jahr hinter Gitter, dann wird entschieden, ob er begnadigt oder hingerichtet wird.«

»Hingerichtet?« Vela hatte nicht mehr die Kraft, laut zu protestieren. »Paps«, flüsterte sie, und Tränen liefen ihr die Wange hinab. Am Mittag war sie noch voller Vorfreude gewesen, monatelang hatte sie sich auf den Besuch in Marinth gefreut, und nun brach auf einmal alles zusammen. »Aber man wird ihn doch begnadigen? Jeder weiß, dass er ein guter Mann ist. Er wird sicher begnadigt, nicht wahr?«

Kassia biss sich auf die Lippen. Kurz sah sie aus, als würde sie ihre Freundin mit einer Lüge trösten wollen, dann atmete sie tief durch und sagte: »Nur der König darf eine Begnadigung aussprechen.«

»Der König schätzt meinen Vater. Er wird ihn sicher begnadigen.«

»Niemand hat den König aufgezogen, Vela. Der König bewegt sich nicht mehr, denn sein Uhrwerk ist abgelaufen. Er sagt keinen Ton. Ohne Schlüssel kann ihn niemand aufziehen.«

Und wenn er nicht aufgezogen wurde, konnte er ihren Vater nicht begnadigen …

Vela wurde schlecht. Sie musste den Kopf zwischen die Knie nehmen, damit ihr das Mittagessen nicht nach oben stieg. Kassias streichelnde Hand auf ihrem Rücken nahm sie kaum wahr. Alles, was sie noch hörte, war das Schlagen ihres Herzens, so laut wie eine Trommel.

Als Vela endlich wieder einen klaren Gedanken fassen konnte, war Kassia nicht mehr im Zimmer. Sie hatte sie einfach allein gelassen mit ihrer Angst. Wahrscheinlich ging sie bereits wieder ihren zahlreichen Verpflichtungen nach. Ihr Vater saß ja nicht im Kerker.

Was sollte sie jetzt tun? Nach Hause fahren? Ihre Mutter bitten herzukommen? Aber die konnte nicht weg – wer sollte dann auf dem Turm nach Feinden Ausschau halten? Nein, Vela musste in der Stadt jemanden finden, der ihr half. In ihren Erinnerungen forschte sie nach Namen, Freunden ihres Vaters, aber sie konnte sich kaum an Gesichter erinnern. Die meiste Zeit hatte sie während der Besuche mit ihrem Vater verbracht, ab und zu hatte er ihr jemanden vorgestellt, aber sie hatte sich nie die Mühe gemacht, sich die Leute einzuprägen. Nur an den großen Tom erinnerte sie sich.

Tom würde ihr sicher helfen, schließlich kannte er ihren Vater schon viele Jahre. Gemeinsam würden sie mit dem Kanzler sprechen, auch wenn Kassia behauptete, dass es nichts nützte! Der Kanzler kannte ihren Vater seit Jahren, er würde mit sich reden lassen, davon war Vela überzeugt. Sie musste ihn nur finden.

Entschlossen suchte sie unter dem Bett nach ihren Schuhen, die sie ausgezogen haben musste, obwohl sie sich nicht mehr daran erinnern konnte, und schlüpfte hinein. Dann stapfte sie los.

Auf dem Weg zur Werkstatt begegnete Vela immer wieder Dienern, Höflingen und Palastwachen. Niemand sprach mit ihr, doch alle fassten sie ins Auge, als sie vorbeieilte, offen oder verstohlen. Die einen betrachteten sie mit zusammengekniffenem Mund und boshaften Blicken, als wäre sie eine schlimme Verbrecherin, die anderen voll Mitgefühl. Beides sprach dafür, dass ihr Vater wirklich großen Ärger hatte.

»Das ist seine Tochter«, hörte sie einen Höfling flüstern, und sie eilte weiter, ohne sich umzudrehen. In seiner Stimme hatte keine Spur Mitgefühl gelegen.

Jede Begegnung ließ sie schneller gehen, bis sie am Ende schnaufend vor der großen, beschlagenen Eichentür stand, hinter der die Werkstatt lag. Sie stemmte sich dagegen, bis sich ein schmaler Spalt öffnete, durch den sie schlüpfte. Sofort schlug ihr der Geruch von Schmieröl, Metall und Rauch entgegen.

An den Wänden hingen unzählige Laternen, die den Raum nach Sonnenuntergang vollständig ausleuchten konnten, denn es war wichtig, dass der Mechaniker alles genau sah. Deshalb besaß ihr Vater auch Augengläser in unterschiedlicher Dicke, die ihm halfen, die winzigen Zahnräder zu erkennen. Dabei war das Problem häufig nicht seine Sehkraft, sondern seine großen Hände, mit denen er versuchte, die Schrauben zu greifen. »Fitzlige kleine Dinger«, nannte er sie manchmal.

Es gab drei Feuerstellen, in denen Metall erhitzt werden konnte, und an allen Wänden standen Regale, die bis unter die Decke reichten. Dutzende Kisten in allen Größen stapelten sich dort, manche waren beschriftet. *Rundschrauben für die Wasserpumpe* war darauf zu lesen. Oder auch *Rollen für Teetische*. Auf einer stand sogar *Glasaugen für Palastwachen, die beim Training ein Auge verlieren*. Und natürlich *Augengläser links* und *Augengläser rechts*.

Auf der linken Seite, in einem grün gestrichenen Regal, lagen die Uhren, die für die Stadt hergestellt wurden. Jedes Gehäuse sah unterschiedlich aus. Manche Uhren waren groß wie ein Schrank, andere nur so klein wie Velas Handfläche. Einige schlugen zu jeder Stunde, andere pfiffen um Mitternacht ein Lied oder schepperten bei Sonnenaufgang: »Guten Morgen!«

Vela mochte die Uhren, und am liebsten mochte sie die, die

über der Tür hing und deren Ziffernblatt den Nachthimmel darstellte. Eine kleine silberne Kugel zeigte an, ob gerade Vollmond oder abnehmender Mond war.

An einem der langen, schweren Eichentische stand der große Tom, in seinen Ohren steckten Wachspfropfen, und er bearbeitete mit einer Feile ein langes Metallrohr, das er vor sich in einen Schraubstock gespannt hatte. Sein Gesicht war vor Konzentration zu einer Grimasse verzogen.

Vela ging auf ihn zu und stellte sich auf die andere Seite der Werkbank. Mit der Hand fuchtelte sie in seinem Sichtfeld herum, bis der Mann auf sie aufmerksam wurde und die Feile beiseitelegte.

Er zog sich die Wachspfropfen aus den Ohren. »Was machst du denn hier, Kleines?«

»Tom, du musst mir helfen. Sie haben Vater eingesperrt und machen ihn für den Verlust des Königsschlüssels verantwortlich.«

Er zog die Augenbrauen zusammen. »Ja, das habe ich schon gehört. Das ist sehr ungerecht. Ich weiß doch, dass er nichts dafür kann.«

Erleichtert atmete Vela auf. Tom glaubte ihr. »Was machen wir denn jetzt?«

»Wie meinst du das?«

»Na, wir müssen doch irgendjemand überzeugen, dass er Vater frei lässt. Den Kanzler zum Beispiel. Du musst mit ihm reden, damit er das Gesetz außer Kraft setzt.«

»Ach Vela.« Tom legte den Kopf schief und stützte die Hände auf die Werkbank. »Das wird wohl nicht gehen. Das Gesetz kann man nicht einfach so ändern. Das kann doch nur der König.«

»Aber der König ist nicht aufgezogen!«

Tom nickte bedauernd. »Dann müssen wir wohl abwarten. Da kann man nichts machen.«

Sie konnten doch nicht einfach tatenlos abwarten! Tom arbeitete schon so lange mit ihrem Vater in der Werkstatt. Neben dem Königsmechaniker musste es ja auch noch einen Mechaniker geben, der sich um die anderen Aufgaben am Hofe kümmerte. Der neue Dinge herstellte und alles reparierte, was im Schloss kaputtging.

Als die Stelle vor Jahren neu besetzt werden musste, weil der andere Mechaniker beim Reinigen der Pumpanlagen betrunken vom Gestell gestürzt war, hatte sich Velas Vater für den langen Tom eingesetzt, obwohl der niemand Wichtigen im Schloss kannte – weil er von dessen Fähigkeiten überzeugt war. Hatte der lange Tom das jetzt alles vergessen? Die beiden Männer hatten sich doch sonst immer gut verstanden.

»Willst du mir denn gar nicht helfen?«, fragte sie leise.

»Natürlich will ich dir helfen, aber es geht einfach nicht. Der Kanzler wird schon wissen, was zu tun ist. Wenn es eine Möglichkeit gibt, deinem Vater zu helfen, dann wird er es auch tun. Wir sollten uns da wirklich nicht einmischen. Außerdem«, Tom hob die Arme und zeigte auf die Werkbänke, »gibt es viel zu tun. Die Sachen können nicht einfach liegenbleiben, Vela. Wer soll denn die Wasserpumpe im Auge behalten, wenn ich mich nicht darum kümmere?«

Ihr Vater sollte ins Gefängnis, und Tom sorgte sich um eine Wasserpumpe!

Tief enttäuscht sah Vela hinüber zu den Uhren, die noch genauso dalagen wie am Vormittag, als wäre nichts geschehen, als wäre die Zeit gar nicht verstrichen.

»Es tut mir leid, Kleines.«

Ja, ihr tat es auch leid. Mit hängenden Schultern ging sie zu der Tür am anderen Ende der Werkstatt, hinter der die geräumige Kammer ihres Vaters lag, während hinter ihr das Geräusch der Feile wieder einsetzte. Sie trat ein und sah sich um, aber nichts fiel ihr ins Auge, das ihr geholfen hätte.

An den Wänden hingen technische Zeichnungen für einen Apparat, der eine Art Transportmittel werden sollte. Er hatte drei Räder und Pedale und ein Gewinde aus Zahnrädern. Seit Jahren arbeitete ihr Vater daran, wenn er Zeit fand. Er hatte ihr versprochen, wenn er den Apparat erst gebaut hätte, dann würden sie zusammen losfahren und sich das Land ansehen.

Im Regal neben dem Bett lagen ein paar seiner Sachen, und im untersten Fach stand noch immer die Kiste mit Velas ersten Werkstücken. Ein Schlüsselbrett mit schiefen Haken, das hatte sie gebastelt, als sie acht Jahre alt gewesen war. Ein Schuhanzieher aus Bronze, den nur Kinder benutzen konnten, weil er so winzig war. Damals konnte ihr Vater nicht viel Bronze erübrigen, um sie damit basteln zu lassen. Auch ein paar Schlüssel lagen in der Kiste, die hatte sie mit zehn oder elf gemacht, als sie schon geschickter gewesen war und auch einiges von ihrem Großvater gelernt hatte.

Inzwischen war sie fingerfertig genug, um Dinge für den Gebrauch, nicht für die Schublade, herzustellen, doch zeigen konnte sie das ihrem Vater nicht.

Traurig legte sie sich auf das Bett, das Kissen roch immer noch ein bisschen nach ihm, drei Fingerabdrücke verzierten eine Ecke des Bezugs, vielleicht hatte er nach der Arbeit die Schmiere nicht ganz wegwischen können. Minutenlang lag sie reglos auf dem Bett, zusammengerollt wie eine Katze.

Außer Tom fiel ihr niemand mehr ein, den sie um Hilfe bitten konnte, sie war ja nicht oft hier. Es hatte nicht mal gereicht, um eigene Freunde zu gewinnen, außer Kassia. Zu beschäftigt war sie gewesen, ihrem Vater bei der Arbeit zuzusehen. In der Königsstadt gab es immer etwas zu entdecken und anzuschauen. Langweilig war es nie gewesen.

Zu Hause gab es zwar auch mechanische Apparate, aber längst nicht so viele wie hier, auch wenn es in letzter Zeit mehr geworden waren. Aber dort hatte sie Freunde: Mara und Jonas, die Undart-Zwillinge und die schielende Florentine. An guten Tagen auch Michels Sohn Huban mit seinem riesigen Hund Baffalum. Irgendwer hatte immer Zeit und ein offenes Ohr.

Aber wie sollten die ihr helfen, wenn sie mehrere Tagesreisen von ihr entfernt waren? Hier war sie jetzt auf sich gestellt – und dabei hatte ihre Mutter noch gedacht, das Wichtigste wäre, die Kutschfahrt zu überstehen. Doch das war keine große Herausforderung gewesen, schließlich lenkte Vela die Kutsche ja nicht selbst.

Wenn es gar nicht anders ging, musste sie eben allein zum Kanzler gehen und ihn überzeugen. Was blieb ihr anderes übrig? Irgendetwas musste schließlich passieren.

IM KERKER

Niemand öffnete, als sie an die Kanzleitür klopfte. Sie war unzählige Treppen auf und ab gelaufen, hatte sich durch vollgestopfte Gänge gedrängt, in denen die Menschen noch immer diskutierten und jammerten, bis hinüber auf die andere Seite des Schlosses, das Hemd verschwitzt von der ganzen Rennerei – und dann öffnete niemand die verfluchte Tür!

Ein Diener mit stumpfen grünen Augen trat zu ihr und fragte: »Was möchtest du denn?«

»Den Kanzler sprechen.«

»Um diese Stunde ist der Kanzler nie für das Volk zu sprechen, er hat wichtige Aufgaben zu erledigen. Komm ein anderes Mal wieder. Dort drüben hängen die Zeiten aus, zu denen du dein Anliegen vortragen kannst.« Er deutete auf eine Holztafel mit drei verzierten Leisten, auf denen geschwungene silberne Zahlen aufgereiht waren und über der eine schlichte Stahluhr hing.

»Aber es kann nicht warten, ich muss den Kanzler jetzt sprechen.«

Der Diener schüttelte missbilligend den Kopf und verschränkte die Hände hinter dem Rücken, während er sich zu Vela herabbeugte. »Der Kanzler ist in die Stadt gefahren, um auf dem Marktplatz zum Volk zu sprechen. Er muss den Pöbel beruhigen, damit keine Unruhen aufkommen. Und das ist allemal wichtiger als die Sorgen eines kleinen Mädchens. Du musst dein Anliegen morgen vortragen, jetzt hat dafür niemand Zeit. Und sollte morgen jemand Zeit finden, dann sei dankbar und nicht pampig.«

»Das kann doch alles nicht wahr sein«, murmelte Vela, aber sie erkannte, dass sie hier vergeblich versuchte, etwas zu bewegen; der Diener konnte ihr nicht helfen.

Ohne ein weiteres Wort drehte sie sich um und rannte den Gang zurück. Wieder unzählige Treppen hinauf und hinab und dann aus dem Schloss hinaus, vorbei an den Wachposten, die begonnen hatten, das Tor zu schließen.

Sie rannte über den sonnenbeschienenen Hof und weiter die breite Allee hinunter. Auf halber Strecke stolperte sie über einen herausstehenden Pflasterstein. Ihr Kopf raste Richtung Pflaster, schützend riss sie die Arme nach vorn, doch mit Händen und Knien knallte sie auf den rauen Boden. Der Schmerz sauste direkt in ihren Kopf, so dass sie dachte, es würde ihr die Schädeldecke anheben. Einen Moment lang blieb sie einfach hocken und wartete darauf, dass der Schmerz nachließ, dann schrie sie ihn mit einer garstigen Verwünschung hinaus.

Als sie sich endlich aufgerappelt hatte, betrachtete sie ihre aufgeschrammten Handflächen. Sie brannten, und ein paar Tropfen Blut sickerten hervor. Doch sie humpelte weiter und wischte die Hände an der Hose ab.

Als sie den Marktplatz erreichte, sah sie die rot-goldene Kutsche des Kanzlers mit den hohen breiten Rädern auf der anderen Seite in einer breiten Straße verschwinden. Offenbar war der Kanzler mit der Ansprache fertig.

»Mist«, fluchte Vela laut, und eine ältere Frau mit Samthut schüttelte den Kopf, als sie an ihr vorbeiging.

Die Menschenansammlung löste sich langsam auf, und Vela hörte vereinzelt Gesprächsfetzen, während sie sich einen Weg durch die Menge bahnte. Da waren besorgte Handwerker und Bedienstete, Kinder mit flinken Augen, schnatternde Mägde, brummige Knechte und herausgeputzte Besucher, die nur für die Zeremonie und das Turnier in die Stadt gekommen waren und nun neugierig alles aufsogen, was es zu sehen gab. Sie sah sorgenvolle, entschlossene, misstrauische, nervöse und angespannte Gesichter, aber auch Erleichterung, ein vorsichtiges Lächeln und hoffendes Nicken. Doch die Panik von der Zeremonie war verschwunden, so weit hatte der Kanzler die Menschen beruhigen können.

»Wenn er es sagt …«

»Gut, dass er da ist …«

»… aber ohne König geht's eben nicht!«

»Eingebildeter Affe!«

Atemlos rannte sie hinter der Kutsche her. Ihre Beine schmerzten, die Lunge schien jeden Moment zu platzen, und die Leute riefen ihr Beschimpfungen nach, wenn sie sie anrempelte, aber Vela blieb nicht stehen. Sie rief den Kanzler und wurde mit jedem Ruf lauter, bis die Kutsche tatsächlich anhielt und der Kanzler aus dem Fenster sah. Er wirkte noch immer ruhig. Sein Blick unterschied sich nicht von dem, den er ihr vor wenigen Stunden im Schloss zur Begrüßung zugeworfen hatte.

»Herr Kanzler!« Sie atmete schwer. »Was … was passiert jetzt … mit meinem Vater?«

»Er wurde in den Kerker gebracht.«

»Aber weshalb?«

Einige Leute blieben stehen und verfolgten den Wortwechsel. Für sie waren der Kanzler und das Mädchen, das ihm hinterherlief, offenbar ein interessanteres Spektakel als ihre eigenen Angelegenheiten.

Der Kanzler blickte immer wieder zu ihnen, während er mit Vela sprach. »Das ist es ja gerade, er hat nichts gemacht. Er hätte den Schlüssel nicht verlieren dürfen, es war seine Aufgabe, den Schlüssel zu beschützen.«

Vela schüttelte den Kopf. »Aber er ist doch kein Kämpfer. Er ist Mechaniker!«

Der Kanzler hob die Hand. »Falsch, mein Kind, er ist der Königsmechaniker. Und als solcher hat er besondere Aufgaben. Er verwahrt den Schlüssel und führt die Zeremonie durch. Einmal im Jahr, das ist nicht allzu oft, oder? Da muss er aufpassen und darf sich den Schlüssel nicht von einem Vogel abnehmen lassen. Immerhin wird er für diese Aufgabe reich entlohnt.«

Vela verstand das alles nicht. Sie wollte nicht einsehen, dass man ihren Vater dafür verantwortlich machte, obwohl jeder gesehen hatte, dass es ein Unglück gewesen war. Schwächer als ein solches Monster zu sein, war doch kein Verbrechen! Aber sie konnte schlecht den Kanzler anschreien, also fragte sie mit zitternder Stimme: »Was wird jetzt passieren?«

»Mach dir keine Sorgen.« Er nickte ihr und seltsamerweise auch den anderen aufmunternd zu. »Wir werden das große Turnier abhalten, wie jedes Jahr nach der Zeremonie, und dabei die vier besten Ritter unseres Landes bestimmen. Diese werden dann nicht nur geehrt, sondern mit der Aufgabe betraut, den Schlüssel zurückzubringen. Wenn ihnen das innerhalb eines Jahres gelingt, dann gibt es auch für deinen Vater Hoffnung. Wird der König rechtzeitig aufgezogen, kann er deinen Vater begnadigen. Und die auserwählten Ritter werden alles daransetzen, den Schlüssel zu finden. So viel kann ich dir versprechen.«

Die Leute gaben zustimmendes Gemurmel von sich, denn die Ritter waren sehr beliebt. »Ja, das Turnier, denkt an das Turnier«, tuschelten viele aufgeregt. »Dort werden Helden geboren.«

»Und wenn sie nicht rechtzeitig wieder hier sind?«

»Nun, dann …« Der Kanzler sprach nicht aus, was dann geschehen würde, aber Vela ahnte es, und ihr wurde wieder schlecht. »Aber denk nicht daran, sie werden rechtzeitig zurückkehren. Es sind die Besten des Landes.«

Ja, die Ritter mussten es einfach schaffen! Vela atmete tief durch und fragte: »Kann ich ihn sehen?«

»Ich fürchte, das geht nicht«, antwortete der Kanzler und sah ungeduldig über die Schulter.

»Aber ich muss ihn sehen! Er muss doch wissen, dass es mir gut geht. Er wird sich Sorgen machen. Sie dürfen mir das nicht verbieten, ich muss unbedingt zu ihm. Bitte!« Ihre Stimme überschlug sich, und sie fasste seinen Arm.

Er sah auf sie herab und kniff die Augen ein wenig zusammen, da ließ sie ihn wieder los.

»Na schön, du kannst zu ihm«, sagte er mit etwas weicherer Stimme. »Man soll mir nicht vorwerfen, ich wäre hartherzig und würde mich nicht um die Kinder der Angestellten sorgen. Eine Wache wird dich begleiten. Aber denk daran, es ist nicht erlaubt, etwas mit in den Kerker zu nehmen.«

Erleichtert nickte Vela. Sie würde mit ihrem Vater reden. Er wusste bestimmt Rat. Der Kanzler verschwand wieder in der Kutsche, und Vela wartete geduldig, bis sein Kopf erneut im Fenster erschien. Er reichte ihr einen Bogen Pergament, auf das sein Schreiber schnell eine Genehmigung gekritzelt hatte. Das rote Wachs des Siegels war noch warm.

»Das sollte genügen. Melde dich bei der Palastwache, die bringen dich zu deinem Vater.«

Und schon setzte sich die Kutsche in Bewegung. Sie verschwand hinter der nächsten Biegung, während Vela noch immer dastand und versuchte, zu Atem zu kommen. Erst jetzt bemerkte sie, dass ihre Beine zitterten, und sie spürte wieder die Schrammen auf den Händen brennen. Auch ihr Kinn zitterte, doch sie weinte nicht.

Auf dem Rückweg musste sie mehrmals Menschen aus dem Weg springen, die durch die Straßen rannten, um die neuesten Berichte aus dem Schloss und vom König unter die Massen zu bringen. Über ihren Vater hörte sie dabei nichts. Ungeduldig eilte sie weiter.

Im Schloss meldete sie sich sofort bei der Palastwache. Ein missmutiger Mann musterte sie abschätzig, dann beschied er ihr, ihm zu folgen und stapfte in die Schlossgärten, in denen nur wenige Höflinge zwischen den bunten Blumenmosaiken und gestutzten Büschen flanierten, als wäre nie etwas geschehen.

Er führte sie über leuchtend weiß gekieste Wege, vorbei an den Springbrunnen und zwei mechanischen Ritterfiguren, die einen Zweikampf aufführten, wenn man sie aufzog, ohne jemals einen Sieger hervorzubringen.

Weiter hinten wurden die Büsche und Hecken höher und die Blumen seltener. Mit großen Schritten lief die Palastwache durch das schwer beschlagene Tor in der mächtigen roten Mauer, hin zu einem runden gedrungenen Kerkerturm, der außerhalb der Schlossanlage stand.

Von dem Turm hieß es, dass nicht einmal Spinnen oder Käfer von dort entkommen konnten, geschweige denn Ratten oder Gefangene. Der Kerkerturm war breiter als hoch und hatte dicke Mauern aus dunkelgrauen Felsquadern.Rings um den Turm verlief ein viele Schritt tiefer und breiter Wassergraben, in dem dunkle Schemen mit schnellen, zackigen Bewegungen umherhuschten. Die Schemen waren deutlich größer als Vela und warfen Wellen, auch wenn sie niemals bis zur Oberfläche auftauchten. An beiden Ufern standen schwere Kräne, mit denen die Kerkerwachen Fleisch ins Wasser wuchten konnten, um die Schemen zu füttern. Manchmal fanden sich Schaulustige zu den Fütterungszeiten an den Gräben ein. Aber das waren meist bärbeißige Gesellen von außerhalb, Seemänner, die keine Angst vor Ungeheuern im Wasser hatten.

Menschen wie Vela machten lieber einen Bogen um diesen Ort, denn niemand wusste genau, welche Art Tiere diese Schemen nun waren. Es sei aber auch besser so, wurde behauptet, denn wer ihren Namen kenne, den könnten sie im Traum besuchen und ihm dort Schlimmes antun. Die Seemänner lachten über solche Geschichten, und die Wagemutigsten unter ihnen spuckten sogar in den Wassergraben. Vela aber wollte sich nicht vorstellen, was die Schemen mit einem Unglücklichen machten, der ins Wasser fiel.

Auf ihrer Seite des Grabens, direkt dem massiven Turmeingang gegenüber, war eine Zugbrückenkonstruktion aus schwarzen Planken und mattem Stahl errichtet worden. Die Brücke selbst stand aufrecht vor einem Gerüst und konnte von einem einzigen Mann mit Hilfe einer Kurbel über den Graben hinabgelassen werden.

Während der Palastwächter zu kurbeln begann, betrachtete Vela die offen liegende Konstruktion aus Zahnrädern, Ketten und Walzen. Obwohl die Trauer wie ein fester Klumpen in ihrem Bauch lag, konnte sie die Augen nicht abwenden. Sie sah sich an, wie Zähne und Kettenglieder ineinandergriffen und so den Kraftaufwand erheblich verringerten.

Seit ihr Vater ihr dieses mechanische Prinzip erklärt hatte, war sie davon fasziniert, auch wenn sie die Formel längst wieder vergessen hatte, mit der man den Zusammenhang von Kraft und Weg und Gewicht und was sonst noch allem berechnen konnte. Sie wollte nicht rechnen, sondern bauen.

Fasziniert beobachtete sie, wie sich die Räder drehten, während sich die Brücke Stück für Stück senkte und der Wächter keuchte und schwitzte. Ganz ohne Kraft ließ sich die Brücke natürlich trotz allem nicht bewegen.

Im Turm selbst gab es nicht viele Zellen, das eigentliche Gefängnis befand sich außerhalb der Stadt. Hier wurden nur jene Verbrecher festgehalten, die sich eines Vergehens schuldig gemacht hatten, das im Zusammenhang mit dem König, dem Schloss oder dem Kanzler stand. Solche Vergehen waren selten, und sie wurden hart bestraft. Denn, wie ihr der Kanzler einmal erklärt hatte, der König in seinem Schloss war die Grundlage für das Glück des Volkes und des Reiches. Wer ihm schadete, schadete dem ganzen Volk. Landesverrat war schließlich auch der Grund, aus dem man ihren Vater hergebracht hatte.

Als sie schließlich die Brücke überquerten, sah Vela nicht ins Wasser und zu den Schemen hinunter, sondern stur auf den Rücken des Wächters. Er klopfte an das Tor, und nach einem Moment öffnete sich eine Luke im Türblatt.

»Mach das Tor auf, du Hund. Ich hab hier vornehmen Besuch für einen deiner Gäste«, sagte die Palastwache und warf Vela einen gehässigen Blick zu.

»Genehmigung?«, kam es brummend von der anderen Seite.

»Aber ja. Nun mach schon, beeil dich. Ich hab nicht den ganzen Tag Zeit.«

Besonders erpicht schien der Kerkerwächter nicht auf eine Erklärung zu sein, denn sofort hörte Vela das Knarzen eines Schlüssels, der nicht oft im Schloss bewegt wurde, und die Tür öffnete sich. Vor ihnen stand ein kleiner unrasierter Mann, der nach Wein und altem Schweiß roch.

Sie drängten sich an dem Mann vorbei, hinein in das Dunkel des Turms. Der Palastwächter ging mit ihr ein halbes Dutzend grober Stufen ins untere Geschoss des Turms hinab, wo sich das Verlies befand. Oben vermutete Vela die Räume der Wachhabenden und vielleicht auch ein Lager für das Schemenfutter. Ihr schauderte.

»Pass auf, wo du hintrittst, wenn du dir deine hübschen Schuhe nicht schmutzig machen willst, Mädchen«, lachte der Mann, aber es klang nicht freundlich. Der Boden war mit Schmutz übersät, hier war wahrscheinlich seit der Stadtgründung nicht mehr geputzt worden.

Im Verlies war es dämmrig. An den Wänden brannten nur wenige Fackeln, und durch die winzigen Fenster ganz oben in Deckennähe drang kaum Tageslicht. Es roch nach abgestandener Luft, Ruß und angebranntem Getreidebrei. Irgendwo stöhnte jemand, doch die Stimme war Vela fremd. Gänsehaut überzog ihre Arme, und misstrauisch huschte ihr Blick in die dunklen Ecken. Hier wollte sicher niemand freiwillig bleiben.

An einem durch ein blau gestrichenes Gitter abgedeckten Loch blieb der Mann stehen. Er deutete mit dem Daumen in die Dunkelheit unter dem Gitter, das ringsum mit vier massiven Schlössern gesichert war. Ein Schloss für jede Himmelsrichtung.

»Na, willst du mal einen Blick in unser bestes Zimmer werfen? Der reinste Salon.« Er lachte wieder.

Vorsichtig trat Vela an den Rand des Lochs. Es war kaum etwas zu erkennen, es musste wohl mehrere Meter in die Tiefe gehen. Von allein konnte jedenfalls niemand heraufklettern. Kein Tageslicht drang dort hinunter, der Boden schien nur grob aus dem Felsen gehauen zu sein, und weder Bett noch Pritsche waren auch nur zu erahnen. Aber die Zelle schien leer zu sein.

»Die ist für Hexen. Damit sie nicht auf dumme Ideen kommen, während sie hier sind. Die Dunkelheit und die Enge machen die Leute komisch im Kopf, da können sie sich nicht auf ihre Zaubersprüche konzentrieren. So einfach ist das. Schlau ausgedacht, was?«

Vela konnte sich nicht vorstellen, dass irgendwer dort unten auch nur eine Woche aushielt, ohne verrückt zu werden.

Der Mann zuckte mit den Schultern. »Aber es ist sowieso schon ewig her, dass da mal eine dringesessen hat. Sind schlau, diese Hexen, und halten sich von Marinth fern. Sie wissen ja, was ihnen hier blüht. Jetzt gibt's hier nur noch das übliche Gesindel.«

Sie sah auf und merkte, wie der Mann sie beobachtete. Die Bemerkung machte sie wütend. Als ob ihr Vater Gesindel wäre! Aber sie ballte nur stumm die Fäuste und reckte das Kinn. »Kann ich jetzt meinen Vater sehen?«

»Von mir aus.«

Er führte sie weiter den Gang entlang, hinter der nächsten Biegung stand ein weiterer Wächter, dem er kurz zunickte. Der Wächter besaß derart versteinerte Züge, dass sein Gesicht fast grau wirkte, obwohl es mit Sommersprossen übersät war und eine rote Narbe über seine linke Wange verlief. Er nickte Velas Begleiter kurz zu und nahm ihr dann schweigend den Hammer ab. Er deutete zu einer Zelle, die sich am Ende des Gangs befand, während sich die Palastwache neben ihn stellte und von den Tumulten erzählte, die oben im Schloss vor sich gingen. Dabei ließ der Mann immer wieder sein unfreundliches Lachen hören.

Als Vela vor den schwarz verschmierten Gittern stand, konnte sie zunächst nichts erkennen, so dunkel war es in der fensterlosen

Zelle. Doch dann gewöhnten sich ihre Augen an die Finsternis, und sie erblickte ihren Vater, der auf einer schmalen Pritsche lag. Er hatte einen Arm über die Augen gelegt und ein graues Hemd an, wohl weil seines zerrissen war.

»Paps«, rief sie leise, und dann noch einmal.

Erst da bemerkte er, dass ihn jemand rief. Es dauerte einen Moment, bis er sie erkannte. Langsam erhob er sich und kam auf sie zu. Als er vor ihr stand, die Hände an die Gitterstäbe geklammert, kam er ihr kleiner vor, als sie ihn in Erinnerung hatte. Er sah müde aus und irgendwie genauso verblichen wie das grobe, weite Hemd, das sie ihm angezogen hatten.

Sie hob die Arme und legte ihre Hände auf seine, die noch immer die Stäbe umfassten, und eine Weile sprachen sie nicht, sahen sich nur an, und Vela überlegte, was sie sagen könnte, um ihn aufzumuntern. Sicher nicht, dass Tom ihr nicht geholfen hatte, das konnte sie später immer noch berichten.

Schließlich versuchte sie es mit: »Es geht mir gut, mach dir um mich keine Sorgen.«

»Das ist gut«, antwortete er und schwieg wieder. Seine matten Augen ruhten auf ihr, doch Vela hatte das Gefühl, sie blickten ins Nichts. Sie sah sich nach dem Wächter um, der teilnahmslos einen Fleck von seinem Brustpanzer wischte, während der Mann, der sie hergebracht hatte, weiter auf ihn einredete.

»Geht es dir auch gut?«, fragte sie, und ihr Vater nickte langsam. »Brauchst du irgendetwas? Vielleicht kann ich den Kanzler bitten, es dir zu bringen.«

»Den Kanzler, pah!«, stieß er aus und schien zum ersten Mal aus seiner Lethargie zu erwachen. »Der ist so hilfsbereit wie eine Brunnenfigur aus Roststein. Lächelt ununterbrochen, aber rührt keinen Finger!«

Nervös trat Vela von einem Fuß auf den anderen und biss sich auf die Lippe. »Was sollen wir denn jetzt machen?«

»Gar nichts, fürchte ich.« Seine Stimme war wieder leise und brüchig geworden. »Ich werde wohl das Jahr hier absitzen müssen und darauf hoffen, dass ein Wunder geschieht und der Schlüssel wieder auftaucht. Sonst sieht's übel aus.«

»Die Ritter werden es schon schaffen«, versuchte sie ihm Hoffnung zu machen und streichelte über seine großen Hände.

»Welche Ritter?« Verwirrt blickte er sie an.

»Nun, die besten vier Ritter des diesjährigen Turniers. Sie werden ausgeschickt, um den Vogel zu finden. Hat dir das niemand gesagt?«

Er schüttelte den Kopf. »Nein, mir hat man nur gesagt, dass ich einen Lehrling einarbeiten muss, für den Fall der Fälle. Vielleicht kriegst du ja jetzt, was du willst.« Ihr Vater lächelte sie schief an. »Du kannst dich ja um den Posten bewerben.«

Vela glaubte einen Augenblick, ihr Herz würde stehen bleiben. Natürlich war die Lehre als Königsmechanikerin ihr größter Wunsch, aber dass er auf diese Weise wahr werden sollte, das wollte sie nicht. Und woher wusste er überhaupt davon? Sie hatte doch nie gewagt, es auszusprechen.

Heftig schüttelte sie den Kopf. »Ich will nur, dass du wieder hier rauskannst.«

Die großen, schwieligen Hände drückten ihre, bis es schmerzte. Er konnte seine Kraft nie richtig einschätzen, aber sie beschwerte sich nicht. Es tat gut, die Wärme seiner Hände zu spüren, und auch ihre Kraft. Das war viel besser, als wenn sie saftlos und grau auf den Gittern lagen.

»Du musst nach Hause fahren, Vela. Du kannst nicht in der Stadt bleiben. Ich kann mich jetzt nicht um dich kümmern, und du kannst hier nicht alleine leben.« Er sah kurz zu den Wachen hinüber und flüsterte dann: »Am besten gehst du in die Werkstatt, in meinem Werkzeugschrank ist im Boden ein kleines Geheimfach. Dort findest du genug Münzen für die Heimreise.«

»Nein, ich kann dich doch jetzt nicht allein lassen – das geht nicht!«

»Keine Widerrede, Kind. Für ein Mädchen ist es allein zu gefährlich in der Stadt. Außerdem würde deine Mutter nie wieder ein Wort mit mir sprechen, wenn ich dich jetzt nicht nach Hause schicke.«

Vela wollte sagen, dass sie sowieso kein Wort mehr miteinander sprachen, aber sie tat es nicht. Wahrscheinlich hätte er sie nur vorlaut genannt, und sie wollte sich jetzt nicht mit ihm streiten. Also sagte sie nur: »Na schön«, weil sie ohnehin wusste, dass er sie nicht kontrollieren konnte, solange er im Kerker saß. Dieses eine Mal konnte sie tun, was sie für richtig hielt, weil er sie nicht daran hindern konnte. Doch besser fühlte sie sich bei dieser Erkenntnis nicht. Eigentlich wollte sie ihn nicht belügen – aber die Stadt verlassen, und damit ihn, konnte sie ebenso wenig.

Als die Wache ungeduldig mit dem Speer auf den Boden klopfte, umarmten sie sich durch das Gitter. Vela weinte ihm aufs Hemd und versprach, ihm zu schreiben, wenn sie konnte. Am Ende des Gangs warf sie noch einmal einen Blick zurück, aber ihr Vater hatte sich schon wieder ins Dunkel zurückgezogen.

Es würde ihr gelingen, ihn zu befreien, das schwor sie sich. Was immer nötig war, würde sie dafür tun; sie würde den Rittern helfen, so gut es ging.

Am Ausgang gab ihr die Wache den Hammer wieder, und Vela steckte ihn zurück an den Gürtel.

Es würde schon gelingen. Die Geschichten, die ihr Großvater Rendo am Feuer erzählte, endeten doch auch immer gut. Sie musste nur daran glauben. In zwei Tagen würde das Turnier stattfinden, und sie würde sich die vier Ritter genau ansehen. Einem von ihnen musste es gelingen, den Schlüssel zu finden, immerhin waren sie Ritter. Und dazu die Besten des Landes.

URS

Am Tag des Turniers schlich sich Cephei wieder aus der Gaststube und rannte in die Stadt. Er folgte einem Ritter mit lilagrauem Umhang und goldenen Schuhen zum Turnierplatz. Dabei hielt er Abstand, um nicht aufzufallen. Zwei Schritt hinter dem Ritter japste sein schmächtiger Knappe unter dem Gewicht der Ersatzwaffen und ledernen Taschen, die er auf Rücken und Schultern trug.

Schnurstracks stakste der Ritter auf das hölzerne Anmeldehäuschen zu, das neben der Arena aus rotem Stein stand, und der japsende Knappe mühte sich verzweifelt, ihn zu überholen. Sein Rücken war mittlerweile so gebeugt, dass die lange Nase fast über den Boden schleifte und er mit den Knien an die Ohren stieß, und sein Gesicht war roter als die Wände der Arena, aber er schaffte es, an seinem Herrn vorbeizuziehen.

Dabei verlor er jedoch eines der vielen Täschchen von seiner linken Schulter, und ein verzierter Dolch rutschte ihm aus der Scheide, die auf seinem Kreuz hin und her hüpfte. Er bemerkte es nicht, und sein Ritter ebenso wenig.

Niemand außer Cephei schien es zu sehen. Rasch blickte er sich um, dann hob er die beiden Gegenstände mit flinken Händen auf. Wenn er sie zurückbrächte, wäre der Ritter ihm sicherlich dankbar, und vielleicht könnte er ein gutes Wort bei Herrn Pavo für ihn einlegen, so dass er Knappe werden konnte.

»Herr Baldran, Ritter von Burg Adlerzinne!«, rief der keuchende Knappe in genau diesem Moment dem grau bekittelten

Schreiber in der Anmeldehütte zu, um seinen Herrn gebührend anzukündigen.

Cephei verharrte. Ritter Baldran war der alte Rivale von Herrn Pavo. Einen eitlen, rücksichtslosen Feigling hatte Pavo ihn in einem Wirtshaus genannt, als er mit anderen Rittern gezecht hatte. Einen hinterhältigen, unwürdigen Lügner, der vor schwierigen Duellen kniff, wenn er seinem Gegner nicht in den Rücken fallen konnte.

So einem würde Cephei nichts zurückgeben! Er steckte Dolch und Tasche in seinen Gürtel und ließ das Hemd darübergleiten.

Während Ritter Baldran und sein Knappe in die Arena gelassen wurden, setzte sich Cephei auf einen sonnengewärmten Stein auf der anderen Straßenseite und wartete. Wenn er ein wenig Glück hätte, würde er Herrn Pavo hier eintreffen sehen, und vielleicht ergäbe sich eine Gelegenheit, seine Aufmerksamkeit zu erlangen.

Er hielt Ausschau nach dem Erdwühler, aber der ließ sich nicht blicken; seit dem Angriff des großen Vogels war er verschwunden. Cephei hoffte, dass der Erdwühler wiederkommen würde, denn er vermisste seinen gefiederten Freund, auch wenn er nie gesprochen hatte.

Zunächst trafen andere Ritter ein, alle mit stolzem Schritt und schwitzenden, über und über beladenen Knappen. Herr Fridén hatte ein blütenweißes Wappen auf einem leuchtend roten Wams, und sein Kettenhemd strahlte im klarsten Silber, obwohl bei seiner Ankunft die Sonne kurz hinter einer Wolke verborgen war.

Herr Loderland war unrasiert und seine Rüstung staubbedeckt, als wäre er erst eben nach einem mehrtägigen Gewaltritt in der Stadt eingetroffen. An seinem Gürtel hing ein schwerer

Morgenstern, und der Schild auf seinem Rücken zeigte als Wappentier eine goldene Spinne. Sein Knappe schnaufte, als wäre er seinem Herrn zu Fuß nicht von der Seite gewichen.

Der Knappe von Herrn Kundan war furchtbar aufgeregt und stotterte mit rotem Kopf so lange herum, bis sich Herr Kundan schließlich selbst vorstellte. Er hatte eine tiefe Stimme und zwei Äxte als Waffen. Auf seiner Stirn wuchsen zwei kurze Hörner, die er in seinen Farben Gelb und Hellblau bemalt hatte.

Cephei staunte und sagte sich, dass er die Aufgaben eines Knappen sicher bewältigen konnte. Offenbar musste man vor allem stark sein und viel tragen können, und es wäre zudem hilfreich, wenn man nicht stotterte. Dies tat er nicht, nicht einmal, wenn er aufgeregt war, und im Gasthaus musste er oft viele schwere Krüge schleppen. Ab morgen würde er darüber hinaus täglich trainieren. Er würde rennen und Baumstämme heben und Steine schleudern und natürlich weiter mit seinem Holzschwert gegen die leeren Fässer im Hinterhof kämpfen.

Während Cephei noch von einer glänzenden Zukunft als Knappe träumte, näherte sich ein aufrecht gehender Bär mit dunklem Pelz der Arena. Er war einen Kopf größer als alle Ritter bisher und trug einen kurzen, tiefblauen Umhang mit einer aufgestickten Blüte und einen Hut mit breiter Krempe. Über den Rücken hatte er einen einfachen hölzernen Schild gebunden, und an seinem Gürtel hingen ein breites Schwert und ein langer Dolch. Er hatte die Daumen in den Gürtel gehakt, pfiff ein Lied und trug selbst einen Beutel über der Schulter.

Kein Knappe folgte ihm, und niemand brüllte seinen Namen, als er sich dem Anmeldehäuschen näherte.

»Ich bin Urs und möchte gern am Turnier teilnehmen, werter

Mann«, sagte der Bär höflich und fügte noch lächelnd an: »Gutes Fechtwetter heute, was?«

»Ihr Rang?«, fragte der Mann im grauen Kittel, dem das Wetter völlig egal zu sein schien.

»Rang?«

»Ja. Ihr Titel. Ihr Wappen. Ihre Familie. Ihr Stammsitz. Irgendwas.«

»Na ja, ich wohne im Wald, in einem Blockhaus nahe dem Förster Erber.«

»Schön und gut, aber was wollen Sie dann hier?«

»Kämpfen?« Verdutzt blickte der Bär den Mann an. »Bei einem Turnier will man kämpfen, oder nicht? Ich will das Turnier gewinnen und den geraubten Schlüssel zurückholen.«

»Nicht ohne Adelstitel.«

»Aber ich fechte gut …«

»Nicht ohne Titel, habe ich gesagt«, fuhr der graue Mann entrüstet auf. »So lautet die Regel. Und jetzt bitte ich Sie, Platz zu machen, dort hinten sehe ich schon den Knappen von Herrn Dober gerannt kommen.«

Traurig und mit hängenden Schultern trat der Bär zur Seite.

»Nicht mal einen Knappen hat er«, murmelte der Anmeldemann noch, dann setzte er ein Lächeln für den forsch heranschreitenden Ritter auf.

Cephei beobachtete, wie sich der Bär langsam umsah. Um ihn her eilten die ersten Menschen zum Eingang der Arena, einige auch in die andere Richtung, vermutlich würden sie in spätestens einer Stunde zurückkehren. Niemand wollte das Turnier versäumen. Zwischen all den hektischen, plappernden und aufgeregten Menschen stand der Bär am Straßenrand und wirkte verloren. Dann entdeckte er Cephei und schlurfte zu ihm herüber.

»Ist der Stein neben dir noch frei?«, fragte er, und Cephei nickte.

Der Bär setzte sich und kramte eine kleine geschwungene Pfeife mit einem fein geschnitzten Kopf hervor. Langsam begann er, auf ihr herumzukauen.

Verwirrt starrte ihn Cephei an. Er hatte schon ewig keinen der sprechenden Bären mehr gesehen, ihre Art war nicht mehr weit verbreitet. Vor ein paar Jahrhunderten hatten sie noch ganze Landstriche bevölkert, vor allem im fernen Osten, hieß es, aber jetzt sah man nur hin und wieder einen in der Stadt, wenn er auf Wanderschaft war. Viele verdingten sich als Kämpfer oder als Pelzhändler, wenn sie in den Wäldern lebten. Manche waren auch im Dienst eines Edelsteinhändlers unterwegs, weil die Händler wussten, dass sie dank ihrer Größe und Kraft so leicht nicht überfallen wurden. Auf jeden Fall waren sie beeindruckende Erscheinungen, und Cephei freute sich, dass er endlich mal wieder einen von ihnen sah.

»Brauchen Sie kein Feuer, Herr Urs?«

»Nur Urs«, brummte der Bär. »Nenn mich Urs. Du hast doch gehört, dass ich keinen Titel habe. Und wenn ich kein Ritter bin, musst du mich auch nicht mit Herr anreden.« Grimmig blickte er zum Anmeldehäuschen hinüber, dann sah er Cephei an und lächelte. »Aber danke. Und nein, ich brauche kein Feuer. Tabak schmeckt mir nicht, also kau ich einfach so auf der Pfeife herum. Das beruhigt auch.«

»Aha.«

»Ja. Außerdem ist die Pfeife wunderschön. Schau sie dir an, ist ein Geschenk von einem Ritter, dem ich vor Jahren im Wald begegnet bin, Herrn Gladier. Und Herr Gladier hat mit mir getrunken und geredet wie mit einem Gleichgestellten, jawohl.«

Urs sandte weitere böse Blicke zum Anmeldehäuschen hinüber, das inzwischen vom nächsten Ritter passiert wurde, einem dünnen Mann mit einem gelb-roten Wappen, in dessen Mitte ein kleiner Bierkrug prangte. Er schwankte, als trüge er die schwere Last selbst, die sein Knappe auf einem Wägelchen hinter sich herzog, und Urs' Züge entspannten sich bei diesem Anblick.

Cephei bewunderte derweil die Pfeife und schnupperte an ihr. Sie roch nach Wald, Honig und Harz. »Das riecht gut, viel frischer als im Wirtshaus.«

»Na, das hoffe ich. Und wie heißt du?«

»Cephei.«

»Schade, dass ich kein Ritter bin, sonst hätte ich dich als Knappen eingestellt.«

»Ehrlich?«

»Klar. Hauptsache, dir ist der Wald lieber als ein dunkles Wirtshaus. Das ist Veranlagung, alles andere lernst du mit der Zeit.«

»Aber du bist kein Ritter.«

»Nein, ich bin kein Ritter.«

Sie saßen auf den Steinen in der Sonne nebeneinander und seufzten, während sie zur großen Arena hinüberblickten und von gemeinsamen Heldentaten träumten.

»Und, gehst du nachher noch mit Freunden zum Turnier?«, fragte Urs nach einer Weile.

»Nicht mit Freunden.«

»Dann mit der Familie?«

»Nein. Der Wirt weiß gar nicht, dass ich hier bin.« Er sah Urs erschrocken an. »Du wirst mich nicht verraten, oder?«

»Aber nein, mein Pflegevater wusste auch nicht immer, wo ich war. Und ein solches Turnier hätte ich mir in deinem Alter nie entgehen lassen.«

Cephei war erleichtert. Urs schien ein netter Bär zu sein.

»Wie wär's, Junge, gehen wir gemeinsam?«

»Von mir aus, aber ich muss vorher noch mal ins Gebüsch.«

Cephei schlug sich hinter die dichten Sträucher, die den Park neben der Arena umsäumten. Dort sah er schnell in die Tasche des Herrn Baldran und fand auch ein paar Münzen. Damit konnte er sich tatsächlich den Eintritt leisten, er musste nicht über das lose Gitter bei den Raubtierkäfigen der Arena einsteigen und hoffen, dass diese noch immer leer und ungenutzt waren.

Fünf Kupferstücke und einen silbernen Taler steckte er sich in die Hosentasche, dann trat er wieder auf die Straße.

»Du siehst erleichtert aus«, scherzte Urs, dessen Zorn auf die Turnierregeln sich inzwischen gelegt zu haben schien.

Während sie die Arena zum Haupteingang hin umrundeten und den Menschen über das riesige Gelände folgten, erzählte Urs Anekdoten von seinen Reisen. »Kennst du eigentlich die Geschichte von Herrn Midor? Er war der reichste Ritter eines fernen, reichen Landes, und er ist in seinem eigenen Palast gestorben. Dieser weithin berühmte Palast war gewaltig, viel größer, als du ihn dir vorstellen kannst, viel, viel größer. Und eines Tages entfernte sich Herr Midor so weit von seiner Speisekammer und verlief sich dabei in einem fernen Gebäudeflügel, dass er auf dem Rückweg verhungert ist, bevor er seine eigentlich unermesslichen Vorräte erreichen konnte.«

»Das gibt es doch nicht«, protestierte Cephei zweifelnd.

»Doch, wirklich wahr«, beteuerte der große Bär und legte ihm die Pranke auf die Schulter. »Aber es gibt einen Ritter, der ist noch unglücklicher ums Leben gekommen. Sein Name war Herr Gernoth, und er lebte weit im Westen …«

DAS GROSSE TURNIER

Die Stimmung in der Arena war nicht ganz so ausgelassen wie in den letzten Jahren. Der Angriff des riesigen Vogels war den Menschen noch zu frisch im Gedächtnis. Ein Bäckermeister, der unter dem Balkon gestanden hatte und auf den ein Höfling niedergestürzt war, war inzwischen seinen Verletzungen erlegen, und niemand wusste, wie es um den König stand. Aber da das Turnier nicht abgesagt worden war, würden die Feierlichkeiten weitergehen, und das wurde als Zeichen gewertet, dass es doch nicht so schlimm stand.

Einen so guten Platz hatte Cephei noch nie gehabt: Er konnte sogar die einzelnen Leute in der Königsloge erkennen, wenn er die Augen zusammenkniff. Der König war dort nicht zu sehen, aber es standen trotzdem mehr Palastwachen herum, als er erwartet hätte. Und auch auf der Arena, oben auf dem flachen Rundgang über der letzten Sitzreihe, patrouillierten mehrere Männer und Frauen, die immer wieder achtsam den Himmel beobachteten.

Würde dieser unheimliche Riesenvogel wiederkehren? Cephei hoffte es nicht. Zumindest waren hier unzählige Ritter, der Vogel hätte keine Chance, beruhigte er sich. Und Urs neben ihm konnte sicher auch kämpfen.

»Meinst du, der Vogel kommt wieder?«, fragte er.

»Ich glaube nicht. Ich habe nicht viel gesehen bei der Zeremonie, aber ich dachte, er hat sich zielstrebig den Schlüssel gegriffen. Und damit hatte er sich das geholt, was er wollte, warum sollte er also wiederkommen?«

»Das stimmt. Weißt du, was das für ein Vogel war?«

»Könnte ein Klippengeier gewesen sein oder eine Nachtschwinge, aber ich dachte immer, die wären kleiner.«

Cephei überlegte, ob er Urs sagen sollte, dass er kurz vor dem Angriff einen kalten Hauch gespürt hatte, aber dann ließ er es doch. Urs hätte ihn bestimmt für einen Feigling gehalten oder für einen Jungen, der sich zu viel einbildete. Dorado schimpfte ihn schon immer einen unmöglichen Phantasten mit viel zu blühender Phantasie, einen Träumer, der es nie zu etwas bringen würde.

»Hey, schau mal, der Akrobat!«, sagte Urs in diesem Moment und zeigte mit ausgestrecktem Arm in die Arena hinab.

Eine menschliche Gestalt in einem orangenen Drachenkostüm lief dort auf den Händen im Kreis und jonglierte mit den Füßen drei bunte Bälle. »Den kenne ich. Er hat feuerfeste Schuhe, und wenn es Nacht wird, zündet er die Bälle noch an, so dass sie im Dunkeln leuchten.«

Cephei war beeindruckt und auf den Abend gespannt, aber das war noch lange hin. Jetzt beobachtete er erst einmal die hereindrängenden Zuschauer. Aus allen Vierteln waren sie gekommen, ein Maurer, der noch roten Steinstaub im Haar hatte, weil er bis eben gearbeitet hatte, begegnete der Mutter eines angesehenen Ritters, die von zwei Leibwächtern flankiert wurde.

»Ich habe euch doch gesagt, wir müssen den anderen Eingang nehmen«, keifte sie ihre rotgesichtigen Beschützer an, die ihr einen Weg in Richtung Königsloge bahnten, während der Maurer höflich zur Seite trat und sich leicht verbeugte. Sie beachtete ihn jedoch nicht, und auch nicht den Staub, der von seinem Kopf auf ihr helles Kleid rieselte. Cephei musste grinsen und stellte sich vor, wie sie nachher ihren Leibwächtern die Schuld an dem verfärbten Kleid geben würde.

Dann sah er sich weiter um und vor allem den herausgeputzten Mädchen hinterher. Sie waren bei weitem der interessanteste Anblick hier, zumindest bis die Ritter die Arena betraten.

Schließlich war es so weit. Die meisten Plätze waren besetzt, ein paar zu spät Gekommene eilten noch durch die Reihen, und sieben lang gezogene Fanfarenstöße forderten Aufmerksamkeit. Cephei sah zur Königsloge hinüber, aber der König war nicht gekommen, sein Thron noch immer leer. Daneben stand der Kanzler, und zwei schöne junge Frauen, die mit ihrem Lächeln und den rosa Kleidern der Schlüsselkönigin ähnelten, hielten einen reich verzierten Trichter an seinen Mund. Laut hallte durch ihn die Stimme des Kanzlers, und Cephei lauschte aufmerksam seinen Worten. Doch seine Augen ruhten auf den beiden Frauen, er fand es ausreichend, dem Kanzler die Ohren zu leihen.

»Sehr verehrte Bürger und Besucher«, begann der Mann. »Es ist das erste Mal in meiner Amtszeit, dass ich vor dem Turnier das Wort an Sie richte, es ist das erste Mal überhaupt, dass nicht der König den Wettkampf eröffnet, so weit unsere Chronik zurückreicht. Doch das soll für Sie kein Grund zur Sorge sein. Unser geliebter Herrscher, der freundlichste König der gesamten bekannten Welt, ist bei unserem Hofmechaniker Tom in den allerbesten Händen und erholt sich noch von dem feigen Überfall, der vor zwei Tagen stattgefunden hat.«

Cephei spürte, wie sich nach diesen Worten ein Teil der Nervosität unter den Zuschauern legte. Auch er fühlte sich ein wenig beruhigt, aber dann fiel sein Blick plötzlich auf das Mädchen, das er schon bei der Schlüsselzeremonie auf dem Balkon hatte stehen sehen.

Sie saß neben einer hübschen Freundin in der Nähe der Königsloge und sah verärgert und erstaunt zum Kanzler empor. Dann drehte sie sich zu ihrer Freundin um und beschwerte sich über irgendetwas. Diese legte ihr beruhigend die Hand auf den Arm und flüsterte ihr ins Ohr. Das Mädchen schüttelte den Kopf, und die Freundin redete weiter auf sie ein, wie eine Mutter, die ihrem Kind sagt: »Aber in der Welt der Erwachsenen ist das einfach so, das wirst du später schon noch lernen«, ohne etwas zu erklären.

Cephei war von diesem Dialog, von dem er kein Wort hören konnte, so sehr in Bann geschlagen, dass er nicht weiter auf die Ansprache achtete. Er hatte das Gefühl, dass hier irgendetwas nicht stimmte. Erst als ihn der Bär anstupste, hörte auch er dem Kanzler wieder zu.

»… und so werden wir bei dem heutigen Turnier vier Sieger bestimmen. Vier Helden, deren ehrenvolle Aufgabe es sein wird, den Königsschlüssel zurückzugewinnen. Ein jeder von ihnen wird in einer Himmelsrichtung suchen, einer im Norden, einer im Süden, einer im Westen und einer im Osten.«

»Und was ist, wenn sich der Vogel im Südwesten oder Nordosten aufhält?«, feixte ein Mann neben Cephei leise, doch niemand beachtete ihn.

»Sie werden uns den Schlüssel zurückbringen und dafür großartig entlohnt werden. Und ihre Taten werden in die Geschichte eingehen als heroische Jagd nach dem Terrorvogel, der Bestie, die vom Himmel kam. Ihr Heldenmut wird noch in Jahrzehnten besungen werden, so wie schon das eine oder andere Abenteuer, das die berühmten Recken bestanden haben, die sich nun gleich vor unseren Augen miteinander messen werden. Begrüßen Sie also mit einem donnernden Applaus die größten Recken unseres Landes, die meisterlichen Fechter, die aus allen Ecken des Königreichs zu uns gekommen sind, um sich zu beweisen und um uns eine wunderbare Schau zu bieten. Meine Damen und Herren, liebe Kinder: die besten Ritter unseres Landes!«

Das Publikum tobte, sein Klatschen und Jubeln übertönte sogar die Fanfaren. Die Adligen um die Königsloge applaudierten vornehm zurückhaltend, aber mit wohlwollend lächelnden Gesichtern und aufmunterndem Nicken.

Nur das Mädchen blieb ernst und schlug die Hände mehr pflichtbewusst als begeistert zusammen. Wenn sie sich nicht für das Turnier interessierte, was tat sie dann hier?, fragte sich Cephei, aber dann sah sie so konzentriert in die Arena, dass Cephei erkannte, wie groß ihr Interesse wirklich war.

Und damit war sie auch schon vergessen, denn jetzt marschierten die Ritter ein, und Cephei jubelte ihnen zu und sprang begeistert auf seinen Sitz und darauf herum. Die Stimmung war besser als bei den Feuerballspielen oder Theateraufführungen, die sonst in der Arena stattfanden.

Viele Ritter waren gekommen, und ihre Kettenhemden, Brustpanzer und Beinschienen glänzten in der Sonne. Ein paar hatte Cephei schon bei dem Anmeldehäuschen gesehen, und er versuchte, sie dort unten auszumachen, wie auch Herrn Pavo. Die Knappen waren nicht mit eingelaufen, sie blieben in den Katakomben zurück, um dort alles in Schuss zu halten. Die Ersatzwaffen mussten genauso bereit sein wie zusätzliche Schilde, ein frisches Wams und Verbandszeug. Außerordentlich viel Verbandszeug.

Nachdem die Ritter in alle Richtungen gewinkt hatten und die Turnierhymne erklungen war, stapften sie wieder zu den vier Toren hinaus.

»Die erste Paarung lautet Herr Chladjazieux gegen Herrn Kundan!«, verkündete ein gutgelaunter Arenasprecher mit gewaltig großem Mund durch den Sprechtrichter, der inzwischen von zwei kräftigen Männern gehalten wurde, die stramm standen wie Statuen. Cephei sah sich nach den beiden jungen Frauen um, konnte sie aber nicht entdecken.

»Wollen wir auf den Kampfausgang wetten?«, fragte Urs über die Rufe des Publikums hinweg.

»Klar«, nickte Cephei begeistert. »Ich setze auf Herrn Kundan«, fügte er schnell hinzu, weil er den Namen des anderen nicht richtig aussprechen konnte und sich keine Blöße geben wollte.

»Gut. Um was wetten wir?«, fragte der Bär.

»Um die Ehre. Bei Ritterturnieren geht es immer um die Ehre.«

»Um die Ehre also«, wiederholte Urs lächelnd, und dann sahen sie beide hinunter in die sandige Arena.

Herr Kundan trug inzwischen einen ledernen Helm mit zwei Löchern, durch die das gelbe und das hellblaue Horn hervorlugten. In jeder Hand trug er eine gewaltige Axt, die er jetzt vor dem Publikum mit weiten Armbewegungen kreisen ließ und es so zum Applaus aufforderte. Laut schrie er in die Menge, und sie antwortete ihm vielstimmig.

Herr Chladjazieux trug Schild und Schwert und bewegte sich geschmeidig wie eine Katze, doch das Publikum und der wilde Herr Kundan, der einen ganzen Kopf größer war, schienen ihn ein wenig einzuschüchtern.

Herr Chladjazieux versuchte sein Glück mit einem schnellen Ausfallschritt, doch Herr Kundan war nicht nur groß und stark, sondern auch schnell. Scheinbar mühelos wich er dem Angriff aus, dann schlug er die Äxte über seinem Kopf rhythmisch zusammen, und das Publikum ging mit. Auch Cephei sprang auf, klatschte und stimmte in die Schlachtgesänge ein.

»Kundan! Kundan! Kundan!«

Niemand scherte sich um die korrekte Anrede des Ritters, jetzt gehörten er und das Publikum zusammen, sie hatten sich für den Kampf verbrüdert; die Anrede »Herr« gehörte ihm erst nach dem Turnier wieder.

Herr Chladjazieux schlug mit dem Schwert gegen seinen Schild, aber viel zu leise, um dem Publikum einen Rhythmus vorzugeben, viel zu leise, um die Anfeuerungsrufe für seinen Gegner zu stören. Und dann eröffnete Herr Kundan den Kampf.

Er schlug die Äxte nicht mehr über sich zusammen, sondern schwang sie kreuzweise nach vorn. Er nutzte die ganze Reichweite seiner langen Arme und ließ sie abwechselnd von schräg oben auf Herrn Chladjazieux niedersausen. Dieser wich immer der Linken aus und parierte die Rechte mit seinem Schild. Laut schlug Metall auf Metall, und jeder dieser Treffer wurde bejubelt.

Es blieb keine Zeit für einen Gegenschlag mit dem Schwert, langsam wich Herr Chladjazieux zur Arenawand zurück. Zwölf, dreizehn Schläge auf den Schild hatte er bereits abgewehrt, da gewann er festen Stand. Er hatte sich auf die Kampfweise des Gegners eingestellt und hielt den Schild plötzlich nicht mehr einfach dagegen, sondern stieß mit ihm regelrecht die schwere Axt zurück. Sie verließ dadurch ihre gleichmäßig kreisende Bahn, und Herr Kundan war für Sekundenbruchteile aus dem Rhythmus gebracht.

Herr Chladjazieux tauchte unter der anderen Axt durch, und anstatt einen weiteren Schritt zurückzuweichen, tänzelte er zur Seite und hieb mit seinem Schwert zu. Cephei schrie auf, aber sein Favorit konnte sich gerade noch zur Seite werfen.

Das Schwert streifte ihn nur am Arm. Blut trat hervor, aber nicht viel.

Das Publikum tobte, plötzlich riefen einige auch »Chladjazieux! Chladjazieux!«, oder etwas, das so ähnlich klang. Selbst der bislang so gefasste Urs war aufgesprungen und vergaß ganz und gar, sich wie ein vernünftiger Erwachsener zu verhalten. Er sprang auf seinem Sitz herum, fuchtelte mit den Armen und schrie aus voller Kehle, und Cephei neben ihm versuchte ihn zu übertönen, aber seine Stimme war dünn im Vergleich zum Brüllen eines ausgewachsenen Bären. Einige der umstehenden Leute warfen beunruhigte Blicke auf Urs.

Herr Kundan schlug nun nicht mehr mechanisch zu, sondern änderte ständig seinen Rhythmus, so dass sich Herr Chladjazieux nicht darauf einstellen konnte. Aber die Schläge mit seinem linken Arm wurden seltener, der Schwerthieb hatte ihn geschwächt. Herr Chladjazieux bemerkte das, er kämpfte defensiv und versuchte, Herrn Kundan zu ermüden.

Da schlug der Axtkämpfer plötzlich mit beiden Waffen parallel auf den Schild seines Gegners. Er schlug mit voller Wucht zu, und der Schild, der schon vieles auszuhalten gehabt hatte, barst. Mit vermindertem Schwung drangen die Äxte weiter vor. Sie prallten zwar am Kettenhemd ab, doch ein Bruchstück des Schildes sprang unglücklich in Herrn Chladjazieux' Gesicht und zerschnitt ihm die rechte Wange. Schreck und Schmerz ließen ihn zusammenzucken, und so riss er sein Schwert zu spät zur Verteidigung hoch, als die Äxte erneut auf ihn zurasten. Sie trafen auf das Kettenhemd, ein paar Ringe darin verbogen sich, Rippen darunter brachen wohl auch, und er wurde zurückgeschleudert und stürzte in den Sand. Er ließ sein Schwert fallen und ergab sich.

Herr Kundan riss die Arme in die Höhe und ließ sich feiern,

dann half er dem Angeschlagenen auf die Beine. Doch der ließ sich mit schmerzverzerrtem Gesicht wieder auf den Boden sinken. Dort wartete er, bis die Arenadiener mit der Bahre kamen und ihn hinaustrugen. Im Liegen applaudierte er noch sportlich dem Ritter, der ihn bezwungen hatte, und winkte den Zuschauern. Das Publikum tobte, ein solches Spektakel hatten sie seit einem Jahr vermisst.

»Mist. Hätten wir doch um Geld gewettet«, lachte Cephei den Bären an, und Urs klopfte ihm freundschaftlich auf die Schulter.

»Schlawiner.«

Die Kämpfe gingen weiter, und viele waren so mitreißend wie der erste. Doch da es so viele waren, verlor sich im Laufe des Tages das Gefühl des Besonderen. Der Arenasprecher gab sich große Mühe, alle Zuschauer bei der Stange zu halten, und die Leute fieberten weiter mit. Als die zweite Runde begann, hatten die meisten einen Favoriten gefunden, dem sie die Daumen drückten, und so wurden die Kämpfer immer leidenschaftlicher angefeuert, je näher die Entscheidung rückte.

Immer wieder sah Cephei auch zu dem Mädchen hinüber. Sie jubelte nicht, feuerte keinen der Ritter an, aber sie starrte mit einem Ernst auf die Kämpfe hinab, als hinge ihr Leben davon ab. Und dabei stopfte sie sich immer wieder einen Fingerfisch aus ihrer großen Tüte in den Mund.

Cephei bekam ungeheuren Appetit auf Fingerfische, und zum ersten Mal im Leben hatte er genug Geld, um sich welche zu leisten. Jetzt wollte er jedoch seinen Platz nicht verlassen, nicht solange das Turnier lief. Wenn er ginge, würde er sicher den spannendsten Kampf des Tages verpassen. Also blieb er, kaute auf seinen Fingernägeln und sah wieder nach unten.

Herr Pavo und Herr Kundan lagen noch gut im Rennen, und

Cephei drückte beiden die Daumen. Herr Kundan wusste sich zu inszenieren, und das Publikum liebte ihn dafür. Aber der beste Kämpfer war ein kahlköpfiger Ritter aus dem fernen Norden, der hochgewachsene Herr Bergond, der vor Jahren allein den gefürchteten Erdkraken aus dem unergründlichen Pestschlund besiegt hatte und seither ein besungener Held war und eine schuppige, graubraune Rüstung aus der Haut des Untiers trug.

Und tatsächlich verblieben schließlich kurz vor Sonnenuntergang jene drei und Herr Alit, ein kleiner, dicker Ritter mit langem Vollbart und Haupthaar, das zu einem breiten Zopf geflochten war. Er nuschelte und war lange zur See gefahren, kämpfte mit einem Dreizack und einem Netz, und das so schnell und geschickt,

dass kaum jemand den Bewegungen seiner kurzen Arme folgen konnte. Cepheis Magen knurrte da schon so laut, dass es sogar im abschließenden Jubel für die Sieger zu hören war.

Die vier wurden vom Kanzler auf das Schloss geladen, zu einem großen Bankett, wo ihnen ihre Himmelsrichtungen zugeteilt werden sollten und sie ein gemeinsames Vorgehen besprechen würden. Dann dankte der Kanzler dem Publikum und nannte es *großartig*. Alle jubelten, auch Cephei, der sich freute, dass die beiden jungen Frauen wieder den Trichter hielten.

Er schielte noch einmal kurz zu dem Mädchen hinunter und bemerkte, dass es nun schon ein wenig zufriedener wirkte, wenn auch skeptisch und nicht so ausgelassen wie alle anderen.

Langsam verließen die Leute die Arena und strömten auf den Markt oder in die städtischen Wirtshäuser, um sich die Bäuche vollzuschlagen.

»Und? Magst du noch

einen richtig großen Braten mit gerösteten Torkwurzeln?«, fragte Urs.

»Ich mag Fingerfische, eine riesige Tüte Fingerfische.«

»Na, das ist aber nur eine kleine Vorspeise«, lachte Urs und deutete auf einen Stand am Wegrand. »Da holen wir uns eine Tüte, und dann wird noch richtig geschlemmt. Was meinst du? Ich muss meinen Beinahe-Knappen doch noch ordentlich einladen.«

Kurz überlegte Cephei, aber dann entschloss er sich, die Einladung anzunehmen, auch wenn er zu spät heimkäme und einen Haufen Ärger bekommen würde. Aber der Tag war zu schön, um ihn mit Arbeit und dem griesgrämigen Wirt zu beenden. »Dann muss ich aber deinen Lederbeutel tragen.«

»Gern.« Urs wuchtete ihm den Beutel auf die Schulter.

Cephei stöhnte auf und sackte zusammen, dann griff er fester zu und schritt tapfer voran. »Was hast du da drin? Steine?«

»Eisen, vor allem Eisen«, lachte Urs und dirigierte ihn auf den Stand zu, von dem es schon nach knusprigem Fisch und anderen Bratereien roch. »Ich habe einen Bärenhunger!«

Und als hätte er gehört, dass es etwas zu essen gab, kam auf einmal der Erdwühler von irgendwo her angeflogen und setzte sich auf Cepheis Schulter. »Muss das sein?«, fragte er, auch wenn er seinen Freund erfreut angrinste. »Meinst du nicht, ich trage im Moment schon genug?«

Der Vogel blieb mal wieder stumm, aber das machte Cephei nichts aus. Er hatte die Ritter gesehen, und für einen kurzen Moment war er so etwas wie ein Knappe.

DIE BESTEN DES LANDES

Sollte sie wirklich mit den Rittern sprechen, um ihnen die Dringlichkeit ihrer Aufgabe klarzumachen, und sich dabei als Tochter des Mannes erkennen zu geben, den das Gesetz für den Verlust des Schlüssels verantwortlich machte?

Über diesem Problem hatte Vela die ganze Nacht wach gelegen, so dass sie am Morgen dunkle Augenringe hatte und ihr der Kopf weh tat, denn gerade, als sie doch wegdämmerte, krähte schon der Hahn, und das Schloss erwachte zum Leben.

Kassia war bereits auf und wusch sich am Zuber. Weder der Schlüsselraub, noch das Turnier oder die frühe Stunde schienen ihr etwas anzuhaben, während Vela nur schwer aus dem Bett kam.

Als sie gähnte, lachte Kassia und rief: »Da kann man dir ja bis in den Bauch hinuntersehen.« Als sie sich die weiße Bluse zuknöpfte, fragte sie: »Fährst du jetzt eigentlich nach Hause?«

»Nein, ich werde wohl noch in der Stadt bleiben.«

»Willst du dann heute mit in die Kanzlei kommen? Du könntest dort sicher viel lernen.«

Vela stand der Sinn gar nicht nach lernen, wie kam Kassia auf so einen Gedanken? Sie wollte als Allerersten in die Werkstatt und das Geld holen, von dem ihr Vater gesprochen hatte.

»Mal sehen, vielleicht später.«

Enttäuscht verzog Kassia das Gesicht. Nachdem sie mit der Morgentoilette fertig war, verließ sie das Zimmer. Doch nicht ohne Vela das Versprechen abzuringen, sich die ganze Sache nicht so zu Herzen zu nehmen.

Vela wusste zwar nicht, wie sie das erfüllen sollte, versprach es aber dennoch. Was machte es schon – sie hatte bereits ihren Vater angelogen, dagegen schien diese Lüge kaum von Bedeutung.

Obwohl es noch früh am Morgen war, war im Schloss schon der Teufel los. In den Gängen huschten die Zimmermädchen und Mägde umher, um für die Hofgesellschaft das Frühstück vorzubereiten und die Kleider herauszulegen. Diener schleppten Eimer, randvoll gefüllt mit Wasser, über die Treppen, damit die Höflinge morgendliche Bäder nehmen konnten. Auf den ersten Blick wirkte alles wie immer, doch wenn man genau hinsah, merkte man, dass sich auch der dritte Morgen nach dem Unglück von denen vor dem Raub des Königsschlüssels unterschied.

Die Leute waren angespannt, und in der Küche, wo Vela immer ein reichliches Frühstück erhalten hatte, jagte man sie nun hinaus, weil man angeblich zu viel zu tun hatte. Doch sie hörte die Köchin zu einer Magd sagen: »So ein unverschämtes Ding, da kommt es auch noch hierher und will etwas zu essen haben! Wenn ich sie wäre, würde ich mich nicht in der Öffentlichkeit blicken lassen, schließlich sitzt ihr Vater ja nicht umsonst im Turm. Also wirklich …«

Das war es also, was die Leute von ihr dachten. Sie war die Tochter des Königsmechanikers und damit ebenso in Ungnade gefallen wie er. Sie spürte nun nicht mehr nur den Hunger in ihrem Bauch kneifen, sondern auch Ärger und Wut über diese elende Ungerechtigkeit.

Schnell rannte sie zur Werkstatt und lauschte an der Tür, aber es schien noch niemand hier zu sein. Vorsichtig drückte sie die Klinke nach unten und schlich sich in die Kammer ihres Vaters. Dort nahm sie das Geld aus dem Schrank und steckte ein

Taschenmesser ein, das ihm gehörte. Außerdem seine kleine Reisewerkzeugkiste mit den Schraubenschlüsseln aus goldenem Stahl. Sie war eine Anerkennung des Königs gewesen, und die Palastwachen sollten sich die Kiste bloß nicht unter den Nagel reißen. Vela würde auf sie aufpassen.

Auf dem Weg nach draußen entdeckte sie auf einer Werkbank ein Tablett, auf dem ein Brotlaib und ein großes Stück Würzkäse lagen. Wahrscheinlich noch vom Abend zuvor. Der lange Tom war nie der Ordentlichste gewesen. Sie steckte beides ein und flüsterte: »Geschieht ihm recht.« Dann huschte sie nach draußen und suchte sich eine stille Ecke unter den Wasserpumpen im Garten, in der sie unbehelligt und unbegafft frühstücken konnte.

Während neben ihr das Wasser mit Hilfe rotierender Schrauben durch vier parallele Rohre in das riesige, mit silberblauen Mosaiken verzierte Hochbecken gesogen wurde, beobachtete sie aus dem Schatten das Treiben im Schlosshof.

Als sie sich eben das letzte Stückchen Käse in den Mund stopfte, wurde ein gesatteltes Pferd in ihr Blickfeld geführt, gefolgt von einem aufgeregten Haufen Höflinge und Hofdamen, die sich um Ritter Pavo drängten. Der lächelte nachsichtig auf sie herab.

In seiner roten Reitkleidung und der goldenen Schärpe, die um seine Brust gebunden war, sah er außerordentlich gut aus. Es hieß, er habe bereits in vielen Schlachten gekämpft, und dass er kaum zu Hause anzutreffen sei, weil er stets unterwegs auf Abenteuerfahrt sei. Am Sattel waren ein mächtiger Bogen und sein breites Schwert mit dem leuchtend grünen Griff und der verschlungenen Parierstange befestigt. Eine Hofdame flocht ein rot schimmerndes Seidenband in die Mähne seines Pferdes, das farblich wunderbar mit der Schärpe des Ritters harmonierte.

Vela beobachtete alles genau. Die Waffen sahen neu aus, auch die Kleidung, wahrscheinlich waren die anderen Sachen des Ritters schon so abgenutzt vom Kämpfen, dass man ihn eigens für diese Reise neu ausgestattet hatte. Ihr war es egal, womit er den Vogel fangen und den Schlüssel zurückbringen wollte, Hauptsache, er tat es.

Sie kletterte zwischen den Rohren der Wasserpumpe hervor und lief zurück auf den Hof. Dort setzte sie sich auf die große Treppe, die zum Eingang des Schlosses hinaufführte, und überlegte, wann sie den umlagerten Ritter ansprechen sollte. Besser wäre es wohl erst, wenn die Höflinge verschwunden waren, sie wollte sich ihren Blicken und bissigen Bemerkungen nicht aussetzen, schon gar nicht vor den Augen eines Ritters, den sie um Hilfe bitten wollte. Ohne nachzudenken streckte sie den Höflingen die Zunge heraus, es sah sowieso keiner von ihnen her.

In diesem Moment setzte sich der Gärtner, ein alter Mann mit langem Vollbart und einer Rose im obersten Knopfloch, neben sie und begann, Kautabak zu kauen.

»Wollen wir hoffen, dass dieses Theater nicht noch länger geht«, sagte er nach einem Moment und spuckte aus. »Die halben Hispellas-Büsche haben diese Weiber mir schon ausgerissen, nur um sie diesem Gaul in die Mähne zu flechten. Und aus dem Rest binden sie Blumenkränze. Aus Gallyzien! Das Zeug vertrocknet schneller als eine Mutter von dreizehn Kindern.«

Vela kicherte, während der Gärtner wieder ausspuckte. Fast hätte er dabei die zierlichen violetten Schuhe eines Fräuleins getroffen, das japsend an ihnen vorbeieilte, hinüber zur Verabschiedung des berühmten Ritters. Sie war wohl zu spät aufgestanden oder hatte zu lange gebraucht, die glänzenden schwarzen Haare zu vier kunstvollen Muscheltürmen hochzustecken. Sie stieß einen spitzen Schrei und einige sehr undamenhafte Flüche aus, als der Tabak vor ihren Füßen zu Boden klatschte, unterbrach aber nicht ihren Lauf.

Vela hörte nicht auf zu kichern, während sich die ersten Locken des eilenden und schimpfenden Fräuleins aus der Frisur lösten. »Wo sind denn die anderen drei Ritter?«, fragte sie den Gärtner.

»Ach die. Die schlafen noch und reiten erst später los. Pavo wollte der Erste sein.«

Das gefiel ihr, bewies es doch, dass er die Sache ernst nahm. Der charmante baumgroße Ritter schien zu wissen, was er tat, und er begegnete den ängstlichen Warnungen der Hofdamen mit einem selbstsicheren Lächeln. Wenn Vela ihn ansah, dann konnte sie daran glauben, dass diese furchtbare Angelegenheit vielleicht doch gut ausgehen würde. Schließlich war er ein Held.

Unter dem Jubel der Menge brach Ritter Pavo endlich im Schritttempo auf, zahlreiche Taschentücher und feingliedrige Hände winkten ihm hinterher. Vela sprang auf und folgte ihm in einiger Entfernung.

Als sie am Balkon vorbeikam, sah sie den Kanzler darauf stehen, der die ganze Szenerie beobachtete. Einen Moment lang sahen sie einander in die Augen. Sie hob kurz die Hand, aber der Mann erwiderte den Gruß nicht, also ließ sie die Hand wieder sinken.

Sie entschied sich, Ritter Pavo erst anzusprechen, wenn er die Stadt verlassen hatte, denn sicher würden ihm die Menschen auf seinem ganzen Weg zuwinken. Sie wollte keine Aufmerksamkeit auf sich ziehen. Am Stadtrand wollte sie ihn dann abpassen und ihm sagen, dass all ihre Hoffnung mit ihm ging. Es würde ein zusätzlicher Ansporn für den Ritter sein, davon war sie fest überzeugt.

Bis zum Mittag.

Inzwischen hatte Pavo ein halbes Dutzend Mal Halt gemacht. Einmal bei einem Bäcker, um sich frischen Brombeerweinkuchen geben zu lassen, weil der Bäcker beim Turnier auf ihn gesetzt hatte. Ein anderes Mal bei einem Geldwechsler, der allerdings ziemlich laut auf den Besuch reagierte, nur verstand Vela nicht, worum es in dem Gespräch ging, weil sie zu weit vom Haus entfernt stand. Ein weiteres Mal hielt er bei einer Wäscherin, die eines seiner Hemden fertig gebügelt hatte.

Vela fragte sich, was er auf dieser Reise mit einem Seidenhemd wollte?

Zwischen diesen Besuchen hielt Pavo immer wieder an, um einen Plausch mit einer Magd zu halten oder sich vom Pferd herunterzubeugen, um einer Obstverkäuferin zu erzählen, wie schön ihre Äpfel an diesem Tag wieder glänzten, worauf die Frauen in albernes Gekicher ausbrachen.

Nach der dritten Obstverkäuferin hatte Vela die Nase voll und hätte Ritter Pavo am liebsten selbst angehalten, um ihn zu fragen, ob er nun nicht endlich aus der Stadt reiten wolle! Wozu war er als Erster aufgebrochen, wenn er jetzt so lange herumtrödelte?

Abgesehen von Ritter Pavo herrschte wie an jedem Morgen hektische Betriebsamkeit in der Stadt. Doch Vela konnte die Wachen sehen, die durch die Straßen patrouillierten und sich umsahen. Auf ihren Brustpanzern prangte das Wappen des Mechanischen Königs, in den Händen hielten sie Lanzen, deren Spitzen in der Sonne glänzten.

Sie sah Menschen, die in Gruppen beieinanderstanden und tuschelten, ihre nervösen Blicke übertrugen zusätzliche Unruhe auf Vela. Sie musste die Gespräche nicht verstehen, um zu wissen, worum es ging: Alle machten sich Sorgen, wie es nun ohne den König weitergehen würde. Der Kanzler ließ zwar in Stadt und Land Verlautbarungen ausrufen, die zu Ruhe und Besonnenheit mahnten, aber allein sein Wort konnte die Massen nicht beruhigen.

Vela verstand ihre Besorgnis, denn ihr ging es ähnlich, auch ganz abgesehen von der Angst um ihren Vater. Allein zu wissen, dass der König da war, Recht sprach und über sie wachte, gab ihr ein Gefühl von Sicherheit.

Aber was passierte, wenn sich der Schlüssel nie wieder einfand? Wenn der Vogel mit seiner Beute für immer verschwunden blieb? Gerade weil es für alle gleichermaßen von Bedeutung war, dass der diebische Vogel gefunden wurde, konnte sie nicht begreifen, warum Ritter Pavo so viel Zeit vertat.

Es wurde bereits eins, als sie endlich am Stadtrand ankamen und Pavo absaß, um mit den Torwachen eine Partie Drei-Pasch-Zahl zu spielen. Dabei verlor er offenbar mehrmals hintereinander, was dazu führte, dass er seine Schärpe an die Wachen übergab und dann ohne diese weiterritt, immer noch im Schritttempo.

Als er die Stadt mit all ihren Menschen hinter sich gelassen hatte, rannte Vela los, um ihm Erfolg zu wünschen und vielleicht auch, um ihn zur Eile zu treiben, sofern ihr Mut sie bis dahin nicht verließ. Durfte man einen Ritter und Helden zur Eile treiben?

Doch bevor sie eine Antwort gefunden hatte oder bei ihm angelangt war, hielt er schon wieder und band sein Pferd vor einem großen Haus an, vor dem bereits andere Pferde standen. Im Näherkommen erkannte sie das breite Holzschild über der Eingangstür, auf das ein Schwertfisch gemalt war, der schon an Farbe verlor. In den Fenstern rankte wilder Wein, und Vela konnte Braten riechen.

Eine Gaststube.

Wollte er etwa schon Mittagessen? Er war doch noch kein Stück vorangekommen!

Sie schüttelte den Kopf und folgte dem Ritter dann in das Gasthaus. Der Geruch von Essen und Bier schlug ihr entgegen, und auch der Lärm, den eine Gruppe Männer verursachte, die in einer Ecke an einem großen, runden Tisch saßen. Es waren die anderen drei Ritter, die eigentlich längst aufgebrochen sein sollten, und zu denen sich nun auch Ritter Pavo gesellte.

Da saßen sie also alle in Seelenruhe, lachten, scherzten, tranken Bier und aßen aus dampfenden Schüsseln, was ihnen der Wirt mit Empfehlung des Hauses servierte. Vela war fassungslos.

Pavo bestellte sich gerade seinen ersten Krug, und Vela setzte sich in einiger Entfernung an einen Tisch am Fenster und beobachtete sie weiter, bis der dicke Wirt kam und unfreundlich murrte: »Was willst du Gör denn hier?«

Erschrocken sah sie auf. »Mittagessen …«

»Hast du kein Zuhause?«, fragte der Wirt weiter, und sie starrte auf seine großen Hände, die sich auf seine Hüften stützten.

»Ich kann zahlen.«

»Na dann zeig mal her.«

Kurz legte sie die Münzen auf den Tisch, und endlich ging der Wirt wieder. Die Ritter bestellten eine weitere Runde Krüge und begannen, von ihren Abenteuern und Schlachten zu erzählen. Mit jeder Geschichte wurden sie lauter.

»Wisst ihr, dass ich dabei war, als die Burg des vermaledeiten Kinderrösters und Raubritters Foltmar fiel? Jawohl! Und das, obwohl sie auf dem vereisten Himmelszahn als uneinnehmbar galt …«, fing der Erste an, und schon bald taten seine Kameraden alles, um ihn zu überbieten.

»… dreißig Schergen des einäugigen Todesbarbiers habe ich in die Flucht geschlagen … einen Volkshelden haben sie mich genannt … neun Tage und Nächte wurde gefeiert …«

»Drei Köpfe! Das Wesen hatte drei Köpfe! Und ein viertes, gefräßiges Maul direkt auf dem Bauch! Bei seinem Anblick konnte man zu Stein erstarren vor lauter Furcht … aber ich natürlich nicht …«

»Wollt ihr wissen, wie ich der Hexe ihr drittes Auge aus dem schwebenden Glas geraubt habe? Mit List. List und einem Tuch aus dem nachtschwarzen Stoff, den sie nur im fernen Gadbah herstellen können, jawohl, so war das damals. Noch heute erzählt man sich in der Gegend …«

Sie redeten und schlemmten und lachten und redeten und redeten und redeten. Doch nicht ein Wort fiel vom Königsschlüssel oder dem riesigen Vogel oder dem, was sie tun würden. Stets schwärmten sie von vergangenen Taten.

Nach einer Weile kam ein Junge an Velas Tisch, in ihrem Alter oder ein bisschen jünger, er humpelte, und ein dunkles Veilchen zierte sein linkes Auge. Seine Oberlippe war aufgeplatzt und das Blut getrocknet. Er hatte Prügel bezogen, vielleicht erst gestern. Bei seinem Anblick schluckte sie. Gleichgültig, welchen Streit es bei ihr zu Hause gab, geschlagen wurde sie nie.

Als er eine Schüssel mit Fleischeintopf vor sie hinstellte, musterte er sie, bis Vela fragte: »Was ist?«

»Ich kenn' dich.«

»Ach ja?«

Er nickte. »Vom Turnier. Du hast auf dem Balkon gestanden. Mit dem König.«

Sie wurde rot, und der Schweiß brach ihr aus. Was, wenn man sie jetzt erkannte und fortschickte, bevor sie mit den Rittern sprechen konnte? »War ich nicht.«

»Doch, ganz bestimmt. Du hattest so ein grünes Hemd an und …«

»Das war ich nicht.«

»Doch, ich bin mir sicher, dass …«

Sie schlug mit der flachen Hand auf die Tischplatte. »Ich sagte doch, dass ich es nicht war!«

Einen Moment sah sie der Junge mit zusammengekniffenen Augen an, dann meinte er: »Wenn du es sagst«, und drehte sich weg, um zur Theke zurückzugehen, hinter der er Krüge abspülte.

Vela widmete ihre Aufmerksamkeit abwechselnd den Rittern und ihrem Mittagessen. Der Eintopf schmeckte nicht wie zu Hause, es war viel zu viel Salz darin, deshalb bestellte sie einen Krug Limonade. Der Krug war groß genug, damit sie noch eine ganze Weile weiter im Gasthaus sitzen bleiben konnte. Gebracht wurde er von dem Jungen mit dem Veilchen, der neben dem Tisch stehen blieb, nachdem er den Krug auf der abgenutzten Tischplatte abgestellt hatte.

»Glaubst du an Schicksal?«, fragte er und wischte mit einem Lappen über das Holz.

»Was?«

»Ob du an Schicksal glaubst?«

»Nein«, antwortete sie, aber das schien dem Jungen nicht zu gefallen, denn er runzelte die Stirn.

»Du etwa?«

Er zuckte mit den Schultern. »Weiß nicht genau. Wenn ich dich auf dem Balkon gesehen hätte und dann wieder auf dem Turnier und dann hier, dann wäre das doch schon seltsam, nicht wahr?« Er breitete die Arme aus. »Da du aber nicht auf dem Balkon und nicht beim Turnier warst, ist es das auch wieder nicht, oder?«

Statt ihm zu antworten, wechselte sie lieber das Thema: »Wie lange sind die Ritter schon hier?«

»Seit dem späten Morgen. Kamen einer nach dem anderen.«

»Haben sie gesagt, wann sie weiterwollen?«

»Nein.« Er schüttelte den Kopf. »Warum interessiert dich das?«

»Nur so.« Sie nahm einen Schluck von der Limonade, sah wieder zu den Rittern und hoffte, der Junge würde den Wink verstehen.

Tat er aber nicht, stattdessen fragte er: »Willst du was von denen?«

»Nein.«

»Mhm«, machte er und wurde im selben Moment vom Wirt gerufen. Sofort drehte er sich um und lief zur Theke, wo der Mann auf ihn einredete und der Junge unter seinem Blick zusammenzuckte. *Er hat es sicher nicht schön hier,* dachte Vela, aber das gab ihm immer noch nicht das Recht, sie auszufragen.

Draußen wurde es bereits später Nachmittag, und die Ritter saßen immer noch im Gasthaus und tranken. Die Stube füllte sich, und Vela fiel immer weniger auf, weil sie hinter den breiten Rücken der Männer und dem Rauch ihrer Pfeifen verschwand. Der Junge sprach sie nicht mehr an, weil er so viel damit zu tun hatte, die anderen Gäste zu bedienen, und sie lehnte müde den Kopf gegen die Wand.

Irgendwann fielen ihr die Augen zu, die durchwachte Nacht machte sich bemerkbar, und so versank sie in einen Dämmerschlaf, der seltsame Bilder durch ihren Kopf spuken ließ. Sie sah sich auf dem Turm im Dorf, und riesige Vögel mit Schlüsseln flogen über den Himmel. Sie sah die Werkstatt und auch die Schmiede, und überall liefen Ritter herum und aßen Äpfel.

Das Schlafen beunruhigte sie fast noch mehr als das Wachen, bis eine Hand sie sanft an der Schulter rüttelte.

»Wach auf. Du kannst nicht hierbleiben.«

Sie blinzelte und setzte sich gerade auf. Die Gaststube hatte sich wieder geleert, über einigen Tischen lagen Männer und schnarchten, aber die Ritter waren verschwunden. Mit einem Schlag war Vela wach. »Wo sind sie? Habe ich ihren Aufbruch verpasst?«

»Wer? Die Ritter?«, fragte der Junge und trat einen Schritt von ihr weg.

»Ja, wo sind sie hin?«

»Nach oben.«

»Wie? Nach oben?«

»Na, hoch, in die Gästezimmer.«

Sie verstand nicht – was wollten die Ritter denn dort, sie mussten doch aufbrechen. »Werden sie denn heute nicht weiterreiten?«

Der Junge schüttelte den Kopf und stemmte dann die Hände in die Hüfte, genau wie der Wirt. »Glaub ich nicht, sie haben ein paar Krüge mit nach oben genommen und bei Lole anfragen lassen, ob sie ihre Mädchen vorbeischickt, damit die ihnen was vorsingen.«

Vela kannte weder Lole noch ihre Mädchen und wusste auch nicht, was das mit der Singerei sollte, aber es schien ihr ganz und gar unpassend. Dieser Tag war einfach nicht so verlaufen, wie sie sich das vorgestellt hatte.

Sie warf einen Blick durch das Fenster, draußen war es bereits stockdunkel. Wenn die Ritter heute nicht mehr aufbrechen würden, dann konnte sie auch am Morgen wiederkommen. Aber allein durch die ganze Stadt laufen, mitten in der Nacht? Hier war es nicht wie daheim im Dorf, wo es nur eine Straße gab und der Weg zum Haus ein Katzensprung war. In der Stadt gab es einige dunkle Gassen, die Vela auf dem Weg zum Schloss durchqueren musste. Gänsehaut zeigte sich auf ihren Armen. Sie hätte nicht einschlafen dürfen!

»Du kannst im Stall schlafen«, sagte da der Junge. »Dort ist es warm, und morgen früh kannst du dann nach Hause gehen. Nur die Ausrede, warum du nicht nach Hause gekommen bist, musst du selbst erfinden.«

Überrascht sah sie ihn an. »Warum tust du das für mich?«

»Vielleicht bilde ich mir ja immer noch ein, ich hätte dich gestern gesehen«, antwortete er, dann ging er und deutete nach draußen. »Hinterm Haus. Pass auf, dass du die Pferde nicht unruhig machst. In der Kiste hinter der Tür liegt eine Decke.«

Mit diesen Worten ließ er Vela allein, die aufstand und dabei ihre steifen Glieder bemerkte. Es empfahl sich nicht, im Sitzen zu schlafen, ganz und gar nicht.Im Stall war es stockdunkel, und sie musste sich erst die Decke ertasten und dann eine leere Box finden, wobei sie den Geräuschen der Pferde lauschte, die mit dem Huf im Stroh scharrten oder leise wieherten. Es roch nach Pferden, Stroh und trockener Wärme.

Im hinteren Teil fand sie eine leere Box. Sie wickelte sich in die Decke und legte sich auf einen breiten Strohballen, aber es piekste trotzdem fürchterlich. Eine Weile starrte sie in die Dunkelheit, aber sie konnte nicht mehr über den Tag nachdenken oder darüber, was der kommende bringen würde, sie war einfach zu müde …

EIN NEUER VERSUCH

Am nächsten Morgen weckte sie der Lärm eines Pferdes, das mit den Hinterhufen gegen die Stallwand trat. Vela hob langsam den Kopf und spuckte einen Strohhalm aus, auf den sie über Nacht wohl gebissen hatte. Wirklich bequem war das Nachtlager nicht gewesen, mehrmals rollte sie die Schultern, um die Verspannungen zu lösen.

Zu allem Überfluss stanken ihre Kleider, das Haar und die Hände nach Stall. Es war ein scheußlicher Morgen, und er versprach auch kaum besser zu werden. Nachdem sie die Decke wieder verstaut und den Stall leise verlassen hatte, schlich sie um das Gebäude, um vorn durch die Fenster zu schauen.

In der Gaststube war noch nicht viel zu sehen, nur der Junge von gestern saß an einem Tisch und rupfte ein Huhn. Dabei hatte er die Stirn gerunzelt, und kleine Federn steckten in seinem Haar. Er schien etwas vor sich hin zu murmeln.

Vorsichtig öffnete sie die Tür und blickte sich suchend nach dem Wirt um, aber der war nicht da. Der Junge sah auf, warf von seinem Platz aus einen Blick durch die geöffnete Küchentür und winkte ihr dann zu. Sie ging zu ihm und setzte sich ihm gegenüber auf einen Stuhl, und sofort zog er einen Apfel aus der Tasche und legte ihn vor sie hin.

»Mehr kann ich dir nicht geben. Ist kein gutes Frühstück, aber besser als keins.«

»Danke«, sagte sie und griff danach. »Wie heißt du eigentlich?«

»Cephei, und du?«

»Vela.«

»Du kannst nicht lange bleiben, bald wird Dorado von seinem Einkauf wiederkommen. Er mag es nicht, wenn Kinder in der Gaststube sind. Verdirbt ihm das Geschäft, sagt er. Und du bist dann schon zwei Tage hintereinander hier.«

»Ich muss aber auf die Ritter warten.«

»Warum denn?«

Vela sah auf den Apfel in ihrer Hand und kaute langsam weiter. Dann sagte sie: »Ich muss ihnen etwas sagen, das von großer Wichtigkeit ist. Außerdem will ich ihnen viel Glück für die Reise wünschen. Sie müssen den Schlüssel einfach finden, so viel hängt davon ab. Der König und …«

»Und was?«

»Nun, das Land eben«, wich sie aus und aß weiter. Dabei sah sie Cephei aber nicht an, der immer noch das Huhn rupfte.

Eine Weile war es still zwischen ihnen, bis er sagte: »Wenn du mich fragst, dann glaube ich nicht, dass die Ritter so schnell aufbrechen.«

»Wie kommst du darauf?«

»Weil sie für einen Monat im Voraus bezahlt haben. Die bleiben noch.«

Mit offenem Mund starrte Vela ihn an. »Einen Monat? Aber sie müssen doch los, sie dürfen keine Zeit verlieren, sonst verliert sich die Spur des Vogels!«

Cephei zuckte mit den Schultern.

»Nein, das kann nicht sein. Sie sind doch Ritter!«

»Mag sein, aber ihre Knappen sind jedenfalls auch nicht hier, keinen Einzigen habe ich gesehen. Ich weiß auch nicht.« Betrübt ließ er das Huhn in seinen Schoß sinken und legte die Hände auf den Tisch. »Irgendwie sind sie aus der Nähe betrachtet viel weniger glanzvoll als bei dem Turnier. Heute Morgen wäre ich fast über Ritter Kundan gefallen, weil er im Gang vor der Tür geschlafen hatte. Ganz laut geschnarcht hat der. Vielleicht müssen die ja so sein, wenn sie nicht gerade in Schlachten reiten.«

Er nahm die Arbeit an dem Huhn wieder auf, das schon zur Hälfte nackt war und noch überhaupt nicht nach einem leckeren Brathuhn aussah.

Vela sank ein Stück in sich zusammen, die Lage schien ihr wieder hoffnungsloser. Was sollte sie denn jetzt machen, wenn die Ritter tatsächlich noch einen ganzen Monat hierblieben? Jeder Tag ohne Schlüssel bedeutete, dass der König weiter schweigen würde und ihr Vater im Kerker bleiben musste, und das Leben dort war sicher nicht angenehm. Es war kalt und das Essen schlecht, überall Spinnen und Ratten, und dann gab es die fürchterlichen, gefräßigen Schemen, die angeblich in Träume hinüberschwimmen konnten. Vela mochte sich gar nicht vorstellen, wie es ihrem Vater jetzt erging, ein Monat erschien ihr lang. Viel zu lang.

»Ich brauche den Schlüssel aber unbedingt zurück«, flüsterte sie.

»Alle brauchen wir den Schlüssel, weil ihn der König braucht.«

»Ich werde mit den Rittern reden, sie müssen doch einsehen, dass sie nicht warten können.«

»Na dann, viel Glück.« Cephei schüttelte den Kopf. »Sie werden dich auslachen, und Dorado wird dich in hohem Bogen vor die Tür setzen, wenn du verstehst, was ich meine.«

»Dann komme ich eben wieder herein. So lange, bis sie aufbrechen.«

Cephei sah sie skeptisch an und wollte gerade noch etwas sagen, als vor der Tür Stimmen laut wurden. Der Wirt schrie einen Mann an, der am Brunnen vor dem Haus seinen Rausch ausgeschlafen hatte.

»Du musst jetzt gehen, Dorado ist da. Geh durch die Küche hinten raus, dann sieht er dich nicht. Mach schon.«

Vela gehorchte, sie hatte keine Lust auf einen Streit mit dem Wirt, denn der schien dabei ganz gern seine Faust zu gebrauchen, wie das blaue Auge von Cephei bewies. Sie rannte durch die Küche, durch den Hintereingang und hinaus auf die Straße. Von dort aus machte sie sich auf den Heimweg, um sich umzuziehen und zu waschen.

Der Heimweg schien ihr kürzer als am Vortag, vielleicht weil sie nicht unentwegt anhalten musste. Als sie ihr Zimmer im Schloss betrat, war Kassia natürlich längst fort, nur auf Velas unberührtem Bett lag ein Zettel.

Wo warst du?, stand drauf und: *Wenn ich bis zum Mittag nichts von dir höre, lasse ich dich suchen.* Neben dem Zettel stand ein kleines Tablett mit Brot, Wurst und einem Apfel. Am Fenster wartete noch der Waschzuber, ein Krug mit klarem Wasser daneben, Kassia hatte vorgesorgt.

Nachdem sich Vela gewaschen hatte, zog sie die Kleider an, die sie am Tag der Zeremonie getragen hatte, und setzte sich aufs Bett, um nachzudenken.

Im Schloss konnte sie nicht bleiben, ganz gleich, was passieren würde – weiter in diesem Zimmer zu sitzen und abzuwarten, war ihr unmöglich. Mit Kassia in die Kanzlei zu gehen, kam auch nicht in Frage. Den ganzen Tag Pergamentrollen hin und her schieben und so tun, als wäre nichts geschehen – das brachte sie nicht fertig.

Blieben nur zwei Möglichkeiten: Sie konnte nach Hause zu ihrer Mutter fahren oder aber zurück zum Gasthaus gehen, um die Ritter zu beobachten. Einen Moment überlegte sie noch, dann packte sie entschlossen ihre Habseligkeiten in den Rucksack. Hemd und Hose zum Wechseln, den Mantel, das Taschenmesser, die kleine Kiste mit Werkzeug und den Beutel mit Münzen, der sie eigentlich nach Hause bringen sollte, mit dem sie nun aber wohl eine weitere Mahlzeit im Gasthaus bezahlen würde.

Dann setzte sie sich an den kleinen Tisch, um unter Kassias Nachricht eine Notiz zu schreiben – und um sich zu verabschieden. Sie schrieb, dass sie nach Hause fahren würde und Kassia noch viel Glück für die Zukunft wünschte. *Grüße auch an Deinen Vater*, schrieb sie darunter und unterzeichnete mit *Deine Vela.*

Und wieder kam ein weiterer Strich auf ihrer Lügenliste hinzu.

Als sie die Tür hinter sich ins Schloss zog, kam es ihr vor wie das Ende einer Wegstrecke. Es war, als wäre sie an einer Kreuzung angelangt und müsste sich für eine neue Richtung entscheiden. Dabei wusste sie gar nicht, wohin der neue Weg sie führen würde.

Wieder einmal suchte ihre Hand unter dem Hemd den Hammer. Er hing wie immer an ihrem Gürtel, und das glatte Metall zu berühren, beruhigte sie.

Cephei hatte den Morgen damit verbracht, die Ritter zu bedienen, ihnen Frühstück auf die Zimmer zu bringen, das Wasser für die Waschzuber bereitzustellen und Loles Mädchen nach Hause zu schicken. Außerdem hatte er sich mit Knochensalbe eingerieben, die ihm die Schusterstochter alle paar Wochen schenkte, weil sie Mitleid mit ihm hatte. Davon gingen die blauen Flecken schneller weg, und auch die Verkrampfung in den Schultern, wenn er wieder einmal zu viele Bierkrüge geschleppt hatte.

Immer wenn er einen Moment Zeit hatte und unbeobachtet war, sah Cephei aus dem Fenster, um nach Vela Ausschau zu halten, aber das Mädchen ließ sich nicht blicken, vielleicht wohnte sie am anderen Ende der Stadt. Er hätte gewettet, dass sie trotz seiner Warnungen wieder auftauchen würde. Da war so etwas in ihrem Blick gewesen, eine seltsame Mischung aus Furcht und Entschlossenheit.

Nachdem sich die Ritter mit einem reichlichen Frühstück und zwei Krügen Wein gestärkt hatten, brachen sie auf, weil sie ganz in der Nähe an einem Fluss den Gerüchten um ein finsteres, rotäugiges Flussmonster nachgehen wollten. Wozu sie dafür einen gefüllten Picknickkorb und eine zweite Riege von Loles Mädchen brauchten, wollte sich Cephei gar nicht vorstellen. Er war froh, als sie verschwunden waren, denn am Abend wären sie sicher wieder zurück, und dann begann die Plackerei von vorn und es hieß wieder: »Junge, mach dies und tu das und bring mir dies und jenes und so fort.«

Ritter hatte er sich eigentlich anders vorgestellt, auch Equu hatte sie anders beschrieben, edler und heldenhafter. In den vorangegangenen Jahren hatte Cephei die Gastwirte beneidet, bei denen die Ritter nach dem Turnier eingekehrt waren, doch jetzt war der Neid nicht mehr so groß.

Nach dem Mittag war es ruhig in der Gaststube, Dorado erlaubte ihm sogar, sich eine Weile auszuruhen, und Cephei nutzte die Zeit, um in der Küche ein paar Scheiben Brot, etwas Fett und einen Krug Milch zu stibitzen, die er in einem Korb verstaute. Dann schlich er sich aus dem Haus und rannte die Straße hinunter, zurück zur Stadt, wobei ein paarmal fast der

Krug umgekippt wäre, aber Cephei hatte nicht genug Zeit, um langsamer zu laufen.

Nicht weit vom Stadttor entfernt befand sich hinter dem Weberhaus eine alte kleine Scheune, die niemand mehr benutzte, weil sie jeden Moment einzustürzen drohte. Equu hatte immer Witze gemacht, dass sie schon existiert haben musste, bevor der Mechanische König hier angekommen war. Aber das war natürlich Unsinn, dann wäre sie älter als die Erinnerungen aller, denn niemand erinnerte sich an die Zeit vor dem Mechanischen König. Vielleicht würde Cephei irgendwann einmal einen Chronisten fragen, ob es alte Aufzeichnungen aus der Zeit davor gab, aber eigentlich konnte er sich das gar nicht vorstellen.

Er öffnete das Tor und schlüpfte hinein. Einen Moment blieb er am Eingang stehen, bis die Schatten Formen annahmen und er Urs' kräftige Stimme hörte.

»Komm rein, Junge, komm rein. Was hast du denn da? Das wird doch nicht etwa ein Korb mit Leckereien sein?«

In einer hinteren Ecke auf einem vergessenen Bretterstapel saß der Bär auf einer Decke und winkte zu Cephei herunter.

Er lief zu ihm und hob einen Arm, während er mit der anderen Hand den Korb hielt. Urs packte den Arm und zog ihn nach oben, bis Cepheis Füße über den Brettern schwebten, dann ließ er ihn vorsichtig herunter, und Cephei ließ sich neben ihm nieder und nahm das Deckchen vom Essen.

»Sind leider keine Leckereien, nur Brot, Fett und Milch. Mehr kann ich nicht mitgehen lassen, ohne dass es Dorado bemerkt«, sagte er, breitete das Deckchen vor Urs aus und legte alles darauf.

Der Bär antwortete nicht sofort, bis Cephei aufsah und bemerkte, dass Urs ihn anstarrte. Eine Pranke hob sich und legte sich vorsichtig unter sein Kinn, drehte es erst nach rechts und dann nach links, und die Miene des Bären wurde finster. »Wofür hast du das denn gekriegt?«

Cephei war es peinlich, dass Urs ihn wegen des Veilchens ansprach, er hatte es schon vergessen, weil es wirklich nichts Neues war. »Ich bin zu spät vom Turnier wiedergekommen. Ist halb so wild.«

»Weil du mit mir unterwegs warst«, stellte Urs mit einem Seufzen fest.

Cephei antwortete nicht, es gab ja nichts zu erwidern, also zuckte er nur wie üblich mit den Schultern.

»Soll ich mal mit dem Wirt reden?« Urs kratzte sich am Kopf. »Ihm sagen, dass es nicht deine Schuld war – dass ich dich überredet habe, mit mir zu kommen?«

»Nein, lass mal, das macht ihn nur noch wütender. Ist wirklich in Ordnung, ich krieg das hin. Tut auch schon gar nicht mehr weh«, schloss Cephei und grinste, aber Urs lachte nicht zurück, sondern runzelte nur weiter die Stirn.

»Das ist nicht in Ordnung, und du weißt das auch«, sagte er stattdessen.

»Ich werde ja auch nicht ewig bei Dorado bleiben. Eines Tages bin ich Knappe bei einem Ritter, und dann bin ich für immer weg aus der Gaststube. Dann wird alles besser.« Er dachte noch einen Moment an den Wirt, dann rieb er sich mit dem Zeigefinger unter der Nase und zeigte auf das Essen. »Iss was, ich weiß nicht, wann ich das nächste Mal etwas bringen kann.«

Urs entließ ihn endlich aus seinem prüfenden Blick und machte sich über die Brote her. »Ist doch wunderbar, reicht völlig. Wenn ich erst wieder auf Wanderschaft bin, dann jag ich mir einen Hasen oder einen Fisch oder – mit ein wenig Glück –

eine gepanzerte Hirschkröte. Das wird dann lustig, ich und das Feuer unter freiem Himmel, und nach dem Essen pfeif ich ein kleines Lied.« Mit der großen Pranke stopfte er sich Brot in den Mund und trank schlürfend aus dem Milchkrug, wobei ihm die Milch aus beiden Mundwinkeln ins Fell lief. Mit der Pranke wischte er darüber.

Cephei hatte Urs zur Scheune gebracht, weil der Bär in der Stadt kein Nachtlager gefunden hatte. Die Gasthäuser waren fast alle belegt, denn es waren sehr viele Leute aus dem ganzen Land zu Zeremonie und Turnier angereist, und die wenigen Herbergen, die noch freie Plätze hatten, wollten dem Bären keine Unterkunft geben. Zu gefährlich sah er ihnen aus, *zu klein* nannten sie ihre Betten, zu wenig Geld steckte nach dem üppigen Abendmahl noch in seiner Börse. Deshalb hatte ihn Cephei zur Scheune geführt, wo er die Nächte über bleiben konnte; außer ein paar Kindern kam hier ohnehin niemand her.

»Hast du eigentlich den Aufbruch der Ritter gesehen? Ich scheine die Sache verpasst zu haben«, sagte Urs plötzlich, und Cephei schüttelte den Kopf.

»Weit sind die nicht gekommen, seit gestern hocken sie bei Dorado in der Gaststube und haben sich für einen weiteren Monat eingekauft.«

»Aber müssen sie denn nicht weiter?«

»Dachte ich auch.« Cephei schmierte sich nun auch ein Brot, weil er wie immer noch nicht zu Mittag gegessen hatte. »Irgendwie benehmen die sich ganz anders, als ich es mir immer vorgestellt habe. Ich muss wohl noch mal Equu fragen, wie das bei seinem Ritter so ist. Sag mal, was machst du denn jetzt, nachdem du nicht am Turnier teilnehmen durftest? Gehst du zurück?«

Urs wischte sich die Pranken ab. »Weiß noch nicht, eigentlich hab ich keine Lust, gleich wieder umzukehren, ist ja nicht so, dass auf mich irgendwer warten würde. Und das Geld ist auch knapp. Wahrscheinlich muss ich mich als Söldner verdingen, irgendwo wird es schon was zu kämpfen geben. Gegen die Piraten an der Küste vielleicht, die Händler dort sind immer froh, wenn ihnen jemand hilft.«

Cephei hob die Hände. »Aber als Söldner zu kämpfen, für jeden, der zahlt, das ist doch gar nicht ritterlich. Willst du denn kein Ritter mehr werden?«

Der Bär erhob sich und gürtete sich sein Schwert um. »Mag sein, Junge, aber auch ich muss von irgendetwas leben, von Ehre allein werde ich nicht satt.«

Bedrückt sah Cephei zu, wie Urs seine Stiefel anzog. In den letzten Tagen lief irgendwie überhaupt nichts mehr so, wie er es sich vorgestellt hatte. Dem König, den er für allmächtig gehalten hatte, wurde der Schlüssel geklaut, die Ritter betranken sich lieber, als zu einem Abenteuer zur Rettung des Landes aufzubrechen, und nun musste sich auch noch der Einzige, der sich wirklich ritterlich benahm, im Kampf gegen die Piraten an der Küste verdingen. Dass solche Dinge passieren konnten, davon hatte ihm Equu nichts erzählt.

»Ich geh mich in der Stadt mal umhören, vielleicht hat jemand einen Auftrag zu vergeben. Ich bin am Abend wieder zurück, kommst du dann noch mal vorbei?«, fragte Urs, während er schon den Holzstapel hinunterkletterte.

»Ich versuche es, mal sehen, wie lange die Ritter heute noch machen«, antwortete Cephei und folgte Urs, wobei er die letzten drei Fuß einfach sprang. Das war keine gute Idee gewesen; sein rechtes Bein, das immer noch blau von Dorados Schlägen war, schmerzte sofort wieder. Cephei biss die Zähne zusammen und folgte Urs hinaus ins helle Tageslicht. Vor dem Weberhaus trennten sie sich, und Cephei machte sich auf den Weg zurück zum Gasthaus.

Schon von weitem konnte er Vela erkennen, die an einem der Fenster stand und hineinspähte. Als sie Schritte hinter sich hörte, drehte sie sich um und richtete den Blick finster auf Cephei, aber als sie ihn erkannte, wurde ihre Miene freundlicher.

»Hallo«, sagte sie, und ein kleines Lächeln stahl sich auf ihr Gesicht.

»Hallo«, antwortete er, und dann standen sie sich einen Moment lang schweigend gegenüber, während Vela ihn von oben bis unten musterte, was ihm nicht besonders gefiel. Ihr Blick schien überprüfen zu wollen, ob er vollständig war, so kam es ihm jedenfalls vor – als ob irgendetwas fehlen könnte.

»Was ist denn?«, knurrte er, und sie zuckte zusammen.

»Nichts, ich wollte nur …« Sie winkte ab. »Nicht so wichtig. Wo sind denn die Ritter, ich kann sie nirgends entdecken.«

»Ausgeritten. Zum Fluss. Monster jagen.«

»Es gibt keine Monster am Fluss«, erwiderte sie überrascht und runzelte die Stirn, fast genauso wie Urs eben. »Die königliche Wache läuft auch dort Patrouille.«

»Angeblich gibt es Gerüchte darüber. Sie sind hingeritten, um das zu prüfen. Einen Picknickkorb haben sie auch mitgenommen.«

»Wollen sie damit vielleicht die Monster anlocken?« Wütend blitzte sie Cephei an. »Es ist wirklich nicht zu fassen! Wenn der König wüsste, wie sich seine Ritter hier verhalten, würde er ihnen befehlen, endlich die Reise anzutreten.«

»Aber das ist ja wohl das Problem. Dass er das nicht befehlen kann. Ohne Schlüssel.« Er ging zur Tür. »Wenn du willst, kannst du im Stall auf sie warten, ich sag dir Bescheid, wenn sie ankommen. Aber lass dich nicht blicken! Wenn der Wirt dich sieht, wird er dich wegscheuchen.«

Er sah noch, wie Vela nickte, dann öffnete er die Tür und ging hinein. Sein Tagwerk hatte ihn wieder.

EIN ANDERER PLAN

Die nächsten Stunden verliefen wie immer, Tag um Tag, seit er hier war. Zumindest kam es Cephei so vor. Er bediente die Gäste, kehrte, wusch Krüge, räumte die Tische ab und versuchte zu verhindern, dass stadtbekannte Konkurrenten allzu nahe beieinandersaßen, indem er ihnen Plätze an Tischen an unterschiedlichen Enden des Raums zuwies. Wenn die Gäste mal eine Münze zu viel gaben und er sie nicht schnell genug in seiner Hosentasche verbergen konnte, verlangte der Wirt das Trinkgeld.

»Für Kost und Logis«, sagte er dann immer, weil er Cephei doch großgezogen hatte. Ja, es war wirklich ein Nachmittag wie jeder andere.

Dieses Gefühl änderte sich erst, nachdem die Ritter am frühen Abend zurückgekehrt waren. Lärmend, lachend und schwatzend stießen sie die Tür auf und kamen hereingedrängt. Als Erstes verlangten sie Wein und Speisen, obwohl sie bereits undeutlich sprachen und auf ihrem Weg zu den Tischen leicht schwankten. Sie erzählten laut von dem riesigen Tier, das sie erlegt hatten und von dem nun jegliche Spur fehlte, und im Laufe des Abends wurde das Tier in ihren Berichten für neu hinzugekommene Gäste immer größer.

Als Cephei die Geschichte zum achten Mal gehört hatte, waren es bereits drei ungeheuerliche Tiere von der Größe des Schankraums, und er schämte sich fast für die betrunkenen Aufschneider. Doch sonst schien ihnen niemand die Flunkerei übel zu nehmen.

Er beeilte sich mit dem Bedienen, und als er eine Gelegenheit sah, verließ er das Haus durch die Küche und lief zu Vela in den Stall, die erst aus ihrem Versteck gekrochen kam, als er leise ihren Namen rief. In ihrem Haar steckte Stroh.

»Sind sie angekommen?«, fragte sie.

»Schon vor einer Weile, aber ich konnte nicht weg.«

»Und?«

»Und was?«

Sie hob die Arme. »Haben sie ein Monster erlegt?«

»Eins? Inzwischen sind es angeblich drei. Nur haben sie wohl vergessen, sie mitzubringen. Oder auch nur eine einzige Trophäe.«

»Du glaubst ihnen nicht, oder?«

Er zuckte mit den Schultern, dafür ließ sie ihre hängen, auf einmal sah sie müde aus, und sie hob eine Hand, als wolle sie etwas erwidern, aber dann ließ sie sie sinken und schwieg.

Einen Moment standen sie einander gegenüber, wie am Mittag, dann sagte sie: »Ich werde mit ihnen reden. Vielleicht lassen sie sich überzeugen aufzubrechen.«

»Du kannst es ja versuchen, aber große Chancen gebe ich dir nicht, wie gesagt, sie haben bereits bezahlt.«

»Aber sie sind die Gewinner des Turniers und haben eine Aufgabe, das muss ich ihnen nur klarmachen.«

»Und du glaubst, die hören auf dich?« *Wer bist du schon?*, wollte Cephei am liebsten hinzusetzen. Ein müdes Mädchen mit wirrem Haar – welcher Ritter ließ sich davon schon beeindrucken? »Warum ist es dir nur so wichtig, dass die Ritter diese Reise antreten?«, fragte er und blickte ihr dabei in die Augen.

»Wie soll denn sonst der Schlüssel wiederkommen?« Sie sah weg.

»Dann geht eben jemand anders.«

»Aber wer? Außerdem läuft uns die Zeit davon!« Nervös kaute sie auf der Unterlippe. Cephei wusste, dass sie log, diesen Ausdruck kannte er zu gut von Männern, die dem Wirt versicherten, sie würden nur ihr Geld von zu Hause holen und sofort wiederkommen, um die Rechnung zu bezahlen. Und jedes Mal wohnten sie gleich um die Ecke. Nur seltsam, dass man die Männer noch nie im Viertel gesehen hatte.

»Jeder im Land macht sich Sorgen um den König, aber das allein ist es nicht, weshalb du so an der Sache interessiert bist. Ich könnte dir vielleicht helfen, nur wenn du mir nicht die Wahrheit erzählst, hab ich auch keine Lust.« Cephei lehnte sich an eine Stallwand und beobachtete weiter Vela, die begonnen hatte, unruhig auf und ab zu gehen, als grüble sie über ein schweres Problem. Hin und wieder warf sie ihm einen Blick zu, den er schweigend zurückgab.

Nach einiger Zeit blieb sie entschlossen vor ihm stehen, eine Hand fasste an ihre Hüfte, und zum Vorschein kam ein großer Hammer, den sie fest umschloss. Sie sah ihm in die Augen. »Mein Vater ist der Königsmechaniker.«

»Der Mann, der den Schlüssel verloren hat?«

»Nein! Nicht verloren!«, giftete sie. »Er konnte nichts dafür, du musst es doch gesehen haben. Niemand war auf diesen Vogel vorbereitet, und die Palastwachen haben auch nichts unternommen.«

Er versuchte sich zu erinnern, es war alles so schnell gegangen. Wahrscheinlich hatte sie Recht und der Mechaniker hätte wirklich wenig tun können. Der Vogel war einfach zu groß gewesen. »Ist er im Kerker?«

Sie nickte. »Nur der König kann ihn nach Ablauf eines Jahres begnadigen, aber wenn der Schlüssel nicht wieder auftaucht, wird der König schweigen, und mein Vater wird hingerichtet.« Ihre Stimme war bei jedem Wort leiser geworden, bis Cephei sie fast gar nicht mehr verstand, aber er hatte es auch so begriffen.

Er konnte sich nicht vorstellen, wie es war, einen Vater zu haben, der einen liebte. Die Gaststube war zwar ein Zuhause, aber eben kein Heim, und Dorado hatte ihn zwar aufgezogen, doch er liebte den Mann ebenso wenig wie dieser ihn. Dennoch begriff Cephei, dass Vela an ihrem Vater hing. Cephei hing auch an manchen Dingen, und natürlich an seinem Freund Equu und an dem Erdwühler, vielleicht auch ein wenig an der Schusterstochter. Es würde ihn traurig stimmen und wütend, wenn ihnen etwas widerfuhr.

»Ich kann dir vielleicht helfen, Vela. Hast du Geld?«

Misstrauisch sah sie ihn an.

»Du musst wissen, von Ehre allein kann man kein Essen bezahlen«, sagte er und stieß sich von der Wand ab. »Wenn du bis in die Nacht wartest, bring ich dich zu jemandem, der dir helfen kann, aber du musst ihn bezahlen, sonst läuft nichts.«

Sie schien zu überlegen. »Wer ist das denn, der mir helfen kann?«

»Wirst du schon sehen. Hast du nun Geld? Keine Angst, ich will dich nicht ausrauben. Ehrenwort drauf.« Er streckte ihr die Hand entgegen, aber sie lachte nur kurz auf, es war kein freundliches Lachen, und er ließ die Hand wieder sinken. »Was denn, traust du mir etwa nicht? Du bist wirklich komisch, hab ich dir etwa nicht in der Nacht geholfen und heute auch wieder Bescheid gesagt? Du bist ganz schön undankbar.«

Sie verschränkte die Arme vor der Brust und stand einen Moment lang wie eine Säule vor ihm, starr und kalt, und er wollte sich schon umdrehen, aber dann schien sie sich zu besinnen und streckte die Hand aus.

Er ergriff sie. »Ich hol dich, wenn hier Schluss ist. Halt dich bereit.« Nach einem letzten Nicken lief er zurück zum Haus, das Blut rauschte ihm plötzlich in den Ohren, und er hatte das Gefühl, dass sich sein Leben gerade veränderte, genau jetzt. Etwas Großes würde passieren, Cephei konnte es geradezu riechen.

Ein paar Stunden und zwei kräftige Kopfnüsse später zog sich Cephei seinen Umhang über, der ihn vor der Kälte der Nacht schützte, und schlich sich erneut in den Stall, wo Vela, den Rucksack in der Hand, auf einem Strohballen schlief. Mit der Fußspitze stupste er sie an, bis sie aufschreckte.

»Lass uns gehen, wir müssen uns beeilen. Ich weiß nicht, wie lange er noch wach ist«, flüsterte Cephei.

»Wer denn?«

»Wirst du schon sehen.«

Wie Katzen schlichen sie durch die Nacht; sie blieb dicht hinter ihm, und auch, als er schneller rannte, verlor sie ihn nicht. Für ein Mädchen war sie flink. Mit Absicht lief er durch die düsteren Gassen, in denen Gauner die Laternen mit Steinen eingeworfen hatten, damit im Dunkel der Nacht manches geheime Treffen stattfinden konnte, ohne dass man dabei sofort gesehen wurde. Cephei wollte sehen, ob Vela hier Angst bekam. Aber sie rief nicht einmal seinen Namen oder fasste ihn am Ärmel, das war gut.

Die wirklich gefährlichen Gegenden mied er ohnehin. Er wusste, in welche Gassen man nachts besser nicht rannte, aber das waren nicht unbedingt die dunkelsten und dreckigsten. Er nahm ein, zwei Abkürzungen durch schmale Hinterhöfe und wählte verwinkelte, unübersichtliche Gassen aus, um aus dem Weg ein großes Geheimnis zu machen. Schließlich war Marinth ja kein Wald, in dem man sich verlaufen konnte oder von wilden Tieren angefallen wurde!

Als sie die Scheune hinter dem Weberhaus erreichten, lauschte er einen Moment am Tor, aber von innen drangen keine Geräusche heraus, nur ein schwacher Lichtschein schimmerte unter dem Tor.

Er klopfte, dann trat er ein, und Vela folgte ihm. Urs saß wieder auf dem Holzstapel und sah ihnen entgegen. »Ich dachte schon, du hättest mich vergessen. Hast du mir wieder etwas zu essen mitgebracht?«, rief er fröhlich.

»Tut mir leid, Essen hab ich keins, aber vielleicht etwas Besseres.«

Neben ihm schnappte es hörbar nach Luft. Vela wich zurück, und als er sich zu ihr umdrehte, sah er in ihr blasses, verschrecktes Gesicht. Was die dunklen Gassen nicht vermocht hatten, mit einer missverständlichen Bemerkung hatte er es geschafft.

»Herrje, ich meine doch nicht, dass er *dich* fressen soll! Man könnte ja glauben, dass du noch nie einen sprechenden Bären gesehen hast.«

Misstrauisch huschten ihre Augen von Cephei zu Urs und wieder zurück. Sie wirkte, als wäre sie bereit zur Flucht. »Bei uns gibt es die nicht. Wir kennen nur ein paar singende Vögel, die mit ihren Liedern Menschen hypnotisieren können. Die Händler aus dem Osten setzen sie oft ein, um die Leute zu den Waren zu locken.«

»Na, jedenfalls, das ist Urs«, sagte Cephei und ging auf den Bären zu. »Er hypnotisiert keine Menschen, und fressen tut er sie auch nicht.«

Langsam folgte Vela ihm, er konnte ihre zögernden Schritte hinter sich hören.

»Wen hast du mir denn da mitgebracht?«, fragte Urs, während sie zu ihm auf den Holzstapel kletterten.

»Das ist Vela. Sie ist die Tochter des Königsmechanikers. Du weißt schon, der Mann, den sie eingesperrt haben, weil er den Schlüssel verloren hat.«

Cephei setzte sich neben Urs, gerade als Vela ihm ärgerlich gegen den Arm boxte und Urs ein erstauntes »Oh« von sich gab.

»Du weißt doch, was für ein Vogel das war.«

»Na, ganz genau kann man das nicht sagen«, brummte Urs, »aber wahrscheinlich ein Klippengeier. Hab mal einen in den Bergen gesehen. Sind Einzelgänger, ziemlich groß und gefährlich. Sie fressen alles, was ihnen vor den Schnabel kommt. Man muss schon sehr viel Mut haben, um sich ihnen zu nähern.«

»Ich dachte, du könntest ihr vielleicht helfen. Sie hat gesagt, sie hätte Geld, und du suchst doch eine neue Aufgabe. Wenn die Ritter den Schlüssel nicht suchen, musst du ihn eben herbringen. In einem Jahr muss der König nämlich Velas Vater begnadigen, und das kann er ja nur, wenn er wieder aufgezogen wird.«

»So«, sagte Urs, dann schwieg er wieder und betrachtete Vela, die ihn ebenfalls beobachtete. Der Anblick des sprechenden Bären schien ihr nicht geheuer, ganz verkrampft saß sie da und ließ Urs nicht aus den Augen. Dabei dachte Cephei, dass sie an allerlei große Tiere gewöhnt sein müsste, schließlich kam sie doch aus dem Norden, wo es die Barbakatzen gab und auch die struppigen Breitmaulbisons mit den vier Hörnern. Von wilden Schneeaffen, die Menschenkinder entführten und aufzogen, hatte er auch gehört, wie auch von Riesenwölfen. Sie musste große Tiere gewohnt sein, und Urs war noch nicht mal ein richtiges Tier.

Nach einer Weile sagte Urs: »Das ist ja nett gemeint, Cephei, aber wie viel Geld kann ein Kind schon besitzen? Nicht, dass ich nicht helfen will, aber ich muss auch an meinen Lebensunterhalt denken …«

Cephei und Urs sahen Vela an, die lange zögerte, bevor sie einen kleinen Beutel aus ihrem Rucksack holte, der verdächtig klimperte. Sie legte ihn vor sich, außerhalb von Urs' Reichweite, der ihr im Schneidersitz gegenübersaß. »Ich habe genug Geld, um Ihre Dienste in Anspruch zu nehmen«, sagte sie steif, und auch ihre Haltung war noch immer so verkrampft, als würde sie am liebsten davonlaufen. Immer wieder huschten ihre Augen zum Scheunentor.

Ihr Misstrauen ärgerte Cephei. Er verschränkte die Arme und beugte sich zu ihr. »Mir hast du vorhin nicht vertraut, und jetzt packst du hier das große Geld aus? Mutig, mutig … Vielleicht mach ich ja mit dem Bär gemeinsame Sache, und gleich überfallen wir dich.« Er riss beide Arme hoch. »Buh!«

Vor Schreck kippte Vela nach hinten und fiel fast vom Holzstapel, während sich Cephei laut lachend mit der Hand auf den Schenkel schlug.

»Lass das, Junge!«, brummte Urs und fasste Vela an der Schulter, um ihr hochzuhelfen.

Sie strich sich das Hemd glatt, und ihr Blick wurde trotzig. Sie sah abschätzend auf den Beutel, der zwischen ihr und Urs lag, machte aber keine Anstalten, ihn zurückzunehmen. »Sind Sie ein Ritter?«, fragte sie stattdessen.

Urs lächelte traurig. »Nein, Mädchen, ich bin nur ein Wanderer, dem man nicht erlaubt hat, am Turnier teilzunehmen. Aber ich bin ein guter Kämpfer. Und ich fühle mich den ritterlichen Idealen verpflichtet, weil ich doch hoffe, eines Tages einer von ihnen zu sein. Wenn sich diese leidige Sache mit dem Stammbaum geklärt hat«, knurrte er. »Na, jedenfalls kannst du *du* sagen, und ich würde mich geehrt fühlen, wenn ich diesen Auftrag annehmen könnte. Wenn du dieses Vertrauen in mich setzen willst.«

Urs sprach jetzt genauso geschwollen wie Vela. Cephei konnte das nicht mehr hören, wie die sich hier Knoten in die Zunge machten. »Dann ist ja alles klar«, sagte er und klatschte in die Hände. »Vela gibt dir das Geld, und dann machen wir uns auf die Suche nach dem Königsschlüssel.«

Dieser Entschluss war plötzlich gekommen, gerade in diesem Moment, aber er schien ihm so richtig wie schon lange nichts mehr. Er würde mitgehen.

Urs würde es schaffen, er würde den Schlüssel wieder seinem rechtmäßigen Besitzer bringen und dann zum Ritter geschlagen werden. Als solcher bräuchte er natürlich einen Knappen. Es wäre also von vornherein besser, wenn Cephei gleich mitging, um ihm zu helfen. Er könnte das Lagerfeuer machen, die Sachen zusammenpacken, Wurzeln sammeln und ihm gegen Feinde beistehen. Und es war ja nicht so, dass ihn hier irgendetwas hielt. Dorado würde toben und schreien, wenn er feststellte, dass Cephei nicht mehr da war, aber was sollte er dann noch machen? Wenn Cephei als Knappe eines berühmten Ritters, des Helden des ganzen Landes, zurückkehrte, würde der dicke Wirt es ohnehin nicht mehr wagen, Hand an ihn zu legen.

Er war so vertieft in seine Träumerei, dass er erst beim zweiten Mal bemerkte, dass Vela ihn beim Namen rief. Blinzelnd sah er auf.

»Wie kommst du darauf, dass du mitgehst?«, fragte sie.

»Hä?«

»Ich sagte: Wie kommst du darauf, dass du mitgehst?«

»Ist doch selbstverständlich, dass ich Urs begleite. Ich bin sein Knappe.«

»Das bist du nicht. Du bist nur ein Junge, der in einem Wirtshaus bedient.«

Dieser Satz traf Cephei tiefer, als er vermutet hätte. Natürlich hatte sie Recht, er war nur ein Junge, der in einem Gasthaus schuftete, aber er war doch noch so viel mehr, sah sie das denn nicht?

»Hör zu«, lenkte sie ein, »ich bin dir dankbar, dass du mir geholfen hast, aber das ist keine Aufgabe für einen wie dich. Das Leben meines Vaters hängt davon ab, und du würdest Urs nur behindern …« Sie brach ab, als hätte sie schon zu viel gesagt.

Wütend starrte Cephei sie an: »Was sagst du denn dazu, Urs? Soll ich nicht mitkommen? Du hast doch gesagt, ich könnte dein Knappe sein! Ich bin bestimmt nützlich und überhaupt nicht im Weg.«

Urs kratzte sich wieder am Kopf. »Von mir aus ja gern, Cephei, aber da das kleine Fräulein hier nun mal die zahlende Kundschaft ist, kann ich da überhaupt nichts machen. Leider. Sie sagt, wie es läuft. Vielleicht ist es auch besser so. Du bist noch jung, andere Abenteuer warten auf dich.«

Capheis Magen zog sich zusammen, er wollte kein anderes Abenteuer, er wollte dieses. Enttäuscht sah er zur Seite.

»Dann ist ja alles klar«, sagte Vela. »Ich werde hier mit in der Scheune übernachten, und morgen früh brechen wir dann auf.«

Überrascht blickten der Bär und Cephei sie an, während sie schon anfing, die Decke aus dem Rucksack zu holen. Ihre Scheu vor Urs hatte sie offenbar abgelegt, oder sie war entschlossen, sie sich nicht mehr anmerken zu lassen.

»Wieso darfst du mit und ich muss hierbleiben?«

»Weil ich erstens dafür zahle und es zweitens meine Sache ist. Es geht um meinen Vater.«

Aber ihn betraf die ganze Angelegenheit doch genauso, fand Cephei, ganz deutlich spürte er, wie dieses Abenteuer zu seinem wurde. Er konnte nicht länger hierbleiben, bei Dorado, in der Gaststube, herumgeschubst von den lärmenden Rittern. Keinen Tag länger würde er es aushalten!

Einen Moment war es still zwischen ihnen, bis der Bär versuchte, Vela davon zu überzeugen, dass es besser war, daheim zu bleiben und abzuwarten, aber davon wollte sie nichts hören. Die Abmachung war klar: Entweder kam sie mit, oder sie würde sich mit ihrem Geld jemand anders suchen.

Urs schien zu überlegen, er war hin und her gerissen, aber dann stimmte er mit einem Knurren zu und murmelte etwas von unverständigen Kindern und Sturheit, die nur Frauen innewohnt, was weder Cephei noch Vela verstanden, auch wenn Cephei es schon oft von Betrunkenen am Tresen gehört hatte.

Er hatte still danebengesessen und dem Disput gelauscht. Nachdem sich die beiden geeinigt hatten, sagte er locker: »Na gut, wenn ihr nicht wollt, dann gehe ich eben wieder, und ihr könnt zusehen, wie ihr klarkommt.« Mit diesen Worten erhob er sich und wollte die Scheune schon verlassen, doch Urs hielt ihn an der Schulter zurück und sah auf ihn herab.

»Deine Zeit wird auch noch kommen, Kleiner. Nur keine Angst. Das nächste Mal klappt's bestimmt. Ich weiß doch, dass du das Zeug zum Knappen hast, wirst es schon noch beweisen können.«

Cephei nickte langsam und warf Vela noch einen Blick zu, die unruhig auf ihrem Lager hin und her rutschte, doch sie hatte ihm anscheinend nichts mehr zu sagen, nicht mal auf Wiedersehen. Zweimal öffnete sie den Mund und schloss ihn wieder ohne ein Wort. Kurz hob sie die Hand, aber da drehte er sich schon fort und verließ die Scheune.

Doch statt nach Hause zu gehen, legte er sich hinter dem Weberhaus auf eine Bank, im Dunkeln verborgen, und hüllte sich fest in seinen Mantel. Es war weder warm noch bequem, aber eine Nacht würde er das schon aushalten, schließlich war er keiner von diesen Jungen, die oben im besseren Viertel der Stadt lebten, wo man schon zum Frühstück Pasteten aß. Die hätten sich auf der Holzpritsche vielleicht hin und her gewunden, aber Cephei sah einfach hoch zu den Sternen.

Er würde es ihnen schon zeigen! Wenn sie glaubten, ihn so leicht zurücklassen zu können, dann irrten sie sich gewaltig. Vielleicht war es sogar gut, dass er nicht noch einmal in die Kneipe zurückgehen konnte, so lief er wenigstens nicht Gefahr, dass Dorado ihn entdeckte und verhinderte, dass er zu diesem Abenteuer aufbrach. Kurz bedauerte er, sich nicht von der Schusterstochter verabschieden zu können, aber das war jetzt nicht mehr zu ändern. Wenn er als berühmter Knappe von seiner Reise zurückkehrte, würde er ihr alles genau berichten, und sie würde verstehen, warum er überhastet aufgebrochen war, ohne jemandem davon zu erzählen.

Nach ein paar Minuten leistete ihm eine Hofkatze Gesellschaft, und so wärmten sie sich gegenseitig und warteten auf den kommenden Tag.

AUFBRUCH

Der Aufbruch ging schnell. Am Morgen packten Vela und Urs ihre Sachen und verließen die Scheune. Ein paar Frühaufsteher warfen ihnen überraschte Blicke zu, denn ein Mädchen in Begleitung eines sprechenden Bären war auch in der Königsstadt nicht alltäglich. Vielleicht wurde Vela auch von dem einen oder anderen erkannt.

Sie zog die Kapuze ihres Mantels tiefer ins Gesicht.

Doch Urs schienen die Blicke nichts auszumachen, also versuchte auch Vela, sie zu ignorieren. Immer wieder schielte sie jedoch selbst zu dem Bären an ihrer Seite, weil sie noch immer erstaunt war über seine Erscheinung.

Er ging aufrecht, und trotz seiner kurzen Beine legte er ein ordentliches Tempo vor. An dem breiten Gürtel um seinen Bauch hingen das Schwert und ein langer Dolch sowie drei faustgroße Lederbeutel, der Rücken wurde beinahe vollständig von zwei aneinandergeschnallten Rucksäcken verdeckt. Kleidung trug er keine, der Pelz wärmte ihn sicher mehr als genug, nur einen breitkrempigen schwarzen Hut hatte er aufgesetzt, was ihn ein wenig menschlicher machte.

Doch auch wenn er sich wie ein Mensch benahm und in diesem Moment sogar leise vor sich hin pfiff, wirkte er auf Vela noch immer fremd. Noch nie zuvor hatte sie einen sprechenden Bären gesehen, und ihre Mutter wäre wahrscheinlich entsetzt darüber gewesen, dass sie einfach so mit ihm in die Fremde zog. Was wusste sie schon über ihn? Aber Vela entschloss sich, auf ihr Bauchgefühl zu hören.

Die Stadtwachen am östlichen Tor fragten niemanden, der hinauswollte, wohin er ging, und so waren sie unter den Ersten, die die Stadt an diesem Tag verließen.

Den Weg zum Rauschwald mussten sie zu Fuß zurücklegen, weil sie keine Pferde besaßen und Kutschen nur auf der nördlichen und der west-östlichen Route verkehrten. Auf der Südseite der Stadt gab es zwar ein Stadttor, doch die Straße in den Süden war schmal und kaum gepflegt. Händler sah man hier nicht, nur hin und wieder Bauern von den wenigen Höfen aus der Umgebung.

Die Kutschlinien führten im Westen nach Kerburg und weiter zur Küste und im Osten über die Handelsstadt Athago bis ins Sedische Reich und nach Gadbah. Vor Kerburg und Athago mochten auch Kutschen nach Süden fahren, am Rauschwald vorbei, doch dieser Weg bedeutete eine Verzögerung von mehreren Tagen, vielleicht Wochen, je nachdem, wann die Kutschen aufbrachen.

Vela und Urs folgten der Straße, die direkt zum Rauschwald führte und an der rechts und links große Breitblattbäume wuchsen. Anfangs sah sich Vela immer wieder um und verfolgte, wie Marinth in ihrem Rücken kleiner wurde, doch dann verbot sie es sich. Es erinnerte sie nur daran, was sie zurückließ. Sie dachte an ihren Vater, der müde und hoffnungslos im Kerkerturm saß, und versuchte mühsam, mit dem Bären Schritt zu halten.

Der Weg führte sie durch die Mondweizenfelder, die vor der Stadt lagen und von denen das Material für die berühmten Strohbilder stammte. Reglos standen die fast mannshohen weißen Ähren in der Sonne, ein silberner Schimmer lag über ihnen wie Tau. Ein paar Körner waren auf die Straße gefallen und lagen dort wie große metallische Tränen.

Auf den Feldern standen in gleichmäßigen Abständen drei oder vier Schritt große Vogelscheuchen. Es waren schrill bunte, vielgliedrige mechanische Monster, die üblicherweise von Windrädern über ihren Fratzenköpfen angetrieben wurden. Mit den langen Armen schlugen sie nach gierigen Vögeln, und aus ihren Mundöffnungen drang gelber Rauch, den die Vögel nicht mochten. Als Vela noch klein gewesen war, hatte sie sich bei ihrem Anblick furchtbar erschrocken, doch mittlerweile fand sie die Vogelscheuchen eher lustig. Doch in der momentanen Windstille standen sie reglos und stumm und dienten den Vögeln als Sitzgelegenheit.

Die kleinen Weiler und Höfe in Marinths Süden lagen weiter auseinander als jene in östlicher Richtung. Es handelte sich um alte Besitztümer, die schon Jahrhunderte denselben Familien gehörten und langsam verfielen, weil die jungen Leute in die Stadt hineinzogen oder ihr Glück in Athago oder den aufkommenden Manufakturen in Kerburg versuchten.

Je weiter sie sich von der Stadt entfernten, umso seltener begegnete ihnen jemand. Wenn ihnen jetzt Leute entgegenkamen, legte der Bär die Hand auf seinen Schwertknauf, als rechne er jedes Mal mit einem Überfall. Ein paarmal sah er über seine Schulter, aber wenn sie ihn fragte: »Was ist?«, antwortete er nur: »Nichts.«

Die Kunde vom Raub des Königsschlüssels war jedoch auch hierhin gedrungen, und so wurden sie dreimal von Bauern oder Knechten angesprochen und nach Neuigkeiten aus der Königsstadt gefragt. Einer behauptete sogar, den Klippengeier gesehen zu haben, wie er über die Felder davonflog.

Am Ende der Felder kamen sie an einer großen Scheune vorbei, in der Süßzwiebeln eingelagert wurden, wie der Geruch schon von weitem verriet. Hektisch liefen Arbeiter herum, denn die Erntezeit war schon fast überschritten, und wenn man die Zwiebeln nicht rechtzeitig aus der Erde zog und trocken einlagerte, schimmelten sie.

Als die Arbeiter sie kommen sahen, hielten sie dennoch inne und stellten sich ihnen in den Weg. Ihre Gesichter und Oberkörper waren von der Feldarbeit tief gebräunt und die Haut wettergegerbt.

»He, ihr!«, rief ein großer Mann mit einem breiten Kreuz, der in der Hand eine erdverkrustete, dreizackige Zwiebelharke hielt und in dessen Blick wenig Freundlichkeit lag. »Ihr kommt doch aus der Stadt. Gibt es da etwas Neues zu berichten?«

Urs schüttelte den Kopf, seine Hand lag noch immer auf dem Schwertknauf.

Der Mann starrte sie weiterhin mürrisch an. »Habt ihr unterwegs den Kanzler gesehen? Sonst lässt der sich ja nur blicken, wenn er die Steuern erhöht, aber jetzt kann man wohl erwarten, dass er seinen vornehmen Hintern hierherschwingt und sagt, was nun ist.«

Ein anderer Arbeiter brummte: »So eine verflixte Sache. Bringt alles durcheinander … was will denn ein Vogel mit dem Schlüssel?«

Vela und Urs konnten nur wiederholen, was sie auch den anderen schon gesagt hatten: Sie wussten nicht, was der Kanzler unternehmen würde, um die Lage im Land zu beruhigen. Die Antwort gefiel den Männern nicht.

Dass die auserwählten Ritter ihre Zeit versoffen, erwähnten sie daher nicht.

Der Arbeiter mit der Zwiebelharke besah sich kritisch den Bären, und Vela und runzelte die Stirn. »Und wo wollt ihr hin?«

»Zum Rauschwald.« Mehr wollte Vela nicht erzählen, und Urs nickte nur knapp, während die Männer sie ansahen, als wären ihnen zweite Köpfe gewachsen.

»Allein? Nur ein Bär und ein Mädchen? Das ist viel zu gefährlich.« Der Ton des Mannes wurde misstrauisch. Sein Blick tastete sie ab, als suche er nach verborgenen Waffen.

Auch die anderen Männer runzelten jetzt die Stirn und raunten einander leise Worte zu. Einer spuckte einen großen Batzen Speichel zu Boden.

Vela bekam ein ungutes Gefühl. Sie zog Urs am Schwertgürtel. »Komm«, sagte sie, »wir müssen weiter.«

Der Bär hob kurz die Pranke, dann folgte er Vela, die unruhige Blicke über die Schulter zurückwarf. Die Feldarbeiter sahen ihnen noch nach, bis sie hinter einer Wegbiegung verschwunden waren. Erst dann atmete Vela erleichtert auf.

»Du darfst es ihnen nicht übel nehmen«, sagte Urs. »Das sind raue Burschen, aber keine schlechten Kerle. Sie werden nur unruhig, wenn jemand den Rauschwald erwähnt.«

»Aber es gibt doch immer wieder Menschen, die den Wald durchqueren. Du bist doch auch schon mal hindurchgewandert, ohne dass dir etwas passiert ist.«

»Ja, aber das war vor vielen Jahren, und ich war nicht allein. Wir waren eine große Gruppe Abenteurer auf dem Weg nach Lipsis. Acht Mann mit Schwertern, Bögen und Messern. Das ist etwas anderes als …« Entschuldigend zuckte er mit den Schultern, doch was er sagen wollte, war klar: *Das ist etwas anderes als ein Mädchen.* »Die Männer verstehen nicht, warum wir dort hineinwollen, also müssen wir entweder dumm sein oder eine Wunderwaffe besitzen. Oder wir haben Verbündete im Wald, und das wären Räuber oder Ungeheuer.«

Jetzt verstand Vela, warum die Arbeiter so verkniffen geschaut hatten. Vielleicht vermuteten sie sogar, dass sie Zauberkräfte hatten. Die Furcht vor Hexen war groß, sie hatte das Loch im Kerkerturm nicht vergessen.

Nach dieser Begegnung sprachen sie nur noch wenig miteinander, Vela blieb nicht mal stehen, um einen Schluck Wasser zu trinken. Sie dachte ständig an ihren Vater, war traurig und zornig zugleich und wollte keine Zeit mehr verlieren.

Schweigend und mit langen Schritten stapfte sie voran, doch schon bald taten ihr die Füße weh. Im Wald würde es sicher keine ausgebaute Straße mehr geben, da fiel das Laufen noch schwerer. Sie seufzte. Wie sollte das erst werden, wenn sie viele Tage unterwegs war?

An eine Salbe für wunde Füße hatte sie in all der Aufregung natürlich nicht gedacht …

Die Sonne war schon über ihren Zenit gewandert, als Urs in einer Straßenkurve plötzlich nach Vela griff und sie hinter einen breiten Stamm zog. Sie wurde von seiner übermenschlichen Kraft gegen die raue Rinde gepresst. Seine Pranke legte sich schwer auf ihren Mund und die Nase.

Was sollte das?

»Schsch«, zischte der Bär und hielt sie einfach fest, scheinbar mühelos.

Aus Angst zu ersticken, zappelte sie in seinem festen Griff und schüttelte den Kopf, so gut es ging, bis er entschuldigend brummte und die Pranke ein Stück nach unten schob, damit sie atmen konnte. Seine Pranke roch nach Schmieröl und Metall und erinnerte sie seltsam beruhigend an die Schmiede, wohl weil er den Schwertgriff so fest umklammert hatte, und sein Pelz kitzelte auf ihrer Haut. Aber Vela hielt still. Das Herz schlug ihr bis zum Hals, während ihr nichts anderes übrig blieb, als auf den Stamm zu starren, an den er sie drückte.

Urs spähte auf die Straße. Was hatte er entdeckt? Straßenräuber? Etwas anderes? Der Griff seines Schwerts drückte ihr in die Hüfte.

Es dauerte jedoch nicht lange, und Urs begann zu fluchen. Er ließ sie los und stellte sich neben den Baum, breitbeinig und die Pranken ineinander verschränkt. »Bei allen Kloaken Kerburgs, das darf doch nicht wahr sein!«

Es sah nicht so aus, als wäre etwas Fürchterliches hinter ihnen her. Vela traute sich, ebenfalls auf die Straße zu spähen. Zuerst erkannte sie gar nichts, doch dann nahm sie den Schatten wahr, der auf der anderen Seite in einiger Entfernung von Baum zu Baum huschte.

»Ich hätte ihn schon viel früher bemerken müssen. Er ist wirklich gut«, sagte Urs, und einen Moment später erkannte auch Vela, wen er meinte.

Der Schatten trat in der Kurve auf die Straße, und sie sah Cephei vor sich, der nichts weiter als seinen Mantel bei sich zu haben schien und sich suchend umsah.

»Verdammt, wo kommst du denn her?«, rief sie aufgebracht und trat aus dem Versteck hervor.

Erschrocken fuhr er zu ihr herum. »Mist, ich hab euch gar nicht bemerkt.«

»Das könnten wir auch von dir behaupten«, sagte Urs trocken. »Du folgst uns schon, seit wir die Stadt verlassen haben. Ich hatte gleich so ein komisches Gefühl.« Es klang gleichzeitig anerkennend und verärgert.

»Du solltest in der Stadt bleiben«, schimpfte Vela.

»Du hast mir gar nichts zu sagen. Kann doch wohl hingehen, wohin ich will, das kannst du mir nicht verbieten.« Cephei starrte sie herausfordernd an, Kopf und Unterkiefer vorgereckt.

»Urs!« Sie wandte sich dem Bären zu, der sich verlegen am Hinterkopf kratzte. »Er hat nicht mal Proviant dabei! Sollen wir ihn etwa durchfüttern? Wir werden das Geld umso schneller aufbrauchen, und was machen wir dann?«

Mit einem »Pah!« zog Cephei einen Laib Brot unter seinem Hemd hervor, den er wer weiß woher hatte und der in seinem Hosenbund gesteckt hatte.

»Ja, nun, viel ist das nicht, aber wir können ihn ja auch nicht zwingen«, stellte Urs fest. »Außerdem ist Cephei wirklich nützlich. Dass er jemandem heimlich folgen kann, hat er bewiesen. Und einer mehr schadet doch nicht.«

»Er soll zurückgehen!«, forderte Vela noch einmal, genau als Cephei feststellte: »Ich werde auf keinen Fall zurückgehen!«

»Doch, du wirst!«

»Werde ich nicht! Das ist nicht deine Straße, ich kann hingehen, wohin ich will!«

So standen sie einander gegenüber, keifend und stierend, bis sich Urs zu Vela hinunterbeugte und ihr ins Ohr flüsterte: »Er wird nicht zurückgehen, glaub mir. Der Junge ist stur. Und ich kann's ihm nicht verübeln«, setzte er noch hinzu, während er sich schon abwandte und auf seine zusammengebundenen Rucksäcke deutete. »Wenn du schon nicht umkehren willst, dann mach dich wenigstens nützlich. Ich schnall dir den kleinen Rucksack los. Trag deine Last, und du kannst mitkommen. Machen wir das Beste daraus.«

Vela wollte aber nicht das Beste aus irgendetwas machen. Sie war wütend, dass Urs über ihren Kopf hinweg entschied. Es war schließlich ihr Vater – und auch ihr Geld!

Aber was sollte sie machen? Die Reise hatte begonnen, und sie brauchte Urs. Reglos sah sie zu, wie sich Cephei den Rucksack überwarf und dann hinter dem Bären hertrottete. Kurz sah er über die Schulter zu ihr zurück und grinste sie an.

»Nützlich – dass ich nicht lache.« Wütend stampfte sie den beiden nach.

IM RAUSCHWALD

Im Laufe der nächsten Stunden hatte sie genügend Zeit, ihre Wut abzukühlen, während die Schritte langsamer und die Rucksäcke schwerer wurden. Die drei schwitzten in der Sonne und unter der Last ihrer Proviantbeutel. Sie sprachen kaum noch miteinander, ihr Atem ging schwer, und vor allem Vela und Cephei sehnten eine Rast herbei. Wenigstens hätten sie bald den Wald erreicht, und das bedeutete Schatten.

Der Gedanke war so verlockend, dass alle dunklen Geschichten über den Wald vergessen waren. Außerdem hatten sie Urs dabei, und Cephei war sicher, dass er wusste, was zu tun war, auch wenn er kein Ritter war. *Oder vielleicht gerade, weil er kein Ritter ist,* dachte er, als ihm die Turniersieger einfielen.

Stetig stapften sie voran. Der Wald, der mittags lediglich als dunkler Streifen am Horizont erschienen war, lag nun vor ihnen. Cephei musste an eine schwere bedrohliche Gewitterwolke denken, nur dass der Wald von dunklem Grün war, durchmischt mit Schatten, die direkt über dem Boden saßen. Er fühlte Spannung in der Luft und erwartete, jederzeit das tiefe Grollen eines Donners zu hören, während sie weiter auf den Wald zuschritten.

Die Pflastersteine unter ihren Füßen waren von schmutzigem Grau und an vielen Stellen ausgetreten, doch wer die Platten so abgenutzt hatte, konnte sich Cephei beim besten Willen nicht vorstellen. Weit und breit waren sie die einzigen Menschen.

»Hört ihr das auch?«, fragte Vela vorsichtig, als sie nur noch zwei, drei Kornfeldlängen von den ersten Bäumen entfernt waren, und die beiden anderen blieben stehen und hielten die Luft an. Urs' Pranke wanderte wieder zum Griff seines Schwerts.

Eine leise, dunkle Melodie schwebte in der Luft, schwer wie die ausladenden Äste eines alten Krummnussbaums und beunruhigend wie ein nahendes Gewitter.

»Was ist das?«

»Der Wald, oder?« Cephei sah Urs an.

Er wiegte den Kopf und brummte: »Genau, das ist der Wald. Seine Blätter singen. Die Menschen mögen das nicht besonders. Einem aus unserer Truppe mussten wir damals sogar die Ohren zustopfen, damit er aufhörte, sich wie ein Wilder zu gebärden.« Urs schüttelte den Kopf. »Versucht einfach, nicht drauf zu hören, es wird schon alles gut werden. Auf geht's.«

Die Straße, der sie bisher gefolgt waren, teilte sich am Waldrand und lief nach Osten und Westen an ihm entlang. Nur ein kleiner Pfad führte zwischen die Bäume.

Sie liefen die letzten Meter bis zum Wald. Die Melodie wurde nicht lauter, sie blieb ein Geräusch im Hintergrund. Die Vögel sangen hier anders als in der Stadt, und dann merkte Cephei, dass ihr Gezwitscher dem Lauf der Waldmelodie folgte und er selbst unbewusst zu pfeifen begonnen hatte. Es kam ihm so harmonisch vor, weil sie dasselbe Lied sangen wie er selbst. Es war dunkler und schwermütiger als die Gesänge der Spielleute in der Stadt.

»Wenige Menschen durchqueren den Rauschwald«, erklärte Urs. »Die Straße führt um ihn herum, doch das kostet uns viele Tage Umweg. Und wir wissen nicht sicher, ob der Vogel nicht sogar direkt aus dem Wald stammt. Ich glaube, wir sollten weiter nach Süden gehen – ein Vogel folgt auch nur einer Richtung und keinen Wegen am Boden. Der Pfad hier wird von Jägern und Abenteurern genutzt, die keine Angst vor Hexen und Ammenmärchen haben. Und dazu gehören wir doch wohl, oder?« Er zwinkerte ihnen zu, und Cephei grinste breit.

Nur Vela schielte beunruhigt unter die Bäume. Der Schatten, den sie den ganzen Tag ersehnt hatte, schien ihr nun wohl zu dunkel und der Waldpfad allzu schmal und einladend für Räuber und anderes Gesindel. An die Hexen, bösartigen Kobolde, menschenfressenden Bäume und Riesenspinnen aus den Geschichten der Alten gar nicht zu denken.

»Ich gehe voraus, Vela folgt mir, dann du. Bleibt bei mir und achtet gut auf alles, was sich neben dem Weg tut.« Urs blickte noch einmal zurück, bevor er in den Wald eintauchte. »Wenigstens ist uns niemand gefolgt.«

Wer sollte uns auch folgen und warum?, fragte sich Cephei, als er als Letzter unter die Bäume trat. Solch ein Vogel hatte doch keine Verbündeten in der Stadt. Wahrscheinlich ging Urs als erfahrener Kämpe jedoch nur auf Nummer sicher. Dennoch zog Cephei seinen neuen Dolch und sah sich immer wieder um, während sie dem Pfad folgten.

Schon nach wenigen Schritten hatte der Rauschwald sie verschluckt, Äste hingen über den Weg, der nun nicht mehr schnurgerade verlief, sondern immer wieder gigantischen Bäumen auswich. Als sich Cephei zum ersten Mal umdrehte, war der Anfang des Pfads hinter ihnen schon verschwunden, und er konnte das offene Feld nicht mehr sehen.

Es war dämmrig unter den Bäumen, Licht fiel kaum hindurch, und Cephei fragte sich, wie die Nacht werden würde, ganz ohne den Schein der Sterne und des Mondes.

Die rauschende Melodie, die mal leiser, mal lauter um sie wehte, nie stärker als ein Flüstern, doch immer gegenwärtig, schien ohne das Sonnenlicht noch dunkler und fremder. Cephei sah, dass Vela vor ihm die Schultern verkrampft zusammenzog, und er selbst hatte Gänsehaut auf den Unterarmen. Ob es an der plötzlichen Kühle unter den Bäumen lag oder an der Melodie, wusste er nicht. Als er merkte, dass er sie noch immer mitsummte, wollte er darüber lachen, aber es gelang ihm nicht. Ein Lachen hätte sich nicht in das Lied des Waldes eingefügt, und so ließ er es bleiben.

Es roch auch ganz anders als in der Stadt, ein bisschen wie Urs' Pfeife. Manchmal aber auch süß und schwer, immer wenn sie einen dieser großen Bäume passierten, um die sich mit blauen Blüten überzogene Lianen wanden.

»Das sind Mitternachtsblumen«, erklärte Urs und erzählte ihnen von dem gewitzten Herrn Galawurz.

Der hatte täglich sein Schwert mit dem Extrakt der blauen Blüten eingerieben, so dass die Klinge von allein leuchtete und ihm in der Nacht den Weg wies. Mit diesem Trick hatte er abergläubische Wegelagerer in die Flucht schlagen können, die sich vor Zauberei fürchteten, ohne auch nur einen einzigen Hieb führen zu müssen.

»Leider wurde der Herr Galawurz von einem weniger abergläubischen Wegelagerer erschlagen, weil dieser unbedingt in den Besitz des leuchteten Schwerts kommen wollte.« Urs nickte betrübt. »Der Räuber hielt es für ungemein wertvoller, als es tatsächlich war.«

Cephei musste grinsen. Er hörte immer gern Geschichten von Rittern, aber vor allem war er froh, dass Urs überhaupt etwas gesagt und damit die unheimliche Stille durchbrochen hatte.

Während sie tiefer in den Wald gingen, staunte er über die Größe der Bäume und die Vielfalt der Pflanzen.

»Die blühen schön, die Mitternachtsblumen«, bemerkte sogar Vela.

»Ja, daheim habe ich die Blüten immer gepflückt und der schönen Eldara geschenkt. Aber sie hat dann doch einen anderen erwählt, einen, der ihr Blumen und Pralinen aus dem Westen schenkte.«

»Oh, du Armer.« Vela sah ihn mitleidig an.

»Nein, nein.« Urs lachte, und sein Lachen übertönte für ein paar Augenblicke die Melodie. »Sie hat sich als furchtbarer Hausdrachen herausgestellt und keift von früh bis spät. Ich bin froh, ihr nicht in die Falle getappt zu sein.«

Urs gab noch weitere Geschichten zu den Pflanzen und von heldenhaften Rittern zum Besten, und langsam gewöhnte sich Cephei an den Wald. Er fühlte sich noch immer nicht richtig wohl hier, aber er steckte den Dolch wieder ein.

Es war eben etwas ganz anderes als Marinth. Dort in den Gassen, aber auch in Dorados Gasthof, wurde es nie wirklich ruhig. Selbst nachts gab es immer irgendwelche Geräusche – die Schritte des Nachtwächters, das Grölen der Betrunkenen oder das Schnarchen eines Gastes. Zwischen den Mauern der Stadt und auf der belebten Straße bis zum Gasthof hinaus kannte er sich aus, er wusste, dass der Boden fest und eben war, wo die Jugendbanden lauerten und vor welchen Gesellen man sich in Acht nehmen musste. Er wusste auch, wann der Bäcker seine Abfälle hinters Haus warf, in denen ab und zu noch ein halber Brotlaib lag, der eigentlich noch ganz gut war. Aber hier war alles neu für ihn, und es war gleichzeitig aufregend und beunruhigend.

Einmal kamen sie an einer Silberbuche vorbei, deren Stamm so dick war, dass sie ihn zu dritt mit ausgestreckten Armen nicht halb umfassen konnten. Das Unterholz war überall dicht, und Äste, Nadeln und auch altes Laub lag auf dem Boden, auch auf ihrem Pfad. Er war nicht gepflegt, aber begehbar, nur manchmal musste Urs mit seinem Schwert einen allzu sperrigen Ast abhacken.

Cephei sah ein paar Insekten, sogar einen Käfer von der Größe seines Daumens, doch kaum andere Tiere. Nur das Zwitschern der Vögel hörten sie, und ab und zu ein Rascheln im Laub der Bäume und im Unterholz. Fast immer bewegte sich das Rascheln von ihnen weg, Tiere auf der Flucht, keine Jäger, die sich anschlichen. Bald war ihm das Rascheln vertraut, und Cephei griff nicht mehr jedes Mal nach seinem Dolch.

Der Weg führte sie in Schlangenlinien, jedoch stetig nach Süden, wenn Urs sein Richtungssinn nicht trog. Es gab kaum Erhebungen, nur manchmal mussten sie ein paar Schritte steigen, um dann wieder nach unten zu laufen. Abwechselnd suchten ihre Blicke in den Baumwipfeln nach Nestern großer Vögel, aber sie sahen nichts.

In einer Kuhle neben drei geraden hohen Bäumen mit großen gezackten Blättern und rauer Rinde, die Urs nicht benennen konnte, hatte sich besonders viel Laub angesammelt. Es ging Urs fast bis ans Knie, als er mit seinen kurzen Beinen hindurchstapfte, und knirschte unter seinem schweren Tritt. Mit einem vorsichtigen Schritt folgte Vela ihm, dann tat sie zwei Sprünge voran, um möglichst schnell wieder auf festem Boden zu stehen, aber irgendwo musste sie hängen geblieben sein, denn mit einem dünnen Schrei stürzte sie.

Und dann ging alles ganz schnell.

Etwas bewegte sich im Laub, zwischen den Ästen. Blitzschnell schoss es auf Vela zu. Cephei riss seinen Dolch heraus und sprang ohne nachzudenken zu ihr. Vela stützte sich auf die Hände, um aufzustehen, doch etwas hielt sie fest. Keine Schlange, sondern Finger, Finger aus Holz und totem Laub.

Die Blätter und Ästchen formten sich zu einem langen, dünnen Arm, viel länger als der eines großen Mannes. Die Äste an den Fingern hatten spitze Dornen und drangen durch die Haut, als sie Velas Bein umklammerten. Die Erde knirschte, sie riss zwischen den Wurzeln des Baums auf. Ein riesiger Mund mit mahlenden Zähnen aus grauen Steinen.

Vela schrie und wand sich im Griff des Arms, Cephei schrie ebenfalls und hackte nach dem Arm, um ihr zu helfen, aber er streifte ihn nur, glitt an ihm ab und traf Velas zappelndes Bein. Es fing an zu bluten, und Vela schrie lauter, während Cephei starr stehen blieb. Irgendwas bewegte sich zwischen seinen Füßen, schabte über die Haut unter der hochgerutschten Hose. Und plötzlich war Urs da.

Er hackte nach dem Arm aus pflanzlichem Abfall, hatte beide Hände am Schwertgriff und schlug mit aller Kraft. Der Arm wurde auseinandergerissen, aber das Laub und die Äste raschelten wieder, sie bewegten sich und versuchten sich neu zu formieren. Dicker diesmal und mit einer gigantischen Faust.

»Lauf, Cephei!«, schrie Urs und packte sich Vela unter den linken Arm. Mit dem Schwert hieb er weiter auf den neuen Arm ein, aber der wurde dicker und größer, und Urs konnte ihn kaum beschädigen, so fest er auch zuschlug.Cephei sprang aus der Kuhle heraus, rannte den nächsten Abhang hoch und drehte sich erst nach zwanzig langen Schritten um. Urs war auf halben Weg zu ihm, er trug Vela noch immer, doch er kämpfte nicht mehr. Eine vielfingrige Faust, die größer war als er selbst, hing drohend in der Luft, raste hinab und prallte dann auf den Boden.

Weit hinter dem fliehenden Bären, doch so fest, dass selbst der Boden unter Cephei noch bebte.

Bei ihm angekommen, ließ Urs Vela herunter. Schwer atmend setzte er sie ab und holte einen Verband aus seinem Rucksack. Dann säuberte er die Wunde mit Wasser und verband sie.

»Das sieht nicht so tief aus. Kannst du laufen?«, fragte er, und sie trat vorsichtig auf, humpelte dreimal im Kreis und nickte dann.

»Gut, dann lasst uns noch ein Stück weit gehen. Hier will wahrscheinlich keiner von uns bleiben.«

Cephei nickte, und Vela sah ihn komisch an, fragend und wütend zugleich.

»Warum hast du mich geschnitten?«

»Aber, ich wollte …«

»Wollte, wollte, wollte. Wenn du mit einem Dolch nicht umgehen kannst, dann lass es halt sein. Das ist kein Kinderspielzeug!«

»Vela! Jetzt lasst uns gehen, streiten könnt ihr später«, brummte Urs.

Und so gingen sie schweigend weiter, langsamer als bisher. Urs sah vorsichtig in alle Richtungen, und Vela hinkte. Cephei trottete hinterher. »Hab's doch nur gut gemeint. Und sicher hätte ich richtig getroffen, wenn Vela nicht so gezappelt hätte«, murmelte er vor sich hin.

Trotzdem schämte er sich. Wie wollte er ein guter Knappe und später gar Ritter werden, wenn er bei der ersten Gefahr diejenige verletzte, die er beschützen wollte? Angst hatte er gehabt, er war ein Feigling, und ohne Urs wären er und Vela jetzt wahrscheinlich tot und bereits halb verdaut. »Ist wirklich ungerecht, dass Urs kein Ritter ist. Das hätte selbst Herr Pavo nicht viel besser machen können«, murmelte Cephei.

Was der Ritter wohl in diesem Moment tat? Hatte er sich bereits mit den anderen Turniersiegern auf den Weg gemacht oder saßen sie noch immer feige im Wirtshaus? Die größte Gefahr, die dort drohte, war eine Ohrfeige der Schusterstochter, wenn ein frecher Kerl ihr an den Hintern fasste.

Als es schon fast dunkel war, erreichten sie eine kleine Quelle in der Mitte einer Felsformation. Kaltes, klares Wasser sprudelte hier aus dem Boden, wurde zu einem Rinnsal und floss schräg zum Weg zwischen den Bäumen davon. Andere Wanderer hatten Worte und einfache Bilder in den Stein geritzt. Eine Warnung sagte: *Kehr um, Ahnungsloser!* Und ein anderer hatte daruntergesetzt: *Da lang?*

»Perfekt!«, sagte Urs. »Hier schlagen wir unser Lager auf.«

Cephei ließ den Rucksack zu Boden gleiten und machte sich daran, seinen Schlafplatz zu bereiten. Er sammelte kleine Zweige und Äste, rupfte Gras aus und suchte Moos. Das alles schichtete er zu einer Liegestatt, über die er dann den Mantel legte, in den er sich einwickeln würde.

Als er zu Vela sah, musste er grinsen. Sie mühte sich ab, denn sie wusste nicht, wie man ein Nachtlager weich polsterte. Morgen würde sie über blaue Flecken jammern. Wahrscheinlich hatte sie noch nie auf dem Boden geschlafen. Cephei schon. Wenn Dorado ihn bestrafen wollte, musste er manchmal im Stall schlafen, oder auch wenn er seine Kammer vermietet hatte, weil die anderen Zimmer belegt waren und der Gast gut zahlte. Das hatte ihn abgehärtet.

Morgen würde er ihr vielleicht zeigen, wie man ein Nachtlager bereitete, aber heute sollte sie ruhig mal ungemütlich schlafen, das würde ihr nicht schaden. Ganz verziehen hatte er ihr noch nicht, dass sie ihn in der Stadt hatte zurücklassen wollen.

Inzwischen hatte Urs ein Feuer entfacht, und als Vela mehr schlecht als recht ihre Schlafstätte bereitet hatte, machte sie sich daran, ein karges Abendbrot aus Früchten, Pilzen und einem Nager zu bereiten, der mehr für den Geschmack der Brühe brachte als für den Magen. Urs hatte das Tier in einer Höhle in der Nähe der Quelle aufgestöbert.

Während sie den Nachtplatz herrichteten, sprachen sie kaum miteinander, jeder konzentrierte sich auf seine Aufgabe. Erst als der Eintopf dampfte, setzten sie sich um das Feuer und begannen, sich Geschichten zu erzählen.

Vela berichtete von ihrem Heimatdorf, von dem großen Turm und ihrer Mutter, dabei legte sich ihre Stirn in Falten, was Cephei nicht verstand. Schließlich hatte Vela eine Mutter, die sich um sie sorgte, das war immerhin besser als sein Leben bei Dorado.

Darüber wollte Cephei auch nicht viel erzählen, er berichtete lieber davon, wie er zusammen mit Equu Jagd auf die Stadtkatzen gemacht hatte, weil sie mal wieder Fladen vom Kühlstein geklaut hatten, der hinterm Haus stand. Bei einer solchen Jagd hatte er sich einmal beinahe das Genick gebrochen, als er über eine kleine Mauer gesprungen war, hinter der es plötzlich in die Tiefe gegangen war, weil sich dort ein leerer Kornspeicher im Boden befand. Zum Glück hatte er sich noch an einem Ast festhalten können, der über dem Loch hing, sonst wäre es vielleicht mit ihm zu Ende gewesen.

Als er die Episode erzählte, lachte Urs, und Vela schüttelte den Kopf, aber ein kleines Lächeln zeigte sich doch auf ihrem Gesicht. Dabei fielen ihr ein paar Locken über die Augen, und Cephei fand es schade, dass er sie nicht mehr sah.

Sie löffelten den Eintopf, und Urs begann wieder, an seiner Pfeife zu kauen – ein sicheres Zeichen dafür, dass er sich auf eine eigene Geschichte vorbereitete. Aber es dauerte diesmal länger, bis er begann, sein Blick war nachdenklich ins Feuer gerichtet.

»Mit dem Zuhause ist es eine komische Sache, Kinder. Man wird es nicht los, egal, wie weit man wandert. Ich lebe unter Menschen, solange ich denken kann. Meine Eltern sagten, sie hätten mich im Wald gefunden, allein, und da sie gesehen haben, dass ich Daumen habe, nahmen sie mich mit, um mich großzuziehen. Denn die Daumen sind es, die uns sprechende Bären äußerlich am deutlichsten von den anderen unterscheiden.

Sie waren gut zu mir, und auch meine Geschwister hänselten mich selten, ich war schnell größer und stärker als sie alle. Ich arbeitete viel auf dem Feld, und als unser Ochse eines Tages, ich war schon fast ausgewachsen, krank wurde, ließ ich mich vor den Pflug spannen, weil ich stark genug war, es zu tun und wir keinen anderen Ochsen besaßen. Es klappte, wir konnten unser Feld bestellen, aber die Geschichte machte im Dorf schnell die Runde, und sie nannten mich von da an einfach *Ochse* oder *das Tier,* und die kleineren Jungs muhten hinter mir her und stoben davon, wenn ich mich umdrehte.

Am ersten Abend lachte ich darüber, ich war ja wirklich der Ochse gewesen, doch Woche um Woche verging, und sie hörten nicht auf. Und ich bemerkte, dass sie zwar sagten, es sei ein Spaß, aber dahinter steckte mehr. Sie waren sprechende Bären nicht gewöhnt, und viele sahen in mir wirklich mehr ein Tier als einen Menschen.

In diesem Jahr half ich meinem Vater noch bei der Ernte und versuchte verzweifelt, von der Dorfjugend akzeptiert zu werden. Ich rasierte mir sogar die Hände, den Hals und das Gesicht, ließ nur einen Schnauzbart stehen. Ich trug selbstgeschneiderte Kleidung, um möglichst menschlich zu wirken, obwohl ich in ihr dank meines Pelzes schwitzte wie verrückt. Aber ich erntete nur noch mehr Gelächter, auch von meinen Geschwistern.«

Vela und Cephei schwiegen bedrückt, und auch Urs stocherte stumm mit einem Ast im Feuer herum. Er schien mit seinen Gedanken sehr weit entfernt zu sein.

»Und was passierte dann?«, fragte Vela nach einer Weile leise.

Er sah auf. »Eines Abends rannte ich davon. Kurz bevor der Winter hereinbrach. Seither habe ich an vielen Orten gelebt, bin umhergewandert, habe das Kämpfen gelernt und beschlossen, erst wieder heimzugehen, wenn ich berühmt bin und niemand mehr über mich lacht.« Er warf den Ast ins Feuer. »Ihr seht, egal, wie weit ich gelaufen bin, egal, was ich tue, ich denke immer daran, triumphal heimzukehren. Obwohl ich selbst weggelaufen bin und es meine Entscheidung war und ich eigentlich niemandem dort etwas beweisen muss. Es ist wirklich eine seltsame Sache mit dem Zuhause.«

Über den Erinnerungen des Bären war das Feuer heruntergebrannt, sie legten schweigend Holz nach, und schnell stiegen die Flammen wieder nach oben. Das Prasseln übertönte fast die Melodie des Waldes, und doch war Cephei schwermütig. Er verstand Urs gut, denn auch er wollte ja erst wieder heimkehren, wenn Dorado endlich einsah, dass er mehr konnte, als nur den Boden zu wischen.

Beim Gedanken an den Wirt zerbrach er einen fingerdicken Ast und warf ihn ins Feuer. Sein Blick fiel auf Vela, die dumpf vor sich hinbrütete und mit einem Ast im Feuer stocherte, das dunkle Schatten auf ihr Gesicht warf.

»Glaubst du, wir finden den Schlüssel?«, fragte sie nach einer

Weile. »Das Land ist so groß und der Vogel viel schneller als wir. Was, wenn …« Sie sprach nicht weiter, blickte nur missmutig in die Flammen.

»Das Glück ist mit den Mutigen«, brummte Urs.

Aber die Antwort schien Vela nicht zufriedenzustellen. Ihr Blick blieb finster.

»Noch ist es Zeit umzukehren, Vela.«

Überrascht sah sie Urs an, genau wie Cephei, doch Urs erwiderte den Blick ruhig.

»Wenn du es dir anders überlegt hast, würde ich das verstehen. Es ist eine gefährliche Reise und …«

»Nein! Ich habe es mir nicht anders überlegt. Wir gehen weiter.« Sie nickte noch einmal und sah dem Bären fest in die Augen.

»Na schön«, sagte er nach einem Moment. »Zeit, uns auszuruhen, Kinder. Unausgeschlafen haben wir jedenfalls keine Chance.«

Während Cephei und Vela es sich möglichst bequem machten, übernahm Urs die erste Wache und erzählte nun wieder fröhliche Geschichten aus seinem Wanderleben, bis sie eingeschlafen waren.

DER ALTARSTEIN

Vier lange Tage gingen sie so weiter. Noch immer war das Lied des Waldes dunkel, und seit dem Angriff auf Vela waren sie alle nervös und zuckten bei unbekannten Geräuschen zusammen. Selbst Urs griff häufiger zum Schwert, die riesige Hand war ihm unbekannt gewesen, der Wald hatte sich verändert, seit er hier vor Jahren durchgewandert war. Der Weg war schon lange überwuchert, und sie folgten nun meist weniger gut erkennbaren Tierpfaden.

Jeden Tag kletterte Cephei auf einen hohen Baum, um am Sonnenstand die Himmelsrichtung zu bestimmen. Er hielt nach dem Ende des Waldes Ausschau, doch in jeder Richtung sah er nur grünes Laub.

Seine Hände rochen nach Harz, und einmal griff ihn eine Fledereule an, deren Nest mit Jungen er übersehen hatte. Mit ihren Flügeln schlug sie ihm ins Gesicht, bis er schützend einen Arm hob und fast vom Baum gefallen wäre.

Frisches Trinkwasser fanden sie genug, sie sammelten Beeren und gruben essbare Wurzeln aus. Ein paarmal warf Cephei mit Steinen nach Vögeln, die sich ihren Vorräten näherten. Doch meistens traf er nicht, und Vela konnte sich das Grinsen nicht verkneifen.

Urs stellte sich bei der Jagd geschickter an. Am dritten Tag, als sie kaum Beeren fanden und Cephei vom Baum rief: »Ich kann keine Wurzeln mehr sehen!«, holte der Bär eine dreigeteilte Armbrust aus seinem Rucksack hervor und schraubte sie zusammen.

»Bleibt ihr hier, ich komme wieder«, sagte er und schlug sich in die Büsche, behände und beinahe lautlos – was sie ihm kaum zugetraut hätten, so groß, wie er war.

Vela blieb mit Cephei schweigend zurück. Er postierte sich neben Urs' Rucksack, als wolle er ihn mit seinem Leben verteidigen. Vela sah, wie er immer wieder nach dem Dolch langte, als könnte der ihm Sicherheit geben, dabei hatte er schon bewiesen, wie ungeschickt er damit war. Aber sie wollte nicht schon wieder Streit anfangen, also sagte sie nichts.

Stattdessen musste sie an Kassia denken und die Feldarbeiter, die sie vor dem Rauschwald gewarnt hatten. Kein einziger Mensch war ihnen bisher im Wald begegnet, dabei gab es trotz der ganzen Geschichten, die sich um ihn rankten, immer wieder Wagemutige, die den Weg durch dieses grüne Labyrinth einschlugen. Aber wo waren die jetzt? Konnte es wirklich sein, dass sie tagelang liefen, ohne jemandem zu begegnen?

Furchtbar viele Menschen lebten am nördlichen Ende in Velas Heimat auch nicht, manchmal sah man wochenlang keine fremden Gesichter, trotzdem waren da immer Leute gewesen. Einsamkeit hatte Vela bisher nicht gekannt.

Unruhig begann sie auf und ab zu gehen. Vielleicht hatte Kassia ja Recht gehabt, und der Wald machte die Leute verrückt.

»Kannst du nicht mal damit aufhören?« Genervt sah Cephei von seinem Platz neben dem Rucksack auf, und Vela verschränkte die Arme, blieb aber stehen.

Sie versuchte, über sich den Himmel auszumachen, aber durch das dichte Blätterdach war nichts zu erkennen. Daheim hatte sie immer den Himmel sehen können. Er hatte sie gewarnt, wenn Sturm aufzog, oder auch wenn die Sonne am Mittag heißer brennen würde als das Schmiedefeuer.

Leise seufzte sie und tigerte wieder von einem Ende der Lichtung zum anderen, während Cephei ihr wütende Blicke zuwarf.

Irgendwann machte sich das Wasser, das sie am Morgen getrunken hatte, bemerkbar. Kurz sah sie sich um, dann schlug sie den Weg in die Büsche ein.

»Geh nicht so weit weg«, rief ihr Cephei nach, und sie rollte mit den Augen. Als ob sie alleine quer durch den Wald laufen würde! Sie war doch nicht dumm. Natürlich blieb sie in Rufweite.

Weil sie sich von Cephei nichts vorschreiben lassen wollte, ging sie ein Stück weiter nach Norden zurück, als bei dem dichten Unterholz nötig gewesen wäre. Schließlich entdeckte sie einen breiten Busch mit fingerlangen, herrlich gelben Blüten und herzförmigen, fast bläulichen Blättern. Er gefiel ihr, und sie konnte sich nicht erinnern, ihn vorher schon gesehen zu haben.

Als sie sich hinter den Busch quetschen wollte, schlug ihr ein Zweig ins Gesicht, und ihr Hemdsärmel verfing sich im Gestrüpp.

»So ein Dreck«, fluchte Vela und zerrte am Stoff, bis er sich vom Busch gelöst hatte. Verdrossen sah sie auf den schmalen Riss, der entstanden war. »Na, wundervoll. Eine tolle Heldin bin ich.« Sie schüttelte den Kopf über die eigene Ungeschicklichkeit und hockte sich dann hinter den Busch.

Nachdem sie sich die Hände an taunassen Gräsern abgewischt hatte, sah sie sich um, aber sie hatte plötzlich Schwierigkeiten zu erkennen, aus welcher Richtung sie genau gekommen war. Ein Weg war ja nicht zu erkennen, und die Baumstämme sahen einander so ähnlich.

Auch das noch!

»Cephei?«, rief sie, aber es kam keine Antwort.

Sie rief lauter.

Wieder nichts.

»Er war doch gerade noch zu hören«, murmelte sie, aber die Angst erfasste sie wie eine Welle des ungestümen Sepiaflusses am Rande ihres Dorfes. »Cephei? Hörst du mich?«

Sie kroch auf die andere Seite des Busches und lief in die Richtung, aus der sie zu kommen glaubte, dabei rief sie weiter seinen Namen. War der Weg von ihrem Rastplatz wirklich so weit gewesen? Müsste sie Cephei nicht längst gesehen haben?

Weil sie so hastete, verfing sie sich öfter in den Zweigen und stolperte über Wurzeln. Nach kurzer Zeit waren ihre Hände zerschrammt. Doch die Panik trieb sie vorwärts. Nur einmal blieb sie kurz stehen, um den Hammer unter ihrem Hemd hervorzuholen. Die Melodie des Waldes klang ihr in den Ohren, übertönte sogar das Rauschen ihres Blutes beim Laufen. Sie schnappte nach Luft und versuchte, das Stechen in der Seite zu ignorieren.

Plötzlich trat sie auf eine Lichtung, auf der keine Büsche wuchsen. Sie stand zwischen vier großen Eichen, deren Wurzeln die Erde durchbrochen hatten und die tiefe Schatten warfen. Der Anblick, der sich ihr bot, brachte sie abrupt zum Stehen.

In der Mitte der Eichen stand ein großer Steinquader, der über und über mit Moos bewachsen war. Der Quader war aus dunkel gesprenkeltem Felsgestein gehauen worden und mindesten drei Schritt lang. Ein tief hängender Zweig einer Eiche berührte fast seine Oberfläche.

Den Stein hatte sie vorhin nicht gesehen. War sie etwa in die völlig falsche Richtung gelaufen? Allein würde sie vielleicht nie wieder aus dem Wald hinausfinden.

Statt den Rückweg zu suchen, näherte sie sich langsam dem Quader. Er hatte eine unebenmäßige Oberfläche, und als sie direkt vor ihm stand, erkannte sie, dass Muster hineingehauen waren. Schnörkel, Linien und Formen. Vielleicht sollten es Tierbilder sein, aber die Tiere erkannte sie nicht.

Mit den Fingerspitzen fuhr sie langsam über den Stein, der sich kalt anfühlte, weil kein Sonnenstrahl ihn traf. Das Moos war feucht. Ein eigenartiges Gefühl beschlich sie, als käme die Musik des Waldes auf einmal nicht mehr nur von den Bäumen, sondern auch aus dem Stein. Ein tiefes Summen, das sich auf ihre Fingerspitzen übertrug.

Fasziniert beugte sie sich tiefer, als sich plötzlich eine Hand auf ihre Schulter legte. Erschrocken schrie Vela auf. In der Erwartung, etwas Grässliches zu sehen, wirbelte sie herum, den Hammer hoch erhoben.

»Du Idiot!«

Cephei stand hinter ihr und zuckte mit den Schultern. Grinste er?

»Willst du mich umbringen?«

»Mensch, Vela, ich bin's doch nur, schrei doch nicht so. Und nimm den Hammer runter. Was machst du denn hier so lange? Ich suche dich schon die ganze Zeit.« Er sah über ihre Schulter auf den Stein und erbleichte.

»Was ist?«

»Komm weg hier, Vela.« Hastig nahm er ihre Hand und zog sie mit sich.

»Was ist denn?«

»Der Stein!«

»Was ist mit dem Stein?«

»Das ist ein Opferaltar.«

Vela blieb stehen, und so kam auch Cephei zum Halt. »Sei doch nicht albern, Cephei. Die gibt es doch schon seit Ewigkeiten nicht mehr.«

Er zog an ihrem Arm, bis sie sich wieder in Bewegung setzte, und schob sie weiter. Seine Hände schubsten sie in den Rücken, damit sie schneller lief. Dabei stolperte sie mehr vorwärts, als dass sie lief.

»Die Schusterstochter hat mir davon erzählt«, flüsterte er atemlos.

»Und woher kennt die einen Altarstein?«

»Sie hat ihre Tante in Athago besucht, in der Nähe des Grünen Herzens. Dort haben die Köhler im Wald so ein Ding gefunden. Aus Fels geschlagen und mit Verzierungen auf der Oberfläche. Genau wie dieses Ding hinter uns. Die Männer haben den Stein mit in die Stadt gebracht, und dort wurde er auf dem Marktplatz aufgestellt und dann öffentlich zu Staub zerschlagen.«

»Ein Fels? Was war denn so schrecklich an diesem Felsen?«

»Man konnte noch das getrocknete Blut der Opfertiere erkennen. Wenn es denn überhaupt Tiere gewesen sind.«

»So ein Unsinn«, murmelte Vela. »Wer soll ihn denn im Wald aufgestellt haben?«

»Wer wohl? Hexen natürlich. Das ist ein Hexenstein!«

»Ach, Hexen. Es wurde doch schon ewig keine mehr gesehen«, sagte Vela abschätzig.

Aber dann dachte sie an die fremde Frau in ihrem Dorf, die ihr eine Gänsehaut verursacht hatte, und plötzlich war sie sich überhaupt nicht mehr sicher.

Cephei sagte nichts mehr, aber er lief auch nicht langsamer. Erst, als sie den Rastplatz erreicht hatten, beruhigte er sich ein wenig. Trotzdem blickten sie abwechselnd zwischen die Bäume.

Sicher war auch dieser Hexenstein – wenn es überhaupt einer war! – schon lange nicht mehr in Benutzung, sagte sich Vela. Aber wohl war ihr bei dem Gedanken, dass dieses Ding in ihrer Nähe war, auch nicht. Sie konnte sich einfach nicht erinnern, ob auf dem Felsen dunkle, eingetrocknete Flecken gewesen waren oder nicht.

Vorsichtshalber behielt sie den Hammer in der Hand.

Als Urs nach einer Stunde zurückkam, hatte er die Armbrust über den Rücken geworfen. In der Hand hielt er ein Tier, das so groß war wie ein ausgewachsener Hase, aber ein gepunktetes Fell und ein braunes Geweih besaß.

Bevor er etwas sagen konnte, rief Cephei schon: »Wir müssen weg hier!«

»Was ist denn in dich gefahren?«

»Vela hat einen Hexenstein gefunden.«

Fragend sah Urs Vela an, die nervös von einem Fuß auf den anderen trat.

»Als ich in den Büschen war, um … na, du weißt schon. Auf dem Rückweg bin ich noch weiter vom Weg abgekommen, und da stand das Ding plötzlich. So ein quadratischer Stein mit komischen eingeritzten Symbolen in der Oberfläche. Cephei behauptet, das wäre ein Opferaltar … Er war aber auch schon ganz vermoost«, fügte sie leise hinzu.

»Wahrscheinlich ist er uralt«, meinte Urs, ging aber trotzdem zu seinem Rucksack. »In Ordnung, wir gehen noch ein Stück, dann fühlen wir uns alle besser. Was immer es ist, wir bringen ein bisschen Abstand zwischen uns und dieses Ding. Dann gibt es eben später Mittagessen.« Er band das Tier oben auf den Rucksack, die Armbrust behielt er in der Hand. Seine grimmige Miene beruhigte Vela nicht gerade.

Wenn Urs lieber weiterging, als zu rasten und seine erfolgreiche Jagd zu genießen, dann war an dem, was Cephei behauptete, vielleicht wirklich etwas dran.Hastig packten auch Cephei und Vela. Bevor sie den Rucksack aufsetzte, holte sie noch das Taschenmesser ihres Vaters heraus und steckte es in die Hosentasche. Das hätte sie schon viel eher tun sollen. Im Zweifelsfalle nützte es nicht nur beim Wurzelschneiden, sondern auch beim Verteidigen. Den Hammer steckte sie zwar wieder an den Gürtel, klemmte aber das Hemd dahinter fest, so dass sie jederzeit nach ihm greifen konnte, ohne sich im Stoff zu verfangen.

Dann marschierten sie los. Urs führte sie weiter nach Süden. Durch das Unterholz und durch einen gespaltenen Hügel. In der kleinen Schlucht gab es ein Echo, das Cephei dazu nutzte, um laut »Ho! Ho!« zu rufen, bis Vela ihn an die Schulter tippte.

Hinter dem Hügel wurde der Wald wieder dichter. *Kein Wunder, dass die Händler nicht durch den Rauschwald fahren*, dachte Vela. Wie sollten sie mit den Lastkarren durch dieses Gestrüpp kommen?

Das Laufen war anstrengend, und der ständige Kampf mit den Zweigen ermüdend. Sie liefen, so schnell sie konnten, und schon nach kurzer Zeit rasselte ihnen der Atem. Die Fahrt in der Doppelkutsche nach Marinth war zwar auch nicht gerade angenehm gewesen, aber in diesem Moment sehnte sich Vela ein kleines bisschen nach dem holprigen Gefährt.

DAS HAUS IM WALD

Als Vela gerade eine Rast vorschlagen wollte, betraten sie auf einmal eine kleine Lichtung, in deren Mitte ein einzelnes Haus stand. Es war kein gewöhnliches Haus. Merkwürdig genug, dass es hier mitten im Wald stand, wo weit und breit keine Nachbarn zu finden waren, war es auch nicht aus dem vertrauten Roststein gebaut, der in dieser Gegend so typisch war. Die Außenwände bestanden aus langen Flechten gelber, roter und hellgrüner Blätter.

Aber das Ungewöhnlichste war, dass das Haus auf einem großen Fuß stand: einem schwarzen, zerfurchten Vogelfuß. Die vier Zehen gruben sich tief in den Boden, und jede war viel dicker als Velas Oberschenkel. Eine Zehe war mit weißem Stoff umwickelt, vielleicht war sie verletzt worden. Die Krallen reichten wie Wurzeln unter die Erde – Vela konnte sich nur ausmalen, wie groß und scharf sie sein mochten.

»Das ist ein Hexenhaus«, flüsterte sie Cephei zu und zerrte die beiden anderen hinter die nächstgelegenen Büsche. Sie schluckte schwer, und ihr Herz schlug vor Angst schneller. »Mein Großvater hat mir davon erzählt. Die Häuser stehen auf Füßen, damit ihre Besitzer nicht an einen Ort gebunden sind. Sie gehen einfach mit ihren Häusern gemeinsam fort.«

»Auf einem Bein?«, fragte Cephei, der neben ihr hockte. »Dann kann das Haus doch nur hüpfen, und im Inneren purzelt alles durcheinander.« Belustigt klang seine Stimme jedoch nicht.

»Es ist ein Hexenhaus«, zischte Vela. »Eine Hexe wird schon wissen, wie sie dieses Durcheinanderpurzeln verhindert.«

Diese Geschichten über den Rauschwald waren also wahr – es gab hier eine Hexe. Vela konnte es kaum glauben. Warum nur waren sie nicht um den Wald herumgegangen?

Urs legte ihnen seine mächtigen Pranken auf die Schultern und flüsterte ebenfalls: »Wir sollten hier nicht bleiben, wenn es stimmt, was du sagst. Mit einer Hexe sollten wir uns nicht anlegen. Wer weiß, was die mit uns anstellt. Sicher nichts Gutes.«

Vela nickte, die Angst saß ihr im Nacken. Nicht im Traum hätte sie daran gedacht, einmal wirklich vor einem dieser Hexenhäuser zu stehen. Sie erinnerte sich an die Hexenzelle im Kerker und daran, welche Mühen sich der König gemacht hatte, um die Hexen aus seinem Reich zu verbannen. Solche Mühen nahm er sicher nicht auf sich, wenn die Hexen keine Gefahr wären.

Cephei starrte weiter auf das Haus und bewegte sich nicht. Deshalb zog sie an seiner Jacke. »Wir gehen«, murmelte sie und deutete über ihre Schulter nach hinten, aber er schien sie nicht zu hören. Verärgert kniff sie die Augen zusammen.

Urs schien zu merken, dass sich Cephei nicht losreißen konnte, deshalb zog er ihn einfach nach oben und wollte gerade einen Schritt aus dem Versteck heraustreten, als eine Stimme sagte: »Stehen bleiben!«

Vela zuckte zusammen und blieb einfach auf dem Boden hocken. Sie starrte auf Urs' und Cepheis' Hosenbeine, verwünschte den Jungen, der so langsam gewesen war, und hoffte, dass der Unbekannte sie noch nicht gesehen hatte.

»He, du da, aufstehen, wird's bald«, befahl die Stimme jedoch, und langsam richtete sie sich auf. Dabei knackten ihre Knie, und die Hände begannen zu zittern.

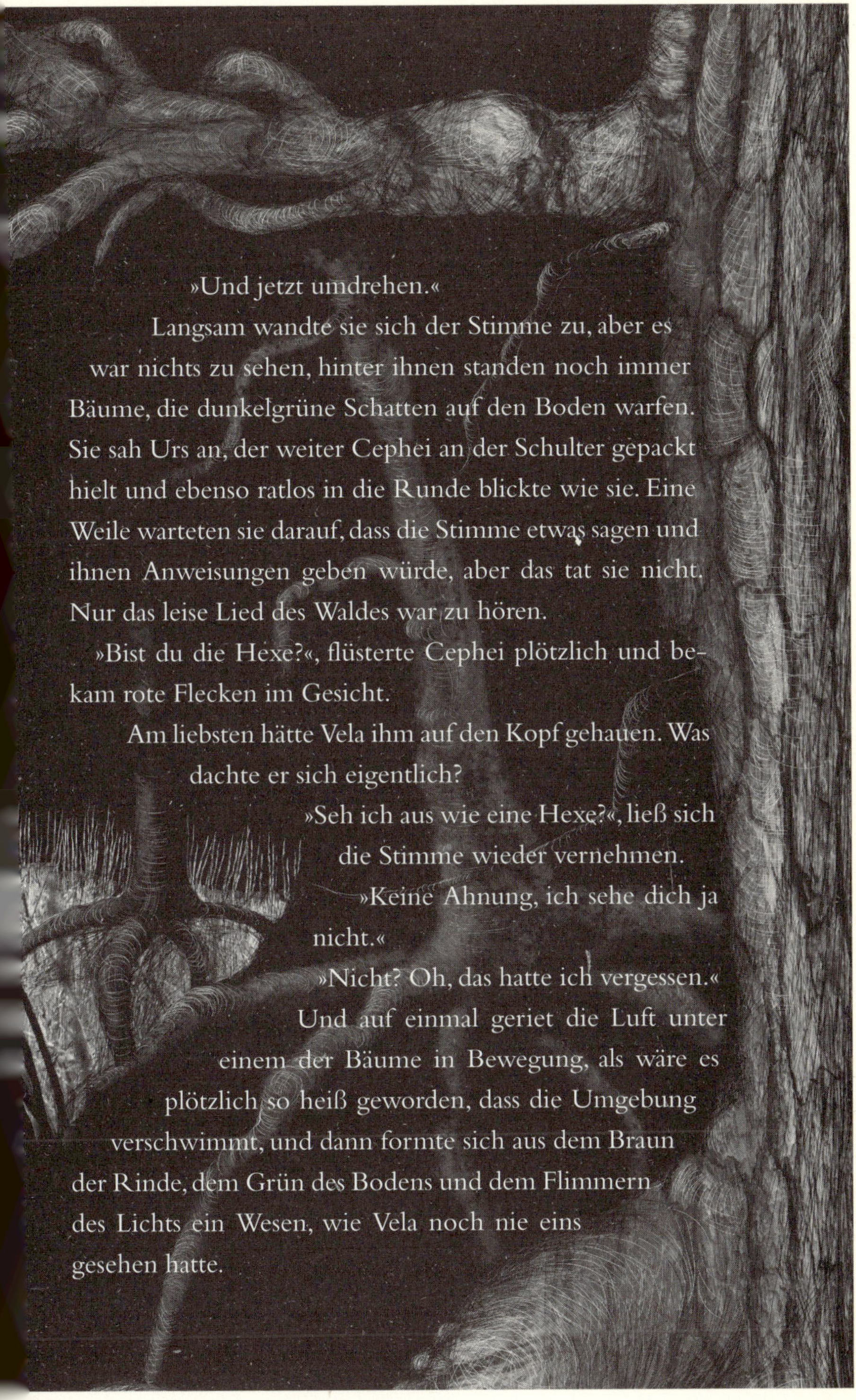

»Und jetzt umdrehen.«

Langsam wandte sie sich der Stimme zu, aber es war nichts zu sehen, hinter ihnen standen noch immer Bäume, die dunkelgrüne Schatten auf den Boden warfen. Sie sah Urs an, der weiter Cephei an der Schulter gepackt hielt und ebenso ratlos in die Runde blickte wie sie. Eine Weile warteten sie darauf, dass die Stimme etwas sagen und ihnen Anweisungen geben würde, aber das tat sie nicht. Nur das leise Lied des Waldes war zu hören.

»Bist du die Hexe?«, flüsterte Cephei plötzlich und bekam rote Flecken im Gesicht.

Am liebsten hätte Vela ihm auf den Kopf gehauen. Was dachte er sich eigentlich?

»Seh ich aus wie eine Hexe?«, ließ sich die Stimme wieder vernehmen.

»Keine Ahnung, ich sehe dich ja nicht.«

»Nicht? Oh, das hatte ich vergessen.«

Und auf einmal geriet die Luft unter einem der Bäume in Bewegung, als wäre es plötzlich so heiß geworden, dass die Umgebung verschwimmt, und dann formte sich aus dem Braun der Rinde, dem Grün des Bodens und dem Flimmern des Lichts ein Wesen, wie Vela noch nie eins gesehen hatte.

Es war irgendwie menschlich, so groß wie ein siebenjähriges Kind, besaß spitze Ohren und lange Finger, die Bogen und Pfeil hielten. Die blonden Locken fielen ihm wirr ins Gesicht und verdeckten die schräg stehenden Augen. Das Wesen hatte ein hübsches Gesicht und ein bisschen zu viel auf den Rippen. Es sah aus wie ein niedlicher dicker Junge, der gern Kuchen naschte.

Nur der Bogen mitsamt eingelegtem Pfeil, der genau auf das Herz des Bären zielte, passte ganz und gar nicht dazu.

»So, jetzt seht ihr mich aber, oder? Das erklärt auch, warum ihr so komisch in der Gegend herumschaut. Das passiert mir manchmal, dann vergesse ich, dass ich noch Tarnfarben trage, und ich beginne mit Leuten zu reden, die sich dann immer sehr erschrecken.« Das Wesen seufzte. »Das ist sehr unangenehm, wenn sie mit mir schimpfen.«

Vela sah nervös auf den Pfeil, dann Urs ins Gesicht, der etwas gelassener wurde. Seine Pranke löste sich von Cepheis Schulter. »Du siehst ein bisschen aus wie die Elfen im Osten, in den Wäldern des Grünen Herzens.«

Wieder ein Seufzen. »Ich bin auch ein Elf. Aber ich weiß, warum du das so sagst. Ich bin eben ein bisschen kräftiger gebaut als andere Elfen. Das kommt bei uns nicht oft vor. Liegt in der Familie, wir besitzen alle diesen kräftigen Knochenbau.« Der Elf nickte und fuhr sich mit der Hand durchs Haar, wobei er kurz den Pfeil aus dem Bogen löste, aber gleich darauf wieder zurücksteckte und dieses Mal auf Vela zielte.

»Könntest du vielleicht den Bogen runternehmen?«, fragte sie vorsichtig. »Wir wollen dir nichts tun.«

»Das geht leider nicht. Ihr seid um das Haus herumgeschlichen, ich habe euch beobachtet. Serpem hat das gar nicht gern.«

»Serpem?«

»Die Hexe, der dieses Haus gehört.«

»Du dienst einer Hexe?«, mischte sich Urs ein und schien sehr verwundert. Offenbar kannte er sich mit Elfen besser aus als Vela.

Sie wusste eigentlich sehr wenig über diese Wesen, nur dass sie bevorzugt im Wald lebten, weil sie Bäume so mochten. In ihrem Dorf und den nördlichen Städten, einschließlich Marinth, kannte man keine Elfen. Es war eine anerkannte Tatsache, dass es sie gab, aber weiter kümmerte es niemanden. Da sie so gut wie nie aus den Wäldern herauskamen, beschäftigte man sich auch nicht mit ihnen. Für die Menschen waren sie einfach nicht von Nutzen.

Die Elfen hatten für Mechanik nicht viel übrig, hieß es – und seit die großen Rodungen im Grünen Herzen begonnen hatten, bekam man sie angeblich noch seltener zu Gesicht. Athago wuchs weiter, und die hinzugezogenen Menschen benötigten mehr Platz zum Leben und Arbeiten. Also hatte der freundlichste König aller Länder vor drei Jahren angeordnet, den Wald an seiner westlichen Seite zu roden. Die Elfen hatten sich daraufhin immer tiefer in den Wald zurückgezogen. Das war aber auch schon alles, was Vela über sie wusste.

»Was wird jetzt passieren?«, fragte Cephei und ging einen Schritt auf den Elfen zu, der warnend den Bogen auf ihn richtete. Schnell zog Vela ihn wieder zurück und packte seine Hand, hielt sie eisern fest, damit er sich nicht daraus befreien konnte.

»Mhm, ich denke, ich werde euch einfach zu Serpem bringen. Sie kann dann selbst entscheiden, was sie mit euch macht. Das wird wohl das Beste sein.« Er nickte.

»Aber seit wann helfen die Elfen Hexen?«, wollte Urs noch einmal wissen. »Ich dachte immer, Elfen wären von Natur aus gutmütig veranlagt und könnten keiner Fliege was zuleide tun. Wie kommt es, dass du einer Hexe hilfst, die uns vielleicht in ihrem Topf kochen will?«

Die Augenbrauen des Elfen zogen sich unwillig zusammen. »So ein Unsinn, warum sollte Serpem euch kochen wollen? Sie ist doch keine Kannibalin. Obwohl«, zuckte er mit den Schultern, »als Bär gehörst du eigentlich schon auf die Speisekarte, aber ich glaube trotzdem nicht, dass Serpem dich kocht. Das ist doch viel zu viel Fleisch.«

»Sie könnte ihn ja pökeln und verkaufen«, half Cephei aus und lächelte, wofür er nun doch einen Schlag auf den Kopf bekam. Böse sah er Vela an.

»Halt doch einfach den Mund, du benimmst dich schon ganz verhext.« Erschrocken hielt sie inne, es war ihr einfach so herausgeschlüpft.

Der Elf schien kurz zu überlegen, doch dann hob er einfach den Bogen wieder an und deutete mit einem kurzen Nicken hinter sie in Richtung Haus.

Vela verspürte überhaupt keine Lust, die Bekanntschaft der Hexe zu machen, sie wollte nicht herausfinden, ob diese Serpem sie verspeisen oder doch einfach nur umbringen wollte. Selbst einsperren war schlimm genug, sie mussten doch so schnell wie möglich weiter. Aber im Moment sah es so aus, als würden sie nirgendwohin gehen.

Sie warf Urs einen unglücklichen Blick zu, aber er konnte auch nichts tun. Vela musste den Hammer, Urs Armbrust und Schwert ablegen. Wenn er danach griff, würde der Pfeil ihn niederstrecken, noch bevor er den Elf überhaupt erreicht hätte. Also drehten sie sich um und gingen langsam auf das Haus zu.

Der Einzige, der sich nicht so schwerfällig bewegte, als hätte er große Steine an den Füßen, war Cephei. Er lief vorneweg, und Vela fand, dass er den Kopf viel zu hoch trug. Vielleicht hatte er nicht begriffen, was es hieß, wenn man einer Hexe begegnete? Dabei hatte er bei dem behauenen Stein eben noch so viel Furcht gezeigt. Und es wusste doch jeder, dass Hexen nur Böses im Sinn hatten und dass man sich besser von ihnen fernhielt, wollte man nicht Gefahr laufen, am nächsten Morgen mit brennendem Ausschlag oder falschen Erinnerungen aufzuwachen. Sofern man überhaupt noch aufwachte.

Nichts als Aberglaube, hatte Urs zu den Gerüchten über den Rauschwald gesagt – und Vela hatte ihm geglaubt. Was für eine Dummheit!

Je näher sie dem unheimlichen Haus kamen, desto stärker konnte Vela Gerüche wahrnehmen, vielfältig wehten sie durch ein geöffnetes Fenster zu ihr herüber und lenkten sie von dem Elf in ihrem Rücken ab. Die Gerüche waren süß und mit einer Spur von Scharfwurz, es roch nach einer satt machenden Mahlzeit, und erst jetzt bemerkte sie, wie hungrig sie eigentlich war. Seit sie aufgebrochen waren, hatte sie nicht mehr richtig gegessen. Aber sie wollte sich nicht darüber beschweren, wenn sie daran dachte, dass ihr Vater im Kerker saß. Ihm gab man sicher auch kein richtiges Essen, so wie es dort nach angebranntem Getreidebrei gerochen hatte.

Doch in diesem Moment knurrte ihr Magen, und sie konnte sich nicht länger etwas vormachen. Sie war hungrig. Sehr hungrig sogar.

Als sie vor dem Haus standen, öffnete sich auf einmal eine Tür, die sie vorher nicht bemerkt hatte, weil sie mit den Wänden abschloss und im dichten Flechtwerk nicht zu erkennen gewesen war. Eine Strickleiter entrollte sich und schwang sanft hin und her. Bevor der Elf noch etwas gesagt hatte, packte Cephei auch schon die Leiter und schwang sich daran empor. Er schien es eilig zu haben, ins Haus zu kommen.

Entsetzt sah Vela ihm nach. Was war nur in ihn gefahren?

»Cephei, warte!«, rief sie, aber er hörte sie nicht und war schon im Innern des Hauses verschwunden.

Fieberhaft überlegte sie. Wenn Urs sie verdeckte, konnte sie sich vielleicht einfach unter dem Haus hindurchducken und dann weglaufen. Sah der Elf das nicht sofort, hätte sie eine Chance zu fliehen …

Aber sie brachte es nicht über sich. Sie glaubte zwar nicht, dass es einen Unterschied machte, ob sie nun da war oder nicht, denn gegen eine Hexe konnte sie nicht viel ausrichten, dennoch wollte sie die beiden anderen nicht einfach so bei ihr zurückzulassen. Das wäre Verrat gewesen, und *Verräter* wollte sie sich nicht rufen lassen, auch wenn sie gar kein Ritter werden wollte. Außerdem war Cephei auch nicht davongerannt, als die Baumfaust sie erwischt hatte. Er war zwar keine große Hilfe gewesen, aber trotzdem.

Wenn sie ehrlich war, hatte sie auch ein wenig Angst, einen Pfeil in den Rücken zu bekommen und tief im Wald allein auf der Flucht zu sein.

Vorsichtig griff sie nach der Strickleiter und sah nach oben, aber dort war nichts zu erkennen außer dem dunklen Loch in der Wand.

Mühsam zog sie sich empor und erklomm eine schwankende Sprosse nach der anderen, dann schwang sie die Beine über den Rand und hievte sich hoch, wobei sie damit rechnete, jeden Moment erschlagen zu werden. Aber als sie endlich wieder aufrecht stand, passierte überhaupt nichts, und Vela sah sich im gelben und rötlichen Dämmerlicht um, das sich von dem des grünen Waldes unterschied.

Es standen allerlei Regale an den Wänden, in der Mitte befand sich ein großer, runder Tisch, der allerdings nicht viel höher war als Velas Kniescheibe. Um ihn herum lagen bunte Kissen auf dem Boden, die wohl als Sitzgelegenheit dienten.

Gerade wollte sie einen Schritt nach vorn machen, als hinter ihr ihr Name erklang, und sie beugte sich über die Klappe im Fußboden, um nach unten zu sehen.

Dort standen Urs und der Elf, der noch immer mit dem Pfeil auf den Bären zielte. Urs hatte eine Pranke an der Leiter und sah skeptisch zu ihr empor.

»Wie sieht es aus, Mädchen?«

Vela zuckte mit den Schultern. »Ich kann nicht viel erkennen, Cephei ist schon weg.«

»Dieser Bengel«, murmelte der Bär, er schien zu zögern, aber ihm blieb keine Wahl.

Doch sein Aufstieg gestaltete sich schwierig, weil die Strickleiter nicht für die Größe des Bären ausgelegt war. Auch wenn er eigentlich ein guter Kletterer war, schwankte die Leiter doch beträchtlich, und die Sprossen und Seile knirschten und ächzten unter seinem Gewicht. Ein paarmal rutschte er beinahe ab oder fand nur noch mit den Pranken Halt.

Der Elf trat einen Schritt zurück, um nicht erschlagen zu werden, falls Urs stürzte.

Als er endlich die oberste Sprosse erreichte, griff Vela in sein dichtes, struppiges Fell, in dem sich Schweiß und der Staub der letzten Tage verfangen hatten, und zog ihn halb zu sich herein. Als er wieder auf den Beinen stand, rückte er seinen Schwertgurt umständlich zurecht, wobei er sie nicht ansah. Es war ihm wohl peinlich, sich von einem Mädchen helfen lassen zu müssen.

»Wo ist Cephei?«, fragte er stattdessen.

»Keine Ahnung.«

Mit einem Mal wurde es heller, und sie zuckte erschrocken zusammen. Eine weitere Tür hatte sich geöffnet, die in einen zweiten Raum führte.

»Sieh einer an«, sagte Urs und räusperte sich. »Gut, gut, dann komm.«

Während er Richtung Tür schritt, sah sich Vela noch einmal um. Warum hatten es alle nur auf einmal so eilig, der Hexe zu begegnen? Wenn man einen Abgrund sah, rannte man doch auch nicht darauf zu!

Neben der Tür hingen mehrere Kästen aus dunkel gemasertem Holz, die in viele Waben unterteilt waren. Zögerlich trat sie näher, und als sie erkannte, was da in den Kästen aufbewahrt wurde, schluckte sie.

In jeder Wabe lag der Körperteil von irgendeinem Tier oder Wesen, vielleicht auch von Menschen. Kleine, braune Köpfe, deren Augen finster auf den Betrachter schauten, verschrumpelte Klauen mit gelben Nägeln, auch Füße mit drei krummen Zehen, ein silbernes Haarknäuel, schimmernde Schuppen, blanke Knochen, ein handlanger schwarzer Rüssel, ebenso wie eingelegte spitze Ohren, die denen des Elfen sehr ähnelten. Vela stockte der Atem, und sie trat einen Schritt zurück.

Hinter sich hörte sie den Elf die Leiter heraufkommen und wünschte, die beiden anderen wären nicht so schnell verschwunden – dann hätten sie vielleicht doch entwischen können. Immerhin konnte er nicht gleichzeitig den Bogen gespannt halten und die Leiter erklimmen. Aber die beiden anderen waren weg. Mit einem tiefen Seufzer trat Vela durch die Tür und wappnete sich gegen den Anblick der Hexe.

SERPEM

Das Erste, was sie sah, war jedoch keine entsetzliche Hexe, sondern ein großer Herd, auf dem ein halbes Dutzend Töpfe und Tiegel standen, die alle vor sich hin dampften und aus denen die Gerüche herüberwehten, die sie schon bei ihrer Ankunft wahrgenommen hatte. Die aufsteigenden Dampfschwaden besaßen die unterschiedlichsten Farben: blau und grün, rot und gelb. Mittendrin stand ein Topf, dessen Dampfschwaden wie schwarze Regenwolken zur Decke stiegen und sich dort ballten.

Urs war da, auch Cephei, sie lebten. Niemand hatte sie erschlagen. Sie saßen an einem großen Esstisch aus hellem Holz und blickten zu ihr herüber.

Das war gut.

Und dann bemerkte Vela auch die Hexe, die an einer Küchenvitrine über einen Topf gebeugt stand und mit einem großen Holzlöffel darin herumrührte.

Das war nicht so gut.

»Komm nur herein, Vela«, sagte sie. Ihre Stimme klang weich, sie rollte das R wie die Händler aus dem Westen, die Vela manchmal in ihrem Dorf traf.

»Du kennst meinen Namen?«

Die Hexe wies auf Cephei und antwortete nicht, und Vela überwand den ersten Schreck und sah sich die Frau genauer an. Sie war nicht sehr groß, einen Kopf größer als Vela vielleicht, und sie war auch nicht so alt, wie es immer von Hexen hieß. Ihre Haut besaß noch nicht viele Falten, und das Haar war strahlend blond, als würde die Sonne direkt darauf scheinen. Ihre Lippen hatten sich zu einem Schmollmund verzogen, der auf die linke Wange ein Grübchen malte. Sie war sehr schön, und Vela fragte sich, warum die Leute behaupteten, Hexen erkenne man an ihrer finsteren Ausstrahlung.

Diese jedenfalls war nicht finster, sie strahlte.

Als sie den Kopf hob und Vela ansah, wich diese trotzdem einen Schritt zurück, weil der Blick tief in sie hineinzusehen schien, und das Grün darin erinnerte sie an einen Wald, der so dicht war, dass man sich in ihm verlaufen konnte. Oder vielleicht an die Farbe von Schlingpflanzen in einem Teich. Kein sanftes Grün jedenfalls.

Der Elf trat in die Küche und stellte sich an die Wand, sein Gesicht hatte sich gerötet, der Aufstieg schien auch für ihn nicht leicht gewesen zu sein.

Die Hexe sah ihn missbilligend an, während sie weiter im Topf rührte. »Was hast du mir da schon wieder mitgebracht, Morvan? Was soll ich mit denen? Die sehen nicht so aus, als wären sie zu irgendetwas nütze!«

»Man könnte den Bären verkaufen.«

»Ich bin nicht zu verkaufen«, erwiderte Urs und sah den Elfen wütend an, der sich davon nicht beeindrucken ließ.

»Aber der da«, er zeigte auf Cephei, »hat doch gesagt, wir sollen dich verkaufen.«

Cephei hob abwehrend die Hände. »Ich hab das nicht so gemeint.«

»Warum hast du es dann gesagt?«, giftete Vela ihn an. Und an die Hexe gewandt fuhr sie fort: »Wir müssen weiter, wir können nicht hierbleiben. Wir müssen den Klippengeier finden, der den Königsschlüssel gestohlen hat.«

Die Hexe legte den Löffel beiseite und betrachtete die drei

nachdenklich. »Der Königsschlüssel ist weg? Wann ist das passiert?«

»Vor ein paar Tagen.« Warum log sie die Hexe eigentlich nicht an? Da war etwas in ihrem Kopf ... wie die Melodie des Waldes. Aber als sie versuchte, sich darauf zu konzentrieren, verschwand es wieder.

»Mhm.« Die Hexe nahm den Topf, in dem sie gerührt hatte, und stellte ihn auf einen großen, dreieckigen Tisch hinter sich, auf dem drei Teller standen. »Und ein Klippengeier hat ihn gestohlen? Sehr interessant. Da habt ihr euch ja einiges vorgenommen. Ein Klippengeier ist nicht leicht zu fangen, besonders dieser nicht, wenn man bedenkt, wem er gehört.«

»Er gehört jemandem?«, fragte Vela aufgeregt.

»Aber ja, Mädchen, hat euch das keiner gesagt?«

»Nein.«

»Nun, das hätten sie aber tun sollen, so wisst ihr ja gar nicht, mit wem ihr euch anlegt.«

»Anlegt?« Velas Stimme wurde lauter, was redete die Frau da, wieso gehörte der Vogel jemandem?

Die Hexe antwortete nicht, drehte sich um und füllte die Mahlzeit in die Teller. Es handelte sich um eine dunkle Suppe, eine Art Eintopf, doch woraus er gekocht war, konnte Vela nicht erkennen. Irgendein Gemüse, wie es schien. Auch der Geruch war ihr fremd, vielleicht handelte es sich um eine Kohlart aus dem Westen. Die Händler hatten immer behauptet, es gäbe nördlich von Kerburg mindestens zwei Dutzend verschiedene Sorten Kohl. Fleisch schien der Eintopf jedenfalls nicht zu enthalten.

Alle Gedanken an die Wandkästen im Nebenraum versuchte sie zu verdrängen.

»Setz dich.« Die Hexe deutete auf einen freien Stuhl. »Iss erst einmal richtig, dann können wir weiterreden. Man muss immer gut zu Mittag essen, nicht wahr? Wie will man sonst die zweite Hälfte des Tages schaffen?«

Cephei und Urs folgten der Anweisung, während Vela sie ansah, als hätten sie den Verstand verloren. Wie konnten sie sich hier hinsetzen und die Löffel in die Hand nehmen, sie wussten doch gar nicht, was in dieser Suppe schwamm. Vielleicht wollte die Hexe sie vergiften, möglicherweise war ein Betäubungsmittel darin, das sie schläfrig machte. Und wenn sie erst einmal schliefen, hätten die Hexe und der Elf leichtes Spiel mit ihnen.

»Nein«, sagte Vela fest und verschränkte die Arme. »Wir müssen sofort weiter, wir haben keine Zeit.«

Die Hexe sah sie mit schräg gestelltem Kopf an. »Aber Kind, du musst etwas essen, so kannst du keine weite Reise unternehmen. Du bist noch jung und brauchst die Kraft.«

»Ich will nicht.«

»Jetzt setz dich endlich hin, du dummes Ding«, zischte die Hexe und wedelte mit den Armen. Ihre Brauen hatten sich so weit zusammengezogen, dass sie sich über der Nasenwurzel trafen, und die Lippen waren fest zusammengepresst.

Vela schüttelte den Kopf, aber da tippte ihr der Elf mit der Pfeilspitze in den Rücken. »Setzen«, sagte auch er.

Vela überlegte kurz, was ihr lieber war, Pfeil oder Gift, aber sie fand beides wenig schön. Also trat sie zum Tisch, um Zeit zu gewinnen. Als sie neben Urs stand, zog der sie einfach auf einen Stuhl und schob ihr einen Teller hin. Sie war viel zu schwach, um sich seiner Kraft zu widersetzen.

Dann drückte er ihr den Löffel in die Hand. »Iss doch etwas, Vela, das wird dir sicher guttun.«

»Ich hab aber keinen Hunger«, erwiderte sie und wurde sofort widerlegt, weil ihr Magen vernehmlich knurrte. Der Bär lachte gutmütig und begann, genau wie Cephei, seine Suppe zu essen, während die Hexe danebenstand und zusah.

Einen Moment lang wartete Vela noch, aber weder Cephei noch Urs krümmten sich vor Schmerzen auf dem Boden, schliefen ein oder verdrehten die Augen, und es trat ihnen auch kein Schaum vor den Mund. Also tauchte sie ebenfalls den Löffel in den heißen Eintopf.

Der erste Löffel war nur halbvoll, und vorsichtig flößte sie sich nur einen winzigen Schluck in den Mund. Es war tatsächlich eine Kohlsuppe. Zuerst süß, dann aber ein bisschen bitter im Nachgeschmack. Schmeckte nicht schlecht, musste Vela zugeben. Sie nahm einen zweiten Löffel, auch dieses Mal löste der Eintopf keine Schmerzen bei ihr aus, nur dieses wohlige Gefühl, wenn ein hungriger Magen gefüllt wird.

»Na bitte.« Die Hexe drehte sich wieder zum Herd, um erneut in den Töpfen zu rühren. Der Elf setzte sich auf einen Stuhl an der Wand, den Bogen auf den Knien, und beobachtete misstrauisch die Gäste.

»Du hast immer noch nicht geantwortet«, richtete Urs das Wort an ihn.

»Worauf denn?«

»Ich frage dich jetzt schon zum dritten Mal, was ein Elf bei einer Hexe macht.«

Die Hexe blickte auf und Urs intensiv an, der entschuldigend die Hände hob. »Verzeihung«, dann stockte er, weil er keine andere Bezeichnung für die Frau fand.

»Schon gut, ich bin ja eine Hexe, das vergesse ich manchmal, aber die Art, wie die meisten Menschen dieses Wort gebrauchen, gefällt mir nicht. Es klingt so …«, sie suchte nach dem passenden Wort, »… so böse, versteht ihr?«

»Vielleicht liegt es daran, dass Hexen Schrumpfköpfe und abgeschlagene Körperteile in Kästen aufbewahren.« Vela hätte sich am liebsten auf die Zunge gebissen, aber die Worte waren schon heraus.

Die Hexe schien es ihr jedoch nicht übel zu nehmen. »Meinst du?«, fragte sie und schien ernsthaft darüber nachzudenken. »Ja, das könnte sein. Dabei ist das nun wirklich nichts Böses, ich meine, die meisten Teile sind doch nur gefunden.«

»Auch die Elfenohren?«, fragte Urs und sah dabei wieder zu Morvan.

»Besonders die Elfenohren! Du glaubst doch nicht, dass sich diese eitlen Kerle freiwillig davon trennen würden? Nein, nein, das sind meistens Unfälle, sie springen von Baum zu Baum und rennen den Rehen nach. Oder es passiert, wenn sie Schmetterlinge fangen und mit den Netzen durch die Gegend wirbeln. Aber die meisten Unfälle tragen sich zu, wenn sie mit ihren Messern üben. Die bekommen sie eigentlich, um Beeren oder Pilze abzuschneiden, aber was machen sie stattdessen damit? Werfen sie durch die Luft und zielen auf Bäume. Da kann es schon mal passieren, dass ein Wurf danebengeht und aus Versehen eine fremde Spitze trifft. Ihr glaubt gar nicht, wie viele Ohren ich in den letzten Jahrzehnten schon gefunden habe, die kann ich gar nicht alle aufheben. So groß ist mein Haus nicht. Ich behalte nur die schönsten Exemplare, nicht wahr, Morvan?«

Er nickte.

»Und warum bist du nun hier?«, fragte Urs. »Ein viertes Mal.«

Alle sahen den Elfen an, der auf seine Füße starrte und murmelte: »Das geht euch gar nichts an.«

Aber die Hexe schüttelte den Kopf. »Nun sei doch nicht so unfreundlich, du schlecht gelaunter Bogenschwinger. Ihr müsst wissen, dass Morvan ein paar häusliche Schwierigkeiten hat, er kann ein paar Dinge nicht besonders gut, die Elfen gemeinhin können sollten. Das verschaffte ihm nicht gerade viele Freunde. Er fing an, sich in der Welt herumzutreiben, und ich fand ihn. Also ist er bei mir geblieben. Wir verstehen uns, und er passt auf, dass sich keine Fremden anschleichen. Das mag ich nämlich nicht.« Bei diesen Worten sah sie die drei nacheinander an und nickte dann.

Als sie das Essen beendet hatten, saßen Cephei und Urs nur stumm da und beobachteten die Hexe, während Vela unruhig auf ihrem Stuhl hin und her rutschte. Was war nur mit den beiden los? Sie verhielten sich, als seien sie bei irgendjemandem zu Gast und das nicht gerade in einer Hexenküche.

»Was weißt du eigentlich über den Klippengeier? Du hast gesagt, er gehört jemandem. Woher weißt du das, wenn du gar nicht wusstest, dass der Schlüssel geraubt wurde?«

Serpem löschte die Herdflammen und begann, den Inhalt der Töpfe und Tiegel in verschließbare Gefäße zu füllen, auf denen Zettel klebten, die in einer fremden Sprache beschriftet waren. »Du bist ganz schön neugierig, Kind. Warum willst du das unbedingt wissen?«

»Wir müssen den Vogel finden und den Schlüssel zurückbringen.«

Sie schüttelte den Kopf. »Den Schlüssel könnt ihr vergessen, der wird nie wieder auftauchen. Das Leben wird schon ohne weitergehen.«

»Aber dann werden sie meinen Vater hinrichten!« Vela sprang auf, sie konnte einfach nicht mehr stillsitzen.

»Herrje, ich war schon Ewigkeiten nicht mehr in Marinth, die Umstände scheinen sich doch sehr verändert zu haben. Was hat dein Vater denn mit der Sache zu tun?«

»Er ist der Königsmechaniker, und sie haben ihn dafür verantwortlich gemacht, dass der Schlüssel gestohlen wurde.«

»Das tut mir leid für dich, aber es ist trotzdem ganz unmöglich, den Schlüssel zurückzuholen. Vergiss das am besten.«

»Aber das kann ich nicht!«, schrie Vela. Es war ihr Vater, wollte das dieser Hexe denn nicht in den Schädel?

Serpem schüttelte erneut den Kopf, ihr schien die ganze Sache ziemlich gleichgültig zu sein. Sie lebte hier im Wald, bekam gar nicht mit, was in der Stadt passierte, und Velas Vater bedeutete ihr natürlich auch nichts. Trotzdem wurde Vela immer wütender. Wie konnte Serpem so gleichgültig bleiben? Wenn sich im Königreich so viel ändern würde, beträfe das doch auch den Wald. Dass es Menschen gab, denen es völlig egal war, ob der Schlüssel wieder auftauchte, machte Vela vollkommen fassungslos. Erst die Ritter und jetzt das!

Doch dann fiel ihr wieder ein, dass Hexen in Marinth der Kerker drohte und womöglich noch Schlimmeres. Vielleicht war es ihr ja deshalb egal, was dort mit den Menschen und dem Mechanischen König geschah.

»Kannst du mir wenigstens sagen, wem der Klippengeier gehört?«

»Aber ja.«

Vela wartete, die Hexe jedoch schwieg.

»Wem?«, rief sie genervt.

Serpem ging nicht auf sie ein, sondern stellte nur weiter ihre Gefäße in den Schrank.

»Hexe!«

»Es ist sehr unhöflich, die Menschen nicht bei ihrem Namen zu nennen. Nenn mich Serpem, das wäre wohl angebracht, wenn du schon mein Mittagessen genießt, nicht wahr?«

Dreimal atmete Vela tief durch, dann sagte sie so ruhig sie konnte: »Serpem, sag mir doch bitte, wem der Vogel gehört.«

»Na schön, ich sag es dir.« Sie lächelte, zögerte einen Moment und flüsterte dann: »Morgen.« Das Lächeln wurde breiter. »Heute habe ich keine Lust mehr dazu. Ihr könnt hier übernachten, und morgen könnt ihr euch dann überlegen, ob ihr die Reise fortsetzt oder doch lieber umkehrt.«

»Ich werde nicht umkehren!«

»Aber vielleicht wollen es deine Begleiter.«

Vela warf einen Blick zu Cephei und Urs, die sie nicht ansahen, sondern immer weiter Serpem anstarrten.

»Mir doch egal, dann gehe ich eben allein weiter.«

»Das kannst du nicht. Du wirst schon noch begreifen, dass man zu dritt mehr erreicht als allein.«

»Momentan sind die beiden keine große Hilfe«, murmelte Vela, und die Hexe lächelte wieder. Aber die anderen sagten nichts, ganz so, als hätten sie sie gar nicht gehört.

»Ruh dich ein bisschen aus, Vela, leg dich draußen in die Sonne und genieß die Ruhe. Ich rufe euch dann zum Abendessen. Schlaf dich aus, und morgen sehen wir weiter.«

»Ruhe habe ich da, wo ich herkomme, schon genug«, antwortete Vela, senkte aber den Kopf, denn Serpem war nicht beizukommen, sie gab einfach nicht nach. Noch einmal überlegte sie, ob sie einfach gehen sollte, aber die beiden anderen sahen nicht so aus, als würden sie sich in der nächsten Zeit irgendwohin begeben. Und es war mehr als fraglich, ob Morvan oder die Hexe sie lassen würden.

»Cephei, Urs«, sagte Serpem, »geht doch mit Vela ein bisschen auf die Lichtung oder spielt mit Morvan.«

Die beiden erhoben sich und rückten die Stühle zurecht, dann gingen sie Richtung Leiter. Wo hatten die beiden nur ihren Verstand gelassen? Sie gehorchten Serpem aufs Wort. Vela folgte ihnen, während Morvan wieder in ihrem Rücken stand, dieses Mal hielt er den Bogen jedoch gesenkt.

Als Vela den Waldboden erreichte, lagen die beiden anderen schon auf der Wiese und ließen sich von der Sonne bescheinen. Die Zweige und Blätter warfen dunkelgrüne Flecken auf ihre Gesichter, und es sah aus, als wären sie mit Schatten zugedeckt. Stumm setzte sich Vela daneben und starrte auf das Haus und den großen Vogelfuß, der es trug.

»Leg dich doch auch in die Sonne, das tut wirklich gut«, brummte Urs neben ihr.

»Mir wäre es lieber, wir würden gehen. Sofort.«

»Warum denn, Vela? Es ist doch sehr schön hier. Wir ruhen uns einfach einen Tag aus und ziehen morgen weiter. Ist doch nichts dabei.«

»Falls du es vergessen haben solltest: Serpem sammelt Körperteile. Auch von Elfen und Menschen!«

»Ich glaube nicht, dass sie böse ist«, mischte sich Cephei ein und bettete den Kopf auf Urs' Bauch, der ihm als weiches Kissen diente. »Sie hat uns zu essen gegeben und lässt uns hier übernachten.«

»Und im Schlaf hackt sie uns vielleicht den Kopf ab, wer weiß«, flüsterte Vela, weil Morvan jetzt näher kam. Er trug seinen Bogen an der Seite und ließ sich in einigem Abstand zu ihnen nieder.

»He, Morvan, glaubst du, Serpem meuchelt uns im Schlaf?«,

fragte Cephei den Elfen, der daraufhin den Kopf schüttelte. »Siehst du, Vela, du brauchst gar keine Angst zu haben. Alles in Ordnung. Er kennt sie schließlich schon länger als wir.« Ein breites Grinsen breitete sich auf seinem Gesicht aus.

Sie sparte sich eine Antwort, vielleicht war etwas im Essen gewesen, das den beiden völlig den Kopf verdreht hatte? Aber warum zeigte es dann bei ihr keine Wirkung?

»Weißt du«, begann Urs noch einmal, »ich glaube nicht, dass so eine nette Frau etwas Böses im Schilde führt. Sie ist doch wirklich freundlich, und sie hat so schöne grüne Augen.«

»Ihr Haar ist wundervoll«, flüsterte Cephei.

»Ja«, stimmte Urs zu. »Es sieht aus wie Sonnenschein.«

Die beiden lächelten sich an, als teilten sie ein Geheimnis, und verärgert begann Vela, Gras auszurupfen. Urs und Cephei schienen alle Warnungen vergessen zu haben, die sie je über Hexen gehört hatten, nur wegen einem Paar grüner Augen und blondem Haar. Sie konnte nur hoffen, dass die beiden sich nicht gründlich täuschten. Sonst wären sie am nächsten Morgen vielleicht Eintopf!

Am Abend hatte die Hexe eine große Schüssel Salat angerichtet, daneben standen frisches Brot und eine Schüssel Butter. Begierig stürzten sich Urs und Cephei auf das Essen, und wieder war es Vela, die zögerlich abwartete, ob es ihnen bekam. Nachdem sie auch dieses Mal weder grün anliefen noch umfielen, traute sie sich, ebenfalls in das dunkle, noch ofenwarme Brot zu beißen.

Der Elf aß wie ein Schwein, das sich am Trog drängelte, fand Vela, er hatte wirklich wenig Elfenhaftes an sich. Mit den Händen sortierte er alle länglichen, grell orangenen Salatblätter aus und stopfte sich alles andere in den Mund, während ihm die Salatsoße übers Kinn lief. Bei Cephei und Urs war es nicht ganz so schlimm, aber auch sie besaßen nicht die besten Essmanieren, weil sie die ganze Zeit Serpem anstarrten und so einiges danebenging. Vela war ohnehin unruhig und rutschte auf ihrem Stuhl hin und her.

Die Einzige, die ganz die Ruhe selbst zu sein schien, war Serpem. Sie aß nichts, sah ihnen nur zu und lächelte zufrieden vor sich hin. Das Grün ihrer Augen ähnelte wieder den Schlingpflanzen der Teiche.

Während des Essens dachte Vela an ihre Mutter. Wenn sie sonst zwei Wochen in der Stadt gewesen war, hatte sie ihr nie besonders gefehlt, aber nun wurde ihr die Zeit lang, und wahrscheinlich würde sich die Mutter auch Sorgen machen. Daran hatte Vela nicht gedacht, als sie aufgebrochen war. Jetzt tat es ihr leid, dass sie keine Nachricht hinterlassen hatte. Aber was hätte sie schon schreiben sollen? Auch ihren Großvater vermisste sie, den Geruch der Schmiede, das laute Hämmern. Sie war wohl mehr an ihr Dorf gewöhnt, als sie gedacht hatte.

Nach dem Essen steckte sich Urs seine Pfeife in den Mund und kaute darauf herum, und Serpem legte die Füße in Morvans Schoß, der sie mit seinen langen Fingern massierte. Urs und Cephei erzählten aus ihrem Leben, wobei sie beide die unglaublichsten Abenteuer bestanden zu haben schienen. Vela jedenfalls fand, man konnte nicht einmal jedes dritte Wort glauben. Drachen hatten sich schon lange nicht mehr blicken lassen – wie sollte Urs dann einem den Schwanz abgehauen haben? Und Cephei war mit acht Jahren sicher keiner Sklavenkarawane entkommen. Seine Beine waren damals doch noch viel zu kurz gewesen!

Vela schwieg die meiste Zeit, starrte nur auf die Wände oder beobachtete Serpems Hände, die still in ihrem Schoß ruhten.

Nach einer Weile wandte sich die Hexe ihr zu und fragte: »Was ist mit dir, Vela? Hast du auch Abenteuer zu erzählen?«

»Nein, das hier ist mein erstes.«

»Und dann gleich ein so großes. Was hast du denn bisher gemacht?«

Vela wurde ein bisschen rot. Widerwillig sagte sie: »Ich bin oft in der Schmiede bei meinem Großvater gewesen, er hat mir vieles beigebracht, wie man Messer schleift, Kerzenständer gießt oder Eisen zu Scharnieren hämmert.«

Serpem nickte anerkennend, und auch Cephei sah einen Moment zu ihr herüber, bevor er seine Aufmerksamkeit wieder der Hexe schenkte.

»Dann willst du mal Schmiedin werden?«, fragte Serpem.

»Nein, ich möchte eigentlich Mechanikerin werden, mein Vater ist doch auch Mechaniker.«

»Aber?«

»Alle erwarten, dass ich in die Fußstapfen meiner Mutter trete und Turmwächterin am nördlichen Reichende werde.«

»Und du musst das machen?«

Das war die große Frage. Ohne es zu merken, hatte Vela schon mehr von sich erzählt, als sie wollte. Hastig versuchte sie, das Thema zu wechseln. »Wirst du uns wirklich verraten, wem der Klippengeier gehört?«

»Aber ja. Morgen.« Serpem lächelte und griff über den Tisch nach Velas Hand. »Soll ich dir deine Zukunft voraussagen?«

Sie nickte, und Serpem beugte sich über ihre geöffnete Handfläche, um einige Augenblicke intensiv die Linien zu mustern.

»Mhm, interessant, du besitzt ausgeprägte Linien, die haben nur Menschen mit einem abwechslungsreichen Schicksal.«

Auf die letzten Abwechslungen hätte Vela gern verzichtet.

»Du wirst noch weitere Abenteuer bestehen, so viel steht fest.«

Das war doch erfreulich. Wenn die Hexe nicht log und sie doch noch verspeiste, würde sie das alles wenigstens überleben. Das tröstete sie.

»Aber auch Enttäuschungen werden auf dich warten. Und harte Prüfungen.«

Das war weniger erfreulich. »Siehst du, was ich später einmal machen werde?«

Serpem sah ihr in die Augen. »Dazu brauche ich nicht deine Hand anzusehen, sondern nur dich, mein Kind.«

Velas Hand lag warm in der von Serpem, und sie fühlte sich auf einmal schrecklich müde; die Reise hatte sie angestrengt, obwohl sie noch gar nicht so lange unterwegs waren. Und plötzlich sah sie wieder ihren Vater vor sich, wie er mit grauem kraftlosem Gesicht hinter dem Gitter des Kerkers stand, und dem Wissen, in einem Jahr vielleicht sterben zu müssen. Der ganze Schrecken dieses Tages holte sie wieder ein. Ihre Zukunft erschien ihr im Moment wie grauer Nebel.

»Du wirst schon sehen, Vela, es ist alles da, du musst dich nur trauen, es dir zu holen«, flüsterte Serpem und ließ ihre Hand los.

Gleichzeitig streckten ihr Urs und Cephei die Hände entgegen, damit sie ihnen ebenfalls die Zukunft weissagte. Vela bekam davon nicht viel mit, sie war zu sehr in Gedanken versunken, hörte nur, wie Serpem dem Bären riet, sich stets ehrenhaft und ritterlich zu verhalten und sich vor Pelzhändlern zu hüten. Dann ließ sie seine Pranke los und wandte sich an Cephei, der rot wurde und auf ihre Hand starrte, die seine hielt.

Eine Zeit lang schwieg sie, dann legte sie den Kopf schief und sagte zum wiederholten Male an diesem Tag: »Interessant.«

»Was denn?«

»Diese Linien. Es werden sich viele deiner Träume erfüllen, und auch ein paar von deinen Albträumen. Vielleicht kommst du nie dort an, wo du hinwolltest, aber das muss nicht schlecht sein. Es ist alles sehr spannend«, sagte sie und lehnte sich zurück, aber Cephei schien mit dieser Antwort nicht zufrieden.

»Was wird denn geschehen? Wo werde ich ankommen?«

»Das wirst du schon sehen, ich kann dir hier doch nicht alles verraten.« Serpem stand auf, um sich aus einer Karaffe ein Glas einzuschenken. Die Flüssigkeit hatte die Farbe von Meerwasser und roch süßlich. Sie bot den anderen nichts davon an, Urs hatte ein Bier vor sich stehen, und Cephei und Vela tranken Tee. Nur Morvan nippte ab und zu von Serpems Glas, und sie verbot es ihm nicht.

Vela fand die beiden merkwürdig, der Elf sah aus, als könne er ihr Sohn sein, aber er war sicher doppelt so alt wie die Hexe. Elfen waren fast unsterblich, Hexen nicht, aber durch ihre Zauberei lebten sie bestimmt länger als normale Menschen. Wer weiß, vielleicht waren beide sogar schon hier gewesen, als es den Mechanischen König noch nicht gegeben hatte. Während sie die beiden betrachtete, vernahm sie wieder leise die Melodie des Waldes, obwohl sie doch im Inneren des Hauses waren.

»Geht denn wirklich alles in Erfüllung, was du in meiner Hand siehst?«, wollte Cephei noch einmal wissen, und Serpem lachte und schüttelte den Kopf.

»Aber nein, so funktioniert das Ganze nicht. Es ist nicht mehr als ein Jahrmarktstrick. Es sind immer nur Möglichkeiten, die Widerspieglung deines Charakters. Deiner Anlagen, wenn du so willst. Was letzten Endes wirklich passiert, liegt ganz allein bei dir. Die Zukunft ist nicht vorherbestimmt.«

Eine Weile saßen sie noch zusammen, dann zeigte Serpem ihnen die Schlafplätze und löschte die Kerzen. Als sich die Dunkelheit über ihnen ausbreitete, zog Vela die dünne Decke bis zum Kinn. Draußen hörte sie einen Nachtwächter rufen, der sich auf einem Baum niedergelassen hatte, und die Melodie des Waldes drang sanft und dunkel an ihr Ohr. Neben ihr waren bald die gleichmäßigen Atemzüge des Bären zu hören. Ob Cephei schon schlief, konnte sie nicht erkennen, sie sah kaum die Hand vor Augen.

Als sie sich auf die Seite drehte, drückte etwas gegen ihre Hüfte, und ihr fiel das Taschenmesser ein, das sie in die Hose gesteckt hatte. Wie hatte sie das nur vergessen können? Morvan hatte ihr zwar den Hammer abgenommen, aber das Messer nicht. Im Dunkeln schloss sich ihre Hand darum.

Diese vermaledeite Melodie, dachte sie. Man konnte sich ja auf gar nichts konzentrieren. Kein Wunder, dass sie immer wieder Sachen vergaß. Fest nahm sie sich vor, nicht zu schlafen. Der Abend war zwar ohne Schrecken vorübergegangen, aber man konnte ja nie wissen, was Serpem noch vorhatte.

Während Vela in die Dunkelheit starrte, veränderte sich die Melodie, wurde langsamer und schwerer, und schon bald war Vela in einen traumlosen Schlummer gefallen.

EIN ALBTRAUM

Irgendwann in der Nacht erwachte Vela, ein Geräusch hatte sie geweckt. Ängstlich setzte sie sich auf und lauschte in die Dunkelheit, aber sie hörte nichts mehr. Trotz der Finsternis konnte sie ein wenig sehen; kaum mehr als Schemen, doch die gaben ihr ein wenig Sicherheit. Urs lag immer noch auf der Seite und schlief, und auch Cepheis Brustkorb hob und senkte sich gleichmäßig.

Sie überlegte, ob sie sich das Geräusch nur eingebildet hatte, aber dann öffnete sich auf einmal die Tür, die hoch über dem Waldboden ins Freie führte, und eine Gestalt erschien im Türrahmen.

Vela wollte schreien, aber ihr Mund war wie zugeklebt, und so konnte sie nur stumm mit ansehen, wie die Gestalt lautlos hereinschwebte, langsam, eine Handbreit über dem Boden. Je näher sie kam, desto besser konnte Vela sie erkennen, die Gestalt trug Serpems Kleider. Aber es war nicht Serpem.

Es war eine Frau mit langen schwarzen Haaren, die ihr bis zu den Hüften reichten und sich wie Katzenschwänze bewegten, immer hin und her, als besäße das Haar ein Eigenleben. Die Hände waren lang und dünn, und an ihren Enden befanden sich Krallen, die etwas hielten, vielleicht einen Hasen. Das Gesicht war schneeweiß. Die Gestalt schwebte weiter zur Küchentür, die sich öffnete und dann lautlos schloss, während Vela ihr noch immer hinterherstarrte.

Sie zitterte und krallte sich in die Decke. Ihr Herz raste, und ihr Atem ging stoßweise, als sie nach Urs tastete und ihn sanft an der Schulter rüttelte. Doch er rührte sich nicht, schnarchte nur friedlich vor sich hin. Vela rüttelte kräftiger und flüsterte seinen Namen. Aber Urs schlief weiter. Kein Zucken, kein Grunzen.

Sie kroch zu Cephei hinüber und schüttelte ihn, zog an seinen Haaren, hielt ihm die Nase zu, aber er schlief tief und fest. Es war, als seien sie mit einem Zauber belegt, keinen der beiden bekam Vela wach, und einen Moment lang war sie so verzweifelt, dass sie weinte.

Aus der Küche hörte sie gedämpft Geräusche, und die Tränen tropften ihr aufs Hemd. Langsam erhob sie sich. Die Angst saß tief in ihrem Bauch, aber sie musste etwas tun, sonst würde sie noch wahnsinnig werden. Vielleicht konnte sie den Bann von den beiden lösen, wenn sie die unheimliche Gestalt in Serpems Kleidern störte. Vela hatte zwar keine Ahnung, wie Bänne ausgesprochen und wieder aufgehoben wurden, aber sich einfach wieder hinlegen konnte sie auch nicht.

Vorsichtig griff sie nach Urs' Schwert, das viel zu schwer für sie war, und ging damit zögerlich auf die Küchentür zu. Mit dem Fuß schob sie sie auf und hielt das Schwert mit beiden Händen vor sich. Einen Moment lang stand sie im Türrahmen, dann trat sie einen weiteren Schritt vor.

Die Gestalt saß am Küchentisch und biss in einen rohen, ungehäuteten Hasen.

Als sie Vela bemerkte, ließ sie das Tier langsam auf den Tisch gleiten, doch das Blut klebte ihr noch am Kinn, und Vela konnte zwei spitze Eckzähne erkennen. Die Frau mit den lebendigen schwarzen Haaren war tatsächlich Serpem. Alles an ihr schien sich verändert zu haben, nur die Augen waren noch dieselben. Serpem war die Nacht, dunkel und kalt, fließend und unscharf.

Vela blinzelte, und als sie wieder in ihr Gesicht sah, waren da plötzlich die bekannten Züge, das blonde Haar, auch das Blut war verschwunden, als hätte der Hase nie existiert. Aber er lag noch immer auf dem Tisch, aufgerissen am Bauch, und eine Lache bildete sich um ihn her auf der Platte.

Serpem lächelte und legte die Hände in den Schoß. Wieder musste Vela blinzeln, aber das Bild blieb, die Nacht war von der Hexe abgefallen.

»Kannst du nicht schlafen?«, fragte Serpem, und Vela hob das Schwert ein Stück höher, doch lange würde sie die breite Klinge nicht mehr halten können. Wie sollte sie da mit ihr kämpfen? Serpem tat, als bemerke sie die feindselige Haltung nicht. »Soll ich dir einen Tee kochen, damit du besser schlafen kannst?«

Vela brachte keinen Ton heraus. Hatte sie sich alles nur eingebildet? Warum war die Hexe tagsüber eine andere als in der Nacht? Hatte sie nur schlecht geträumt?

Nein, dort lag ja noch immer der Hase, roh und blutig.

»Willst du nun etwas oder nicht?«, fragte Serpem noch einmal.

»Wer bist du?«, konnte Vela endlich flüstern, das Schwert vor sich, als könne sie damit wirklich etwas ausrichten, dabei merkte sie, wie ihre Muskeln langsam zu zittern begannen.

»Ich habe es dir doch gesagt. Ich bin Serpem.«

»Aber du sagst nicht die Wahrheit. Ich habe es selbst gesehen.«

»Ach was«, winkte sie ab. »Es ist ein Unterschied, ob man lügt oder nur nicht gleich alles erzählt. Das wirst du schon noch lernen.«

»Warum tust du das?«

»Was denn?«

»Das.«

Serpem verzog das Gesicht und seufzte, dann stand sie auf, nahm den Hasen, legte ihn in ein Gefäß und verschloss es mit einem Deckel. Langsam verschwand das Blut vom Tisch. Als würde es ins Holz sickern, das es wie ein Schwamm aufsog. Vela beobachtete Serpem, und für einen kurzen Moment glaubte sie, das schwarze Haar aufblitzen zu sehen, die Züge der Nacht in ihrem Gesicht, aber wenn sie die Augen zusammenkniff, um sich auf das Bild zu konzentrieren, wurde alles nur verschwommener.

»Ich bin eine Hexe, ich zaubere, das war schon immer so, das ist nun einmal unsere Aufgabe und unser Talent.«

»Dann bist du keine gute Hexe?«

»Kind, es gibt keine guten Hexen, wer hat dir das nur erzählt?« Serpem setzte sich wieder an den Tisch und streckte die Hand aus, der Knauf des Schwerts wurde wärmer, bis er sich wie Feuer anfühlte. Vor Schreck ließ Vela es fallen, aber es berührte nicht den Boden, schwebte einfach über die Dielen zu Serpem, die es mühelos mit einer Hand ergriff und auf den Tisch legte.

»Wirklich gut ist man nur, wenn man etwas für andere tut. Das tue ich nicht. Ich strebe nach Dingen, die ich will. Aber macht mich das gleich zu einem schlechten Menschen?«

Mit hängenden Armen stand Vela vor ihr und wusste nichts zu sagen. Die Furcht ließ sie kaum atmen, dennoch konnte sie nicht weglaufen. Vielleicht hatte die Hexe sie auch verzaubert.

»Setz dich, Vela.«

Sie nahm auf der anderen Seite des liegenden Schwerts Platz. Eine weitere Handbewegung von Serpem, und eine dampfende Tasse Tee stand vor ihr. Misstrauisch sah Vela darauf.

»Du kannst ruhig daraus trinken. Wenn ich euch etwas antun wollte, wäre das längst passiert.«

»Kannst du alles so einfach herbeizaubern?«

»Nicht alles, aber vieles.«

Vela überlegte. »Könntest du auch den Königsschlüssel zurückholen?«

Es dauerte eine Weile, bis Serpem antwortete. Sie verschränkte die Arme, und wieder hatte Vela das Gefühl, im Schein des goldenen Haares würden sich schwarze Strähnen bewegen.

»Das nicht.«

»Warum nicht?«

Die Hexe musterte sie intensiv, dann lächelte sie und sagte: »Nun, das möchtest du gern wissen, nicht wahr? Du möchtest überhaupt eine Menge Dinge wissen.« Sie tippte sich mit dem Zeigefinger gegen die Lippen. »Aber was habe ich davon, wenn ich dir mein ganzes Wissen preisgebe? Ich habe ja schließlich nichts zu verschenken, oder?«

»Ich weiß nicht.« Vela blickte unsicher zu Serpem. Viel Geld hatte sie nicht – ob es reichte, um eine Hexe zu bezahlen? »Wie viele Münzen willst du denn für dein Wissen?«

Serpem lachte. »Aber ich will doch kein Geld von dir. Nein, was soll ich damit anfangen, hier mitten im Wald? Geld ist für mich uninteressant.«

»Was willst du dann?«

»Das kommt darauf an, was du bereit bist zu geben.«

»Zu geben?«

Sie nickte. »Ja. Deine Gabe ist für mich nur interessant, wenn sie dir auch etwas bedeutet.«

Velas Blick glitt zur Tür, hinter der der Setzkasten mit den

Körperteilen hing. Serpem wollte doch nicht etwa einen Zehennagel oder gar einen ganzen Finger von ihr?

Panisch schloss sie die Hände zu Fäusten und legte sie in den Schoß. Hatten die früheren Besitzer der Ohren vielleicht ihre Körperteile verloren, weil sie Geschäfte mit der Hexe gemacht hatten? Doch keine Unfälle, wie sie behauptet hatte? Vela stellte sich vor, wie Serpem ihr mit einem Küchenmesser den kleinen Finger abhackte, ganz beiläufig, als gehörte er in eine Suppe, und ihr wurde flau im Magen.

»Nun, kleine Vela, was ist?«

Sie dachte an ihren Vater. Würde er sich den kleinen Finger für sie abschneiden lassen? Als Königsmechaniker brauchte er zehn Finger, und er lebte schon so lange nicht mehr im Dorf, dass er sie vielleicht gar nicht mehr so liebte wie in den Tagen, als sie noch ganz klein gewesen war und er sie auf seinen Schultern durch die Felder getragen hatte …

Aber dann erinnerte sie sich daran, wie ihre Mutter immer sagte, wenigstens würde er Vela lieben, wenn er schon nicht zum Ehemann taugte, und das bedeutete vielleicht, dass er sich doch den kleinen Finger für sie abschneiden lassen würde.

Zögerlich nickte sie, obwohl sie nicht recht wusste, wozu sie zustimmte, aber da stand Serpem auch schon auf und nahm eine lange Schere aus der Kommode. Die beiden Schneiden blitzten im Kerzenlicht auf, als Serpem sie Vela reichte. Dann stellte sie ein leeres Glas vor sie hin und sagte: »Da hinein.«

»Und … was … ich meine …« Velas Stimme zitterte, sie konnte den Blick nicht von der Schere abwenden.

»Deine Haare.«

»Haare?«

»Was dachtest du denn? Deine Ohren?« Serpem lachte laut.

»Na hör mal, die Gabe muss immer auch im Verhältnis zu dem stehen, was du von mir verlangst. Ich glaube nicht, dass ein Ohr gerechtfertigt wäre.«

Was musste jemand verlangen, der sich dafür ein Ohr abschnitt? Einen Liebestrank?

Erleichterung erfasste Vela, fast hätte sie schrill losgelacht. Obwohl sie an ihren Haaren hing, hing sie an ihrem Finger doch mehr. Haare konnten wieder wachsen, Finger nicht. Trotzdem betastete sie mit Bedauern die Strähnen, die ihr auf der Schulter lagen. Obwohl Cephei gesagt hatte, es wären Muthhaare, so waren es doch ihre.

Ohne jedoch länger darüber nachzudenken, setzte sie die Schere an und durchtrennte die erste Strähne im Nacken. Vier weitere folgten, und nacheinander fielen die schweren Büschel in das Glas, bis Vela so kurze Haare hatte wie Cephei.

»Reicht das?«

»Aber ja.« Serpem verschloss das Glas und stellte es in den Schrank zurück.

Wer wusste schon, was sie damit anstellen würde? Vielleicht braute sie einen gefährlichen Trank aus ihnen, obwohl sich Vela nicht vorstellen konnte, welcher Trank ihre Haare benötigte. Unsicher strich sie mit der Hand über den plötzlich freien Nacken, an dem es unangenehm kühl zog. Der Kopf wollte ihr ohne das Gewicht der Haare nach vorne fallen.

»Wirst du mir nun sagen, was ich wissen muss?«

Serpem seufzte. »Ein Geschäft ist ein Geschäft. Also hör gut zu, kleine Vela, und vergiss es nicht. Der Klippengeier fliegt zu seiner Herrin, der Herrin der Südlichen Feste. Ihr Name ist Aniba. Sie ist eine mächtige Hexe, die ganz am südlichen Rand des Reiches lebt, hinter dem Rauschwald und noch weiter über den großen Fluss. Kaum jemand wagt sich mehr in ihre Nähe, es gibt nur wenige Dörfer in dieser Gegend. Die meisten Menschen sind von dort weggezogen, obwohl es am südlichen Ende schön warm ist. Dieser Herrin gehorchen die Klippengeier, deshalb weiß ich, dass es ihr Vogel war, auch ohne den Raub gesehen zu haben. In ihrem Reich habe ich keinen Einfluss. Sie würde es sofort merken, wenn ich versuchte, bei ihr einzudringen.«

Vela beugte sich vor, die Aufregung ließ ihren ganzen Körper zittern. Den Namen hatte sie noch nie gehört. »Aber der König würde nie zulassen, dass eine Hexe in seinem Reich solche Macht hat.«

Ungehalten winkte Serpem ab. »Der König hat ordentliche Arbeit geleistet, was uns Hexen betrifft, aber der südliche Rand ist weit weg, Vela. Sie hat sich nicht ohne Grund dort niedergelassen; die Männer des Königs kommen selten bis dorthin. Und es müssten einige Männer sein, die eine mächtige Hexe wie sie einfangen wollten.«

»Aber warum hat sie den Schlüssel überhaupt gestohlen?«

»Das weiß ich nicht, sie teilt sich mir nicht mit.« Serpem klang verärgert. »Aber ich kann dich nur warnen: Du solltest nicht die Dummheit begehen, in ihre Feste einzudringen. Was sich die Herrin der Südlichen Feste einmal erobert hat, das gibt sie nicht wieder her.

Viele Jahre hat sie einen Kampf gegen den früheren Herren der Burg geführt, einen mächtigen Zauberer, weil sie in genau dieser Burg leben wollte und nirgendwo sonst. Nacht für Nacht hat sie ihn mit Trugbildern traktiert, hat ihm den Schlaf geraubt, und das nicht im übertragenen Sinn, und ihn schließlich mit dem angesammelten Schlaf von Jahren überschwemmt, so dass er sich für immer zwischen Hunderten von Albträumen verirrte und nie wieder zu seiner Burg zurückfand. Und auch für jeden anderen ist sie kaum aufzufinden, sie ist durch Hexerei und eine dunkle Aura geschützt. Ihr tätet also gut daran, euer Vorhaben aufzugeben und umzukehren. Ihr könnt nicht gewinnen, so viel steht fest.«

Die Worte erschütterten Vela, sie sank in sich zusammen und starrte auf ihre Füße, als könnte das irgendetwas ändern. Wie sollten sie gegen sie ankommen, wenn ihre Kräfte wirklich so mächtig waren, wie Serpem behauptete? Nicht einmal die Ritter könnten da etwas ausrichten. Kein Wunder, dass der König Hexerei hatte verbieten lassen.

»Aber ich kann nicht aufgeben, alles hängt von mir ab.«

»Du wirst es nicht schaffen.« Serpem klang ruhig, es schien ihr vollkommen gleichgültig zu sein, was mit Vela passierte oder auch mit ihrem Vater. Ihr Blick ruhte auf ihr wie auf einem Insekt, das sich auf einem Blatt niedergelassen hatte und das man beobachten konnte, bis es endlich weiterflog.

»Ich muss.« Vela stand auf.

»Ich könnte euch etwas mitgeben, das euch den Weg zeigt«, sagte Serpem auf einmal in ihrem Rücken, und Vela drehte sich um.

»Und was muss ich dir dafür geben?«

»Nichts weiter. Außer«, sie machte eine kleine Pause, »vielleicht ein bisschen von deinem Blut.«

»Auf keinen Fall!«

»Keine Angst, Vela, nur ein paar Tropfen, ich brauche es nicht eimerweise.«

»Was hast du damit vor?«, fragte Vela misstrauisch, aber Serpem machte nur eine unbestimmte Geste in Richtung Kochtöpfe, aus der Vela nicht schlau wurde. Wollte sie damit kochen? Ihr

Blut unter die Speisen mischen? Bei dem Gedanken wurde ihr übel.

»Du musst ja nicht – niemand zwingt dich, etwas zu tun, das du nicht willst. Dein Blut nützt mir nur, wenn du es freiwillig hergibst. Was ist also, möchtest du, dass ich dir helfe?«

Vela dachte nach. Eigentlich war der Umgang mit Hexen verboten, aber wenn sie eine Hexe mit der Hilfe einer anderen fand, musste sie sich wohl oder übel darauf einlassen. Außerdem hatte sie Serpem ja schon ihr Haar gegeben, was machten da noch ein paar Tropfen Blut?

Wortlos hielt sie Serpem die Hand entgegen, und mit der Scherenspitze piekste Serpem ihr in die empfindliche Stelle zwischen Daumen und Zeigefinger der linken Hand, bis Blut zu sehen war. Vela biss die Zähne zusammen, es schmerzte mehr, als sie befürchtet hatte.

Serpem nahm ein Taschentuch und betupfte die Wunde, bis sie aufhörte zu bluten und das Taschentuch einen münzgroßen roten Fleck aufwies. Das Tuch legte sie zu Velas Haaren in den Schrank.

»Ach, ich habe eine Schwäche für aussichtslose Fälle«, sagte die Hexe gut gelaunt. »Sieh dir nur Morvan an! Der wird nie die Finger von den Honigtöpfen lassen können, ganz gleich, wie sehr ihn die Bienen stechen.«

Serpem berührte mit den Fingerspitzen Velas Stirn, und auf einmal spürte Vela ein kurzes heißes Brennen um ihren Nabel. Doch so plötzlich der Schmerz gekommen war, so schnell verschwand er auch wieder.

Hastig zog Vela das Hemd nach oben und blickte an sich herunter. Neben ihrem Nabel befand sich ein roter Fleck in der Form einer Hühnerkralle, der zuvor nicht da gewesen war.

Ein Hexenmal!

Jetzt war sie für immer gezeichnet, und jeder, der dieses Mal sah, würde wissen, dass sie sich mit einer Hexe eingelassen hatte. Panisch sah Vela Serpem an, die sie durch halb geschlossene Lider betrachtete.

»Leg dich jetzt noch ein bisschen hin, Vela, die Nacht ist noch nicht vorbei. Morgen werde ich dir geben, was ich versprochen habe.«

Morgen erst? Immer wieder nahm Serpem und vertröstete sie mit der Gegenleistung auf später. Das war also der Grund, warum man mit Hexen keine Geschäfte machte: Sie hielten sich nie an das, was ausgemacht war.

Zitternd vor Wut und doch viel zu erschöpft, um zu protestieren, gehorchte Vela, aber einschlafen konnte sie nicht. Sie fühlte sich ausgelaugt und schwach, als hätte sie viel mehr als nur ein paar Tropfen Blut verloren. Ihre Hand lag auf dem Hexenmal, das ihr wärmer erschien als der Rest ihres Körpers.

Als sie zu Hause losgefahren war, hatte sie noch geglaubt, ihr einziges Problem wären ihre Eltern mit ihrem Wunsch, dass sie Turmwächterin werden solle. Jetzt schien das vollkommen unbedeutend zu sein. Ihre ganze Welt hatte sich innerhalb eines Tages und weniger Stunden auf den Kopf gedreht, und Vela befürchtete, dass sie sich nicht so einfach wieder auf die Füße stellen ließ. Nicht mal, wenn das alles gut ausgehen würde.

Sie starrte an die dunkle Decke. Wenn sie am nächsten Tag den beiden anderen erzählte, was sie erfahren hatte, wollten sie vielleicht gar nicht mehr mit ihr gehen. Diese Vorstellung ängstigte sie so sehr, dass sie nicht mehr atmen konnte, doch dann holte sie schnaubend Luft und spürte auch ihren Herzschlag wieder. Sie könnte es den anderen nicht verdenken, wenn sie umkehren wollten, aber sie hoffte, dass sie weiterhin an ihrer Seite blieben. Sogar Cephei.

Doch konnte sie ihnen die Sache mit der Hexe wirklich verschweigen? Was würde aus ihrem Vater werden, wenn sie ihnen die Wahrheit berichtete? Dass sie gegen eine mächtige, scheinbar unbesiegbare und böse Hexe in den Kampf zogen, und Urs und Cephei beschlossen plötzlich, sie allein zu lassen? War es denn überhaupt eine Lüge, wenn sie etwas verschwieg?

Unruhig wälzte sich Vela hin und her.

ZWEI RAUMGEISTER

Am nächsten Morgen wurden sie von Morvan geweckt – er zog ihnen einfach die Decken weg und setzte sie so der morgendlichen Kälte aus. Für einen Elfen besaß er wirklich ein ausgesprochen unfreundliches Wesen. Dabei sang er: »O jauchzet, frohlocket, der Tag ist daaaha …«, was ein bisschen so klang, als wäre man einer Katze auf den Schwanz getreten.

Vela fühlte sich völlig zerschlagen, weil sie so schlecht geschlafen hatte. Zu allem Überfluss saßen Urs und Cephei mit offenen Mündern auf ihren Lagern und starrten sie an.

»Was ist denn mit deinem Haar passiert?«, brachte Cephei schließlich heraus.

Unsicher griff sich Vela wieder in den Nacken. »Ich hab's abgeschnitten.«

»In der Nacht?«

Sie zuckte mit den Schultern.

»Warum denn nur?«

»Darum eben.« Schnell stand sie auf, um sich in die Küche zu verdrücken. Sollten die beiden doch denken, was sie wollten, sie würde sicher nicht erzählen, was gestern Nacht passiert war. Zumindest nicht vor dem Frühstück.

Als sie in die Küche kam, stand Serpem schon wieder am Herd und kochte. Vom Hasen war keine Spur mehr zu sehen, und erneut standen Teller und Essen bereit. Die Nacht war aus Serpems Gesicht und ihrer Küche verschwunden.

Urs und Cephei stolperten gähnend in die Küche, warfen Vela fragende Blicke zu und steckten dann die Köpfe zusammen, um zu flüstern. Vela sah nur, wie Cephei den Finger hob und sich an die Schläfe tippte, während er einen Blick auf sie warf. Offenbar dachten sie, sie hätte in der Nacht mal eben den Verstand verloren, weil sie sich die Haare abgeschnitten hatte.

Doch kurz darauf hatten sie Vela schon wieder vergessen und verfolgten erneut jede Bewegung der Hexe, deren Haar in der Sonne glänzte und die gut gelaunt fragte: »Wie waren eure Träume?«

Missmutig setzte sich Vela an den Tisch, aß lustlos von dem süßen Getreidebrei und brach sich beiläufig und ohne Appetit ein Stück Fladen ab. Die beiden anderen schienen dagegen bester Laune zu sein, lachend schlangen sie das Essen herunter und scherzten mit vollem Mund mit Serpem und Morvan, der kaum darauf einging und stattdessen Vela beobachtete. Es schien, als hätten Urs und Cephei vollkommen vergessen, warum sie eigentlich unterwegs waren. Dabei waren sie doch gestern ebenfalls hier gewesen, als Serpem erzählt hatte, der Klippengeier gehöre jemandem. Aber sie fragten mit keinem Wort danach. Nach dem Frühstück packten Urs und Cephei ihre Sachen, während Serpem Vela in der Küche zurückhielt. Sie ging zu einem Schrank aus Eichenholz und öffnete ihn. Darin lagen mehrere Kisten, Kästchen und Schatullen, eckige und runde, flache und hohe, manche mit Schlössern, andere waren mit Bändern aus schwarzem Leder oder Silberfäden verschnürt.

Die Hexe griff nach einer blauen Kiste, hob den Deckel, und auf getrocknetem Gras lagen zwei Gestalten, nicht größer als Velas Hand und so schmal wie Tannenzweige. Trotzdem sahen sie einigermaßen menschlich aus. Es war aber nicht zu erkennen, ob sie männlich oder weiblich waren, ihre Körper wirkten irgendwie flüssig, die Oberfläche bewegte sich, als würden sich

Muster verändern. Eine Gestalt war gelb und rot, und die Farben verliefen wie Feuerzungen. Das Muster erinnerte Vela an das große Schmiedefeuer. Die andere besaß einen weißblauen Farbton, der sich in Strudeln über die Oberfläche bewegte.

Die Wesen hoben die Köpfe und drehten sich zu Serpem, wütend schüttelten sie ihre kleinen Fäuste, und die sich windenden Farbmuster in ihren Gesichtern, dort, wo der Mund hätte sein müssen, pulsierten wie in lautlosen Schreien.

»Das sind Raumgeister. Sie stehen unter einem Zauber, so dass sie sichtbar sind. Du findest Raumgeister überall, sie sind Teil der Landschaft, die uns umgibt. Dieser eine da«, sie deutete auf den roten, »gehört ins Land der Südlichen Feste, wo es so heiß werden kann wie am Rand eines großen Lagerfeuers. Der andere, der blaue, gehört in die Hütte eines Trolls inmitten der Froststeppe des Nordens. Sie wollen beide nichts anderes, als in ihre Heimat zurückzukehren, an den Ort, mit dem sie verbunden sind, und kein Zauber kann sie in die Irre führen. Wenn du sie herauslässt, werden sie euch den Weg zeigen. Zuerst in die eine Richtung, und dann den Weg nach Hause. Vorausgesetzt, ihr kommt wieder nach Hause.«

»Danke«, sagte Vela, als sie nach der Kiste mit den Geistern griff. Das Hexenmal begann erneut zu glühen, aber auch dieses Mal hörte der Schmerz gleich wieder auf. Sie konnte der Hexe nicht in die Augen sehen. Deshalb drehte sie sich weg und ging zurück zu den anderen.

Bei der Verabschiedung hätte Vela Urs und Cephei gern mit einem Nudelholz über die Köpfe gehauen.

»Ja … also …«, stammelte der Bär – und »… ich wollte nur …«, stotterte Cephei. Dann sagten sie gleichzeitig »Danke« und lachten blöd, während sie Serpem nicht aus den Augen ließen. Vela schob sie in Richtung Leiter und drängte sie zum Abstieg.

Nachdem Urs endlich den Boden erreicht hatte und sehnsüchtig nach oben schaute, drehte sich Vela noch einmal zu Serpem um. Es gab so viele Fragen, die sie gern gestellt hätte, aber sie traute sich nicht. Über den Rauschwald und diese Aniba, aber sie hatte Angst, Serpem würde noch mehr Gegenleistungen erwarten, deshalb hielt sie lieber den Mund.

Serpem schien trotzdem zu wissen, was in ihrem Kopf vorging, sie lächelte und schien sich bestens zu amüsieren. Das ärgerte Vela.

»Leb wohl«, sagte sie kalt und nickte, dann folgte sie den anderen die Leiter hinunter.

Als sie fast den Boden erreicht hatte und Urs schon die Pranke ausstreckte, um ihr zu helfen, steckte Serpem noch einmal den Kopf durch die Türöffnung und rief nach ihr.

Vela sah nach oben.

»Eines Tages wirst du alles verstehen, bis dahin gib gut Acht, kleine Vela. Vielleicht sehen wir uns ja irgendwann wieder.«

Für einen Moment sahen sie sich noch in die Augen, dann verschwand Serpem, und Urs gab einen langen Seufzer von sich.

Während sich Urs und Cephei auf dem Weg noch mehrmals umdrehten und winkten, obwohl Serpem gar nicht zu sehen war, nicht einmal als Schemen am Fenster, lief Vela einfach weiter. Nie wieder wollte sie in diese grüne Augen blicken!

Noch hatten sie die Lichtung nicht verlassen, als Morvan plötzlich vor ihnen auftauchte, genau wie am Tag zuvor. Er erschien einfach und ließ die Luft flimmern. »Wolltet ihr gehen, ohne euch von mir zu verabschieden? Bei uns zu Hause gilt das aber als unhöflich.« Er schnalzte mit der Zunge. »Hinter der

Lichtung werdet ihr auf einen Pfad treffen. Folgt ihm, er wird euch an den Rand des Rauschwalds führen.«

»Wirst du eines Tages zu ihnen zurückgehen? Den Elfen, meine ich«, wollte Vela wissen, worauf er nachdenklich die Stirn kraus zog.

»Eines Tages. Vielleicht. Aber jetzt gefällt es mir hier ganz gut, ich habe alles, was ich brauche.«

»Aber fehlt es dir nicht manchmal? Dein Zuhause, meine ich.«

Morvan zuckte mit den Schultern. »Nur weil man sein Zuhause vermisst, heißt das doch nicht, dass man auch zurückkehren sollte, oder? Wahrscheinlich würde ich das hier«, er deutete über ihre Schulter auf das Hexenhaus, »genauso vermissen, wenn ich fortgehen würde. Seltsam, wenn man dort ist, will man unbedingt weg, und wenn man weg ist, will man wieder hin.«

Vela nickte, es war verwirrend. Cephei und Urs verabschiedeten sich von Morvan und schlenderten langsam in den Wald hinein. Vela blickte noch einmal zum Haus auf dem Vogelfuß zurück, aber Serpem war nicht zu sehen. »Hat sie sie verzaubert? Urs und Cephei?«

»Nicht so, wie du es meinst, kleine Vela.«

Einen Moment lang sahen sie einander an, dann fragte sie: »Du weißt, was sie macht – nachts. Ich meine, du …«

»Ja«, unterbrach er sie. »Ich weiß, was sie ist und was sie tut.«

»Macht es dir keine Angst?«

»Nein. Weißt du, verglichen mit den anderen Elfen bin ich tatsächlich anders. Ich habe Freude an anderen Dingen. Dinge, die nicht so sind, wie sie sein sollen. Ich mag mich. So, wie ich bin. Und bei Serpem kann ich es sein. Deshalb bin ich bei Serpem.«

Vela wusste nicht, was sie darauf antworten sollte, noch immer gingen ihr viele Fragen durch den Kopf. Eine blieb so hartnäckig, dass sie herausmusste: »War es Zufall, dass wir hier entlanggekommen sind? Der Wald ist groß und vielleicht …«

Morvan lächelte. »Gleichgültig, wie unterschiedlich Hexen auch sein mögen, eines haben sie alle gemeinsam: Sie glauben nicht an Zufälle. Egal, was sie dir auch jemals erzählen werden, nichts passiert bei ihnen zufällig. Wenn sie wollen, dass du sie siehst, dann siehst du sie, wenn sie gewinnen wollen, dann gewinnen sie.« Er beugte sich ein wenig nach hinten und verschränkte die Finger hinter dem Rücken. »Und wenn sie verlieren wollen, verlieren sie. Merk dir das, meine Schöne, und vergiss es nicht.«

»Aber wenn sie so mächtig sind, wie konnte der König dann das Land von ihnen befreien?«

»Wer sagt denn, dass er das hat?« Noch einmal lachte Morvan, wobei sich Grübchen in seine pausbäckigen Wangen gruben, dann löste er sich vor ihren Augen auf, verschmolz einfach mit dem Wald, und sie hörte nur noch sein leises Pfeifen, das sich immer weiter entfernte.

Schnell rannte Vela Urs und Cephei nach, die von Serpems Gastfreundschaft schwärmten, von den funkelnden Augen, dem schönen Lächeln und dem goldenen Haar. Urs begeisterte sich für Serpems Gang, der so leicht sei, als würde sie schweben, und Vela verschluckte sich fast. Es war gut, dass sie dem schmalen Trampelpfad folgten, von dem Morvan gesprochen hatte. So musste Urs wenigstens nicht auf den Weg achten.

Cephei ernannte die Hexe kurzerhand zur schönsten Frau der Welt. »Noch viel schöner als die Schlüsselkönigin, jawohl!«

»Sie bleibt trotzdem eine Hexe«, warf Vela ein.

»Du bist doch bloß eifersüchtig, weil dein Haar aussieht wie das Fell eines Muths«, erwiderte Cephei und lachte. »Wie eines Muths, wenn es Sommerfell kriegt. Kurz.«

Danach sprachen sie eine Weile nicht mehr miteinander, denn Vela schwieg beleidigt. In dieser Stimmung fielen ihr einfach keine Worte ein, um den anderen zu beichten, was sie von Serpem erfahren hatte. Cephei machte es ihr manchmal wirklich schwer – und Urs hatte noch immer nicht mit dem Schwärmen aufgehört.

Als sie eine gute Stunde unterwegs waren, griff sich der Bär plötzlich an den Kopf. Er schüttelte sich, hustete und ließ ein Schnauben hören, das wie ein trockenes Niesen klang. Er musste stehen bleiben und sah mit zusammengekniffenen Augen über die Schulter zurück, doch da war nichts außer Bäumen und Sträuchern.

»Die Hexe …«, stammelte er.

»Was ist mit Serpem?« Vela wartete auf das nächste Loblied.

»Da waren Körperteile …«

Irritiert beobachtete sie, wie Urs vor sich hin murmelte, zwei Schritte vorwärts machte und dann wieder stehen blieb. Noch einmal schüttelte er sich wie ein nasser Hund, der das Wasser in seinem Fell loswerden wollte.

»Ein Elf … und viele Töpfe … das Essen …«

Auch Cephei blieb jetzt stehen und griff sich an den Kopf, hustete und nieste. »Wir haben dort gegessen …«, keuchte er.

»Na, das fällt euch ja zeitig auf.«

»Man soll bei Hexen nichts essen.« Cephei klang fast panisch.

»Warum habt ihr es dann getan?« Vela hob die Arme, während er sie verwirrt ansah.

»Keine Ahnung.«

»Ihr habt euch bestens mit Serpem unterhalten. Gelacht. Habt ihr eure Hände hingehalten, damit sie euch die Zukunft voraussagt.«

Erschrocken sahen die beiden sie an. »Das ist nicht wahr«, protestierte Cephei, und Vela sah ihn mit hochgezogener Augenbraue an. »Ich kann mich gar nicht erinnern …«

Urs kratzte sich am Kopf. »Das ist alles so verschwommen.«

»Ich wusste es!« Vela stieß die Faust in die Hand. »Sie hat euch verhext.«

»Verhext? Bei der dreischwänzigen Katze!«, rief Cephei.

»Aber warum hat sie dich dann nicht verhext?«

Diese Frage konnte Vela nicht beantworten. Vielleicht hatte Serpem geglaubt, dass Vela keine Gefahr war, oder sie hatte von Anfang an gehofft, Vela zu einem Hexenhandel zu bewegen. Vielleicht wirkte dieser Zauber aber auch einfach nicht auf Mädchen und Frauen.

Cephei musterte sie misstrauisch. »Was ist mit deinen Haaren passiert?«

»Das hast du schon gefragt.«

»Wirklich?«

»Ja. Bei der Hexe.«

»Und? Was hast du geantwortet?«

Warum war der Kerl nur so hartnäckig?, fragte sich Vela. Warum ließ er es nicht einfach auf sich beruhen? Er musste doch merken, dass sie nicht darüber reden wollte. »Ich hab gesagt, dass ich sie abgeschnitten hab.«

»Das sehe ich! Aber warum?«

»Darum.«

»Dann warst du also auch verhext?«

»Nein. Ich …« Warum sollte sie das nicht einfach behaupten? Das würde als Erklärung genügen, aber sie wollte partout keine Verbindung zwischen Serpem und ihren Haaren herstellen. »Ich wollte sie loswerden, sie stören nur auf der Reise. Ständig bleibe ich in den Ästen hängen, das ist unangenehm. Kurz ist es viel praktischer.«

Langsam nickte Cephei. Er schien ihr zu glauben oder hielt ihre Haare inzwischen für nebensächlich. »Und was machen wir jetzt?«

»Was sollen wir schon machen? Wir gehen weiter. Ihr habt ja noch alle eure Gliedmaßen und gefüllte Bäuche.« Manchmal verstand Vela ihn wirklich nicht.

Urs rührte sich aus seiner Starre und lief langsam weiter. »Meinst du wirklich?«

Sie nickte nachdrücklich.

»Dann können wir ja froh sein, dass wir noch am Leben sind«, flüsterte Cephei. »Und sollten schleunigst verschwinden. Ab jetzt machen wir einen großen Bogen um Hexen! Ich will nicht noch mal verhext werden. Wer weiß, was wir dann machen. Beim kleinsten Anzeichen für eine Hexe hauen wir ab.«

Urs nickte, und die beiden stiefelten entschlossen weiter, während Vela ihnen in kurzem Abstand folgte und überlegte, wie sie ihnen möglichst schonend von Aniba erzählen konnte …

UNTER FREIEM HIMMEL

Drei Tage später erreichten sie das Ende des Waldes. Es war später Vormittag, als sie seinen Schatten verließen, und die Sonne leuchtete so hell, dass sie eine Weile unter den letzten Bäumen rasten mussten, bis sich ihre Augen langsam an das Licht gewöhnt hatten. Dann traten sie hinaus. Cephei kniff die Augen noch immer ein wenig zusammen, die Sonne war einfach zu grell.

»Sieht gar nicht so viel anders aus als bei uns«, staunte Vela, als sie die weite Ebene vor sich sah, auf der sich nur hin und wieder ein Hügel erhob. Am Waldrand führte eine befestigte Straße nach Osten und Westen, die der auf der anderen Seite ähnelte. Ein gutes Stück westlich entdeckten sie eine richtige Straße, die fast schnurgerade nach Süden führte, direkt auf ein Dorf zu, das sie in einiger Entfernung sehen konnten. Gut sichtbar erhob es sich auf einem Hügel.

Während sie auf die Straße zugingen, deutete Cephei auf eine dunkle, tief hängende Wolke am Horizont, die ihm nicht gefallen wollte. »Ich hoffe, die kommt nicht auf uns zu, sonst sehen wir bald aus wie durchgeweichte Ratten. Warst du schon mal in dem Dorf, Urs?«

»Einmal, ja. Es sind arme Leute, die dort leben, aber freundliche. Unsere Wasservorräte können wir dort sicher auffüllen und auch wieder etwas Vernünftiges essen. Und vielleicht sollten wir uns eine Übernachtung leisten.«

Cephei nickte versonnen. Das Wetter war herrlich, und er hatte schon öfter auf hartem Boden geschlafen. Trotzdem erschienen ihm ein richtiges Bett und eine warme Mahlzeit in einem Wirtshaus verlockend.

»Aber woher wissen wir, dass wir dieser Straße folgen müssen?«, fragte er, als sie die Abzweigung erreicht hatten. »Vielleicht müssen wir noch ein Stück den Waldrand entlanggehen.«

Urs kratzte sich am Kopf. »Keine Ahnung, wohin die andere Straße führt. Ich denke, wenn wir bis zu dem Dorf gehen, können wir die Leute dort nach dem Schlüssel und dem Vogel fragen.«

»Wartet.« Vela kaute auf der Unterlippe und sah zwischen den Straßen hin und her, dann setzte sie den Rucksack ab und holte eine Kiste hervor, die Cephei noch nie bei ihr gesehen hatte. Als sie den Deckel anhob, sah er ihr über die Schulter und holte tief Luft.

»Was ist das denn?«

»Raumgeister.« Stockend erzählte sie, wozu sie fähig waren und dass Serpem sie ihr geschenkt hatte. Dabei zupfte sie nervös an den Fransen ihres kurzen Haars.

Ungläubig wollte Cephei wissen: »Hast du nicht gesagt, wir dürfen ihr nicht vertrauen? Und jetzt lässt du dir von ihr Geschenke machen?«

Vela vermied es, ihm in die Augen zu sehen. »Serpem hat gesagt, sie führen uns zu dem Vogel.«

»Und du glaubst ihr?«

»Das hast du schließlich auch.« Trotzig starrte sie auf den Horizont, und Cephei stupste skeptisch den roten Raumgeist an. Eine kleine Flamme wickelte sich um seinen Finger, aber an der Haut spürte er nur wenig Wärme. Der Raumgeist hob die Arme und fuchtelte mit ihnen herum, und obwohl Cephei kein Gesicht erkennen konnte, hatte er den Eindruck, dass der kleine Kerl es nicht mochte, wenn er angestupst wurde.

Wohl fühlte sich Cephei nicht, wenn er an Serpem dachte. Sie musste irgendeinen Bann auf ihn gelegt haben, denn anders konnte er es sich nicht erklären, dass er keinen einzigen Gedanken an Verteidigung oder Flucht verschwendet hatte. Dabei hatte Urs bei seinen Geschichten doch immer wieder erklärt, wie wichtig die Verteidigung in einem Kampf war! Doch dem Bären war es ja selbst nicht besser ergangen. Blindlings hatten sie Serpem gehorcht. Cephei schauderte, wenn er daran dachte.

Vela nahm den Bindfaden, der ihre Schlafdecke zusammenhielt, und band ihn dem Raumgeist um den Bauch, der sich in ihrer Hand wand wie ein Wurm, aber nicht entkam. Vorsichtig setzte sie ihn auf die Straße und wartete, wohin er laufen würde. »Komm, geh heim«, forderte sie ihn auf.

»Du meinst, das klappt wirklich?«, fragte Cephei, doch bevor sie etwas erwidern konnte, lief der Geist auch schon los. Es sah lustig aus. Mit kleinen, schnellen Schritten nahm er ohne zu überlegen den Weg nach Südosten. Dabei setzte er die Füße so rasch voreinander, dass er fast so schnell war wie Vela, obwohl er zehn Schritte machen musste, wo sie nur einen tat, und sein Kopf wackelte beständig hin und her. Cephei musste lachen.

»Siehst du, es klappt.«

»Aber wieso führt uns der Geist zum Königsschlüssel?«, bohrte Cephei nach.

»Weil Serpem es gesagt hat.«

»Das ist doch keine Antwort, Vela. Woher wissen wir, dass sie nicht lügt?« Velas Verhalten gefiel ihm nicht. Wieso glaubte sie Serpem auf einmal?

»Wir wissen es nicht, aber die Richtung stimmt ungefähr, und einen besseren Hinweis haben wir nicht«, beendete Urs die Diskussion.

Vela holte den Raumgeist mit der Leine heran. Er zappelte und wehrte sich wie ein junger Hund und versuchte weiterzulaufen. Doch sie hob ihn einfach hoch und setzte ihn wieder in die kleine Kiste, die sie im Rucksack verstaute. Dabei fiel Cephei auf, dass sie eine winzige Wunde zwischen Daumen und Zeigefinger hatte. Als sie seinen Blick bemerkte, zog sie rasch den Hemdsärmel darüber und schaute ihn finster an.

Dieser Gewitterausdruck auf ihrem Gesicht verschwand auch in den nächsten Stunden nicht, und immer, wenn Cephei sie ansprach, zuckte sie zusammen, als wäre sie meilenweit mit ihren Gedanken entfernt.

Nur selten trafen sie auf der Straße Menschen, drei Bauern, einen fahrenden Händler, einen Handwerker auf Arbeitssuche und eine Gruppe Abenteurer. Diese behaupteten, vor gar nicht langer Zeit einen riesigen Vogel gesehen zu haben, der weiter nach Süden geflogen war.

Sie folgten der Straße nach Süden, wo noch immer die dunkle Wolke über dem Horizont hing. Das gefiel Cephei nicht, aber er ließ sich sein Unbehagen nicht anmerken, sondern befragte Urs zu all den Rittern, von denen er am Vorabend erzählt hatte, und bat ihn um weitere Abenteuer. Außerdem ließ er sich bei jeder Rast das Fechten beibringen, während Vela im Gras hockte und vor sich hin brütete. Ihre Stimmung war nicht besser geworden, seit sie den Wald verlassen hatten. Vielleicht dachte sie wieder an ihren Vater, vermutete Cephei.

»Irgendwann wirst du froh über meine Hilfe sein«, behauptete er Urs gegenüber, als sie sich mit Stöcken duellierten, und der Bär ihm die eine oder andere Finte erklärte. Er ließ Cephei immer wieder dieselben Hiebe wiederholen.

»Nutze immer deine Vorteile. Du bist nicht stark, also versuch nicht, mich mit Kraft zu besiegen, sondern sei schnell und flink. Mach dich klein, biete keine Angriffsfläche und schlag blitzschnell zu. Immer wieder!«

Cephei nickte und duckte sich, rollte ab, tauchte unter Urs' Hieben hindurch, verhedderte sich mit dem Stock im Gebüsch und ließ ihn fallen. Dann packte er ihn so fest, dass seine Knöchel weiß hervortraten.

»Halt ihn nicht so verkrampft! Schön locker«, lächelte Urs und traf ihn an der Schulter. Aber Cephei ließ den Stock nicht fallen, diesmal nicht. Er schlug zu, rechts und links, von oben und unten, gegen das Knie des Bären. Und endlich traf er ihn einmal!

»Ha!« Schwer atmend ließ er sich auf den Hintern fallen und grinste Urs im Sitzen an.

Der lachte und nickte. »Gut! Sehr gut! Es ist immer besser, einen tapferen Waffenbruder an seiner Seite zu haben, oder wenigstens einen fähigen Knappen.«

Cephei war stolz auf diese Worte und ertrug die blauen Flecken und Striemen, die das Üben mit sich brachte, ohne viel zu jammern.

Nicht weit entfernt von dem Dorf auf dem Hügel machte Cephei, der für eine Weile vorausging, dann einen unheimlichen Fund.

Am Wegrand war das Gras der angrenzenden Wiese versengt, der Boden aufgewühlt. Ein paar Knochen lagen in der Sonne und bleichten vor sich hin. Fast alle waren zerbrochen oder irgendwie geschmolzen. Vorsichtig ging er näher heran, und Urs schloss auf, drängte sich an ihm vorbei.

Der Bär kniete sich hin und untersuchte die Stelle gründlich. »Die Knochen liegen noch nicht lange dort, ein paar Tage vielleicht. Sie gehören einem größeren Tier oder Menschen. Wenn ich die Spuren richtig deute, dann hat hier ein Kampf stattgefunden. Aber zwischen wem und warum, kann ich nicht sagen. Es führt keine Fährte hin, die Kämpfer müssen sich beide oder alle auf der Straße herbegeben haben. Dort halten sich keine Fußabdrücke.«

»Oder durch die Luft«, unterbrach ihn Cephei, der sich zwei Schritte weiter gebückt hatte und eine große schwarze Feder aufhob, auf der sich Blutflecken befanden. Urs nickte, und Vela erbleichte.

»In der Luft und auf der Straße? Welches Tier läuft denn auf der Straße?«, fragte sie leise.

Urs sah sie an und schüttelte den Kopf. »Ich weiß es nicht. Vielleicht eine Kuh, die von einem Bauer geführt wird.«

»Aber die meisten Bauern, die wir getroffen haben, hatten keine Tiere bei sich«, warf Cephei ein und verstummte dann. Also lagen hier wahrscheinlich die Knochen eines Menschen. Cephei schauderte, aber er musste sie einfach anstarren. Das da drüben könnte der Oberschenkelknochen eines großen Mannes gewesen sein. Er konnte den Blick nicht abwenden.

»Aber müssten dann hier nicht Kleidungsstücke, ein Rucksack oder andere Dinge liegen, die so ein Vogel nicht frisst?«, fragte Vela hoffnungsvoll. Urs sah sie an, als denke er kurz darüber nach, sie zu belügen. Dann schüttelte er den Kopf. »Die Menschen sind hier arm. Wenn sie etwas finden, das sie vielleicht noch gebrauchen können, nehmen sie es mit.«

»Auch die Kleidung eines Toten?«

»Wie gesagt, sie sind arm.« Langsam erhob sich Urs und nickte ihnen zu. »Lasst uns gehen, viel mehr gibt es hier wohl nicht zu sehen.«

Eine lange Weile schwiegen sie, bis sie den Rand des Dorfes erreichten. Auf den ersten Blick sah es aus wie jedes andere, doch als sie an den ersten Häusern vorbeigingen, merkten sie, dass eine seltsame Stille über allem lag.

Als sie eine große Scheune mit verwitterten Wänden und einem moosbedeckten Strohdach passierten, deren Tor weit offen stand, sahen sie eine verhärmte Bäuerin, die eine kleine, dürre Zicke am Strick herausführen wollte. Urs hob die Pranke zum Gruß, und einen Moment lang blickte die Frau sie mit verhuschten Augen an, doch dann verschwand sie wieder im Dunkel der Scheune. Die Zicke blökte, ließ sich aber mitzerren.

Cephei warf Urs einen erstaunten Blick zu, der nur mit der Schulter zuckte. »Griesgrämige Frauen gibt es überall.«

Doch in diesem Dorf schien es besonders viele zu geben, auch griesgrämige Männer und Kinder. Jeder Dorfbewohner, den sie sahen, musterte sie misstrauisch und blickte schnell weg. Manche spuckten aus, andere pfiffen nach ihren Hunden, keiner erwiderte ihren Gruß.

»Hier gefällt es mir nicht«, flüsterte Vela und trat dichter an Urs heran. Cephei sah, wie sie unter ihrem Hemd nach dem Hammer griff.

»Irgendetwas stimmt nicht«, sagte Urs leise. »Das letzte Mal, als ich hier war, war die Stimmung ganz anders. Viel freundlicher. Sie alle waren neugierig auf Fremde.«

Schließlich erreichten sie eine kleine Schänke in der Mitte des Dorfs. Die Farbe von Tür und Festerbrettern blätterte bereits ab, doch die Wände waren frisch gestrichen, das Dach mehrmals geflickt. Zwischen Schornstein und Giebel kauerte ein großes verlassenes Vogelnest. Über dem Eingang schaukelte ein gusseisernes Schild mit drei einladenden Weinfässern.

»Hier haben wir damals gezecht, und hier sollten wir übernachten.« Urs nickte, aber Cephei war von der Idee nicht mehr so begeistert wie zu Beginn des Tages. »Nur keine Bange, ihr zwei, wir werden etwas essen, und ein Bad tut uns allen gut.«

»Was, wenn sie uns überfallen und …« Vela flüsterte ihm den Rest des Satzes ins Ohr, aber Cephei konnte sich denken, was sie sagte. Wer die Kleidung eines Toten stahl, hatte sicherlich auch keine Skrupel, eine Gruppe noch lebender Wanderer auszurauben. Cephei fühlte sich nicht wohl bei dem Gedanken, die ganze Nacht ein Auge offen zu halten. Was nützte schon ein richtiges Bett, wenn man nicht schlafen konnte?

»Ich bin ja da«, brummte Urs und schob sie zum Eingang. »Wir können heute sowieso nicht viel weiter. Wir sind müde, und in einer Stunde geht die Sonne unter. Hier haben wir die besten Aussichten auf eine warme Mahlzeit und ein richtiges Bett. Ich werde Wache halten.«

Cephei war sicher, dass Urs nur ihnen zuliebe in den Gasthof einkehrte, aber in diesem Moment wäre es ihm lieber gewesen, sie würden unter freiem Himmel übernachten.

Nacheinander betraten sie das Halbdunkel der Schänke, und sofort schlugen ihnen Stimmengewirr und Tabakrauch entgegen. Auch der Geruch von Bier lag in der Luft. Doch als die Dorfbewohner die Neuankömmlinge bemerkten, verstummten sie plötzlich.

Urs räusperte sich kurz. »Seid gegrüßt.«

Niemand erwiderte den Gruß, nicht einmal ein kurzes Nicken oder ein Lächeln wurde ihnen geschenkt, nur verkniffene, kalte Blicke. Der Bär schob Cephei und Vela in eine Ecke an einen freien Tisch, und die beiden quetschten sich auf die Bank am

Fenster, während Urs auf dem Stuhl neben ihnen Platz nahm, der bedenklich unter seinem Gewicht knarrte. Seinen Hut hängte er an die Lehne.

Cephei fand es merkwürdig, in einer Gaststube am Tisch zu sitzen und bedient zu werden. Sonst war er es gewohnt, selbst zwischen den Tischen zu stehen oder umherzulaufen. Nervös sah er sich um.

Eine ältere rotblonde Frau mit grauen Strähnen, kleinen blauen Augen und schmaler Hakennase, die eine fleckige Schürze um den Bauch gespannt hatte, trat an ihren Tisch und blickte missmutig auf sie herab. »Was wollt ihr?« Es klang, als erwarte sie eine Rechtfertigung und keine Bestellung.

Urs versuchte sie anzulächeln, ließ es aber nach wenigen Augenblicken bleiben, als sich auf dem Gesicht der Frau nichts regte. »Euer Tagesgericht, Wasser für die beiden und einen Becher Wein für mich. Außerdem ein Zimmer für die Nacht.«

Einen Moment lang sah es so aus, als würde die Frau ihnen das Gewünschte verweigern, doch dann kniff sie die Augen zusammen und starrte Urs an. »Ich kenne dich. Du warst doch schon mal hier.«

Der Bär schien erfreut, dass sich jemand an ihn erinnerte. »Das ist wahr, gute Frau. Es ist schon eine Weile her, dass ich in diesem Dorf war und den guten Wein genossen …« Er unterbrach sich und fuhr dann fort: »Nun ja, es hat sich so einiges verändert.«

Die Frau schnalzte mit der Zunge. Ob sie über die Bemerkung verärgert oder amüsiert war, konnte Cephei nicht sagen, in ihrem Gesicht regte sich nichts. Sie ließ sie wieder allein, verschwand im hinteren Teil der Wirtschaft, wo wohl die Küche zu finden war. Weiterhin wurden sie von den anderen Leuten in der Stube beobachtet, doch seit die Wirtin ihre Bestellung entgegengenommen hatte, gingen die Gespräche weiter, als wären sie nie gestört worden.

Es dauerte eine ganze Weile, bis die Frau mit den Getränken wiederkam, und Urs versuchte noch einmal, sie in ein Gespräch zu verwickeln. »Warum setzt Ihr Euch nicht einen Moment zu uns, gute Frau, und berichtet uns aus dieser Gegend? Wir kommen aus Marinth und erfahren nicht häufig etwas von der anderen Seite des Rauschwalds.«

Cephei beobachtete erstaunt, wie die Frau der Bitte tatsächlich nachkam. Vielleicht fand sie es ja interessant, mit einem sprechenden Bären zu reden, oder sie hatte Urs in guter Erinnerung.

»Was macht ihr in dieser Gegend, wenn ihr aus Marinth kommt?«, wollte sie wissen, anstatt selbst zu erzählen. Ihre Stimme klang freundlicher als zuvor.

»Verwandte im Süden besuchen«, antwortete Vela schnell.

Cephei warf ihr einen kurzen Blick zu, ebenso wie die Wirtin, die mit hochgezogener Augenbraue fragte: »Verwandte von euch allen?«

Daraufhin lief Vela knallrot an, aber die Frau fragte nicht weiter, auch wenn es offensichtlich war, dass die drei wohl nicht dieselben Verwandten hatten.

»Ihr solltet jedenfalls vorsichtig sein. Schlimme Dinge geschehen in letzter Zeit.« Sie sprach nicht weiter, schüttelte nur den Kopf, als hätte sie schon zu viel gesagt, und starrte missmutig zum Nachbartisch, wo drei ältere Männer Karten spielten.

»Habt ihr einen Klippengeier gesehen?«, fragte Cephei. Was sollten sie auch groß herumreden von einem Verwandtschaftsbesuch, das half doch nicht, Antworten zu bekommen.

Schlagartig legte sich der misstrauische Blick der Wirtin auf ihn. »Nach solchen Sachen solltest du nicht fragen, Junge. Das hört hier niemand gern.«

»Warum?«

Es dauerte eine Weile, bis die Frau antwortete. »Klippengeier sind selten in dieser Gegend, es gibt hier keine Berge, wo sie sich wohlfühlen. Hin und wieder sehen wir einen über uns hinwegziehen, und manchmal hat ein Klippengeier ein Tier aus einer Rinderherde gerissen. Das passiert ein- oder zweimal im Jahr, da bereiten uns die kleinen Nachtwölfe aus der Gegend viel mehr Ärger ... Doch in letzter Zeit ist es anders, schlimmer. Es ist noch keine zwei Monate her, da stürzte sich eine dieser Bestien auf das Dorf herab, hackte Löcher in die Hausdächer und wühlte mit dem Schnabel in ihnen herum. Ein kalter Hauch legte sich über das Dorf und wollte tagelang nicht weichen. Der Geier riss schließlich zwei Rinder und flog davon. Doch ein Hausdach hat er zum Einsturz gebracht, und die schweren Sparren haben die kleine Monar unter sich begraben. Neun Jahre alt war das arme Ding.« Ihr Mund presste sich zu einer schmalen Linie zusammen, und der Blick wurde noch finsterer. »Vor wenigen Tagen haben wir schon wieder einen gesehen, und wir fragen uns natürlich, wo kommen die Biester her, und wie oft werden sie sich hier herumtreiben? Langt es nicht mehr, dass sie Tiere reißen? Ihr kalter Hauch ist fürchterlich. Die Sonne kriegt ihn einfach nicht weg.« Gedankenverloren rieb sie sich mit den Händen über die Oberarme.

Cephei erinnerte sich an diese Kälte, die er bei der Schlüsselzeremonie auch schon gespürt hatte.

»Gestern haben sie den Gerberjungen beim Milchstehlen erwischt und ihn über Nacht an der Pranger gestellt«, fuhr die Wirtin fort, als gäbe es da einen Zusammenhang. »Die Angriffe des Klippengeiers und die Kälte sind einfach nicht gut für die Gemeinschaft.

Der Büttel hat gleich nach dem Angriff jemanden in die Königsstadt geschickt, damit wir Hilfe erhalten. Aber bis heute ist keine Hilfe gekommen, und auch Fabin ist noch nicht zurück. Wo sind denn die berühmten Truppen des Königs, wenn man sie braucht? Nicht einen einzigen Gesandten haben wir gesehen, nicht mal einen Chronisten, der aufschreibt, was hier passiert ist. Nur Fremde kommen zu uns. Als hätten wir so nicht schon genug Ärger. Nichts für ungut.«

Neben ihm rutschte Vela unruhig auf ihrem Platz hin und her, als Cephei sie jedoch fragend ansah, blickte sie auf die Tischplatte.

Ob der Bote je in der Stadt angekommen war?, fragte sich Cephei. Was, wenn er sich im Rauschwald verirrt oder Serpem ihn tatsächlich in eine Kröte verwandelt hatte? Und selbst wenn er es in die Stadt geschafft hatte – dort gab es jetzt andere Probleme als die Angriffe der Klippengeier auf ein kleines Dorf jenseits des Rauschwalds.

Dann dachte er wieder an die Knochen, die sie am Wegrand gefunden hatten, und schluckte. Fragend sah er zu Urs, doch der schien es für besser zu halten, der Frau nichts vom Diebstahl des Königsschlüssels zu erzählen. Vielleicht wollte er sie nicht noch mehr beunruhigen.

Die Kunde vom Schlüsselraub würde schon irgendwann hier ankommen, schließlich musste sich der Kanzler ja auch um den südlichen Teil des Reiches kümmern. Spätestens die Steuereintreiber würden davon berichten, obwohl Cephei sicher war, dass die Wirtin auf deren Anblick gern verzichtet hätte.

Als die Frau an einen anderen Tisch gerufen wurde, nickte

sie ihnen kurz zu und stand dann wieder auf, um sich um die anderen Gäste zu kümmern.

Nachdem sie gegessen hatten, führte sie ein schmächtiger Junge, der das gleiche rotblonde Haar wie die Wirtin besaß, in das Obergeschoss und zeigte ihnen eine Schlafkammer. Es gab nur ein schmales Bett, das sich Vela und Cephei teilen mussten. Urs wollte auf seiner Decke auf dem Boden schlafen – direkt an der Tür, so dass niemand sie unbemerkt aufstoßen konnte.

Nacheinander benutzten sie den Zuber, wobei Cephei und Urs auf dem Gang warteten, während sich Vela drinnen wusch. Beim Zubettgehen standen Cephei und Vela vor dem Bett und schauten unschlüssig auf die schmale Liege.

»Nun«, räusperte er sich. »Wenn du möchtest, kannst du an der Wand schlafen, dann kannst du wenigstens nicht rausfallen.«

Überrascht sah sie ihn an. Unter ihrem skeptischen Blick lief er rot an, und Urs hustete, dabei wusste Cephei genau, dass er nur versuchte, nicht zu lachen. Da wollte man einmal galant sein wie die Ritter bei den vornehmen Fräuleins, und schon wurde man ausgelacht!

Finster starrte er rüber zu Urs, bis Vela leise sagte: »Danke«, und ins Bett kroch.

Cephei legte sich nicht sofort neben sie, sondern setzte sich ans Fußende. An diesem Abend war ihnen allen nicht nach Geschichten zumute, selbst Urs kaute schweigend auf seiner Pfeife herum und brummte nur hin und wieder: »Verfluchter Klippengeier.«

Vela angelte aus dem Bett nach ihrem Rucksack und kramte die Kiste mit den Raumgeistern heraus. Sie schob die Kiste unter das Kopfkissen und flüsterte: »Wenn sie uns nachts bestehlen wollen, dann merken wir das wenigstens.«

»Wie wollen sie denn an Urs vorbeikommen?«

»Vielleicht kommen sie durchs Fenster?«

Dank dieser Frage schielte Cephei, nachdem sie die Kerze gelöscht hatten, immer wieder zum Fenster hinüber. Sein linker Arm, das Knie und der linke Fuß berührten Velas rechten Arm, das Knie und ihren linken Fuß. Das machte ihn so nervös, dass es lange dauerte, bis er schließlich einschlief.

Als sie am nächsten Morgen erwachten, lag Velas Kopf an seiner Schulter, aber als sie es bemerkte, rückte sie schnell von ihm ab und kroch aus dem Bett. Die Nacht war ruhig gewesen, und alle ihre Habseligkeiten lagen noch unberührt dort, wo sie sie hingelegt hatten.

Nach einem schnellen Frühstück verabschiedeten sie sich von der Wirtin, die jedoch genauso mürrisch war wie am Abend zuvor. Sie brachen auf und ließen das Dorf rasch hinter sich. Auch auf dem Weg hinaus nickte ihnen keiner der Bewohner zu.

Die bedrückende Stimmung hatte sich ordentlich auf ihre Gemüter gelegt, und erst kurz vor Mittag, als sie das Dorf nicht mehr sehen konnten, fiel die Trostlosigkeit ein wenig von ihnen ab.

Sie passierten vereinzelte Bauernhöfe und entdeckten die Ruine einer Wehranlage auf einem Hügel zu ihrer Linken. Die Straße schwenkte mal hierhin, mal dorthin. Die Gegend schien früher einmal viel stärker besiedelt gewesen zu sein. Es wurde wärmer, sie krempelten die Ärmel hoch, und Cephei lief sogar eine ganze Weile barfuß.

Meist übernachteten sie im Freien oder in einer verlassenen Scheune, Gasthäuser wurden seltener, oder sie erreichten sie am frühen Nachmittag und wollten noch ein gutes Stück Weg schaffen, bevor sie sich zur Ruhe begaben. Immer wieder erkundigten sie sich nach dem Vogel und vertrauten ansonsten an jeder Kreuzung dem kleinen Raumgeist, den sie mit der Leine um den Bauch auf den Boden setzten, ihn die Richtung bestimmen ließen und wieder in die Kiste packten, so sehr er auch mit seinen Ärmchen fuchtelte.

Fünf Tage liefen sie auf die Wolke zu, doch sie wollte sich nicht wegbewegen. Im Gegenteil, sie verharrte an der gleichen Stelle, und sie kamen ihr immer näher. Sie war riesig, und ihr Weg führte sie direkt auf ihre Mitte zu. Cephei sah, wie Urs sie immer wieder anstarrte und sich dann hinter dem linken Ohr kratzte. Als ihnen schließlich ein dünner, bärtiger Händler auf einem hölzernen Wagen begegnete, der von zwei Bewaffneten eskortiert wurde, fragte Urs ihn nicht nach dem Vogel, sondern nach der Wolke vor ihnen.

»Kommt ihr von dort hinten?«, wollte er wissen. »Von unter der Wolke?«

Der Händler hob abwehrend die Hände. »Von unter der Wolke? Was denkt ihr von mir! Nein! Sehe ich so verrückt aus?«

»Nein, nein, keinesfalls. Wir wissen nicht, was es mit ihr auf sich hat, deshalb frage ich.«

»Ihr habt noch nie von der Ruinenstadt Sanjorkh gehört?«

»Sanjorkh? Dort liegt Sanjorkh?« Urs fluchte.

Cephei erinnerte sich, den Namen schon einmal im Zusammenhang mit einer unheimlichen Sage gehört zu haben, aber mehr wusste er nicht.

»Sanjorkh, auch das noch.« Urs fluchte ein zweites Mal.

»Habt ihr Interesse an feinen Stoffen aus dem Osten, Gewürzen oder Tränken?«, wechselte der Händler hastig das Thema.

»Oder an frischem Öl für eure Laternen? Wenn ihr nach Sanjorkh wollt …«

»Von wollen kann keine Rede sein«, brummte Urs, doch er kaufte einen großen Vorrat Lampenöl und stopfte die Fläschchen in seinen Rucksack. »Vielleicht ist es ja doch nicht so dunkel«, sagte er noch, aber allzu viel Hoffnung lag nicht in seiner Stimme.

Grinsend verabschiedete sich der Händler, und Urs führte Vela und Cephei weiter auf die bedrohliche Wolke zu.

»Was ist Sanjorkh?«, fragten sie beinahe zeitgleich, als der Händler außer Hörweite war.

»Genaues weiß ich auch nicht, weiß wohl niemand«, antwortete Urs. »Angeblich handelt es sich um die Ruinen einer lange verlassenen Stadt. Sie war schon verlassen, als unser Königreich in den Kinderschuhen steckte, und sie muss um vieles größer gewesen sein als unsere Hauptstadt – wirklich viel größer. Es dauert Tage, um von einem Ende zum anderen zu laufen, und Wochen außen herum. Ständig schwebt eine schwarze Wolke über ihr, die die Sonne und Sterne verdeckt, so dass sie in stetiger Düsternis liegt.

Die Häuser sind längst verfallen, und unzählige Straßen zwischen ihnen verwirren all jene, die die Stadt betreten, und nicht wenige haben sich in ihr verirrt wie in einem Labyrinth. Doch das ist nicht die einzige Gefahr, die dort lauert. Es verstecken sich Gesetzlose darin, die wissen, dass selbst Männer des Königs die Ruinen von Sanjorkh meiden und lieber andernorts nach Schuldigen suchen, auch wenn sie dann niemanden oder die Falschen zu fassen bekommen. Das ist allemal besser, als nach Sanjorkh zu gehen.«

Vela und Cephei sahen ihn ungläubig von der Seite an.

»Du meinst, der König lässt manchmal die falschen Leute verhaften?«, fragte Cephei.

»Nicht der König selbst. Es geschieht nicht, weil der König es so entscheidet, sondern weil manche Männer einfach Angst haben.«

»Aber der König ist weise, weshalb lässt er das zu?« Vela war empört.

»Er mag weise sein, aber er ist weit weg. Und auch er hat in all den Jahren dieses alte Gesetz nicht geändert, das deinen Vater ins Gefängnis gebracht hat, nicht wahr?«

»Aber er wird ihn begnadigen«, presste sie hervor.

Cephei sah, wie sich in ihrem Augenwinkel eine Träne bildete und wie Urs sich verlegen hinter dem Ohr kratzte.

»Sicher wird er das«, brummte der Bär. »Ganz sicher, er ist ein guter Mann und der freundlichste König aller Länder. Ich wollte nur sagen, dass auch er nicht alles sehen kann. Er gibt uns viele gute Gesetze, aber er ist nicht in jedem Einzelfall vor Ort, um alles zu überwachen. Und manche Gesetze ergeben in einem Fall Sinn, im anderen nicht, so wie bei deinem Vater, Vela. Versteht ihr?«

»Du meinst, er ist kein guter König?«, fragte Cephei vorsichtig, der sich nie groß für Politik interessiert hatte, nur für Ritter und ihre Taten.

»Doch, das ist er, er ist der beste, und deshalb müssten wir selbst dann den Schlüssel unbedingt zurückgewinnen, wenn Velas Vater frei wäre.«

Vela sah ihn seltsam an, erst so, als wolle sie ihm eine schnippische Bemerkung an den Kopf werfen wie: »Aber mein Vater sitzt nun mal im Gefängnis!«, doch dann wurde ihr Blick nachdenklich.

Cephei war in erster Linie aufgebrochen, um Abenteuer zu erleben, der genaue Grund erschien ihm nicht so wichtig. Ganz anders die Frage, was sie jetzt tun sollten. Denn sie waren nun hier, und vor ihnen lag diese gefährliche und unheimliche Stadt. Also fragte er: »Aber was ist jetzt mit Sanjorkh? Müssen wir da durch?«

Urs nickte traurig. »Es dauert zu lange, sie zu umgehen. Du siehst doch, wie breit die Wolke am Horizont ist. Und dann wissen wir nicht, ob der Vogel vielleicht doch dort gelandet ist oder gar den Schlüssel über der Stadt verloren hat. Wir müssen seinem Weg so genau wie möglich folgen. Außerdem«, und jetzt lächelte er sein verwegen lässiges Abenteurerlächeln, »wissen wir nicht, was uns auf einem der Umwege erwarten würde. Und besser eine bekannte Gefahr als eine unbekannte.«

Cephei nickte – auch wenn er nicht sicher war, ob ihm Sanjorkh tatsächlich lieber war, und ob sie wirklich wussten, was dort auf sie zukam.

RUINEN UND KÄFER

Zwei Tage später hatten sie Sanjorkh erreicht. Es war unheimlicher, als Cephei sie sich vorgestellt hatte, und vor allem viel, viel größer. Marinth, die größte Stadt des Reichs, wirkte dagegen wie ein Dorf.

Rechts und links erstreckten sich Gebäude, so weit Cepheis Blick reichte. »Niemals kann es so viele Menschen gegeben haben«, staunte er.

Wo waren die denn alle hin? Und wo steckten ihre Enkel und Urenkel? Hier könnten alle Bewohner des Landes leben, und jeder hätte ein Dach über dem Kopf. Aber wahrscheinlich war es besser, kein Dach über dem Kopf zu haben, als in Sanjorkh zu leben.

Das Grün der Wiesen und Goldbraun der Kornfelder war verschwunden, der Boden war kahl und von stumpfem Schwarz, die Stadt selbst schmutzig und grau. Keine einzige Pflanze überwucherte die Ruinen am Rand, und weit hinein konnten sie nicht sehen, weil alles im Schatten der großen Wolke lag. Sie hing tief unter den anderen Himmelswolken, nur ein wenig höher als der größte Turm der Königsstadt.

Die Häuser hier bestanden nicht aus roten Steinen, sondern schienen aus hellgrauen Platten gebaut zu sein. Ein paar farbige Ecken ließen vermuten, dass sie einst bemalt gewesen waren, aber nun wirkten sie trostlos und kahl. Gleich vor ihnen ragte die Mauer eines Gebäudes auf, das mehr als vier Stockwerke hoch gewesen sein musste. Ein Wachturm, vermutete Cephei, doch keine angrenzende Stadtmauer war zu sehen, kein verfallenes

Tor, und die vielen großen Fenster waren auch nicht typisch für eine Außenwand. Zu leicht hätte ein Feind sich hier Einlass verschaffen können. Noch nie hatten sie so etwas gesehen oder auch nur erahnt.

Neben dieser Ruine führte eine Straße in die Stadt. Sie bestand nicht aus Pflastersteinen, sondern aus einer massiven dunkelgrauen Schicht mit fast glatter Oberfläche. Cephei kniete sich hin und fuhr vorsichtig mit der Hand darüber. Es fühlte sich ähnlich an wie Stein, nur irgendwie unangenehm, fremd und tot. Die Straße war so breit, dass leicht sechs Kutschen nebeneinander Platz gehabt hätten.

Cephei stand wieder auf und sah nach Sanjorkh hinein. Nichts bewegte sich dort, auch kein Geräusch drang heraus. Als er sich nach den anderen umblicken wollte, standen sie bereits neben ihm und starrten ebenfalls auf die düstere Stadt. Beide wirkten nicht glücklich.

»Es hilft nichts, wir müssen da rein«, flüsterte Urs.

Vela wollte anscheinend auch nicht, sie holte den angeleinten Raumgeist aus seiner Kiste und setzte ihn auf den Boden, mit dem Rücken zur Stadt. Doch ungerührt drehte sich der kleine Kerl einfach um und begann stur, der Straße nach Sanjorkh zu folgen.

»Dann muss es wirklich sein«, flüsterte sie und packte den zappelnden Raumgeist nach ein paar Metern wieder ein.

Urs schien erleichtert, dass sie von allein zu dem Schluss gekommen waren. Er nickte ihnen aufmunternd zu und zog sein Schwert. »Ich gehe voraus«, sagte er.

Aber die Straße war breit genug für drei, deshalb schritten sie am Ende doch nebeneinander hinein, der Bär in der Mitte.

Die Luft schmeckte nach Metall und Staub und roch bitter,

Cephei atmete sie nicht gern ein. Es war nicht einfach dunkel wie nachts in Marinth, sondern mehr, als ginge man durch dichten schwarzen Nebel. Einige Schritt weit konnten sie sehen, alles andere wurde verschluckt; auch eine brennende Öllampe half kaum.

»Wir machen sie besser wieder aus«, beschloss Urs nach einer Weile. »Wir sehen kaum mehr, werden aber vielleicht leichter entdeckt. Wer weiß, ob es hier Wesen gibt, die sich an die Düsternis gewöhnt haben.«

Vela lief ganz nahe neben Urs und sah immer wieder in sein Gesicht hoch, um dann wieder die Dunkelheit nach Gefahren abzusuchen. Sie war noch schweigsamer als in den letzten Tagen, und Cephei machte die Stadt dafür verantwortlich, diesen unheimlichen Ort. Ab und zu ertappte er Vela dabei, wie sie ihn oder den Bären nachdenklich musterte.

Auch innerhalb Sanjorkhs waren die Häuser grau wie die Wolke. Vielleicht regnete es hier graue Tropfen, und die Häuser hatten so diese Farbe angenommen, überlegte Cephei.

Oder hatte es früher keinen Roststein gegeben, mit dem man leuchtend rote Gebäude hätte errichten können? Manche Häuser besaßen riesige Fenster im Erdgeschoss, und Cephei fragte sich warum, wenn hier unten doch nie die Sonne schien?

Vorsichtig trat er an eines der Fenster heran, legte die Hände an die Scheibe und versuchte, hindurchzuspähen. Aber das Glas war so fleckig, dass er kaum etwas erkannte. Der Raum hinter dem Fenster war dunkel, Gegenstände und Schutt lagen auf dem Boden. Etwas, das aussah wie ein Stuhl.

»Siehst du etwas?«, fragte Urs hinter ihm.

»Nichts Interessantes.« Jedenfalls nichts, was sich mitzunehmen lohnte. Vielleicht hatten die Gesetzlosen ja schon die Stadt

geplündert und alles weggeschafft, das irgendwie von Wert gewesen war. Er wandte sich wieder ab und lief zurück auf die Straße zu Urs und Vela, die ungeduldig mit dem Fuß wippte.

Ob sich die beim Turnier siegreichen Ritter auch nach Sanjorkh hineingewagt hätten? Bei dem Gedanken grinste er kurz, obwohl die Stadt ihm noch immer unheimlich war.

Nach einiger Zeit machte die Straße einen Bogen, und bald darauf teilte sie sich. Vela holte erneut den Raumgeist aus der Kiste, der sich ohne zu zögern für den rechten Abzweig entschied. Sie hob ihn hoch, aber die Kiste verstaute sie nicht mehr im Rucksack; vermutlich würden sie ihn sowieso gleich wieder brauchen. Am Himmel konnten sie sich nicht orientieren, nicht einmal eine blasse Ahnung der Sonne war durch die Wolke hindurch auszumachen.

Sie kamen an der Ruine einer riesigen Halle vorbei. Eingänge, größer als Stadttore, führten hinein, doch Fenster waren in den Überresten der Mauern nicht zu entdecken. Neben ihr stand ein runder, grauer Turm, der etwa so breit wie eine einfache Waldarbeiterhütte war, aber so hoch, dass sich seine Spitze über ihnen in der Düsternis verlor. Nicht ein Fenster war zu sehen, nicht einmal eine Schießscharte, auch kein Eingang zu ebener Erde. Aber eine Leiter aus fleckenüberzogenem Stahl hing an seiner Außenwand.

»Vielleicht sollte ich raufklettern«, sagte Cephei leise, als er an dem Turm hochsah. »Vielleicht sehe ich ja von oben doch etwas, wer weiß.«

»Spinnst du?«, stieß Vela hervor, aber in ihren Augen lag nicht nur Entsetzen, sondern auch ein wenig Bewunderung.

Urs nickte nachdenklich. »In Ordnung. Aber pass auf.«

»Was soll er von dort oben sehen? Da ist es dunkel!«, protestierte Vela, die sich tatsächlich Sorgen um ihn zu machen schien.

»Diese Wolke ist nicht normal«, verteidigte Urs Cepheis Plan. »Wenn sie Zauberei ist, wissen wir gar nicht, wie sie reagieren könnte. Und Zauberer leben doch gern in Türmen, wer weiß, was Cephei hier herausfindet. Vielleicht führt der Turm ja bis über die Wolke, und er kann etwas sehen.«

Nach kurzem Hin und Her gab sich Vela geschlagen, und Cephei stieg ohne seinen Rucksack auf die Leiter.

»Soll ich was singen, damit du uns wenigstens hören kannst, oder pfeifen?«, fragte sie noch, aber Cephei schüttelte den Kopf.

»Bloß nicht, dann hören uns doch auch alle anderen. Wer hier auch sein mag. Bin gleich wieder da«, sagte er möglichst leichthin.

Sprosse um Sprosse kletterte er am Turm hinauf. Bald schon konnte er den Boden nicht mehr sehen, nur Düsternis unter und über sich. Noch immer tauchten keine Fenster im Turm auf, seine Fassade wurde jedoch immer dunkler und schmutziger, als hätte die Wolke dort ihre Spuren hinterlassen. Cephei berührte die Wand, sie fühlte sich ähnlich wie die Straße an, die dunklen Flecken schmierig wie nasse Asche.

Weiter stieg er, immer weiter, und je höher er kam, desto weniger konnte er erkennen. Die Luft kratzte ihn im Hals, und er musste husten. Aber noch wollte er nicht aufgeben, und er griff nach der nächsten Sprosse. Jetzt wäre es ihm doch ganz lieb, wenn er Velas Pfeifen gehört hätte, etwas, das ihm sagte, dass sie noch immer unter ihm waren und auf ihn warteten. Das Atmen fiel ihm immer schwerer, er spürte ein Schwindelgefühl, und seine Augen tränten. Schließlich, als er vor Angst schon umkehren wollte, sah er verschwommen das Ende des Turms über sich.

Der Turm besaß kein Dach, sondern wirkte wie ein Wachturm ohne Zinnen. Aus seinem Inneren quollen dunkle Wolken wie Rauch aus einem Lagerfeuer, auf das man viele saftige Blätter und frische Äste geworfen hatte. Zwei Sprossen erklomm Cephei noch, dann gab er auf, er konnte kaum mehr atmen, und diese Wolke hätte ihm sicher den Rest gegeben. Er blickte umher, konnte aber nichts sehen außer Dunkelheit; der Turm war eine Sackgasse. Er half ihnen nicht, im Gegenteil, aus seinem Inneren quoll die Wolke, die ihnen die Sicht nahm.

Wahrscheinlich war es wirklich der Turm eines Zauberers, und gut möglich, dass dieser schon seit Ewigkeiten tot war und nur noch seine Hexerei wirkte.

Schwarze Kunst, schauderte Cephei, und er zitterte den ganzen Weg hinunter. Die schwere, rauchige Luft hatte sich in seiner Brust festgesetzt, und seine Augen hörten nicht auf zu tränen. Die letzten Meter wäre er fast gefallen, und als er schließlich wieder auf dem Boden stand, musste er sich augenblicklich setzen.

Sofort waren die beiden anderen bei ihm, Vela reichte ihm die Wasserflasche, und Urs klopfte ihm anerkennend auf die Schulter. Er erzählte den anderen, was er gesehen hatte, und sie schwiegen. Vela tupfte ihm mit einem feuchten Zipfel ihres Hemdes die Augen sauber, so dass er wieder klar sehen konnte.

»Danke. Meinst du, das ist der Turm eines dunklen Zauberers?«

»Ich weiß nicht«, brummte Urs. »Das ist es ja, über Sanjorkh weiß niemand Genaues. Ihr habt ja gesehen, wie groß und seltsam die Stadt ist; mich würde nicht wundern, wenn ein Zauberer sie errichtet hätte. Aber wenn ich solche Macht hätte und Jahrhunderte alt wäre, würde ich mir einen schöneren Turm bauen.«

Cephei blickte Urs ins Gesicht, und der grinste. Er erwiderte das Grinsen vorsichtig, aber beruhigt war er nicht. Wer konnte schon wissen, wie ein Zauberer leben wollte, der eine solch graue und düstere Stadt errichtete?

Kurz darauf brachen sie wieder auf, und schon bald stellten sie fest, dass kein noch so verwinkeltes Labyrinth Sanjorkh gleichkam. Viele Straßen bogen sich, überall gab es Kreuzungen, manchmal führte eine Straße für eine Weile unter die Erde und andere wurden zu Brücken, die auf hohen grauen Säulen über andere Straßen hinwegführten. Manche waren gar breiter als die, auf der sie Sanjorkh betreten hatten, andere schmal wie eine unbedeutende Gasse in der Königsstadt. Und immer wieder war ihnen der Weg durch Schutt versperrt.

Zur Orientierung blieb ihnen nur der Raumgeist der Südlichen Feste, der jedoch nie zögerte und sofort eine Richtung einschlug, sobald man ihn auf den Boden setzte. Er brauchte kein Licht, keine Sterne, keine Sonne, er schien einfach immer zu wissen, wohin er wollte.

Manchmal hörten sie Geräusche, meist waren diese fern oder schienen von unter der Erde zu kommen, und dann beeilten sie sich weiterzukommen, denn auch Urs wusste nicht, was es sein könnte.

In den nächsten Stunden trafen sie weder Zauberer noch Räuber oder Monster. Die Gesetzlosen, von denen der Händler gesprochen hatte, fielen nicht über sie her, aber das hieß nicht, dass sie nicht da waren. Vielleicht liefen sie nur gerade durch das andere Ende der Stadt. »Mehr Glück als Verstand«, brummte der Bär immer wieder, doch seine Pranke blieb in der Nähe des Schwertknaufs.

Nur einmal fanden sie eine Fahne mit dem Wappen des Mechanischen Königs darauf, das goldene Zahnrad auf rot-weißem Grund. Sie lag auf der Straße, starr vor Schmutz, und es sah aus, als wären schon einige Füße darübergelaufen. Der Mechanische König musste also schon einmal hier gewesen sein, oder zumindest seine Männer. Doch warum sie Sanjorkh einfach wieder verlassen hatten, blieb ein Rätsel.

Irgendwann murmelte Vela: »Halt. Ich kann nicht mehr«, und Cephei war ihr dankbar, denn auch seine Beine waren müde und schwer. In der Ruine eines kleinen Häuschens schlugen sie ihr Nachtlager auf.

»Gutes Versteck. Der Eingang lässt sich leicht verteidigen«, erklärte Urs. »Alle Wände stehen noch.«

Ob es tatsächlich schon Abend war, wussten sie nicht, aber sie waren viel zu erschöpft, um weiterzugehen. Die Tageszeit spielte in der ewig gleichen Finsternis ohnehin keine Rolle. Abwechselnd hielten sie Wache, doch keiner von ihnen schlief gut während der Stunden der Rast.

Nach einer raschen Mahlzeit aus ihren Vorräten brachen sie wieder auf und folgten dem Raumgeist durch Sanjorkh. Sie liefen schnell, weil sie so rasch wie möglich aus der Stadt hinauswollten, und keiner von ihnen wusste, wie groß sie tatsächlich war und wie weit sich die Straßen erstreckten.

Schon bald nach ihrem Aufbruch hörten sie ein dumpfes Rumpeln vor sich, ein Scheppern und ein knirschendes Schaben.

»Runter von der Straße«, zischte Urs und zerrte Cephei und Vela mit sich hinter die brüchigen Überreste einer Mauer, bevor die beiden reagieren konnten.

Sie kauerten sich hin und schauten durch einen kleinen Riss, der sich unterhalb eines hohen Fensters gebildet hatte. Die Geräusche wurden lauter, es dröhnte wie ein schwer beladenes Fuhrwerk, das über grobes Straßenpflaster holperte. Urs hatte sein Schwert gezogen, und Cephei sah die Entschlossenheit in seinen Augen. Auch er griff nach seinem Messer, und als er zu Vela blickte, hatte sie ihren Hammer aus dem Gürtel gezogen.

Langsam schälte sich ein Schatten aus der Düsternis, ein verbeulter Zylinder aus rostigem Metall walzte die Straße hinab. Doppelt so hoch wie Cephei und mindestens viermal so breit, beanspruchte er fast die ganze Straße. Irgendetwas schien in ihm umherzupoltern. Zuckelnd rollte er auf ihr Versteck zu, als erhielte er immer wieder einen Stoß, und als er sie passierte, sahen sie, wer den Zylinder schob.

Zwei gigantische gelb und grün schimmernde Käfer von der Größe eines massiven Tisches mit riesigen stachelbewehrten Zangen am Kopf – so lang, wie Urs groß war – stießen den Zylinder durch die Straßen. Ihre Facettenaugen schillerten wie verdorbener Schinken, und Cephei hätte beinahe seinen Dolch fallen gelassen. Doch was hätte die kleine Klinge ihm auch genutzt?

Er hielt die Luft an, um nicht das geringste Geräusch zu machen, und hoffte, dass die Käfer sie nicht riechen konnten. Sie waren ein schrecklicher Anblick. Als er sich zu Urs und Vela umdrehte, sah er, dass der Bär ihr die Pranke auf den Mund gelegt hatte und sie an sich presste. Sie hatte die Augen fest zusammengekniffen und atmete hektisch durch die Nase. Vielleicht hatte Urs verhindern wollen, dass sie schrie.

Die Käfer verschwanden in der Düsternis, aus der sie so plötzlich aufgetaucht waren, aber das Scheppern des Zylinders war noch lange zu hören und verwehte nur langsam in der Ferne.

Urs ließ Vela los, die ganz weiß im Gesicht war. »Sehen wir zu, dass wir möglichst bald aus dieser Stadt verschwinden«, brummte er und nickte in Richtung Straße. »Seid leise und achtet auf jedes

Geräusch. Wir wissen nicht, wie laut solche Käfer sind, wenn sie keine Riesentonne vor sich herschieben.«

Und wir wissen nicht, was sich sonst hier herumtreibt, ergänzte Cephei in Gedanken.

Im Laufe der nächsten zwei Tage versteckten sie sich noch oft. Immer wieder sahen sie die riesigen bunt schillernden Käfer oder auch rattenähnliche Nager von der Größe ausgewachsener Hausschweine mit kurzen schwarzen Borsten, die zwischen den Ruinen umherhuschten. Vela hasste sie fast noch mehr als die Käfer, und auch Cephei und Urs wollten eine Begegnung mit ihnen vermeiden. Hier war es nicht wie in Marinth, und alles, was Cephei über das Leben in der Stadt zu wissen glaubte, wurde bedeutungslos.

Sie passierten drei weitere dieser grauen Türme, die sich über ihnen in der Dunkelheit verloren. Aber keiner von ihnen kletterte mehr hinauf.

Nach einer weiteren wenig erholsamen Nacht und einem kurzen Marsch erreichten sie ein Gebiet, in dem viele Wege zerstört oder verschüttet waren. Der Weg wurde unpassierbar, und zum ersten Mal verließ der Raumgeist die Straßen.

Er führte sie in ein längliches Gebäude, das von außen ebenso verschüttet schien. Urs konnte sich gerade noch durch den schmalen Eingang zwängen. Der Gang im Erdgeschoss war staubig, aber begehbar.

Langsam folgten sie dem Raumgeist, der stetig voranging. Vor sich hörten sie schabende und klickende Geräusche, und so bedeutete Urs ihnen zu warten. Er drückte Vela den Raumgeist in die Hand und schlich voraus. Nach wenigen Schritten verschwand er hinter einem Knick im Flur.

Es dauerte nicht allzu lange, bis er zurückkehrte. Cephei vermutete, dass er seinem Gesichtsausdruck nach unter dem Fell sehr bleich sein musste.

»Seid leise. Wenn wir kein Geräusch machen, geht es.«

»Wieso? Was ist da vorne?«

»Käfer. Junge Käfer. Aber unten im Keller.«

Cephei sah, wie Vela zitterte und kurz die Augen schloss, um sich zusammenzureißen. Er wollte auch keinen Käfern begegnen, aber er vertraute Urs, und Urs sagte, sie würden es schaffen.

»Wir gehen hintereinander«, bestimmte Urs und lief los.

Vela folgte ihm, Cephei bildete den Schluss; er hatte seinen Dolch gezogen. Der Flur knickte nach rechts ab, dann sofort wieder nach links, bevor er in eine Halle führte, die mindestens zwanzig Schritt durchmaß. Ein Großteil des Bodens war nach unten gebrochen, nur eine Art schmaler Balkon ohne Geländer führte an der Wand entlang; die gegenüberliegende Seite war von hier aus nicht zu erkennen, aber Urs wisperte, dort sei ein Loch in der Mauer, durch das sie wieder ins Freie kämen.

»Seid jetzt besonders leise und lasst nichts nach unten fallen«, fügte er noch hinzu.

Langsam balancierte er auf den Resten des Bodens entlang, den Rücken an die Wand gepresst. Vela erbleichte, als sie ihm nachfolgte. Cephei sah als Letzter in die Tiefe, und auch er wurde weiß im Gesicht.

Unten im Keller wuselten unzählige schwarze und schillernde Käfer übereinander, manche so klein wie sein Fuß, die meisten drei- oder viermal so lang. Die Käfer krabbelten über Staub und Schutt und weiße, männerfaustgroße Eier und bleiche Knochen. Gierig klickten sie mit ihren Zangen und rissen damit mundgerechte Stücke aus mehreren Kadavern der rattenähnlichen Nager, deren dunkles Blut auf den Boden sickerte. Ein besonders gieriger Käfer verteidigte drei Kadaver mit schnappenden Zangen gegen kleinere, hungrige Artgenossen, die ihn bedrängten.

Nicht hinunterfallen, nur nicht hinunterfallen, sagte sich Cephei immer wieder lautlos. Seine Beine zitterten, und er blieb immer weiter hinter Vela zurück. Irgendetwas knirschte unter seinen Füßen. Er war auf einen kleinen, vielleicht handtellergroßen Käfer getreten. Panisch kickte er ihn weg, und der tote Käfer prallte gegen die Wand und von da zurück und stürzte über den Vorsprung in die Tiefe.

Mit aller Gewalt unterdrückte Cephei einen Fluch und starrte hinab. Die Käfer in der Tiefe wuselten weiter und stiegen über ihren toten Artgenossen hinweg. Ein größerer Käfer versuchte, den Panzer des kleinen mit seinen großen Zangen zu knacken, und Cephei sah weg. Er starrte auf das Sims und tastete sich weiter voran. Vela und Urs konnte er in der Düsternis nur noch als Schemen erkennen.

Und dann erkannte er einen fast ausgewachsenen Käfer, der von unten zum Sims hinaufkletterte. Seine Zangen klickten, und die langen Fühler wippten vor seinem Kopf hin und her. Das Tier war mindestens so groß wie Cephei, und in wenigen Augenblicken würde es zwischen ihm und Vela auf das Sims klettern!

Cephei schrie nicht, er wusste nicht, wie gut Käfer hören konnten, er wurde nur schneller. So schnell, wie er sich auf dem Sims traute.

Hastig schob er die Füße seitwärts voran, die Hände glitten über die raue Wand in seinem Rücken und tasteten nach Halt. Doch der Käfer war schneller, er kroch über die senkrechte

Wand, als sei sie ebene Erde. Sie beide steuerten auf denselben Punkt zu. Cephei musste ihn zuerst passieren, dann wäre alles gut!

Doch je näher er ihm kam, desto näher kam der Käfer, umso lauter schlug sein Herz, und es wurde immer schwerer, nicht zu schreien. Er wollte den Rücken von der Wand lösen und einfach losrennen, doch dann würde er sicher stürzen, hinab in die wimmelnden Käferscharen.

Nein, nein, nein, dachte er, als ein, zwei Schritte vor ihm die Zangen über der Simskante auftauchten. Er musste es schaffen! Mit angstverzerrtem Gesicht schob er sich zwischen Wand und den Käferzangen hindurch.

Die wippenden Fühler pochten gegen Cepheis Bauch. Hektisch begannen die Zangen zu klicken. Cephei trat zu, trat mit aller Wucht gegen den Käferkopf. Es knirschte, und die zwei Käferfüße auf der Simskante lösten sich, die Zangen schnappten nach ihm, schnitten durch sein Hemd. Er trat noch einmal zu und wollte schreien und fliehen. Die Zangen klickten, schnitten durch die Luft, und der Käfer fiel.

Mit zappelnden Beinen stürzte er in die Tiefe. Auch Cephei wankte, sein Rücken war nicht mehr gegen die Wand gestützt, sein Knie drohte einzuknicken, die Arme ruderten wild durch die Luft, doch dann fand seine rechte Hand blind ein Loch in der Mauer, in der irgendein stählerner Stumpen steckte, und er packte zu. Er taumelte über den Abgrund hinaus, drehte sich, klammerte sich mit einer Hand fest.

Der kühle raue Stumpen hielt.

Cephei zog sich wieder auf das Sims, drehte sich um, so dass er mit dem Rücken zur Wand stand, und blickte in die Tiefe.

Der gestürzte Käfer lag auf dem Rücken und strampelte. Zwei

andere begannen mit dem Aufstieg. Cephei fluchte und schob sich an der Wand entlang. Weiter, nur immer weiter. Er sah, dass Vela und Urs ihm wieder entgegenkamen, um ihm zu helfen, aber er wedelte mit den Händen, schickte sie in Richtung Ausgang. Hilfe konnte es hier nicht geben, nur Flucht. Die beiden verstanden und drehten um, und Cephei eilte ihnen nach.

Langsam konnte er den Ausgang in der Düsternis erkennen, dann sah er die Straße, die dahinter auf sie wartete. Noch einmal drehte er sich um. Die Käfer hatten nun das Sims erreicht, drehten sich hierhin und dorthin, dann kletterten sie weiter die Wand hinauf. Cephei seufzte und eilte weiter, hinaus und mit Urs und Vela die Straße hinunter. Immer wieder wandten sie hektisch die Köpfe, doch kein Käfer war ihnen auf den Fersen.

Keuchend blieben sie schließlich an einer Hausecke stehen, und Urs klopfte Cephei auf die Schulter.

»Gut gemacht.«

Vela nickte, in ihren Augen stand kaum verhülltes Entsetzen. »Davon hat der Händler aber nichts erzählt«, japste sie. »Warum lässt der König denn zu, dass diese Käfer hier hausen? Er sollte Männer herschicken, die sich darum kümmern.«

»Vielleicht hat er das ja schon, und es hat nichts genützt.«

Mit zitternder Hand ließ Vela den Raumgeist auf den Boden, und Cephei hoffte inständig, er würde nicht zurück in das Gebäude rennen. Das tat er nicht, er lief die schmale Straße zu ihrer Linken entlang, und Cephei atmete tief durch, während sie ihm folgten.

An der nächsten Kreuzung bog er in eine dreimal so breite Straße ein, und Cephei hörte endlich auf, sich bei jedem Schritt umzudrehen.

In den nächsten Stunden wiederholte sich alles in endloser Folge, die Gebäude, die Straßen, die Käfer, vor denen sie sich verbargen. Sie alle begannen zu husten, ihre Augen brannten und sehnten sich nach echtem Licht. Abwechselnd wurde ihnen übel, immer mal wieder übergaben sich Vela und Cephei am Straßenrand. Urs hielt sich ein bisschen besser, aber auch er schien grün um die Schnauze.

Sie ruhten nun öfter und kürzer, richtig durchschlafen konnte keiner. Haare und Fell wurden trocken, matt und verfilzt durch den feinen Staub. Sie fanden kein frisches Wasser mehr, und auch die Essensvorräte neigten sich dem Ende zu.

Nach einer weiteren unruhigen Nacht, in der Cephei mehrmals aufgewacht war, weil er von Käferzangen geträumt hatte, setzten sie ihren Weg missmutig und mit grollenden Mägen fort.

Cephei sah sich schon einen der Nager verschlingen, weil die Vorräte aufgebraucht waren, da brach die Düsternis plötzlich vor ihnen auf. Sie erkannten eine sehr schmale Brücke, die über eine zerstörte Straße hinwegführte. Auf der anderen Seite erstreckte sich eine Graslandschaft.

Sie hatten den Stadtrand erreicht.

»Ja!«, jubelte Cephei heiser und drängelte Urs von hinten, schneller zu laufen. Der Bär lachte gutmütig.

Doch kaum hatten sie ein paar Schritte auf der Brücke getan, blendete sie etwas auf der anderen Seite. Die Helligkeit schmerzte, und sie kniffen die Augen zusammen. Nachdem sie die Hände über die Augen gelegt hatten, erkannten sie einen Ritter, der sein Pferd am Halfter über die Brücke führte. Auf dem Kopf trug er einen goldenen Helm mit blauen Federn. Er besaß ein kantiges Gesicht, und sein Wappen mit dem goldenen Adler glänzte im Schein der Sonne. Sie ließ den Adler glänzen und gleißen, und nach dem Grau von Sanjorkh war das ein recht beeindruckendes Schauspiel.

Nachdem sie tagelang keinen Menschen mehr getroffen hatten, blieben sie abrupt stehen.

»Herr Solbert«, knurrte Urs.

»Kennst du ihn?«, fragte Vela.

»Nicht persönlich. Aber ich erkenne seinen goldenen Adler.«

Der Ritter war nun wenige Meter von ihnen entfernt und blieb stehen. Das Pferd scharrte unruhig mit den Hufen. Die Nähe der Ruinenstadt schien es nervös zu machen.

»Mit wem habe ich die Ehre?«, fragte der Ritter und streckte dabei sein Kinn in die Luft.

Der Bär zog seinen Hut und verbeugte sich leicht. »Das sind Cephei und Vela, und mein Name ist Urs«, antwortete er.

»Ah, der titellose Bär, der gern ein Ritter wäre, nehme ich an.« Herr Solbert zupfte sich einen Fussel vom Ärmel. »Man hört von Euch, ganz zweifellos. Ihr habt so manches Abenteuer bestanden, jenseits und diesseits des Rauschwalds. Und nun ist es Euch sogar gelungen, der verfluchten Ruinenstadt zu entkommen. Gar nicht schlecht, muss ich sagen, gar nicht schlecht. Aber ein Ritter seid Ihr deshalb trotzdem nicht. Also muss ich darauf bestehen, dass Ihr die Brücke räumt, denn ich werde sicherlich nicht einem Bären ohne Titel den Weg freimachen. Und ich habe es eilig. Ich habe bereits die Schlüsselzeremonie verpasst, weil diese elenden Barbaren im Süden keine Zahnzangen kennen! Eine ganze Woche habe ich mich vor Schmerzen gekrümmt und kam nicht vom Fleck. Aber ich will Euch die Einzelheiten ersparen.«

Dafür war Cephei dankbar. Er sah zu Vela, aber auch die sagte kein Wort über die Geschehnisse in Marinth. Ritter Solbert würde schon noch erfahren, was dort passiert war.

»Nun? Was ist?«, fragte Herr Solbert ungeduldig.

Doch Urs wollte nicht weichen. »Wir sind gerade der Düsternis von Sanjorkh entronnen, und wir werden sicher nicht dorthin zurückkehren, damit Ihr als Erster die Brücke überqueren könnt. Geht Ihr ein Stück zurück, damit wir passieren können!«

Cephei verstand nicht, warum sich Urs und der Ritter darum stritten, wer zuerst die Brücke passieren sollte, aber wenn Urs so darauf bestand, dann würde es schon seinen Sinn haben.

»Das ist meine Brücke!«, schrie der Ritter, und Urs: »Ihre Brücke? Das wollen wir doch erst einmal sehen!« Er drehte seinen Kopf hin und her, bis sein Nacken knackte, und zog dann das Schwert.

»Oho, tatsächlich, Ihr habt eine richtige Waffe.« Der Ritter schwenkte seinen Hut, aber Cephei wusste, dass er den Gruß nicht ernst meinte. »Und ich dachte immer, Ihr könntet euch nicht einmal einen eisenverstärkten Knüppel leisten.« Gemächlich holte Solbert seinen Schild vom Rücken des Pferdes, sein Schwert steckte noch in der Scheide.

»Los, Urs, gleich drauf«, rief Vela, aber der Bär schüttelte nur den Kopf und sah sie vorwurfsvoll an: »Das wäre nicht ritterlich.«

»Du bist aber doch kein Ritter, und ich will hier raus, bevor die Käfer herkommen.«

Urs' Gesicht versteinerte. »Wir sind gleich raus, so nah am Stadtrand passiert schon nichts mehr. Und ritterliches Verhalten hat nichts mit einem Adelstitel zu tun.«

»Ach, meint Ihr?«, spottete der Ritter wieder. »Ihr glaubt tatsächlich, ein Bär ohne Stammbaum könnte ehrbar handeln? Könnte mehr sein als ein unkultiviertes Tier? Seid froh, wenn Euch irgendwelche armen Bauern als ihresgleichen akzeptieren, aber erwarte das nicht von alteingesessenen Ritterfamilien.«

»Ich erwarte nur, dass Ihr uns passieren lasst. Für Euch sind es zehn Schritte zurück, für uns dreihundert.«

»Ich weiche nicht einen Schritt, schon gar nicht vor Euch!«

»Komm, Urs, dann gehen wir eben zurück«, versuchte Vela einzulenken, denn Herr Solbert hatte inzwischen den Schild aufgenommen und zog sein Schwert. Es war eine lange glänzende Klinge, und er schwang sie mit Kraft und Geschick, als er sie prüfend durch die Luft sausen ließ.

Doch Urs hatte längst Kampfstellung eingenommen. »Das wollen wir doch mal sehen!« Seine Augen leuchteten wie im Rausch, und er befahl: »Zurück, Kinder!«, ohne auf Velas Worte einzugehen.

Cephei bezweifelte, dass er sie überhaupt gehört hatte. Er hatte auch Angst um Urs, aber es leuchtete ihm ein, dass sich ein wahrer Mann einem solchen Kampf stellen musste. Urs war im Recht, Herr Solbert hatte wirklich den viel kürzeren Weg zurück. Und vor allem den ungefährlicheren. Cephei zog sich mit Vela ein paar Meter zurück und beobachte abwechselnd die zwei Streithähne und die Düsternis hinter ihnen.

»Wehrt Euch, Bär«, rief Herr Solbert herausfordernd, und der Kampf begann.

Sein Schwert traf scheppernd auf Urs' Schild, und der schlug mit gleicher Wucht zurück. Wieder und wieder traf Stahl auf Stahl, wieder und wieder wurde ein Hieb abgewehrt.

Vela quetschte ihre Daumen und zuckte aufgeregt hin und her, aber Cephei blieb ruhiger, er konnte den Kampf besser einschätzen, und er sah, dass sich hier zwei gleichwertige Gegner gegenüberstanden. In Gedanken folgte er jedem Hieb des Bären und zuckte jedes Mal zusammen, wenn er getroffen zu werden drohte.

Die Schmähungen der Gegner nahmen ab, die beiden keuchten vor Anstrengung und stöhnten auf, wenn sie schwer auf dem Schild getroffen wurden. Keiner errang einen Vorteil, keiner von beiden konnte überhaupt einen Treffer platzieren. Die Sonne wanderte langsam Richtung Horizont, Bär und Ritter fochten Stunde um Stunde, doch noch immer schien ein Ende des Duells in weiter Ferne.

Vela wurde immer unruhiger, lief hin und her, schüttelte den Kopf und schien immer weniger besorgt um Urs und immer verärgerter. »Wie lange dauert das denn noch?«

»Schwer zu sagen«, erwiderte Cephei. »Die beiden sind gleichwertige Kämpfer, das kann sich hinziehen.«

»Wie lange?«

Er zuckte mit den Schultern. Was wollte sie denn? Ein solcher Kampf dauerte eben, bis er vorbei war und einer besiegt. Aber auch ihm gefiel der Ort des Duells nicht, auf freiem Feld hätte er sich deutlich wohler gefühlt. Immer wieder und immer länger starrte Cephei in Richtung Stadt, denn inzwischen hatte er mehr Angst vor den Käfern als um Urs.

»Ich will hier weg, bevor es dunkel wird«, flüsterte Vela und klopfte mit ihrem Hammer ein loses Stück des Brückengeländers heraus. »Und dazu müssen wir Urs helfen.«

»Urs helfen? Wie denn? Niemand mischt sich in ein Ritterduell ein.«

»Ich schon«, knurrte sie und wog das Bruchstück in der Hand. »Außerdem ist Urs gar kein Ritter.« Mit diesen Worten schleuderte sie es nach Herrn Solbert, bevor Cephei eingreifen konnte.

Der Ritter wurde am Helm getroffen und taumelte einen Schritt zurück. Solche Treffsicherheit hätte Cephei ihr gar nicht zugetraut. Er nickte anerkennend.

Sie zuckte mit der rechten Schulter und grinste. »Die Undart-Zwillinge haben mir Zielen beigebracht.«

Sie sahen wieder zu den Duellanten. Urs hatte gerade den Schwertarm erhoben, mit einem schnellen Hieb könnte er nun alles entscheiden. Doch er wirbelte herum, und seine Augen blitzten wütend. »Wer war das?«

Sie starrten ihn entsetzt an. So zornig hatten sie ihn noch nie gesehen.

»Tut das nie wieder. Niemals! Habt ihr mich verstanden?«

»Aber wir müssen weiter. Es wird dunkel.«

»Dunkel? Das ist kein Grund, einen ehrenhaften Kampf abzubrechen. Wir sehen genug. Herr Solberts legendärer Kampf gegen den Unhold von Tobringen dauerte dreieinhalb Wochen.«

»Dreieinhalb Wochen? Wir haben aber keine Zeit, wir müssen weiter, mein Vater …«, stotterte Vela.

»Lieber ehrenvoll scheitern als hinterlistig gewinnen!«

Herr Solbert hatte sich inzwischen gefangen, zweimal den Kopf geschüttelt, dann den Helm wieder gerade geschoben. Er stand in Urs' Rücken und wartete auf das Ende der Diskussion. Auch er schlug dem Bären nicht in den Rücken, und der drehte sich nicht um, um sich dessen zu vergewissern.

»Greift niemals zur Hinterlist, denn dann ist euer Sieg nichts wert.«

Vela schrie: »Aber der ganze Kampf hier ist unsinnig! Wir haben keine dreieinhalb Wochen zu verschwenden. Wir sind durch das halbe Land gereist, dann machen wir eben dreihundert Schritt Umweg und lassen diesem Dickkopf Solbert seinen Willen! Darauf kommt es doch jetzt nicht an.«

»Auf die dreihundert Schritt nicht«, nickte Urs. »Aber wir haben mit dem Kampf begonnen, ein Rückzug wäre feige.«

»Feige?«, schrie Vela. »Feige?«

»Natürlich. Und Feigheit kommt gar nicht in Frage. Also macht es euch bequem und spielt irgendwas Schönes. Es kann noch eine Weile dauern.« Damit drehte er sich wieder um. »Die Unterbrechung tut mir leid, Herr Solbert. Seid Ihr wieder bereit?«

»Ja, das bin ich. Und ich muss sagen, Ihr habt wohl gesprochen.«

»Oh, danke.«

»Doch ohne prahlen zu wollen, gegen den Troll aus Winterland focht ich ganze fünf Wochen!«

»Fünf Wochen? Respekt, mein Herr, Respekt.«

Schon ließen sie wieder die Schwerter auf den anderen niedersausen.

»Fünf Wochen? Wahnsinn.« Auch Cephei war tief beeindruckt.

Vela hingegen baute sich vor ihm auf und schrie: »Wahnsinn? Ja, das ist wahnsinnig!« Dann griff sie sich ihren Rucksack und machte drei Schritte in Richtung Stadt.

Cephei sah sie an, wie sie mit vorgeschobener Unterlippe dastand und bereit war, allein weiterzuziehen, um ihren Vater zu retten. Er war mitgekommen, um Urs' Knappe zu werden, aber jetzt brauchte Vela seine Hilfe wohl nötiger, und ein Ritter musste immer den Schwachen helfen. Natürlich war er kein Ritter und auch einen halben Kopf kleiner als Vela, doch wenigstens konnte er mit dem Dolch umgehen. Allein hätte sie keine Chance. Und wie sagte Urs immer? Man musste kein Ritter sein, um sich ritterlich zu verhalten.

So gern Cephei Geschichten von ehrenvollen Rittern hörte, in den Gassen der Königsstadt hätte sich niemand wie Urs und Herr Solbert verhalten. Vela wollte ihr Leben für ihren Vater riskieren, und das erschien ihm mit einem Mal viel ehrenhafter, als er ihr in das trotzige Gesicht sah. Sie hatte ihn oft von oben herab behandelt, wie eine ältere Schwester, doch jetzt lag in ihren Augen keine Arroganz, sondern nur die Hoffnung, er würde sie begleiten.

»In Ordnung«, brummte er und griff sich sein Gepäck. »Es geht weiter.« Ein paar Schritte mussten sie wieder nach Sanjorkh hinein, um unter die Brücke zu gelangen. Noch einmal blieben Vela und er stehen und drehten sich zu den Kämpfenden um.

»Wir werden jetzt gehen, Urs, auch ohne dich, wir haben einfach keine Zeit für so etwas. Wenn du uns begleiten willst, dann komm jetzt!«

»Gleich, gleich«, rief Urs und parierte einen Hieb, aber es war klar, dass es keinen Sinn hatte, auf ihn zu warten. Er war zu vertieft in das Duell, wollte sich unbedingt dem Ritter stellen, und was sie ihm zuriefen, spielte keine Rolle.

»Und dafür habe ich auch noch bezahlt«, sagte Vela wütend und ging weiter.

Mit gesenktem Kopf folgte Cephei ihr. Urs würde sie schon finden, wenn er hier fertig war. Hoffentlich noch rechtzeitig.

Allmählich wurden die Kampfgeräusche hinter ihnen leiser. Cephei schritt mit gezogenem Dolch voran in die Düsternis. Nichts war zu sehen, kein Laut zu hören. Leise setzten sie Fuß vor Fuß, aber alle Vorsicht war überflüssig. Sie erreichten das Ende der Brücke, ohne irgendeinem Lebewesen zu begegnen.

So leise wie möglich kletterten sie unter die Brücke, dann liefen sie unter ihr wieder in Richtung Stadtrand. Sie überquerten zwei verschüttete Straßen und eine schwarze Fläche mit rostigen Gestängen dazwischen und einer dreckig grünen Bank aus einem glatten Material, das Cephei nicht kannte. Sie hörten Schwerter auf Schilde schlagen, immer lauter, stolperten über eine letzte Straße und aus der Finsternis der grauen Wolke hinaus.

Bald waren sie unter Urs und Herrn Solbert, die weiter stur aufeinander einschlugen. Sie kraxelten eine Aufschüttung aus Erde und grauen Steinen empor und hatten Sanjorkh endgültig verlassen. Draußen dämmerte es bereits, doch dieses Dämmern war viel freundlicher als die Dunkelheit in Sanjorkh.

Eine ganze Weile liefen sie noch, immer wieder sah sich Cephei um, aber Urs folgte ihnen nicht, und Vela lief auch nicht langsamer, um auf ihn zu warten. Wahrscheinlich war sie noch wütend auf ihn. Aber auch Cephei war es recht, wenn sie so viel Abstand wie möglich zwischen sich und die verfluchte Ruinenstadt brachten.

Als die Nacht hereinbrach, suchten sie sich ein großes Gebüsch, unter dem sie ihre Liegestatt aufbauten. Feuer machten sie an diesem Abend nicht, und während sie auf mageren Wurzeln herumkauten, hing das Schweigen schwer zwischen ihnen. Urs fehlte ihnen schon jetzt, nicht nur seine Stärke, auch seine Geschichten. Die Nacht schien auf einmal bedrohlicher als zuvor.

Vela drehte sich auf ihrem Lager unruhig hin und her, bis Cephei ausrief: »Jetzt lieg doch endlich still!«

Einen Moment blieb sie regungslos liegen, dann seufzte sie. »Ich wollte noch sagen … na ja, du weißt schon. Danke. Dafür, dass du mitgekommen bist.«

»Schon gut«, brummte er verlegen. Er wünschte sich nur, dass Urs noch immer bei ihnen wäre.

Vela zappelte wieder.

»Was ist denn nur mit dir los? Ich kann ja verstehen, dass dir

Urs fehlt, aber du treibst mich noch in den Wahnsinn. Wenn du zappelst wie ein Fisch, krieg ich ständig deine Ellbogen ab. Dieser Unterschlupf ist nicht groß, falls es dir noch nicht aufgefallen sein sollte!«

»Es tut mir leid, es ist nur …«

»Was?«

Wieder dieses tiefe Seufzen.

»Zum Henker noch mal, jetzt spuck es schon aus!«

»Ich glaube, ich muss dir etwas sagen.«

Das klang nicht gut – es war genau der gleiche Tonfall, den Equu immer angeschlagen hatte, wenn er Cephei beichten musste, dass er sich von seiner Ration Essen genommen hatte, weil Dorado zu geizig gewesen war.

»Hast du etwa was von den Vorräten genommen, ohne es mir zu sagen? Ehrlich, Vela, das ist …«

»Nein, das ist es nicht.«

»Was dann?«

Lange schwieg sie, dann erzählte sie ihm stockend von ihrem Gespräch mit Serpem, und wie sie wirklich zu den Raumgeistern gekommen war. Während sie berichtete, wurde er zunehmend wütender.

»Ich kann es nicht fassen, dass du uns das verschwiegen hast!«, schrie er. Er bebte vor Wut. »Noch eine Hexe! Wie sollen wir denn den Schlüssel von einer Hexe zurückgewinnen? Und jetzt fehlt auch noch Urs.«

»Es tut mir leid. Ich hätte etwas sagen müssen …«

Vor lauter Zorn konnte Cephei gar nicht weiterreden, er dachte an Sanjorkh und daran, welche Gefahren noch vor ihnen liegen mochten. Er wusste nicht, wovor ihm mehr graute.

»Wie konntest du nur mit einer Hexe Geschäfte machen? Das

ist verboten, und wenn das jemand erfährt, kannst du dafür in den Kerker kommen.«

Vela gab keine Antwort.

»Und ich gleich mit. Wird doch niemand glauben, dass ich davon nichts wusste.«

»Es wird niemand erfahren, versprochen. Ich werde keinem Menschen davon erzählen.«

Ja, dachte Cephei, *weil die Hexe uns wahrscheinlich in Frösche verwandeln wird und anschließend röstet, und dann können wir das sowieso niemandem mehr erzählen.*

»Cephei?«

Er schwieg eisern. Wenn es in der Nähe noch andere gute Verstecke für die Nacht gegeben hätte, wäre er unter dem Gebüsch hervorgeklettert und hätte Abstand zwischen sich und Vela gebracht. Glaubte sie etwa, er würde einfach so weiter mit ihr gehen, weil Sanjorkh ja nun hinter ihnen lag und er sicher nicht so schnell dorthin zurückkehren wollte?

Wäre er doch bei Urs geblieben.

»Es tut mir leid«, flüsterte Vela noch einmal in die Dunkelheit, bevor sie sich in die Decke einwickelte.

Cephei hatte nicht übel Lust, ihr zu sagen, dass sie ihn am Morgen zum letzten Mal sähe und dass er sich auf den Weg zurück nach Marinth machen würde, aber es kam ihm nicht über die Lippen. Irgendetwas hielt ihn davon ab.

Sie waren so weit gekommen. Er dachte an Dorado und an die Schusterstochter, die er vielleicht auch ein kleines bisschen beeindrucken wollte. Und daran, was er Equu sagen sollte, wenn der ihn nach seinen Abenteuern fragte. Mit leeren Händen zurückzukehren, würde einer Niederlage gleichkommen. Dann hätte er gar nichts erreicht. Er wäre immer noch der Junge, der nur dazu gut war, Dorado in der Gaststube zu helfen und sich Backpfeifen einzufangen.

Aber war es das wirklich wert, sich mit einer Hexe anzulegen? War es schlimmer, bei Dorado zu bleiben, als ein Frosch zu werden?

Sein Verstand sagte nein, aber tief in seinem Bauch verspürte er dieses Gefühl, das wie ein Stein in ihm lag und nicht verschwinden wollte, wenn er an dieses *Nein* dachte. Vielleicht wäre es tatsächlich schlimmer, jetzt umzukehren. Trotzdem war er über Velas Verrat wütend und enttäuscht, und es dauerte lange, bis er einschlief.

JENSEITS DER RUINENSTADT

Am nächsten Morgen war Vela bereits wach, als Cephei die Augen aufschlug. Sie saß neben ihm, die Arme um die angezogenen Knie geschlungen, und beobachtete ihn. Ihre Augen waren rot und geschwollen, aber davon wollte er sich nicht erweichen lassen. Er war immer noch wütend.

In der Nacht hatte er wirr von Urs geträumt, der mit seinem Schwert auf eine Baumfaust einhackte, die Cephei schon in ihren Klauen hatte, während Vela und Serpem danebengestanden hatten und lachten – und dann war noch der Mechanische König mit dem Erdwühler auf dem Arm durch die Straßen von Sanjorkh gelaufen. Das hatte alles überhaupt keinen Sinn ergeben. Er mochte solche Träume nicht.

Schweigend rollte er seinen Mantel zusammen und steckte ihn in den Rucksack. Dann kroch er aus dem Gebüsch und lief los, weiter Richtung Süden, ohne sich umzudrehen. Nach wenigen Augenblicken hörte er, wie Vela hinter ihm herrannte. Sie packte ihn am Arm. »Warte doch!«

Er blieb stehen. »Was denn, Vela? Hast du vielleicht noch etwas zu berichten?«

»Nein.« Beschämt sah sie zu Boden. »Du kommst trotzdem weiter mit?«

»Glaub bloß nicht, dass ich deinetwegen mitkomme.« Mit einem Ruck machte er sich von ihr los. »Ich mach das für den König. Damit er mich belohnt, wenn wir ihn retten. Aber vergessen ist die Sache deswegen nicht.«

Sie nickte und warf ihm vorsichtige Blicke zu, während er

weiterstapfte. Dabei war er längst nicht so entschlossen, wie er tat. Der Traum hatte ein drückendes Gefühl in seinem Magen hinterlassen, das er nicht abschütteln konnte. Aber Abenteuer wurden nicht einfach so abgebrochen, das war in Urs' Geschichten nie vorgekommen und auch in keiner anderen, also lief er weiter. Außerdem mussten sie dringend ihre Vorräte auffüllen. Die Landschaft auf der anderen Seite der Ruinenstadt wurde zwar grüner, blieb aber dennoch karg. Büsche mit kleinen Blättern, die sich zusammenrollten, wenn man sie berührte, säumten festgestampfte Erdwege. Vereinzelt standen Bäume, aber es dauerte bis zum Nachmittag, bis sie das erste Feld erblickten.

Selten konnten sie anwenden, was Urs ihnen beigebracht hatte. Als sie endlich eine Quelle fanden, stürzten sie sich darauf, tranken gierig von dem klaren Wasser und spülten den Dreck von Sanjorkh ab, der überall zu sitzen schien. In ihren Haaren, den Ohren, der Nase und selbst unter den Augenlidern.

In der Nähe der Quelle entdeckten sie auch essbare Wurzeln, ein paar Früchte, Pilze und Beeren. Es schmeckte zwar nicht wie im Rauschwald, manchmal glaubte Cephei sogar, Staub auf der Zunge zu spüren, aber es füllte die knurrenden Bäuche, und das war im Augenblick das Wichtigste.

Kurz darauf entdeckten sie am Horizont den ersten Bauernhof. Aufgeregt rief Vela: »Sieh doch!«, aber Cepheis Wut war noch nicht völlig abgekühlt, so dass er nur »Mhm« brummte. Die Stimmung zwischen ihnen blieb angespannt, auch wenn sich Vela alle Mühe gab, ihn nicht zu verärgern.

Als sie den Bauernhof erreichten, rannte ihnen ein riesiger Hund mit schwarzem zotteligem Fell entgegen. Er war groß wie ein Kalb und bleckte die spitzen gelben Zähne, von denen Speichel troff. Doch ein kurzer Pfiff hielt das Tier davon ab, sich auf sie zu stürzen, wofür Cephei ausgesprochen dankbar war.

Ein dunkelhaariger Junge mit zahlreichen Leberflecken auf den Armen und einer breiten Lücke zwischen den Schneidezähnen kam dem Hund hinterhergelaufen und betrachtete Cephei und Vela neugierig. Er musste etwa in ihrem Alter sein.

»Hallo«, sagte er und grinste.

»Hallo.«

»Wo kommt ihr her? Ich habe gar keine Händlerkarawane gesehen? Seid ihr vom Weg abgekommen?«

»So könnte man das auch nennen.« Cephei warf Vela einen Blick zu, den sie kurz erwiderte. »Wir kommen von der Nordseite des Rauschwalds. Kannst du uns sagen, ob wir auf dem Weg weiter nach Süden noch einmal eine größere Stadt passieren?«

»Von jenseits des Rauschwalds?« Der Junge schien beeindruckt. »Da seid ihr aber schon gut zu Fuß unterwegs gewesen. Sonst verirren sich kaum Menschen aus dem Norden zu uns. Nur die Handelskarawanen oder irgendwelche Gauner auf der Flucht.« Der Junge lachte. »Heute und morgen werdet ihr nicht viele Höfe passieren, so nah an Sanjorkh leben nicht viele Leute.« Er warf einen finsteren Blick auf die Ruinenstadt am Horizont, über der unverändert die große graue Wolke schwebte. »Die nächste größere Stadt ist Sternbruck, aber die liegt im Osten. Vom Süden weiß ich nichts.«

»Wir benötigen ein Lager für die Nacht«, sagte Vela. »Kannst du uns helfen?«

Nachdenklich sah der Junge zurück zum Hof. »Hier könnt ihr jedenfalls nicht bleiben. Flora ist krank, und die Braune kalbt gerade. Außerdem scheren wir morgen, da kann sich keiner um Gäste kümmern. Habt ihr Geld?«

Zögerlich nickte Vela.

»Dann versucht es die Straße runter beim alten Kiesgard, der hat genug Platz und ist es gewohnt, dass Händler bei ihm nächtigen. Für ein paar Münzen kriegt ihr vielleicht sogar ein Strohlager und eine Mahlzeit.«

Ein zweiter Pfiff ertönte, und als sie zum Hofeingang schauten, stand dort ein kräftiger Mann, in dessen lockigem Haar sich ein paar Strohhalme verfangen hatten und der dem Jungen ungehalten winkte.

»Ich muss zurück. Viel Glück euch beiden.« Hastig rannte er davon, und der Riesenhund folgte ihm.

Sie machten sich wieder auf den Weg, die Straße wurde breiter und wirkte ein wenig befahrener. Schon nach wenigen Minuten sahen sie einen weiteren Hof vor sich auftauchen, den sie bald erreichten.

Der Junge mit dem Hund hatte Recht behalten: Der alte Kiesgard war bereit, sie für einen kleinen Obolus in seiner Scheune schlafen zu lassen und stellte ihnen sogar einen Krug Ziegenmilch hin. Bequem war das Strohlager nicht, aber allemal besser, als in Sanjorkh zu übernachten. Käfer gab es in der Scheune zwar auch, aber die waren nur so groß wie Cepheis Daumennagel.

Am nächsten Morgen wachten sie allerdings beide bedeckt mit Flohstichen auf, die fürchterlich juckten und Cephei fast in den Wahnsinn trieben. Die Schusterstochter hätte vielleicht auch dagegen eine Salbe gehabt, aber sie war leider nicht hier, sondern schwatzte daheim wahrscheinlich gerade mit dem angeberischen Sohn des Bäckers. Kratzend und fluchend setzten sie ihren Weg fort.

Sanjorkh wurde in ihrem Rücken immer kleiner, bis sie die dunkle Wolke irgendwann nur noch erahnen konnten. Cephei versuchte sich einzureden, es wären ganz normale Regenwolken oder Hochnebelfelder, denn die unheimliche Ruinenstadt mit ihren Riesenkäfern und Nagern wollte er so schnell wie möglich vergessen. Ohne sie wäre Urs noch bei ihnen.

Wenn sie Leute trafen, Bauern und Knechte, die ihre Felder voll fremder Getreidesorten und weißer armlanger Rüben bestellten, oder auch leutselige Reisende, sagte Cephei zum Abschluss immer: »Wenn euch ein sprechender Bär begegnet, der nach uns fragt, dann sagt ihm, dass wir hier entlanggekommen sind.«

Manchmal ritzte er auch Kreuze in die Rinde von Bäumen am Straßenrand, die Urs leicht entdecken konnte, in der Hoffnung, eines Morgens würde er aufwachen und der Bär säße neben ihm.

Aber das passierte nie. Vielleicht focht Urs noch immer gegen Herrn Solbert. Dreieinhalb Wochen waren noch lange nicht um.

Nachts stahlen sie manchmal von den Vorräten eines Bauern, wenn dieser keinen Wachhund hatte, weil das Geld immer knapper wurde und sich auch nicht jeder Bauer freute, zwei Kinder zu sehen, die nach Essen fragten. Auch wenn Cephei inzwischen gut mit dem Dolch umgehen konnte und viel mutiger geworden war, seit er Sanjorkh durchquert und dem widerlichen Käfer getrotzt hatte, ein geworfener Dolch war meist zu langsam, um wilde Tiere zu erlegen. Ihnen fehlte Urs' Armbrust.

Beim ersten Diebstahl war Vela ganz starr vor Schreck gewesen, weil sie gedacht hatte, der Bauer würde sie jeden Moment erwischen. Aber in solchen Dingen hatte Cephei ein bisschen Erfahrung, schließlich hatte er sich in Dorados Vorratskammer auch nie erwischen lassen.

»Ich kann nicht glauben, dass ich da mitgemacht habe«, flüsterte sie am Lagerfeuer – und dann biss sie in einen Laib frisches Brot, der kurz davor noch einem dicken Mann gehört hatte, der sie von seinem Hof gejagt hatte.

»Wenn der König uns belohnt hat, kannst du dem Mann ja Geld für das Brot schicken«, lachte Cephei, worauf Vela nachdenklich das Brot sinken ließ. Unbeabsichtigt hatte er sie an ihren Vater erinnert, dabei versuchte er das sonst doch zu vermeiden.

Häufig sah sie traurig in die Ferne und reagierte nicht, wenn er sie ansprach. Cephei war sicher, dass sie dann immer an ihn dachte, und das war schon oft genug. Trotzdem riss er noch einen Kanten Brot ab und reichte ihn ihr. »Hier.« Seine Wut war nicht mehr so groß, denn es war schwierig, wütend auf jemanden zu sein, wenn dieser Jemand der Einzige war, den man hatte.

Vor dem Einschlafen vertrieb sich Cephei die düsteren Gedanken mit allerlei Geschichten, die er in seinem Kopf ersann. Er stellte sich vor, wie er einen Wegelagerer besiegte, dann zwei oder gar drei, und Vela aus ihren Händen rettete, die stets dankbar und fürchterlich beschämt war wegen ihres Verrats. Einen Kampf gegen den Klippengeier malte er sich nur selten aus; er konnte nicht an den Vogel denken, ohne zugleich eine hässliche Hexe in flatternden schwarzen Kleidern an seiner Seite zu sehen. Und es war schwer, sich auszumalen, wie er sie besiegte.

Eine Woche lang folgten sie dem Raumgeist, und allmählich veränderte sich die Landschaft. Die Bäume standen nun dichter, sie durchwanderten weite Grasebenen und nicht nur das Land, sondern auch die Menschen wurden freundlicher.

Viele hatten hier dunkleres Haar, und manch schwarzer Schopf schimmerte fast bläulich in der Sonne. Die Leute waren gesprächiger als die meisten nördlich des Rauschwalds, sie redeten mit großer Geste und Mimik.

Ihre Häuser waren hell, die Dächer aus gescheckten Stroh, und viele Türen knallrot oder leuchtend grün angestrichen. Für jeden Bewohner stand eine bemalte, lächelnde Tonfigur neben dem Eingang, und an manchen Türen hingen geflochtene Strohkränze, die angeblich Glück brachten.

In jedem Dorf hörten sie sich nach dem Vogel um, denn allein auf Serpem und den Raumgeist wollten sie sich nicht verlassen. Die Leute erzählten ihnen einiges über die Klippengeier, von ihrem unbändigen Hunger oder der Kälte ihres Flügelschlags.

Und auch davon, wie die Klippengeier in den letzten Jahren immer öfter in die Siedlungen der Menschen kamen und dort Dinge verwüsteten oder Tiere rissen.

»Früher haben sie das nicht getan«, erzählte eine alte Bäuerin, die schon ganz faltig im Gesicht war und bei der sie Rast machten. Die Alte saß vor ihrem Haus und rauchte Pfeife. »Im Sommer die langen Dürreperioden und nun noch die Klippengeier. Das sind schwierige Zeiten für die Bauern.« Sie nickte mehrmals. Dann schenkte sie Cephei ein Paar Schuhe von ihrem verstorbenen Sohn, weil ihr das Loch in seiner Sohle aufgefallen war.

Aber einen Vogel mit Schlüssel hatte auch sie nicht gesehen, worüber sie erleichtert war.

Erst am Ende dieser Woche trafen Cephei und Vela schließlich doch noch auf einen Mann und ein Mädchen, die den Vogel erst vor kurzem erblickt haben wollten.

Der Mann war ein betrunkener Alter ohne Haare und mit wässrigen Augen und schmalen Wangen, der in seinem Leben sehr viel gesehen zu haben schien. Drachen, Trolle, schöne

Frauen, rennende Häuser, flammende Büsche, sprechende Steine und noch viel mehr schöne Frauen. Und eben jenen riesigen Vogel, nach dem *»die lieben Kinder sich so artig erkundigten«*.

Sie wussten nicht, ob sie seinen trunkenen Worten glauben sollten. Auf keinen Fall konnten sie warten, bis er nüchtern war; er trug noch eine halbvolle Flasche Drachenbrand mit sich herum.

Das blond gelockte Mädchen schien ein wenig jünger als Cephei zu sein und hieß Sandheen. Sie beobachtete den ganzen Tag den Himmel, weil sie auf die Ankunft eines Gottes wartete, der auf einem riesigen fliegenden Teller erscheinen sollte, wie ihre Eltern ihr erzählt hatten.

»Er wird uns von unserem Leid erlösen und Reichtum und Glückseligkeit bringen«, lächelte sie schüchtern und sah zu Boden. »Aber weil es ein bisschen langweilig ist, auf einen fernen Gott zu warten, der vielleicht erst in hundert Jahren kommt, weil hundert Jahre für einen Unsterblichen ja fast nichts sind, beobachte ich lieber die Vögel, die über unser Haus fliegen.«

Vela nickte aufmunternd, und Sandheen machte hektisch ein Zeichen in die Luft und duckte sich, als würde sie gleich der Blitz treffen. »Also habe ich auch den riesigen Klippengeier gesehen, der nach Süden geflogen ist und etwas Glitzerndes in den Krallen hielt.«

»Die spinnt«, stellte Cephei fest, als sie sich verabschiedet hatten.

»Ja, aber sie beobachtet den ganzen Tag den Himmel«, warf Vela ein. Sie vertraute dem Mädchen, denn es erinnerte sie an ihre Mutter. »Auf jeden Fall war sie nüchtern und hat etwas Glitzerndes in den Krallen erkannt.«

Also folgten sie weiterhin an jeder Kreuzung dem Raumgeist.

Mit jedem Tag schien es wärmer zu werden, dennoch schafften sie große Wegstrecken. Sie durchquerten die schmale, doch gefährliche Feuersteppe, wo nichts wuchs und brennende Büsche im heißen Wind umherrollten und den Boden aufheizten, und wo sich Cephei eine Blase am Hintern holte, weil er sich unvorsichtig auf einen heißen Felsen setzte.

Zum Glück begegnete ihnen am Rand der Feuersteppe ein Händlerzug, der sie ein Stück des Weges mitnahm. Die Pferde waren klein und zäh. Cepheis Füße streiften fast den Boden, als er auf einem der Tiere saß und hin und her wackelte, aber das war allemal besser, als zu Fuß zu gehen.

Sie begleiteten die Karawane bis zu den Ausläufern des Säulenwalds, dessen Bäume dicke gerade Stämme besaßen und deren Zweige erst in vielen Schritt Höhe riesige gezackte Blätter trugen. Dort bog die Karawane nach Osten ab, während sich Cephei und Vela nach Süden wandten. Den Raumgeist ließen sie in den Tagen, in denen sie mit der Karawane zogen, in seiner Kiste, damit die Händler nicht merkten, dass sie sich der Hexenkunst bedienten. Das hätte übel enden können, mitten in der Wildnis und ohne Schutz.

Zwei Tage folgte ihnen ein neugieriges Wasserkalb und bettelte immer wieder um Essen. Sie hatten selbst kaum etwas, aber Vela gab ihm dennoch ein wenig ab, und Cephei brachte es nicht über sich, mit dem Dolch nach ihm zu werfen, um die eigenen Vorräte aufzufüllen.

Sie wurden müde, ihre Muskeln schmerzten seit Tagen, die Kleidung war abgeschabt und staubig, Cepheis Hose am linken Knie aufgerissen. Der weite Weg machte sie mürbe, und oft sprachen sie stundenlang kein Wort miteinander, weil ihnen einfach die Kraft fehlte. Ihre Gesichter waren staubbedeckt, und inzwischen bekamen sie den Wandergeruch nach Schweiß, Erde und Erschöpfung nicht mehr aus den Kleidern.

Manchmal dachte Cephei traurig an Urs und fragte sich, wie es ihm wohl erging und ob er den Kampf gewonnen hatte. In solchen Momenten spürte er wieder leise Wut auf Vela, weil sie darauf bestanden hatte, allein weiterzugehen.

Aber er sprach diese Wut nicht mehr aus, weil er wusste, dass er sich ja selbst entschieden hatte, sie zu begleiten. Dennoch wäre es mit Urs leichter gewesen, er hätte ihnen Mut gemacht und war der bessere Jäger. Wann sie das letzte Mal Fleisch gegessen hatten, konnte Cephei nicht mehr sagen.

Er hatte immer gedacht, Abenteuer würden aus Heldentaten bestehen und nicht aus so viel Lauferei und diesem ständigen Hunger!

Wenn sie wenigstens Reittiere gehabt hätten wie die Händler. Aber ein Waisenjunge besaß eben kein Pferd. Am Ende eines jeden Tages fragte er sich, ob es nicht besser gewesen wäre, im Wirtshaus zu bleiben, aber er fand darauf keine Antwort.

Die Reise war sicher nicht schlimmer, als zu Hause Prügel zu beziehen, aber viel besser war sie auch nicht. Nur wenn er mit Vela am Lagerfeuer saß und sie zusammen in die Sterne schauten, bekam er eine Ahnung davon, wie schön das Leben sein konnte. Das Funkeln am dunklen Himmel ließ ihn träumen, und dann hoffte er auf eine Zeit, in der seine Tage wären wie diese kurzen Momente am Feuer.

DER SCHROTTFLUSS

Sie passierten weitere Höfe, Dörfer und auch zwei kleine Burgen mit hohen spitzen Türmen. Am westlichen Horizont konnten sie einmal die bunten Fahnen, hellblauen Dächer und mächtigen Wehrtürme einer größeren Stadt sehen, aber der Raumgeist führte sie daran vorbei, durch einen kleinen Wald, der heller und lichter war als der Rauschwald und dessen Schatten Vela genoss.

Mit jedem Tag brannte die Sonne heißer vom Himmel.

Inmitten einer felsigen Landschaft, die dem Wald folgte, hörten sie auf einmal ein Schaben und Knirschen vor sich.

»Was ist das?«, fragte Cephei, aber Vela zuckte mit den Schultern. Sie sahen sich um, konnten jedoch nichts erkennen. Weit vor ihnen schien sich eine weitere Absenkung des Bodens zu befinden, die sich quer durch die Landschaft schlängelte.

»Vielleicht da vorne.«

Cephei hielt seine Hand am Dolch, für alle Fälle, während das Knirschen und Schaben lauter wurde. »Sieht fast aus wie ein Fluss«, sagte er. »Aber dann würde dort doch etwas wachsen, oder? Wo Wasser ist, wächst immer was.«

»Ein Fluss klingt anders.«

Es dauerte noch eine ganze Weile, bis sie auf die Quelle des Knirschens stießen. Es wuchs zu massivem Lärm an, so dass sie einander nicht mehr verstehen konnten, wenn sie normal sprachen.

Es war tatsächlich ein gewaltiger Fluss, der ihnen den Weg versperrte. Aber er führte kein Wasser.

Graue und rostbraune Schrottteile wälzten sich das Flussbett entlang, dazwischen blinkte immer wieder etwas Stählernes oder Bronzenes auf. Nägel, Schrauben, verbogene Bleche, Stücke von Kettenhemden, Zahnräder, Stangen, Bruchstücke von Klingen, Drähte, Teile eines Uhrwerks, verbogene Federn und andere Metallteile konnte Cephei erkennen. Auch Äste und Laub befanden sich dazwischen, so wie in jedem normalen Fluss auch, nur waren diese zerrupft und zerhackt.

»Was ist das?«, flüsterte Cephei, aber Vela konnte ihn natürlich nicht hören.

Sie stand mit offenem Mund am Rande des Flussbetts und sah auf die gewaltigen metallischen Massen hinunter, die sich direkt vor ihnen vorbeiwälzten. Sie schien völlig versunken in den Anblick.

Cephei kannte viele Geschichten, und zusammen mit Vela und Urs hatte er in letzter Zeit vieles selbst gesehen, aber nie hatte er von einem solchen Fluss gehört. So etwas konnte es doch gar nicht geben – und dennoch stand er an seinem Ufer, und sein Lärm dröhnte ihm in den Ohren. Wie konnte Schrott einen Flusslauf entlangfließen? Cephei erkannte weder Wasser noch Öl oder eine andere Flüssigkeit zwischen den metallischen Teilen. War das Zauberei?

»Was ist das?«, schrie Cephei diesmal, aber Vela hob nur die Hände. »Ich dachte, du kennst dich mit Mechanik aus?«

»Aber das ist nicht nur Mechanik«, brüllte sie zurück. »Irgendetwas treibt den Schrott an.«

Es war ein gewaltiger Fluss, ein richtiger Strom, mehrere hundert Schritt breit, und nirgends war eine Brücke in Sicht. Nur ein dünnes Seil war über ihn gespannt, das auf ihrer Seite an einem aufrecht stehenden Steinmonolithen mit alten Runen

festgebunden war. Behände kletterte der Raumgeist hinauf und begann, auf dem Seil zu balancieren.

Vela zog ihn an der Leine zurück und verstaute ihn wieder in seinem Kästchen. »Du alberner kleiner Kerl. Wie sollen wir denn über das Seil balancieren?« Über das Knirschen und Schaben des Stroms hinweg rief sie Cephei zu: »Und nun? Ich kann da nicht rüber.«

»Ich auch nicht. Und schwimmen können wir ebenso wenig.«

»Nein, schwimmen können wir nicht«, wiederholte Vela. »Meinst du, wir können drüberlaufen?«

»Zu starke Strömung. Sie würde uns fortreißen, schau dir die Wirbel an.« Cephei zeigte auf eine Stelle, wo der Schrott hüfthohe Wellen bildete. Ein handgroßer Haken und andere Teile wurden mehrere Schritte durch die Luft geschleudert und schlu-

gen dann wieder auf dem Schrott auf. »Oder solche Spritzer würden uns treffen.«

Ratlos starrten sie weiter auf den dahintreibenden Schrott. Manchmal wurden ein paar rostige Teile nach oben geworfen, als würde ein Tier nach Luft schnappen. Doch welche Tiere sollten hier leben können? Mechanische Fische? Cephei konnte sich nicht vorstellen, dass es so etwas außerhalb des Königsschlosses gab. Und überhaupt, wer würde sie denn jedes Jahr aufziehen?

Vela holte sich eine faustgroße Mondnuss aus dem Rucksack und begann, darauf herumzukauen. »Lass uns was essen. Danach überlegen wir weiter.«

»Keinen Hunger«, rief Cephei. »Aber ich schau mal, ob hier genießbare Wurzeln oder so zu finden sind.«

Viel Hoffnung hatte er allerdings nicht, er wollte nur nicht tatenlos auf den Schrottfluss starren. Wie sollten sie ihn nur überqueren? In keiner Richtung war eine Brücke zu sehen. Er hob einen Stein vom Boden und warf ihn mit einem Fluch in den Schrott. Dann noch einen und noch einen und einen noch viel größeren, und als ihm der Arm schmerzte, schlenderte er zu Vela zurück.

Es war bereits Abend, und so beschlossen sie, ihr Lager aufzuschlagen und am nächsten Tag weiterzusehen. In den letzten Wochen waren ihre Beine kräftiger geworden, fühlten sich aber dennoch schlapp und schwer an. Sie zogen sich ein Stück vom Fluss zurück, damit sein Lärmen ihre Ruhe nicht störte, und bereiteten ihr Lager in einer geschützten Bodensenke, an deren Rand kleine knorrige Büsche standen und sie verbargen.

»Ich hätte gern mal wieder mein Hemd gewaschen«, sagte Vela leise, als sie sich hinlegte. »Aber in diesem Fluss gäbe das wohl nur Löcher.«

Cephei lachte und übernahm die erste Wache. Der Staub in den Kleidern störte ihn weniger, er vermisste vielmehr den kräftigen Braten, von dem er früher manchmal nachts in der Speisekammer stibitzt hatte. Und er wäre gern ein paar Züge in einem richtigen Fluss geschwommen.

»Meinst du, die Ritter sind inzwischen aufgebrochen?«, fragte Vela irgendwann leise. Er konnte nicht erkennen, ob sie hoffnungsvoll oder zweifelnd klang.

»Kann schon sein.« An die Ritter hatte Cephei lange nicht mehr gedacht. Seltsamerweise hatte er sich nie vorgestellt, wie sie ihn und Vela einholten, das hatte er immer nur Urs zugetraut. Wenn er jetzt daran dachte, fragte er sich, ob sie nicht irgendwann Kunde erhalten würden, dass die Ritter vielleicht schon bei der Hexe in der Südlichen Feste gewesen waren und der

Schlüssel längst zu Hause beim König war. Die Ritter hatten schnelle Pferde und kannten vielleicht andere Wege. Dann müssten er und Vela sich zwar nicht mehr in Gefahr bringen, aber Ruhm würden sie so auch nicht erlangen.

Über diesen Gedanken dämmerte er weg, noch bevor der Mond richtig aufgegangen war.

Am nächsten Morgen erwachten sie früh. Obwohl Cephei während seiner Wache eingeschlafen war, machte ihm Vela keine Vorwürfe – es war ihr in letzter Zeit auch öfter passiert. So hatten sie wenigstens beide durchgeschlafen und waren ausgeruht. Sie packten zusammen und liefen wieder zum Fluss.

Als sie dort anlangten, sahen sie an seinem Ufer einen kräftigen Mann in lederner Hose und mit nacktem sonnengebräuntem Oberkörper. Über seine rechte Schulter verlief ein Gewirr aus alten Narben, das lange dunkle Haar hatte er im Nacken zusammengebunden. Er sah auf den Fluss hinaus und wandte ihnen den Rücken zu. Neben ihm stand ein alter Wagen, und neben diesem suchten zwei Ochsen den kargen Boden nach Futter ab.

Der Mann wirbelte ein seltsames Gestänge an einer Kette über seinem Kopf und schleuderte es dann in den Fluss. Das andere Ende der Kette war mit einem Haken an seinem Gürtel befestigt.

Kaum hatte sich das Gestänge im Fluss verfangen, wurde es fortgerissen; der Mann packte die Kette und stemmte sich dagegen. Mit aller Kraft wollte er das Gestänge wieder herausziehen, aber es schien sich zu sehr verhakt zu haben; langsam wurde er in Richtung Fluss gezerrt.

Ohne nachzudenken sprang Cephei hinzu und packte mit an. Der Mann fand nun festen Halt und nickte Cephei zu, der sich mit aller Kraft in die Kette legte.

»Zugleich«, schrie der Mann, und sie zogen an der Kette. Cepheis Muskeln spannten sich, Schweiß drang ihm aus den Poren. Die Kette vibrierte in seinen Händen, zwickte ein Stückchen Haut ein, aber er ließ nicht los.

Langsam näherte sich das Gestänge dem Ufer, und auch Vela eilte herbei und langte mit zu. Kurz darauf polterte das seltsame Gestänge an Land, in ihm hatten sich mehrere Ketten, ein Blech, ein großes Zahnrad und ein kaputter Stiefel verfangen.

Der Mann nickte zufrieden und lachte sie an. »Danke.«

»Bitte.« Cephei grinste. »Aber was machst du da?«

»Schrott angeln.«

»Schrott angeln? Warum?«

»Na, um Geld zu verdienen, warum denn sonst.«

»Geld verdienen?«

»Ihr kommt nicht von hier, oder?«

Sie schüttelten die Köpfe.

»Seht auch so aus«, bestätigte der Schrottangler. »Seht euch das Zahnrad an, das ist noch gut erhalten. Wenn ich das reinige, bringt das ein paar Münzen ein. Die Ketten auch.« Er griff nach dem Stiefel und schleuderte ihn zurück. »Der nicht.«

»Und warum wirfst du das Gestänge hinaus und riskierst, dass du mitgerissen wirst? Warum sammelst du nicht einfach Schrott in Ufernähe?«

»Mach ich auch oft. Aber das tun viele, und nur weiter draußen findet man besondere Teile. Fragt mich nicht, warum, aber die filigranen Teile eines Uhrwerks gibt es nie am Rand. Außerdem sind die Funde vom Rand meist rostiger.«

Cephei beäugte das frisch geangelte Zahnrad. Vela dagegen dachte nur an eins. »Wir müssen über den Fluss«, sagte sie. »Kannst du uns helfen?«

»Über den Fluss? Es gab hier mal eine Hängebrücke, aber von der ist nur noch ein Seil übrig. Weiter flussabwärts soll es eine Brücke aus Stein geben, da ist es aber drei gute Tagesmärsche hin. Der Zöllner dort soll ein komischer Kauz sein, aber er wird euch schon hinüberlassen. Was wollt ihr denn drüben?«

»Wir suchen einen Klippengeier, der den König bestohlen hat«, sagte Vela rasch, bevor Cephei die ganze Geschichte erzählen konnte.

»Und da hat der König euch ausgeschickt? Keine Ritter? Seltsam. Na ja, ich habe gehört, der König wäre krank. Stimmt das?«

»Ja«, nickte Vela. »Aber er wird wieder gesund.«

»Das ist gut zu hören. Sonst hört man ja wenig Nachrichten aus der Stadt hier, so weit im Süden. Wollt ihr mir nicht noch ein wenig zur Hand gehen und ein bisschen was erzählen?«

»Tut uns leid, aber wir sind wirklich in Eile.«

»Nun denn.« Der Angler bückte sich, um seine Beute auf den Wagen zu werfen. »Dann will ich euch mal nicht aufhalten.« Er nickte ihnen noch einmal zu und nahm das seltsame Gestänge wieder zur Hand.

Vela und Cephei machten sich auf den Weg. Cephei drehte sich im Laufen noch zweimal um, doch der Angler sah ihnen nicht nach. Er war in seine Arbeit versunken und schaffte es diesmal auch, sein Gestänge allein aus den Fluten zu ziehen. Und so liefen sie weiter, in der Hoffnung, irgendwann den Fluss überqueren zu können. Es kam Cephei vor, als wäre das Land, das er auf der anderen Seite sehen konnte, vollkommen unberührt. Lebten dort Menschen, gehörte es überhaupt zum Königreich? Der Angler hatte zwar erzählt, dass es eine Zollstation gab, aber solange Cephei die nicht sah, glaubte er auch nicht daran. Lange liefen sie, während die Sonne höher stieg.

Wahrscheinlich lag es an der Übermüdung oder auch an der Hitze, die, je mehr sie sich dem südlichen Ende näherten, immer größer wurde. Jedenfalls hatten sie am Mittag mal wieder gestritten.

»Du verbrauchst zu viel Wasser«, sagte Vela, als er die Trinkflasche erst nach dem dritten Schluck wieder vom Mund nahm. »Wir wissen nicht, wann wir die Flaschen das nächste Mal auffüllen können.«

»Willst du mich verdursten lassen?«

»Unsinn. Ich sage nur, dass wir mit dem Wasser sparsam sein müssen. In dem Fluss hier können wir sie ja schlecht nachfüllen, oder?«

»Bla, bla, bla … Wir finden schon wieder Wasser! Du bist nicht meine Aufpasserin. Wenn du dich weiter so aufführst, wirst du noch ganz schrumplig vor Ärger. Genau wie das alte Fräulein, das in der Turmgasse wohnt, über dem Schneider. Den ganzen Tag hockt sie am Fenster und beschimpft die Leute. Sie würden zu laut reden, die Karren würden zu laut rumpeln, die Schweine zu viel Dreck machen, und überhaupt ist alles ganz furchtbar. Dabei ist das einzige Furchtbare in der Turmgasse das alte Fräulein. Also hör auf so rumzukeifen wie sie!«

Empört schnappte Vela nach Luft. »Das sagst du? Ausgerechnet du? Du kleiner Möchtegernritter! Traumritter! Aber das kannst du vergessen. Aus dir wird nie ein Ritter! Nie!«

»Schrumpelfräulein!« Wütend ballte Cephei die Fäuste und rannte ein Stück voraus. Es war einfach nicht ritterlich, mit einem Mädchen zu streiten, egal wie dämlich sie sich aufführte.

Er sah sich nicht nach ihr um, hörte nur ihre Schritte über die Kieselsteine am Flussufer schaben. Der Fluss beruhigte sich an dieser Stelle ein wenig, wurde flacher und führte viele Räder und Ketten, kleine, große, kniehoch, mannslang. In der Nähe des Flusses konnte man sich ohnehin nicht richtig unterhalten, weil er so laut war, was machte es also für einen Unterschied, ob Cephei neben Vela ging oder vorneweg?

Er hatte eigentlich gedacht, sie hätte diese Art, ihn so von oben herab zu behandeln abgelegt, aber es sah nicht so aus, und er ärgerte sich darüber. Sie konnte doch froh sein, dass er überhaupt noch bei ihr war – da konnte man ja wohl ein kleines bisschen Dankbarkeit erwarten! Und ein, zwei Schluck Wasser, wenn man durstig war.

Mit immer noch geballten Fäusten stapfte er weiter geradeaus und suchte am Horizont nach einer Möglichkeit, den Fluss zu überqueren. Vielleicht wurde er ja irgendwann schmaler, so dass sie durch das Flussbett waten konnten. Doch so weit das Auge reichte, gab es nur den Kiesstrand unter seinen Füßen, die Felsenlandschaft und den Schrottfluss, der sich seinen Weg hindurchbahnte.

Als er gerade die Augen zusammenkniff, um deutlicher zu sehen, ob da in der Ferne nun eine Wolke oder ein Hindernis war, gab der Boden plötzlich unter ihm nach, und Cephei fiel. Wie eine Fackel in den Brunnen fiel, zog es auch ihn nach unten, die Luft ließ seine Haare hochwehen, und der Schrei aus seiner Kehle folgte ihnen. Noch nie hatte er so laut geschrien.

Cephei hatte keine Zeit mehr, irgendetwas zu denken, außer: Sein Leben und sein erstes Abenteuer endeten, nur weil er ein Loch im Boden übersehen hatte! Dann verlor er das Bewusstsein.

MECHANISCHES GESCHICK UND WÜRFELGLÜCK

Im einen Moment war er noch da gewesen, und dann war er plötzlich verschwunden.

Erschrocken blieb Vela stehen. Zwei Lidschläge benötigte sie, um sich wieder in Bewegung zu setzen, dann rannte sie los und erkannte schnell den Grund für sein plötzliches Verschwinden.

Ein Loch im Boden.

Das Loch hatte einen Durchmesser von guten fünfzehn Schritt. Am Rand angekommen, ließ Vela den Rucksack fallen und kniete sich hin, um vorsichtig über den Rand zu spähen. Ihr Herz raste, und sie spürte ein merkwürdiges Zittern in Händen und Knien. Sie war zwar wütend auf Cephei gewesen, aber doch nicht so, dass sie sich wünschte, dass er in einen Abgrund stürzte! Was, wenn er … Aber sie musste hineinsehen, denn wenn er nicht tief gestürzt war, dann lag er vielleicht mit gebrochenem Bein auf einem Vorsprung und brauchte Hilfe.

Langsam beugte sie sich über den Rand, der Blick glitt an den Felsen entlang und nach unten. Raue Klippen, die steil nach unten führten, glatt war die Oberfläche, wie Schieferstein. Es ging tief nach unten, vielleicht den doppelten Durchmesser. Wie in jedem Abgrund war es dämmrig, weil das Licht nur schwer hinabkam, und in diesem Zwielicht bewegte sich ein Schatten.

Als Velas Blick den Boden erreichte, traf er auf schmale, spiegelnde Augen, die ihre festhielten. Es war ihr, als sähe sie in diesen Spiegeln die Jahreszeiten wechseln, den Frühling mit seiner Blüte, die Früchte des Sommers, die Farben des Herbstes und das

Weiß des Winters, sie sah das Meer und die Wüste, erkannte eine Steppe, in der Häuser entstanden und wieder verfielen, Kinder und den Tod ganzer Herden. Sie sah das Werden und Vergehen von Zeitaltern.

Ihre Lider wurden schwer, und nachdem sie sich einmal geschlossen hatten, brach der Bann, und alles, was sie gesehen hatte, verblasste, selbst die Erinnerung daran. Langsam öffnete Vela wieder die Augen, und erst jetzt erfasste sie das gesamte Bild, das sich ihr bot.

Die spiegelnden Augen gehörten zu einem Gesicht, das nicht menschlich war, aber auch nicht nur tierisch schien. Lang war es, wie der Kopf einer Schlange, mit einem großen Maul, an dessen Seite Eckzähne hervorragten. Das Maul war leicht geöffnet, und die Zunge hing heraus, hechelte wie die eines Hundes im Sommer.

Der Körper war zusammengerollt, doch sie konnte dennoch erkennen, wie riesig und schuppig er war. Und da waren auch zusammengefaltete Flügel, die eng am Körper anlagen. Das Wesen sah aus wie eine riesige geflügelte Schlange, und seine Farbe passte sich den Felsen an. Es sah zu ihr herauf und bewegte sich leicht, so dass sie aufkeuchte und zurückwich, aber sie konnte den Blick nicht von ihm lösen. Nun sah sie auch, dass die Kreatur vier Gliedmaßen besaß, mit langen Krallen. Und in den Krallen hielt sie Cepheis leblosen Körper.

Blut konnte sie keines erkennen, dafür war es zu dunkel und Cephei zu fern, aber wahrscheinlich hatte die Kreatur ihn aufgefangen, bevor er auf den Boden geschlagen war. Das Zittern nahm zu, Vela sah dem Wesen wieder in die Augen, sah nichts weiter als Spiegel in ihnen, und die Angst erfasste sie wie eine Windböe. Sie spürte sie tief in sich, in ihrem rasenden Herzen, dem Rauschen des Blutes in den Ohren, in den kalten Fingern und verkrampften Zehen.

Sie wollte weg. So weit und so schnell wie möglich. Wenn es sein musste, auch nach Hause in ihr Dorf auf den alten, hohen Turm, um den Himmel zu beobachten. Was hatte sie sich nur dabei gedacht fortzugehen?

In diesem Augenblick erkannte Vela, dass sie nicht mutig war, egal, was sie bisher gedacht hatte. Der Anblick der Kreatur ängstigte sie so sehr, dass sie versucht war wegzulaufen, dahin zurück, woher sie gekommen war, sogar wenn sie den Schlüssel so niemals finden und ihr Vater nicht begnadigt würde. Es war eine schreckliche Erkenntnis, und sie glaubte fast, dass die Kreatur es in ihrem Gesicht sehen konnte, weil sie wieder ein Bild in den Spiegeln wahrnahm. Sie sah sich rennen.

Aber dort unten lag noch immer Cephei, und seine Brust hob und senkte sich, er lebte noch, und etwas hinderte sie daran, sich einfach umzudrehen und ihn der Kreatur zu überlassen. Es war nicht Mut, es war kein ritterliches Gefühl, das vielleicht Urs antrieb. Es war nur eine leise Regung, ein Flüstern, das kaum zu verstehen, aber hartnäckig war. Cephei brauchte ihre Hilfe. Und sie war ihm etwas schuldig. Er war bei ihr geblieben, obwohl sie ihm die Wahrheit über die Herrin der Südlichen Feste viel zu spät erzählt hatte.

Also blieb sie und starrte weiter über den Rand. Die Kreatur regte sich ein zweites Mal und schloss die Krallen enger um Cephei, und Vela schrie auf, streckte die Hand nach ihm aus, und die Kreatur legte den Kopf schief.

»Lass ihn«, rief sie hinunter in den Abgrund.

Ihre Hand sank herab, und sie sah sich hektisch suchend um. Sollte sie etwas werfen? Vielleicht ließ sie Cephei dann los. Aber der war immer noch bewusstlos und konnte nicht davonrennen. Wohin auch, niemand konnte an den glatten Wänden hinaufklettern.

»Lass ihn!«, rief sie noch einmal, lauter diesmal, und ballte die Hände zu Fäusten.

Ich habe Hunger, kam es aus dem Abgrund zu ihr herauf.

Vela erstarrte. »Was?«, flüsterte sie.

Ich habe Hunger. Seit Tagen ist kein Mensch mehr vorbeigekommen und hineingefallen. Ist nicht viel, so ein Junge, aber besser als gar nichts.

»Nein! Nein, du darfst ihn nicht fressen!«

Warum nicht?

»Weil …« Vela suchte nach Worten, die überzeugend klangen, aber sie war eben kein Kanzler, der immer die richtige Antwort wusste. »Weil du es eben nicht darfst.«

Sagt wer?

»Ich sage das, ich. Ich will nicht, dass du ihn frisst.«

Und wer bist du?

»Ich bin Vela. Und das da in deiner Hand ist Cephei. Cephei und ich sind auf der Suche nach dem gestohlenen Königsschlüssel, weil der Mechanische König sonst nicht meinen Vater begnadigen kann, wenn er nicht aufgezogen wird.«

Was geht mich der König an? Ich habe Hunger.

»Dann komm doch hoch und such dir an anderer Stelle etwas zu fressen. Du musst doch wirklich nicht Cephei nehmen. An dem ist doch gar nichts dran. Viel zu dürr.«

Es kam keine Antwort, die Kreatur legte Cephei auf den Boden und bewegte den schuppigen Schwanz züngelnd über die Felswände.

»Wir könnten dir sagen, wo es Wälder gibt, in denen kannst

du Muths jagen. Die sind furchtbar groß und haben furchtbar viel Fleisch.«

Wieder traf sie der Blick aus spiegelnden Augen.

Nein, ich muss den Jungen fressen.

»Warum denn nur?«, rief Vela verzweifelt. Sie umklammerte ihren Hammer.

Selbst wenn es stimmt, was du sagst, ich kann nicht weg, ich bin in diesem Loch gefangen und kann nur von dem leben, was herunterfällt.

Sie runzelte die Stirn. »Wieso kannst du nicht heraus, du musst doch nur die Flügel spreizen und hinauffliegen.«

Der Schwanz peitschte nun unruhig über den Boden und traf dabei fast Cephei, der immer noch schlief.

Höhenangst.

»Was?«

Die Kreatur brüllte nun so laut, dass die kleinen Kiesel unter Velas Händen vibrierten: *Ich habe Höhenangst! Deshalb kann ich nicht fliegen.*

»Herrje.« Vela setzte sich im Schneidersitz an den Rand, weil ihr die Knie wehtaten. So schaute sie auf die Kreatur, die Cephei fressen wollte, eine fliegende Schlange, die Angst vorm Fliegen hatte, und das Zittern ihrer Finger ließ langsam nach. Doch ihr schwirrte der Kopf, das alles war doch verrückt.

»Wie heißt du eigentlich? Hast du einen Namen?«

Warum soll ich dir meinen Namen sagen?

»Weil man sich eben vorstellt, wenn man miteinander redet. Vielleicht kann ich dir ja doch helfen.«

Wie denn?

»Weiß noch nicht genau«, gab Vela zu und stützte den Kopf auf die Hand.

Ich glaube, ich fresse doch lieber den Jungen. Was man hat, hat man.

»Nein! Nein, nein, nein. Du darfst ihn nicht fressen, so lass mir doch einen Moment Zeit zu überlegen.«

Der Schwanz beruhigte sich wieder, rollte sich zusammen, und die Kreatur betrachtete Cephei, kam ihm aber nicht näher.

Mein Name ist Apus.

»Sieh mal, Apus, es gibt bestimmt eine Möglichkeit, aus dem Loch zu kommen. Du könntest doch die Augen schließen, dann siehst du nicht, wie hoch du fliegst, und ich sage dir, wann du den Rand erreicht hast.« Sie sah Apus an und lächelte zaghaft, es schien ihr eine ganz hervorragende Idee zu sein, aber die Kreatur verneinte.

Das geht nicht, ich kann nicht mit geschlossenen Augen fliegen, dann funktioniert es nicht. Das ist wie bei euch Menschen, ihr könnt doch auch nicht geradeaus laufen, wenn ihr die Augen schließt.

»Doch!«, behauptete Vela sofort, aber Apus sagte nur *Nein.*

Seufzend sah sie nach oben in den Himmel. Es musste eine Möglichkeit geben, ihr würde etwas einfallen. Einen Moment lang schloss sie tatsächlich die Augen, und das erste Mal seit Tagen spürte sie einen schwachen Windhauch an ihren Wangen. Sie hatte ihn also doch noch nicht ganz verloren, selbst hier in dieser Hitze begleitete er sie, wie ein Gruß aus dem Norden und der Heimat.

Als sie die Augen wieder öffnete, fiel ihr Blick auf den Fluss, der sich neben ihr durch die Landschaft wälzte, als gehe ihn das ganze Unglück nichts an. Die Räder rollten vorwärts, über Ketten und Nägel hinweg, ein beständiger Strom, der nicht langsamer wurde in seinem Bemühen, das Land zu teilen. Da tauchte eine Idee in ihrem Kopf auf, etwas, das sie in der Werkstatt ihres Vaters einmal gesehen hatte. Ein Bild, das noch verschwommen war, aber an Konturen gewann.

He, Mädchen, bist du noch da? Wenn dir nichts einfällt, fresse ich jetzt den Jungen.

Blitzschnell sah Vela wieder nach unten. »Sei doch nicht so ungeduldig, ich bin ja schon dabei. Willst du nun dort raus oder nicht? Da kommt es auf die paar Augenblicke auch nicht mehr an, oder?«

Die Kreatur antwortete nicht, rollte sich aber zusammen und legte den Kopf auf die Vorderbeine. In diesem Moment nahm Vela eine andere Bewegung wahr und sah, wie sich Cephei regte. Er schlug die Augen auf, blinzelte und hob den Kopf, sah zu ihr auf, und sein Blick klärte sich, offenbar erkannte er sie. Dann setzte er sich auf, langsam und mit zusammengekniffenen Lippen. Gerade als er etwas sagen wollte, wandte er den Kopf, um sich umzusehen, und entdeckte Apus.

Es dauerte keine drei Herzschläge, und er verlor erneut das Bewusstsein. Sank einfach nach hinten und war außer Gefecht gesetzt. Sowohl Vela als auch Apus beobachteten das kurze Schauspiel, und Vela seufzte.

Hat sich wohl erschreckt.

»Kein Wunder«, sagte sie, erhob sich und begann am Rand des Lochs entlangzugehen. Ihr musste etwas einfallen! Sie dachte an die Werkstatt im Schloss, und ohne es zu wollen an ihren gefangenen Vater, an den schrecklich düsteren Kerker und die griesgrämigen Wachen, an die sich schlängelnden Schemen im tiefen Kerkergraben …

Mindestens ein Dutzend Mal hatte sie das Loch umrundet, als sie plötzlich ganz genau wusste, was zu tun war. Natürlich! Die Kerkerbrücke!

»Ich hab's!«, schrie sie in den Abgrund, und Apus hob den Kopf. »Wir werden dich einfach aus dem Loch ziehen. Du kannst nicht hinaufklettern, du kannst nicht hinauffliegen. Also werden wir dich hinaufziehen.«

Wer ist wir?

»Na ja, ich meine, ich werde dich hinaufziehen. Ich mach das.«

Aha, war alles, was die Kreatur sagte, und dann senkte sie wieder den Kopf. *Ich glaube, ich fresse jetzt den Jungen, du hattest genügend Zeit.*

»Nein, du verstehst nicht, ich kann das machen, glaub mir!«

Sei nicht albern, Mädchen. Du bist viel zu schwach, um mich heraufzuziehen. In den letzten Jahren habe ich einige Menschen gefressen, und meine Art ist von Natur aus groß.

»Aber es gibt eine Möglichkeit. Du wirst sehen, vertrau mir.«

Pah, Menschen kann man nicht trauen. Das weiß doch jeder.

»Lass mir diesen einen Versuch. Wenn es nicht klappt, kannst du uns ja immer noch fressen«, erwiderte Vela und stemmte die Hände in die Hüften. Ihr war nicht wohl bei der Sache. Wenn sie versagte, wäre es mit Cephei aus. Und es gab nur diesen einen Versuch. Niemals zuvor hatte sie so etwas gebaut, schon gar nicht in dieser Größe.

Es dauerte noch einen Moment, bis ein Grollen aus dem Abgrund erklang. *Meinetwegen. Du kriegst Zeit bis morgen früh. Danach gibt's Frühstück.* Sie nickte und krempelte die Ärmel hoch, drehte sich um und starrte auf den Fluss. Man musste eben das Beste aus dem machen, was man hatte. Zuerst wischte sie mit der Hand ein paar Kiesel beiseite, bis der Sand darunter zum Vorschein kam. Dann malte sie mit dem Zeigefinger eine Skizze in den Sand, verband Striche mit Kreisen und rechnete, so gut sie konnte. Sie hätte manches Mal besser aufpassen sollen, wenn Vater und Großvater etwas erklärt hatten, jetzt könnte sie manche Formel gut gebrauchen.

Andererseits, wenn sich nicht alle so dagegen gesträubt hätten, dass sie eine Lehre machte, dann wüsste sie nun vielleicht schon eine Menge mehr, das hilfreich gewesen wäre. Allein die Berechnungen nahmen die nächste Stunde in Anspruch, und es wurde Mittag, bevor sie überhaupt anfangen konnte.

Inzwischen war auch Cephei wieder aufgewacht und hatte mit seinen Schreien Apus zum Brüllen gebracht, was Vela erheblich in ihrer Konzentration störte.

Also warf sie Cephei einen kleinen Kiesel an den Kopf und brüllte zurück: »Jetzt seid endlich still! Wie soll man denn da seine Arbeit tun?« Sie deutete auf Apus. »Du hast versprochen, ihn bis morgen nicht zu fressen, und du«, sie zeigte auf Cephei, »bist eine bessere Hilfe, wenn du ruhig bist, schließlich ist es dein Hintern, den ich hier retten will.«

Sie sahen erst Vela und dann einander an. Schließlich zog sich Cephei mit angezogenen Knien an eine Felswand zurück, und Apus rollte sich wieder zusammen. Monster und Jungen waren anstrengend, fand Vela, schüttelte den Kopf und ging zurück an die Arbeit.

Die nächsten Stunden war sie damit beschäftigt, größere und kleinere Metallräder mit einem breiten, nach außen gebogenen Rand und unterschiedliche Zahnräder vom Flussufer auf den Strand zu ziehen. Das war nicht leicht, weil sie oft genug ungeeignete Räder erwischte, manche zu schwer für sie waren oder ein vorbeisausender Metallblock sie zu erschlagen drohte.

Darüber hinaus suchte sie nach leichten, langen Ketten, die sich miteinander verbinden ließen. Dazu brauchte es Haken an ihren Enden, und von diesen Ketten gab es nicht viele. Außerdem benötigte sie Metallstifte, mit denen sie das Ganze verbinden konnte und die sie leicht mit dem Hammer verbiegen konnte.

Als es langsam dunkel wurde, sammelte sie statt Zahnrädern erst einmal Äste, Zweige und vertrocknetes Blattwerk der kleinen knorrigen Büsche, die hier in den Felsspalten wuchsen. Bis die Sonne untergegangen war, hatte sie genug Brennmaterial, um ein großes Lagerfeuer zu entfachen, in dessen Schein sie ihre Arbeit fortsetzte. Nur für ein kleines Abendbrot machte sie Pause und warf auch Cephei etwas von den getrockneten Früchten in den Abgrund. Apus kam näher, schnüffelte kurz daran und wandte dann den Kopf ab.

Das wurde ja nicht mal erlegt.

»Sind eben Früchte, wir sind nicht so gut im Jagen«, erwiderte Cephei, zuckte mit den Schultern und biss in die erste Frucht. Während des Essens ließ er Apus nicht aus den Augen, aber Vela konnte in seiner Haltung einen Unterschied erkennen. Im Gegensatz zum Nachmittag lag jetzt ein Interesse darin, dem die Angst weichen musste. Es war Cepheis Neugier, mit der Vela schon oft genug Bekanntschaft geschlossen hatte.

»Ich überlass euch beide dann mal wieder euren Gesprächen«, sagte sie und ging zurück zu ihrem Lager aus Rädern und Ketten.

Da waren sie nun, dreiundzwanzig größere und kleinere Räder, vierzehn miteinander verbundene Ketten, ein paar Stangen und mittendrin Vela, die mit verschränkten Armen auf das Sammelsurium hinabblickte und überlegte, wie sie beginnen sollte.

Sie holte den kleinen Werkzeugkasten ihres Vaters aus dem Rucksack und war froh, ihn den ganzen Weg mitgeschleppt zu haben. Dann bückte sie sich, nahm ein kleineres Rad und wog es in der Hand. Das Metall war kühl und schon leicht rostig, aber sie fand es immer noch wunderschön. Alles hier war so groß, deshalb erschreckte es sie, aber im Grunde genommen unterschieden sich diese Räder nicht von denen, die ihr Vater in der Werkstatt benutzte.

Sie löste den Hammer vom Gürtel und schlug mit der breiten Seite auf das Rad, so dass sich ein heller Ton und der Rost lösten. Ein zweites und drittes Mal schlug sie darauf, dann griff sie sich andere Räder und Ketten und Stangen und setzte sie aneinander. Sie klopfte und schraubte und arbeitete, bis sie einen Rhythmus fand, der mit dem Knirschen und Schaben des fließenden Stroms im Einklang stand.

Es kam Vela vor, als würde sie ein Teil des Schrottflusses werden und die ihm innewohnende Melodie erkennen. Es war mehr als nur Lärm, es war ein Lied.

Erst als Cepheis Stimme an ihr Ohr klang, ließ sie Hammer und Rad sinken.

»Alles klar da oben?«, rief er, und sie trat an den Rand.

Ein sanftes Licht erhellte den Boden des Abgrunds, aber woher es kam, konnte Vela nicht sagen, ihr Feuer schien nicht bis nach dort unten. Cephei saß Apus im Schneidersitz gegenüber, in eine Decke gewickelt, die er aus dem Rucksack gezogen hatte. Zwischen ihm und Apus erkannte Vela einen Würfelbecher.

»Sagt mal, was macht ihr da eigentlich?«, rief sie nach unten.

»Wir würfeln.«

»Das sehe ich.«

Warum fragst du dann?

»Seit wann hast du denn Würfel dabei?«

»Es sind nicht meine«, antwortete Cephei.

Ein Tuchhändler hatte sie bei sich, als er vor zwei Monaten runterfiel. Ich hab sie aufgehoben, weil sie so schön im Becher herumkullerten.

»Du frisst sie sonst mit ihren Sachen?«, fragte Cephei erstaunt, bevor Vela etwas dazu sagen konnte, und Apus peitschte mit dem Schwanz. Das sollte wohl *Ja* bedeuten.

»Na toll. Spielt ruhig weiter, während ich mich hier abschufte«, rief Vela noch nach unten, bevor sie zurückstapfte.

Das war doch nicht zu fassen, wieso hatte sie sich nur jemals Sorgen um diesen Jungen gemacht? Ob der überhaupt begriff, dass die Kreatur ihn am Morgen verspeisen würde wie den Tuchhändler, wenn es ihr nicht gelang, Apus nach oben zu ziehen? Cephei hatte wirklich ein sonniges Gemüt.

Sie machte sich daran, die Räder mit Metallstiften zu verbinden, legte die Ketten darüber, versuchte sie zu befestigen, und oft genug sprangen sie wieder herunter, bis Vela sie in die Rillen der Ränder legte. Müdigkeit und Anstrengung ließen Kopf und Glieder schmerzen, am liebsten hätte sie alles hingeschmissen, aber das ging natürlich nicht, denn jeden Moment der Nacht, den sie zum Ausruhen nutzte, verlor sie für die Arbeit. Das Geräusch ihres Hammers, der auf die Metallstifte schlug, passte sich wieder dem Rhythmus des Flusses an.

Und es gab viel zu tun. Die Räder mussten aufgerichtet werden, damit die Kette abwechselnd über und unter ihnen hindurchlaufen konnte. Das eine Ende der Kette ließ Vela in den Abgrund hinein, an dem anderen würde sie selbst ziehen. Es war eine Art Flaschenzug, wie man ihn beim Bau großer Gebäude und Stadtmauern einsetzte, um schwere Steinquader nach oben zu ziehen. Wie die Kerkerbrücke funktionierte er nach einem einfachen mechanischen Prinzip: Wenn sie mit der Kette in der Hand den hundertfachen Weg zurücklegte, den sie den Drachen hochheben wollte, musste sie nur die Kraft für ein Hundertstel seines Gewichtes aufbringen. Sie musste es einfach schaffen.

Als die Sonne wieder aufging, stand Vela vor der fertigen Apparatur und betrachtete das Ganze skeptisch. Sie hatte keine Zeit mehr, um es auszuprobieren, und sie hoffte nur, ihr Plan würde aufgehen.

Mit einem leisen Seufzen trat sie an den Rand. Cephei schlummerte neben Apus, der in dem Moment aufsah. Die Würfel lagen immer noch zwischen ihnen.

Bist du so weit?

»Wirst du ihn wirklich fressen, wenn es nicht klappt?«

Ich muss fressen, wenn ich leben will.

Was ist das schon für ein Leben, so eingesperrt in ein Loch, hätte Vela gern gefragt, aber sie tat es nicht, denn sie wollte Apus nicht reizen. Wenn er sich nur überwunden und die Angst besiegt hätte, dann hätte er sich allein befreien können. Stattdessen fraß er lieber andere. So groß und doch so ängstlich. Von all den merkwürdigen Gestalten, die sie auf ihrer Reise getroffen hatten, schien Apus Vela die merkwürdigste.

»He, Cephei!«, rief sie. »Aufwachen!«

Langsam erwachte er und schien nun auf einmal ebenso nervös wie sie. Er sah ihr einen Moment lang tief in die Augen, dann zuckte er mit den Schultern und grinste. »Wird schon schiefgehen«, sagte er.

Sie lächelte zurück. »Wünsch mir Glück.«

Apus sagte nichts mehr.

»Du musst die Kette nehmen und sie um Apus schlingen. Er soll dich festhalten, dann zieh ich euch rauf«, rief sie, und Cephei betrachtete misstrauisch die Kette.

»Wie willst du uns hinaufziehen? Wir sind viel zu schwer.«

»Das Gewicht verteilt sich über die Räder, so dass ihr am Ende leichter für mich seid.«

Cephei runzelte die Stirn, und Vela winkte ab. »Erklär ich dir später. Glaub mir, theoretisch funktioniert das.«

»Na toll«, sagte er noch, dann machte er sich daran, unter Apus hindurchzukriechen und ihn mit der Kette zu umwickeln. Kein leichtes Unterfangen, weil der sich dazu aufrichten musste und Cephei Gefahr lief, sich an seinen Schuppen den Rücken aufzukratzen.

»Wenn ich das hier überstehe, gehe ich nie wieder auf Reisen, das steht fest.« Sie schüttelte den Kopf. »Haltet euch fest, es geht los!«

Mit diesen Worten drehte sie sich um und ging auf die andere Seite ihrer Konstruktion hinüber, nahm das Ende der Kette in die Hände und legte es sich dann über die Schulter. Wenige Schritte konnte sie gehen, dann spannte sich die Kette, und Vela blieb wieder stehen. Jetzt kam es drauf an. Sie wollte sich nicht vorstellen, was passierte, wenn es nicht klappte. Es gab nur einen Versuch, und der würde glücken!

Sie spannte Arm- und Beinmuskeln und trat einen Schritt vorwärts, dann noch einen, und dann stand sie wieder. Die Kette bewegte sich nicht.

Sie sah über die Schulter nach hinten, zog erneut an der Kette, aber kein Rad bewegte sich, nicht mal das kleinste. Das durfte einfach nicht wahr sein! Sie hatte doch die ganze Nacht daran gearbeitet, hatte genaue Berechnungen angestellt. Na, vielleicht nicht die genausten, schließlich war sie keine ausgebildete Meisterin, aber sie hatte ihr Bestes gegeben. Mit aller Kraft stemmte sie sich gegen das Gewicht am anderen Ende, hörte es knirschen, aber nichts geschah.

Einen Moment lang schloss sie die Augen und hörte auf den Lärm des Flusses, erkannte wieder die Melodie darin und versuchte, den Takt zu finden. Es war ein stetiges Klopfen, ein Rhythmus, der alles zum Fließen brachte, und sie machte sich diesen Rhythmus zu eigen. Mit jedem Schlag, der die Melodie bildete, zog sie an der Kette.

Zwei, drei, vier.

Wieder und wieder. Bis sich das erste Rad bewegte, das zweite nachgab und das dritte folgte. Einen winzigen Schritt ging Vela nach vorn, sie schwitzte und ihre müden Muskeln zitterten, und dann noch einen. Und noch einen, größer diesmal. Schritt um Schritt stapfte sie voran, legte sich schwer in die Kette und sah sich nicht um.

Lange lief sie, immer mehr Schweiß lief ihr in Bächen über den Körper, und die Muskeln brannten wie Feuer. Der Mund trocknete ihr aus, und die Zunge wurde groß und pelzig. Sie atmete keuchend, und jeden Moment glaubte sie, einfach umzufallen, aber das passierte nicht, sie zog und zog und stapfte stur weiter, und irgendwann hörte sie ein leises »Vela!, Vela!« weit hinter sich.

Da wagte sie es doch, über die Schulter zu blicken, und sah, wie sich Apus über den Rand schwang, Cephei auf seinem Rücken. Der winkte ihr überschwänglich zu und grinste über das ganze Gesicht. Er schien sich prächtig zu amüsieren.

»Ich sollte ihn einfach wieder fallen lassen«, knirschte sie und lief noch ein Stück weiter, bis Apus wirklich sicher auf dem Boden stand.

Als sie sah, dass die beiden es geschafft hatten, ließ sie die Kette aus den Händen gleiten, die aufgerissen und blutig waren. Erstaunt blickte sie darauf, das hatte sie gar nicht bemerkt. Die Knie gaben unter ihr nach. Keinen Schritt mehr würde sie sich bewegen, sie würde einfach hier liegenbleiben und darauf warten, dass sie jemand abholte.

Sie konnte nur noch daliegen, atmen und in den Himmel starren. Erst nach einer Weile bemerkte sie Cephei, der sich an ihre Seite gehockt hatte und ihre Hände mit seinem Hemdsaum abtupfte. Ein leises Brennen durchzog ihren Körper.

»Du bist verletzt«, sagte er und sah auf einmal ziemlich ernst aus.

»Ist nichts. Ich will mich nur nie wieder bewegen.«

Er verband ihre Hände und sie schwiegen, aber irgendwann schob sich Apus' Kopf in Velas Sichtfeld und verdeckte den Himmel. »Frisst du uns nun doch?«

Hab ich nicht gesagt, dass ich es nicht tue, wenn du es schaffst?

»Doch.«

Warum zweifelst du dann daran?

Ja, warum? Hatte sie nicht allen Grund dazu, nach allem, was in letzter Zeit passiert war?

»Sag mal«, mischte sich Cephei ein, »was denkst du, wie lange dein *niemals wieder bewegen* dauern wird?«

»Na für immer, was denn sonst?«

»Mhm, könntest du es vielleicht einrichten, dass es nur noch ein bisschen dauert, weil Apus angeboten hat, uns über den Fluss zu fliegen.«

Vela richtete sich nun doch auf, es war die Überraschung, und sie bereute die Bewegung sofort, weil ihr alle Muskeln wehtaten. »Ich denke, du kannst nicht fliegen?«, fragte sie und sah in die spiegelnden Augen.

Habe ich nie gesagt. Ich sagte, ich kann nicht hoch fliegen, weil ich Höhenangst habe. Ein paar Fußbreit über dem Boden sind kein Problem. Ihr Menschen hört immer so schlecht zu, wenn man euch etwas erzählt. Woher kommt das nur?

Vela lief rot an und verschränkte die Arme, sie fühlte sich

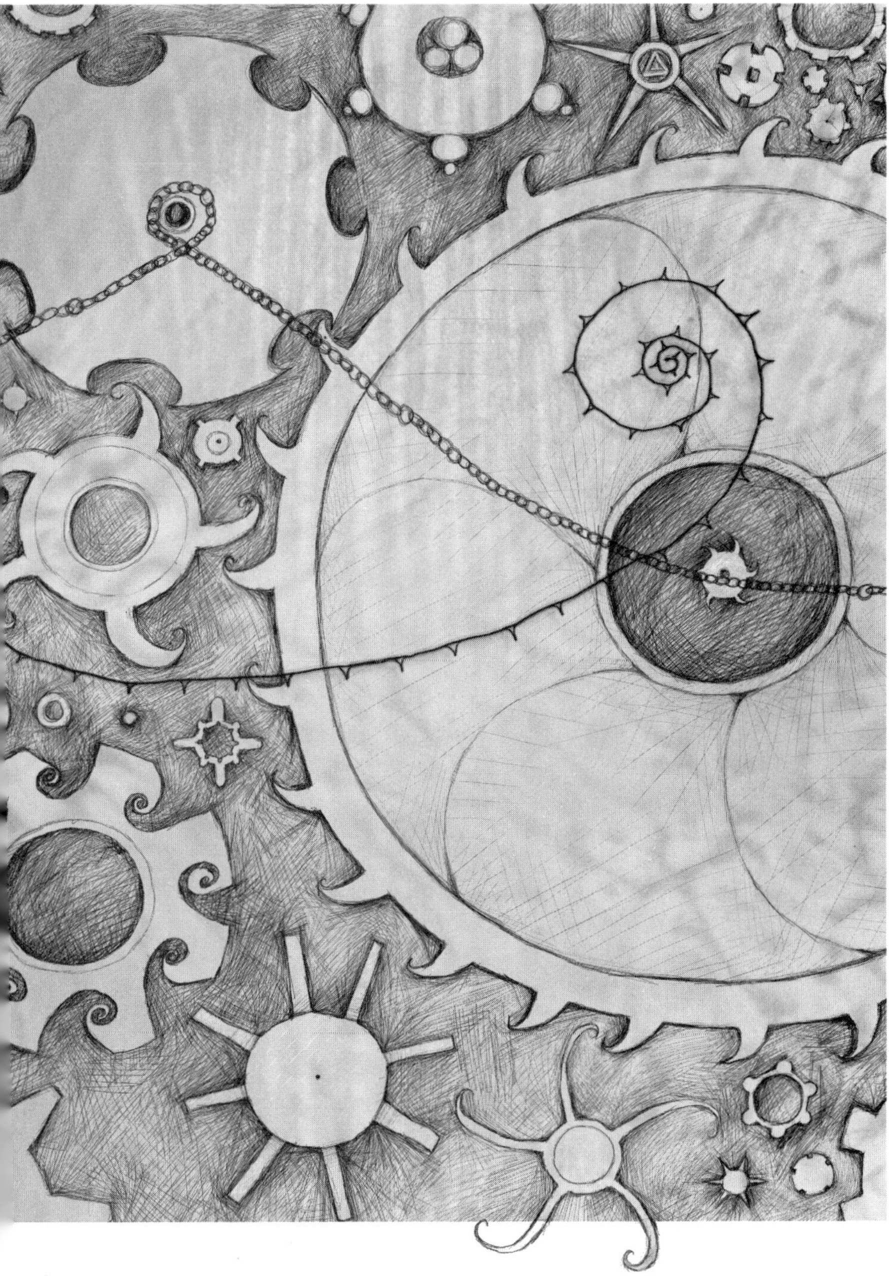

an Serpem erinnert, die etwas Ähnliches gesagt hatte. Es war zum Verzweifeln, kaum hatte Vela das Gefühl, mal etwas richtig gemacht zu haben, wurde sie auch schon eines Besseren belehrt.

»Danke«, sagte sie mürrisch und stand auf.

Nichts zu danken, ich habe gegen den Jungen beim Würfeln verloren.

»Wie bitte?«

Cephei grinste wieder und suchte ihre Sachen zusammen, neben einem Rad fand er Velas Hammer und reichte ihn ihr. Einen Augenblick starrte sie darauf, dann steckte sie ihn wieder an den Gürtel und atmete tief ein und aus.

Cephei schnürte sich den Rucksack um. »Wir hatten nichts Besseres zu tun, während du dieses Monstrum«, er zeigte auf die Räderkonstruktion, »gebaut hast. Irgendwie muss man sich doch die Zeit vertreiben. Da haben wir eben beim Drei-Pasch-Zahl gewettet.«

»Und was wäre geschehen, wenn du verloren hättest?«

»Dann hätte ich ihm ein Trinklied beigebracht, bevor er mich frisst.«

Wenn man die ganze Zeit in einem Loch hockt, ist so was ganz lustig, antwortete die Schlange und kam neben sie. Auffordernd sah Apus sie an, Cephei ging näher zu ihm, legte die Hand auf seine Schuppen und zog sich dann daran empor, bis er die Beine über den Körper schwingen konnte und sich auf Apus wie auf einem Pferd niederließ.

»Kommst du nun?«, fragte Cephei und hielt ihr den ausgestreckten Arm hin.

Misstrauisch sah Vela an Apus empor, die ganze Sache schien ihr nicht geheuer. Was, wenn sie herunterfiel, mitten in den Schrottfluss hinein? Sie hatte keine Kraft mehr, sich festzuhalten.

Oder wenn er gar nicht mehr fliegen konnte, weil er es nach der langen Zeit nicht mehr gewöhnt war?

»Hab dich nicht so, wird schon nichts passieren«, forderte Cephei sie auf.

Erschöpft hob sie den rechten Arm und ließ sich von Cephei hochziehen. Sie hatte nicht die ganze Nacht lang geschuftet, um jetzt vor diesem kleinen Flug zu kneifen. Nein, wirklich nicht. Es würde ja auch gar nicht lange dauern, nur kurz über den Fluss, und dann würden sie wieder auf dem Boden stehen.

Aber dass sie sich nicht so einfach Dinge einreden konnte, merkte Vela sehr schnell, als sie hinter Cephei saß und Apus langsam seine Flügel ausbreitete. Sie waren ebenso grau wie sein restlicher Körper, doch die Sonne ließ sie schimmern, und sie erinnerten Vela an das erkaltete Metall in der Schmiede, das gerade erst seine Gestalt in einer Form gefunden hatte. Die Flügel besaßen eine Spannweite von sicherlich acht oder zehn Schritt, unten im Loch und zusammengefaltet hatten sie viel kleiner gewirkt.

Fast bis zum Rand des Lochs ging Apus zurück, aber er warf keinen Blick in den tiefen Abgrund, in dem er die letzte Zeit verbracht hatte. Tief atmete er durch, ein Zittern lief durch seine Flügel, und dann rannte er los.

Er war schneller, als Vela gedacht hätte, trotz seines schweren Körpers, und am Rand des Flusses sprang er ab und reckte seinen Kopf zur anderen Seite. Geschickt segelte er drei Fußbreit über den trägen Schrottwellen zwischen Stangen und anderen langen Dingen hindurch, die höher aus den Fluten ragten.

Allein der Anblick seiner Flügel machte sie sprachlos. Wie beeindruckend musste diese Kreatur erst sein, wenn sie hoch über allen Köpfen im Himmel flog? Fast tat es ihr leid, dass Apus dieses Gefühl niemals kennenlernen würde, weil er solche Angst vor dem Himmel hatte.

Vor ihr stieß Cephei Seufzer aus, die bezeugten, wie sehr ihm die ganze Sache gefiel, und Vela zog ihn am Ohrläppchen.

»He«, rief er, aber sie lachte nur.

Das tut gut, ich fliege zwar nicht gern, aber die Bewegung ist angenehm.

»Besser, als nur da unten zu hocken und Leute zu fressen, was?«, rief Cephei und lachte.

Kann schon sein. Auch wenn ich mir ab heute mein Essen wieder jagen muss.

Vela beugte sich über Cepheis Schulter nach vorn. »Richtung Norden gibt es viele Wälder, dort findest du genügend Fleisch, du musst keine Menschen mehr fressen.«

Nein, müssen muss ich nicht.

Der Flug dauerte nicht lang, dann streckte Apus einfach die Beine aus und landete etwas holprig. Cephei und Vela wären fast über seinen Hals gerutscht, hielten sich dann aber doch oben. Vorsichtig kletterten sie herunter, Vela jammerte dabei, ihre aufgeschürften Hände wollten ihr keinen Halt geben, und dann traten sie vor, um Apus in die Augen sehen zu können.

»Tja, danke, du hast uns sehr geholfen«, sagte Vela und konnte in den Spiegeln wieder jenes merkwürdige Vorbeiziehen der Jahreszeiten erkennen. »Könntest du dir vielleicht vorstellen, dass du …«

Ich danke dir, Mädchen, unterbrach sie Apus und lief dann ohne ein weiteres Wort am Flussufer entlang, bevor sie ihn fragen konnte, ob er sie begleiten wollte.

»Hilfst du uns gegen die Hexe …?«, rief ihm Vela nach, aber viel zu leise. Der Abstand zwischen ihnen und Apus wurde rasch größer. Er sah sich nicht um. Wahrscheinlich hätte er ihnen sowieso nicht geholfen, im Loch hatte er ja schon gesagt, dass ihn der König nichts angehe, nur sein eigener Hunger.

»Seltsamer Bursche«, murmelte Cephei.

»Ja, er war so kurz angebunden. Man könnte meinen, wenn ich ihn schon aus dem Loch befreie, dann wäre er etwas dankbarer. Er hat auch gar nichts über sich erzählt oder wie er in dieses Loch geraten ist. Das muss doch einen Grund haben.«

Cephei lachte und sah sie kopfschüttelnd an. »Ich sag doch, ihr Mädchen seid komisch. Wenn du wie ich aufgewachsen wärst, dann wüsstest du, dass das alles gar nicht so viel bedeutet. Du hast ihm geholfen, er hat uns geholfen, und das war's dann. Wozu mehr erzählen?«

Vela boxte ihn gegen die Schulter. »Nun tu mal nicht so abgebrüht. Sonst bist du doch immer derjenige, der alles wissen will.«

»Ja, aber ich weiß auch, wann es keinen Sinn hat nachzufragen, der Kerl war einfach nicht gesprächig. Ich meine, du hast doch gesehen, was er war.«

»So? Was war er denn?«, fragte Vela und packte die Kiste mit dem Raumgeist aus dem Rucksack.

»Na, ein Wurm … ein fliegender Wurm eben … vielleicht auch eine Eidechse.«

»Also, ich glaube nicht, dass Apus eine Eidechse ist.« Skeptisch öffnete sie die Kiste.

»Dann eben doch ein Wurm mit komischen Augen, sah irgendwie alt aus.«

Der Raumgeist lief wieder schnurgerade in südliche Richtung und führte sie mitten hinein in die Weite der Landschaft. Eine Straße war hier weit und breit nicht zu sehen.

»Vielleicht war es einer dieser Flugwürmer aus den Märchen. Mein Großvater hat mir mal so was erzählt. Damals habe ich mir das nicht gemerkt. Was es auch war, es war seltsam.« Vela zog den Raumgeist wieder zurück in die Kiste, verstaute sie und lief dann in angegebene Richtung los. »Vielleicht ist auch besser, er begleitet uns nicht, wer weiß schon, ob er uns nicht doch gefressen hätte.«

Cephei folgte ihr. »Ach was! Wer weiß, was man mit dem noch für Abenteuer erleben könnte.«

»Dir hat wohl nicht gereicht, dass dich Apus fast gefressen hätte, was?«

»Aber nur fast! Du willst doch nur hören, dass ich dir immer und ewig dankbar bin.«

Wütend drehte sich Vela um und funkelte ihn an, doch er stand nur vor ihr und grinste. Dann kam er näher, beugte sich vor, gab ihr einen Kuss auf die Wange und sagte schnell: »Bin ich doch. Ehrlich.«

Seine Nasenspitze wurde ein bisschen rot, und Vela war plötzlich nicht mehr wütend. Sie räusperte sich und versuchte, streng auszusehen, indem sie die Stirn runzelte und die Augenbrauen zusammenzog. »Na gut. Dann komm jetzt, wir müssen weiter.«

Noch einmal warfen sie einen Blick zurück, dann setzten sie ihren Weg fort, hinter ihnen rauschte der Schrottfluss, und vor ihnen lag eine weitere Etappe.

VON BAUERN UND KÜHEN

Mit jeder Stunde wurde die Landschaft hügeliger, und am Horizont konnten sie drei einsame Berge ausmachen, auf die sie der Raumgeist direkt zuführte. Die Sonne brannte vom Himmel, das Gras hatte hier eine hellere Färbung, gelblich, die Halme waren schmaler, und es stand lange nicht so dicht wie auf den Wiesen daheim.

Stundenlang waren sie am vorangegangenen Tag gewandert, ohne einen Menschen zu sehen, bis sie schließlich die Straße erreicht hatten, der sie nun folgten. Doch auch auf ihr hatten sie nur drei winzige Dörfer durchquert. Zwischen den Dörfern hatten sie keine Menschenseele getroffen. Doch nun kam ihnen ein schlaksiger Mann entgegengerannt, vor dessen Füßen ein rosafarbenes Tier galoppierte, das ihm nicht einmal bis zu den Knien reichte.

»Haltet sie! Haltet sie!«, schrie er, und Cephei und Vela stellten sich auf die Straße aus festgestampfter Erde und breiteten die Arme aus.

Aber dem Tier schien das egal, es rannte stur auf sie zu. Cephei beäugte es misstrauisch, als es näher kam. Es sah aus wie eine kleine Kuh mit kräftigen Beinen und erstaunlich großen Hörnern, und dabei war es nackt und rosa wie ein Schwein. Auf dem Rücken hatte es einen gewaltigen roten Fleck.

Als es nur noch wenige Sprünge entfernt war, brüllte Cephei ihm ein langes »Aaaaahhh!« entgegen, und es stemmte sofort die Hufe in den Boden, um abzubremsen. Direkt vor den beiden kam es zum Stehen und blickte mit großen dunkelblauen Augen zu ihnen auf. Die Haut auf seinem Rücken schälte sich ein bisschen, der rote Fleck war ein heftiger Sonnenbrand.

Cephei musste lachen. »Na, was bist du denn?«

»Das ist eine Nacktkuh«, keuchte der schlaksige Mann, der inzwischen auch heran war, und legte ihr einen Strick um den Hals. »Sie gehört mir. Danke fürs Fangen, vielen Dank.«

Cephei musterte den Mann, der sie anlächelte und blinzelte. Er trug einfache Kleidung und roch nach Stall, sein spärliches Haar hing ihm wirr um den Kopf, und er versuchte, ihm wieder Form zu geben, indem er mit gespreizten Fingern hindurchfuhr. Er hatte ein paar Falten, doch die meisten schienen vom Lachen zu kommen, die wenigsten vom Alter. Seine Augen blickten freundlich, aber unruhig.

»Dauernd büxt mir eine aus«, erklärte er. »Die anderen sagen, das liegt an meinem Zaun. Dabei habe ich einen vorschriftsmäßigen Kuhzaun.« Er nickte eifrig. »Ja, vorschriftsmäßig, genau nach den Maßen der Königsnorm.«

»Königsnorm?«

»Ja. Einen Schritt und einen Fuß hoch, drei gleichmäßig angeordnete Querstreben. Nur die Racker kriechen einfach unter der untersten durch und rennen weg, wenn sie Lust dazu haben. Aber was langweile ich euch mit meinen Problemen. Kann ich euch etwas anbieten, immerhin habt ihr mir Cy zurückgebracht?« Er drehte sich um und winkte mit der Rechten, während er in der Linken die Leine hielt. »Kommt mit. Ihr seid nicht von hier, oder? Wisst ihr, der Zaun ist wirklich nach der Königsnorm gebaut, aber Cy ist ein großer Renner, manchmal erwische ich ihn erst nach Stunden. Und einmal hat er sich nur versteckt, und ich habe ihn den ganzen Tag gesucht. Das war, als Erk seinen ersten Hufbrand bekommen hatte.«

Und so ging es in einem fort. Der Mann erzählte ihnen von seinen Nacktkühen, bis sie alle ihre Namen kannten, nur nicht seinen eigenen, und er auch nicht ihre.

Endlich erreichten sie seinen Hof. Ein kleines, einstöckiges Steinhaus mit zwei Gebäuden aus Brettern daneben. Eine Herde Nacktkühe, alle so klein wie Cy und mit Sonnenbrand, stand auf einer Weide daneben. Der Zaun ging Cephei bis zum Kinn und sah genauso aus wie alle Kuhzäune in ihrer Heimat. Nur dass dort die Kühe viel größer waren.

Die unterste Querstrebe war tatsächlich so hoch, dass jede Nacktkuh darunter hindurchmarschieren konnte, wenn sie nur kurz den Kopf mit den langen Hörnern senkte. Cephei und Vela sahen sich verwirrt an und bissen sich dann auf die Lippen, um nicht loszuprusten.

In diesem Moment rannte eine weitere Nacktkuh los, schnurgerade unter dem Zaun hindurch und über die offenen Wiesen zu ihrer Rechten davon. Als habe sie nur darauf gewartet, dass der Bauer zurückkam.

»Nein! Erk!«, schrie dieser, dann warf er Cephei Cys Leine zu. »Fang! Sperr ihn auf die Weide! Bin gleich wieder zurück!« Und damit rannte er der fliehenden Nacktkuh hinterher.

Cephei erwischte die Leine, bevor Cy losspurten konnte. Kopfschüttelnd führte er die Kuh zum Gatter, hob es zur Seite und scheuchte sie hinein, nachdem er ihr den Strick abgenommen hatte. Vela lachte.

»Was ist?«, fragte er.

»Du benutzt das Gatter!«, prustete sie los. »Dabei hätte Cy auch prima unter dem Zaun durchgepasst. Du bist so schlau wie dieser Bauer!« Kichernd zeigte sie auf den Mann, der sich in hektischen Schlangenlinien immer weiter von ihnen entfernte.

Cephei holte Luft und musste dann selbst lachen. Er hängte den Strick über das Gatter und hatte das Gefühl, als würden alle Nacktkühe grinsen, während sie dem rennenden Bauern hinterhersahen.

»Komm, lass uns gehen«, sagte er zu Vela. »Wer weiß, wann der wiederkommt und wie viele Kühe ihm noch entkommen, bis wir das versprochene Essen bekommen.«

In der nächsten Stunde passierten sie noch eine Handvoll ähnlicher Bauernhäuser, das Hauptgebäude aus Stein und die Kuhzäune alle viel zu hoch. Nur dass die anderen Bauern die Lücke zwischen Boden und unterstem Querstreben mit Reisig, Steinen, Brettern oder Ähnlichem ausgefüllt hatten, damit die Nacktkühe nicht entkommen konnten.

»Schau, der ist schlauer«, grinste Cephei, als sie es zum ersten Mal sahen. Auch wenn er nicht wusste, warum auch dieser Bauer einen solchen Zaun verwendete. Halb so hoch wäre noch zu viel gewesen.

»Königsnorm«, sagte Vela ein paar Höfe später und schüttelte den Kopf. »Wahrscheinlich haben sich die Zäune seit Jahrhunderten bewährt, aber warum hat niemand dem König gesagt, dass die Kühe hier so viel kleiner sind?«

»Ach, Vela, lass doch den König damit in Ruhe. Die Leute sollen halt einfach kleinere Zäune bauen und selbst denken«, bemerkte Cephei, obwohl er sich über das Ganze amüsierte.

Bei einem verlassenen Hof ließ er Vela kurz vorgehen und sagte, er hätte einen Stein im Schuh. Dann bückte er sich kurz an einem Zaun und schob kichernd den Reisig auf einem Schritt Breite zur Seite.

»Lauft, Nacktkühe, lauft!«

Das war eindeutig nicht ritterlich, aber lustig, dachte er und schloss schnell zu Vela auf, der er es besser nicht sagte, weil sie sonst wieder die vernünftige Erwachsene gespielt hätte. Gemeinsam gingen sie weiter und lachten noch bis zum Abend über die galoppierenden Nacktkühe.

Als die Sonne unterging, kamen sie zu einer kleinen Quelle, an der sie rasteten. Sie wuschen sich und reinigten ihre Kleider, die in der warmen Nacht schnell trocknen würden. Das heiße Klima des Südens war so wenigstens zu etwas gut. Ein Feuer brauchten sie auch nicht zu entfachen, und Vela schien ganz glücklich über ihre gewaschenen Haare.

Nur Cephei saß immer noch mit dem Loch in der Hose neben ihr und sah sein Knie durchblitzen. An Nadel und Faden hatte eben keiner von ihnen gedacht. Solche Dinge schienen in Abenteuern immer keine Rolle zu spielen, jedenfalls hatte nie ein Ritter davon erzählt.

Gerade als sie sich schlafen legen wollten, wurde es plötzlich kalt, weil ein Hauch sie erfasste, den Cephei wiedererkannte. Blitzschnell drückte er Vela auf den Boden. Zum Glück hatten sie kein Feuer gemacht. Als sie etwas erwidern wollte, legte er ihr eine Hand auf den Mund und deutete zum Nachthimmel.

Zuerst sah sie nichts, aber dann konnte sie den großen, schwarzen Vogel erkennen. Ein riesiger Klippengeier flog über ihnen in Richtung des mittleren Bergs und hatte etwas in seinem Schnabel, das sie nicht erkennen konnten, weil er zu hoch oben flog. Cephei wollte es auch gar nicht so genau wissen.

Selbst als sie ihn schon lange nicht mehr sehen konnten, blieben sie bewegungslos liegen, und erst nach einer ganzen Weile flüsterte Vela: »Ob das der Vogel war, der den Schlüssel gestohlen hat?«

»Könnte sein. Vielleicht hat er sein Nest in den Bergen da vorn. Wir müssten morgen den Fuß des mittleren Bergs erreichen.«

Sie blieben einfach liegen und drehten sich auf die Seite, so dass sie sich ins Gesicht sehen konnten.

»Ob dort auch die Hexe wohnt?«, fragte Vela nachdenklich.

»Kann sein. Wahrscheinlich. Wenn es stimmt, was Serpem gesagt hat und der Vogel ihr gehört.«

»Mhm«, machte sie und schwieg dann wieder.

»Wir schaffen das, Vela, du wirst sehen. Wir gehen rein und holen den Schlüssel, und dann ziehen wir den König auf und retten so deinen Vater.«

Doch im Grunde besaßen sie nichts, das ihnen irgendeinen Vorteil verschaffte, keine richtigen Waffen, keine Zauberkraft, noch nicht mal einen Bären, der für sie kämpfte. Aber sie waren doch schon ziemlich weit gekommen, wenn man bedachte, dass sie nur ein Waisenjunge und ein Mädchen mit dem Haar eines Muths waren. Irgendwie würde es gehen.

»Ich bin froh, dass du da bist«, flüsterte Vela und schloss die Augen.

Kurz darauf war sie eingeschlafen, und Cephei betrachtete ihr Gesicht.

Es war nicht sein Kampf, wenn man es genau nahm, schließlich war es nicht sein Vater, der im Kerker saß, und das Leben schien auch ohne König weiterzugehen, zumindest am Rande des Landes. Er könnte hier und jetzt aufstehen, Vela zurücklassen und mit großer Wahrscheinlichkeit heil nach Hause kommen.

Aber er tat es nicht. Urs hatte immer gesagt, manchen Kämpfen kann man nicht ausweichen, und auch wenn ihnen der Bär genau wegen dieser Einstellung nun nicht mehr beistand, glaubte Cephei doch daran. Außerdem stellte er sich nicht gern vor, dass die Hexe Vela in eine Kröte verwandelte, um sie dann an einen Klippengeier zu verfüttern – und das machte es irgendwie doch zu seinem Kampf.

UNTER TAGE

Am nächsten Tag wechselten sie viele Stunden kaum ein Wort miteinander, weil ihnen nicht nach Reden zumute war. Eine seltsame Anspannung hatte von ihnen Besitz ergriffen. Cephei sprang nicht in der Gegend herum, und Velas Arme waren von Gänsehaut überzogen, seit sie aufgebrochen waren.

Der Weg, der in die Berge führte, ähnelte der Straße nach Sanjorkh, graue Steine pflasterten den Boden, und immer wieder erkannten sie am Wegesrand Konstruktionen aus Teilen, ähnlich denen, die sie am Schrottfluss gesehen hatten. Cephei nannte sie *Metallgerippe*. Sie erhoben sich dunkel gegen den Himmel.

Vela betrachtete einige dieser Konstruktionen genauer, versuchte herauszufinden, wie sie funktionierten oder worin ihre Aufgabe bestanden hatte, aber sie konnte lediglich erkennen, ob sie etwas heben sollten oder ihre Räder sich drehten. Etwas Vergleichbares hatte sie nie gesehen, weder in der Schmiede ihres Großvaters, noch in der Werkstatt ihres Vaters.

Inmitten eines zerfallenen Metallgerippes lagen abgenagte Knochen. Der bleiche Schädelknochen lag im Schatten und war halb mit Erde bedeckt, so dass Vela nicht erkennen konnte, ob es sich um einen Menschen oder ein Tier handelte. Rasch wandte sie sich ab, das wollte sie gar nicht wissen. Cephei sagte sie nichts von diesem Fund.

Als sich die Dämmerung am Morgen verzogen hatte, konnten sie in der Ferne eine gewaltige Burg auf dem mittleren der drei Berge erkennen, deren Silhouette an die Metallgerippe am

Boden erinnerte. Die Burg musste gewaltige Ausmaße haben, wenn sie sie auf diese Entfernung erkennen konnten. Kleine schwarze Punkte kreisten im klaren blauen Himmel über ihr, und es war nicht schwer zu erraten, was da flog.

»Klippengeier«, hauchte Cephei. »So viele. Urs hat doch gesagt, es seien Einzelgänger.«

»Zwölf«, sagte Vela. »Nein, dreizehn.«

Das musste also die Südliche Feste sein, die Behausung der Hexe. Wer lebte sonst schon in dieser Einöde aus Felsen und Hitze? Außerdem zog der Raumgeist an seiner Leine, er war unruhiger geworden, je näher sie den drei Bergen gekommen waren. Hinter diesen zeigten sich nun weitere, kleinere Gipfel.

Am Mittag mussten sie anhalten. Ein gewaltiger Lavastrom versperrte ihnen den Weg, und ihre Straße führte mitten hinein und wurde von ihm verschluckt. Der rot glühende Strom schlängelte sich am Fuß des Gebirges entlang und verhinderte so, dass man es erklimmen konnte. Weit und breit war nichts zu sehen, was über den Lavastrom führte, und die Hitze, die ihnen entgegenschlug, ließ sie schwitzen und zurückweichen. Jede Brücke wäre geschmolzen.

»Das ist doch nicht zu fassen«, sagte Cephei wütend. »Wie sollen wir denn da rüberkommen? Am Schrottfluss war ja wenigstens noch ein Seil, aber hier ist gar nichts. Das kann doch nicht der richtige Weg sein.«

»Serpem hat gesagt, die Burg ist nicht leicht zu erreichen.« An die genauen Worte erinnerte sich Vela nicht mehr. »Vielleicht wollte der Raumgeist einfach drüberschweben. Ist ja sein Zuhause, da kann er so was sicher.«

»Pff.« Cephei spuckte in Richtung Lava. Dann ging er vor dem kleinen Geist in die Hocke und zeigte mit dem Finger auf ihn. »Hör mal, du Quälgeist. Siehst du nicht, dass wir da nicht rüberkommen? Du sollst uns einen Weg zeigen, wie wir in die Feste kommen. Einen Weg, den auch wir begehen können, nicht nur du. Du wirst nie nach Hause kommen, wenn du so weitermachst.«

»Sei doch nicht so streng mit ihm, er tut mir irgendwie leid. Immerhin zwingen wir ihn, und er will doch nur heim.«

»Mensch, Vela«, empörte sich Cephei. »Mitleid können wir uns jetzt echt nicht erlauben. Der Raumgeist kommt schon nach Hause, aber wir müssen eben auch mit. Manchmal muss man ein bisschen deutlicher werden.«

Sie nickte, fragte sich aber, ob Cephei merkte, was er da sagte. Das kleine Männchen zwischen ihnen wackelte ein paarmal hin und her, bevor es am Lavastrom entlanglief und eine neue Richtung einschlug. Hatte er Cephei wirklich verstanden?

Überrascht folgten sie ihm und liefen gemeinsam eine gute Weile am Strom entlang, bis sich vor ihnen ein Hügel erhob. Zuerst sahen sie nicht, warum der Raumgeist sie an diese Stelle geführt hatte, doch als Cephei ein Stück nach oben geklettert war, fand er den Eingang zu einer Höhle.

Der Raumgeist sah zu ihnen empor, als wolle er sagen: Seid ihr nun zufrieden?

»Sollen wir?« Vela sah Cephei unsicher an.

»Wenn der Kleine hierhergeht, dann wird das wohl der Weg sein.«

»Hast du jemals daran gedacht, dass er uns vielleicht direkt zur Hexe führt?«

»Soll er das denn nicht?«

Sie schüttelte den Kopf. »Nein, ich meine: Was, wenn er direkt zu ihr läuft und wir uns dadurch verraten?«

Einen Moment dachte Cephei darüber nach. »Wir müssen eben aufpassen, sobald wir in der Burg sind, und sehr vorsichtig sein, dann können wir uns vielleicht rechtzeitig verstecken, wenn wir müssen. Außerdem: Welche Wahl haben wir schon? Hier wird wohl so schnell niemand auftauchen, der uns über den Lavastrom fliegt.«

Sie seufzte und nickte, dann holte sie eine der kleinen Öllampen hervor, die Urs von einem Händler erstanden und in Cepheis Rucksack gepackt hatte, und zündete sie an.

»Wer geht vor?«, fragte sie und spähte in das Dunkel der Höhle.

»Na, gib schon her.« Cephei trat den ersten Schritt in die Höhle und brummte den übelsten Fluch, den er im Gasthof aufgeschnappt hatte. Es war ja nicht so, dass er selbst gern in die Höhle ging, aber er war die Dunkelheit eher gewöhnt als Vela, und schließlich war er derjenige, der Ritter werden wollte. Also nahm er die Lampe und die Leine des Raumgeists und ging weiter. Vela folgte ihm.

Sie versuchten, keinen Lärm zu machen, und sahen sich im Zwielicht um. Die Höhle war nicht sehr groß, eher schmal und lang gestreckt, und mündete in einen Gang. Auf den ersten Blick war es eine normale Felshöhle mit rauen, grau gesprenkelten Wänden; nichts deutete darauf hin, dass sich hier irgendwer oder irgendwas aufhielt. Doch als sie weiterliefen, erkannten sie im flackernden Licht der Öllampe breite Holzbalken und Streben aus Metall.

»Was ist das?«, flüsterte Cephei.

»Sieht aus wie ein stillgelegter Stollen.«

Der Raumgeist leuchtete schwach in der Dunkelheit und lief vorneweg. Seine kurzen Beine bewegten sich so schnell, dass es aussah, als würde er flackern. Kurz fragte sich Cephei, was passieren würde, wenn der Raumgeist sie einfach nur tiefer in die Erde führte, ohne dass es einen Ausgang gäbe, weiter in die Dunkelheit hinab, in ein tiefes Labyrinth, in dem er sie dann verhungern ließe. Aber dann beruhigte er sich wieder. Der Geist führte sie in die Südliche Feste, da kam er her, und die Feste lag über und nicht unter ihnen. Sie mussten nur erst unter dem Lavafluss hindurch, das war alles. Hoffte er.

Kein Geräusch außer dem ihrer Schritte und ihres Atems drang an ihre Ohren. Ab und zu berührte Vela Cepheis Schulter, aber sie wollte nichts sagen oder auf etwas zeigen, tat es wohl nur, um ihn ihrer Anwesenheit zu versichern.

Eine Zeit lang liefen sie durch den Gang, der weder an Breite noch an Höhe abnahm und stetig bergab führte. Doch plötzlich bog er ab und mündete in eine weitere Höhle, die wesentlich höher war als die erste und auch größer. Selbst im schwachen Laternenlicht konnten sie in den Wänden dunkle, nicht ganz mannshohe Löcher erkennen, was vermuten ließ, dass dort weitere Stollen abgingen. An der gegenüberliegenden Seite setzte sich der höhere Gang fort, dem Vela und er gefolgt waren, zumindest ließ das der mit Streben verstärkte Durchgang vermuten.

In der Mitte der Höhle war ein Mosaik im Steinfußboden eingelassen, das auf die Entfernung nur schwer zu erkennen war. Doch Cephei war sicher, dass es sich bei dem Bild um ein großes Zahnrad handelte, zusammengesetzt aus achteckigen roten und grünen Steinen, die matt schimmerten.

Vela lehnte sich erschöpft an die Wand. »Was machen wir nun?«

»Hindurchgehen?«

»Aber siehst du nicht, dass die Höhle nicht unbewohnt ist? Diese Gänge haben doch keine Tiere gemacht!«

»Die sind vielleicht schon uralt.«

»Und wenn nicht?« Sie nahm den Raumgeist auf den Arm, betrachtete ihn eingehend, als könne sie auf ihm lesen, was zu tun sei.

»Warum hast du nur solche Angst? Komisch, bei Apus hast du dich doch auch nicht so angestellt, und hier willst du immer, dass wir umkehren«, schnaufte er.

»Hab ich gar nicht gesagt. Jeder hat eben so seine Sachen, die er nicht mag. Ich kann enge Höhlen und Gänge nicht ausstehen. Schon gar nicht, wenn ich nicht weiß, was in ihnen lebt.«

»Ich glaub nicht, dass hier irgendwas lebt. Schau mal, es ist doch nichts da. Kein Feuer, kein Stroh, nicht mal Knochen der letzten Bewohner. Die Höhle ist schon lange verlassen, hier wohnt niemand mehr. Komm schon, Vela. Wir huschen hier schnell durch, wie die Katzen durch die Gassen, keiner wird uns sehen.«

»Dein Gemüt möchte ich haben.« Sie schüttelte den Kopf, aber er packte schnell ihre Hand, sah noch einmal aufmerksam in die Gänge und zog sie dann hinter sich her. Den Raumgeist steckte sie kurzerhand in ihre weite Hosentasche, egal wie sehr er zappelte. Seine Beine waren zu kurz, um bei einer möglichen Flucht mithalten zu können.

Cephei lief nicht quer durch die Höhle und auch nicht ganz dicht am Rand, falls in den Löchern doch etwas sitzen und lauern würde, konnte es sie so wenigstens nicht gleich packen. Während sie die Höhle durchquerten, sahen sie, dass auf dem Boden um das Mosaik Muster und Verzierungen in den Fels geritzt waren. Bilder aus Formen, die ihnen nichts sagten, die aber nicht zufällig erschienen. Irgendjemand hatte sich große Mühe gegeben.

Tatsächlich schafften sie es ohne Schwierigkeiten, die Höhle hinter sich zu lassen, sie tauchten in den Gang auf der anderen Seite ein und liefen eine Weile weiter, bevor Cephei Velas Hand losließ und stehen blieb.

»Siehst du«, sagte er. »Niemand da. Wir müssen …« Weiter kam er nicht, weil sich unter ihnen plötzlich der Boden auftat und sie mit lautem Schreien in die Tiefe stürzten.

Schon wieder, dachte Cephei, und dann packte ihn Angst, er schrie und verlor die Lampe, die nun neben ihm in die Tiefe schlingerte und verlosch. Völlige Dunkelheit umfing sie. Von Vela hörte er nur ein furchtsames Japsen.

Doch anstatt am harten Boden aufzuschlagen, fielen sie in etwas Weiches, das sie plötzlich umfing und nachfederte.

Einen Moment lang konnte Cephei gar nicht fassen, dass er nicht aufgeschmettert war und sich den Schädel eingeschlagen hatte, nicht das Bein gebrochen und von keiner hungrigen Schlange gefangen worden war. Doch wo waren sie hier?

Sein Herz pochte so schnell, dass er glaubte, es müsse jeden Augenblick zerspringen. Er strampelte und rutschte mit einem Finger durch das Weiche, als er versuchte, sich aufzurichten.

»Ein Netz«, keuchte er, dann: »Vela, bist du da? Vela?«

»Ich bin hier«, kam es schwach aus der Dunkelheit, und er kroch auf die Stimme zu. Was schwieriger war als gedacht, weil er auf dem Netz so schlecht kriechen konnte. Immer wieder gab es nach und brachte ihn aus dem Gleichgewicht, auch Vela schien sich zu bewegen und brachte das Netz zum Wanken. Als er sie erreicht hatte, stieß er mit ihren Füßen zusammen und setzte sich mit einem »Au« auf.

»Bist du in Ordnung?«

»Glaube schon. Mein Herz ist stehen geblieben.«

»Wohl kaum.«

Mit einem Mal flammte Licht auf, so gleißend, dass sie ihre Augen bedecken mussten. Es dauerte einen Moment, bis Cephei zwischen den Fingern hindurchlugte. Das Netz, in dem sie sich befanden, wurde langsam auf den Boden gesenkt, klappte an den Seiten herunter und gab sie frei. Sofort rappelten sie sich auf.

Vor ihnen tauchten Schemen auf, die im grellen Licht nur langsam an Konturen gewannen. Es waren Menschen, zumindest konnte man sie auf den ersten Blick dafür halten. Sie waren wohl kleiner als gewöhnlich, etwa so groß wie Cephei und Vela, und die Haut ihrer Gesichter und Hände war ganz blass, fast weiß. Die Augen hatten sie zusammengekniffen, als könnten sie so besser sehen, und es war nicht erkennbar, ob es sich um Frauen oder Männer handelte. Sie trugen alle die gleiche dunkle Kleidung, enge Hosen und Hemden, und die Haare ganz kurz geschoren.

In den Händen hielten sie merkwürdige Waffen, mit einem Holzstiel und einem metallenen Aufsatz. Diese sahen ein bisschen aus wie Velas Hammer, aber die Enden liefen spitz zu, spitzer als jede Hacke. Cephei war sicher, dass ein kräftiger Schlag damit jeden Schädelknochen zertrümmern konnte. Die Gestalten hatten die Waffen drohend erhoben.

Cephei und Vela traten dichter aneinander und waren stumm vor Schreck. Warum hatten sie nie von den seltsamen Bewohnern dieses Bergs gehört? Die Chronisten in Marinth behaupteten doch sonst immer, sie wüssten von allem, was im Land des Königs geschah, und die Steuereintreiber wollten ebenfalls jeden Bewohner kennen. Wie konnte es dann Menschen geben, von denen man in Marinth nie gehört hatte? Cephei hatte im Gasthof doch sogar von zahlreichen Wesen erfahren, die es noch nicht einmal gab!

Eine der Gestalten trat vor und fuhr sie mit einer seltsam vibrierenden Stimme an, die ein leises Echo an den Wänden erzeugte. »Was wollt ihr hier?«

Vela zeigte mit dem Finger nach oben. »Wir müssen in die Südliche Feste, um …« Sie unterbrach sich, immerhin wusste sie nicht, ob sie einem Diener der Hexe gegenüberstanden. Hilflos sah sie Cephei an.

»Na, wir müssen eben da hin. Handel und so.« Er räusperte sich und klopfte möglichst selbstsicher auf den Rucksack.

Nach einem kurzen Moment der Stille antwortete die Gestalt: »Du lügst, sagt mein Seher.«

Cephei sah sich nervös um. »Wir müssen mit der Herrin der Feste reden. Besser?« Dass jemand erkennen konnte, wann er log, gefiel ihm nicht, er hatte immer gedacht, dass er ganz gut darin geworden war in den letzten Jahren. Immerhin hatte er Dorado manches Mal erklären müssen, wohin das Fleisch aus der Speisekammer verschwunden war.

Wieder dauerte es eine Weile, bis die Gestalt reagierte. Sie ließ die Waffe sinken, doch ihr Blick blieb voller Misstrauen. Obwohl sie nur so groß war wie Cephei, flößte sie ihm Respekt ein. Aber das lag vielleicht auch daran, dass es so viele waren, und an den Waffen.

»Was genau wollt ihr von der Hexe? Ihr seht aus, als wärt ihr nicht von hier.«

»Einer ihrer Klippengeier hat den Königsschlüssel gestohlen, und wir wollen sie fragen, ob sie ihn uns wiedergibt«, sagte Vela schnell, und Cephei sah sie überrascht an.

Noch überraschter war er allerdings davon, dass kein Einspruch erhoben wurde. Kein Seher sagte: *Du lügst!* Hieß das, Vela hatte tatsächlich vor, mit der Hexe zu *reden*? Bisher war eigentlich immer von *Wiederbeschaffen* die Rede gewesen.

»Welchen Königsschlüssel?«, fragte die Gestalt.

Vela und Cephei sahen sich an.

»Was meinst du mit *welchen Königsschlüssel?«*

»Was ist dieser Königsschlüssel?«

»Na, der Schlüssel, der den König aufzieht.«

»Ihr habt einen mechanischen König?«

Sie nickten.

»Ja, und wenn er nicht aufgezogen wird, kann er nicht das Land regieren«, erklärte Cephei. »Es ist auch euer König, dieses Land gehört doch noch zum Reich.«

Etwas wie ein leises Lachen war zu hören. »Hier hat er sich aber noch nie blicken lassen, und wir haben noch nie von diesem König gehört. Unter dem Berg spielt es keine Rolle, was ein weit entfernter König entscheidet. Aber wenn er euch so wichtig ist, dann baut euch doch einen neuen, wenn der alte kaputt ist.«

Der Vorschlag war ungeheuerlich, und Vela schnappte neben ihm nach Luft. »Das geht aber nicht«, sagte sie.

»Warum nicht?«

»Weil keiner weiß, wie das geht. Der Mechanische König ist nicht irgendein Ding, niemand von uns hat ihn gebaut. Vor vielen Jahrhunderten kam er zu uns und regiert seitdem das Land. Und außerdem hat noch nie jemand daran gedacht, einen anderen König zu bauen.«

Die Gestalt schwieg und starrte sie stattdessen an, genau wie die anderen, die immer noch ihre Waffen auf sie richteten, als erwarteten sie, dass Vela und Cephei jeden Moment losspringen und etwas ganz Ungeheuerliches versuchen könnten.

Da er von diesen Bergmenschen noch nie etwas gehört hatte, wusste Cephei nicht, wie man sich ihnen gegenüber am besten verhielt. Vielleicht mochten sie lange Erklärungen nicht, schließlich redeten sie selbst nicht viel.

»Ihr könnt weiter durch unseren Berg gehen, der Raumgeist, den ihr bei euch habt, wird euch ja führen. Es ist für uns nicht von Interesse, was ihr mit der Hexe zu schaffen habt, die den Berg über unseren Köpfen bewohnt. Allerdings«, die Gestalt hob die Hand, »warnen wir euch. Wir teilen uns den Berg mit einem Wesen, das wir Stachelscharrer nennen. Es ist sehr gefährlich und immer auf der Suche nach Nahrung. Vielleicht begegnet ihr ihm, vielleicht auch nicht.«

Cephei sah Vela wieder an, die nun schon energischer fragte: »Könntet ihr uns nicht einen sicheren Weg zeigen?«

Die Gestalt schüttelte den Kopf. »Wir wissen nicht, wo es sich genau aufhält, manchmal schläft es und lässt sich lange Zeit nicht blicken. Außerdem haben wir keine Zeit, um euch zur Oberfläche zu führen. Unsere Arbeit wartet.«

»Was ist das denn für eine Arbeit?«, wollte Cephei fasziniert wissen, er konnte seine Neugier nicht unterdrücken.

»Wir bauen Erze und Edelsteine ab, die wir dann tauschen. Gegen alles, was wir brauchen.«

»Und das kann nicht mal einen von euch entbehren?«

»Nein. Außerdem: Warum sollten wir unser Leben dabei riskieren, euch dorthin zu bringen, wohin ihr allein wollt?«

Darauf wusste Vela keine Antwort, und auch Cephei ließ die Schultern sinken. Er war ja einiges gewöhnt, aber die Gleichgültigkeit, die ihm auf dieser Reise begegnet war, ermüdete ihn.

Erst die Ritter, dann Serpem, später Apus, und selbst Urs hatte sich am Ende nur für seine Ehre interessiert und nicht für das, was eigentlich ihr Ziel war.

Langsam bekam Cephei das Gefühl, dass es niemanden so richtig interessierte, ob der König wieder aufgezogen wurde oder nicht. Vor allem niemanden außerhalb der Stadt. Nur eben Vela, weil er sonst nicht ihren Vater begnadigen konnte.

»Na schön«, sagte er, fasste wieder nach Velas Hand und sah ihr fest in die Augen. »Deine Entscheidung. Umdrehen oder weitergehen?«

Dass sie Angst hatte, war ihr anzusehen, und dass ihm die Knie nicht schlotterten, lag wahrscheinlich nur daran, dass er die Gefahr noch nicht sehen konnte. Als er Apus das erste Mal erblickt hatte, war er ja auch in Ohnmacht gefallen, aber nur, weil es so überraschend gewesen war. Zumindest hoffte er das. Dem Käfer in Sanjorkh hatte er doch ganz gut getrotzt.

»Du musst nicht mitkommen«, sagte sie leise.

Er folgte ihrem Blick und entdeckte einen größeren Eingang in der Wand hinter den Bergmenschen. »Ich bin doch nicht so weit gekommen, um dann kurz vorher zu kneifen. Ich hab mein Messer, und du hast deinen Hammer. Und wir werden dem Vieh sowieso nicht über den Weg laufen.«

»So was in der Art hast du schon mal gesagt, und dann hingen wir in diesem Netz.«

»Ach was. Außerdem, wenn mich Apus schon nicht gefressen hat, dann wird's dieses Monster auch nicht schaffen.«

Auf ihrem Gesicht zeigte sich ein schiefes Lächeln. »Dann lass uns gehen.« Sie zog den Raumgeist aus der Tasche und setzte ihn wieder auf den Boden, und der schritt ohne Zögern auf den Eingang zu.

Cephei hob die Öllampe auf, die nur wenige Schritte neben ihnen gelandet war, weil das Netz sie ebenfalls aufgefangen hatte. Er zündete sie an und folgte Vela. Die Bergmenschen machten ihnen Platz, bildeten eine Gasse, und sie gingen hindurch, ohne sie anzusehen. Als sie den neuen Gang betreten wollten, drehte sich Vela noch einmal um und wünschte den Bergmenschen Lebewohl, das diese nicht erwiderten. Cephei schenkte es sich, das war hier wohl Verschwendung.

Der Gang unterschied sich nicht von den anderen, und Cephei seufzte. Die Enge gefiel ihm zunehmend weniger, und das immer gleiche Bild der rauen grauen Felswände, über die ihre eigenen Schatten im Schein der Lampe huschten, machte ihn nervös. Sie gingen weiter, immer weiter, ohne ein Gefühl dafür zu haben, ob sie noch tiefer in den Berg gelangten oder schon wieder an Höhe gewannen, weil der Gang mal aufwärts und mal abwärts verlief.

Plötzlich hörten sie ein Kratzen vor sich und dann ein Schlurfen, das sich auf sie zubewegte. Cephei zerrte den Raumgeist an seiner Leine zurück und nahm ihn in die Hand.

»Da rein!«, zischte er und deutete auf einen kleinen Stollen zu ihrer Linken. »Du zuerst.«

Vela gehorchte sofort, Cephei leuchtete ihr und blieb dicht hinter ihrem Rücken. Als der Stollen um die Ecke führte, flüsterte er ihr zu, sie solle stehen bleiben. Er drückte ihr den schwach schimmernden Raumgeist in die Hand, sagte: »Steck ihn ein«, setzte die Lampe ab und verdeckte sie, damit sie nicht gesehen werden konnten. Dann zog er seinen Dolch, und sie lauschten.

Das Schaben war noch immer zu hören, es kam stetig näher. Schließlich schien es das Ende des Stollens erreicht zu haben.

Geh vorbei, geh vorbei, dachte Cephei immer wieder, doch das Schaben hielt an. Sie hörten, wie irgendetwas in der Dunkelheit schnüffelte. Laut wie das Schnauben eines Pferdes, aber weniger freundlich, kurz und abgehackt. Und dazwischen meinte Cephei, immer wieder ein Schmatzen zu hören. Beruhigend legte er Vela die Hand auf den Arm. Er spürte, wie sie zitterte.

Ein Fauchen drang zu ihnen herein, dann setzte sich das Schaben wieder in Bewegung. Es kam direkt auf sie zu.

»Weiter, weiter«, zischte Cephei und zerrte die Abdeckung von ihrer Lampe. Sie mussten etwas sehen, und das Ding hinter ihnen konnte sie sowieso riechen. Er scheuchte Vela durch den Stollen, wählte an jeder Kreuzung die Richtung, und sie folgte seiner Führung ohne Protest. Doch so schnell sie auch liefen, das Schaben blieb ihnen auf den Fersen.

Es ist hier zu Hause, schoss es Cephei durch den Kopf, *es kennt sich aus.* Es fühlte sich in der Dunkelheit wohl, brauchte nicht einmal Licht.

Über ihr Keuchen und ihre Schritte hinweg hörten sie kaum etwas, aber das Schaben war immer irgendwie da. Und manchmal vernahm Cephei dazwischen das schwere Tapsen von nackten Füßen oder Pfoten. Von großen Pfoten.

Zweimal drehte er sich kurz um, doch er konnte ihren Verfolger nicht erkennen. War es der Stachelscharrer, vor dem sie gewarnt worden waren? *Er ist immer auf der Suche nach Nahrung,* hatten sie gesagt, und Cephei griff seinen Dolch fester.

Uns wird er nicht fressen, dachte er grimmig.

Und dann war der Gang plötzlich zu Ende.

»Sackgasse!«, schrie Vela. Irgendwer hatte hier den Weg zugemauert. In der Mitte der Wand befand sich ein kleines, vergittertes Fenster.

»Schlag mit deinem Hammer das Gitter raus, ich halte ihn auf!« Cephei setzte die Lampe an der Mauer ab, wirbelte herum und begab sich in Kampfstellung, wie Urs es ihm gezeigt hatte. Wie schön wäre es, wenn Urs jetzt bei ihnen wäre. Als er die ersten Hammerschläge von Vela hörte, sah er einen Schemen am Rand des Lichtscheins auftauchen. Ein Schemen, der den ganzen Gang ausfüllte.

»Beeil dich, Vela!«

Die Schläge in seinem Rücken wurden hektischer, und das Wesen kam langsam in den Lichtschein gekrochen.

Cephei sah sofort, warum es Stachelscharrer genannt wurde. Unzählige lange Stacheln standen von seinem Rücken ab und kratzten über die Decke und Wände des Stollens. Sie lösten dabei feinen Staub aus der Decke, so dass das ganze Wesen mit einer grauen Schicht bedeckt war, auch die kleinen, dunklen Augen, die blind zu sein schienen. Der Stachelscharrer war so lang wie ein Pferd, doch viel, viel breiter. Seine Vorderfüße waren riesige schaufelartige Klauen mit dicken, fingerlangen Krallen. Die Zähne in der langgezogenen Schnauze waren kaum kürzer. Schnüffelnd kroch er näher.

Cephei ging ihm einen Schritt entgegen, um Vela mehr Platz zu verschaffen. »Verzieh dich!«, rief er dem Stachelscharrer entgegen. Dieser fauchte nur, kroch aber weiter heran.

Cephei war viel kleiner, aber das war hier ein Vorteil. Der Stachelscharrer war zu groß, um mit seinen Klauen wirklich ausholen zu können. Hinter ihm fiel ein Stein zu Boden, Vela kam also voran. Das machte ihm Mut, und er ging noch einen Schritt weiter. Der Stachelscharrer fauchte wieder und zeigte seine scharfen Zähne. Cephei knurrte zurück und fuchtelte mit seinem Dolch herum, der im Licht der Lampe aufblitzte.

Dann war der Stachelscharrer heran. Seine Klaue schoss vor und schlug nach Cephei. Geschickt tauchte er unter dem Schlag weg und hieb mit dem Dolch nach oben. Er verfehlte die Klaue um Haaresbreite.

Wieder schlug der Stachelscharrer zu, wieder konnte Cephei ausweichen. Blitzschnell setzte er einen Ausfallschritt und erwischte seinen Gegner mit dem Dolch. Doch er ritzte ihn nur, die Haut des Stachelscharrers war ledrig und hart. Auch wenn er kurz zurückzuckte, war er nicht schwer getroffen. Cephei würde ihn so nicht besiegen können.

»Vela!«, schrie er, dann sauste schon wieder eine riesige Klaue auf ihn zu. Ein Treffer, und er würde gegen die Wand geschleudert werden. Wieder fiel ein Stein zu Boden, wieder griff der

Stachelscharrer an. Cephei wich zurück und stieß dann sofort erneut vor, er durfte keinen Raum verlieren. Hinter ihm schepperte ein Gitter zu Boden, und Vela jubelte.

»Nimm meinen Rucksack und die Lampe, und dann durch«, rief er ihr zu und sprang zur Seite. Zu spät, er hätte nicht reden dürfen. Die Klaue streifte ihn am Arm, und er taumelte gegen die Wand. Sofort ließ er sich zu Boden fallen und machte eine Rolle rückwärts. Die rechte Klaue schlug mit aller Wucht auf den Boden, wo er eben noch gelegen hatte. Er schnellte wieder nach oben. Es wurde dunkler.

»Bin durch«, hörte er Vela rufen. Dann knallte ein rausgebrochener Mauerstein gegen den Stachelscharrer.

Das war seine Chance. Er rannte die vier, fünf Schritte auf die Mauer zu. Zum Klettern blieb ihm keine Zeit, also sprang er. Er riss die Arme nach vorn und tauchte im Hechtsprung durch das Fenster. Mit den Knien schabte er über die untere Fensterkante, seine Beine zuckten, und die rechte Ferse schlug oben gegen Stein. Hinter der Wand schlug er hart auf und rollte sich ab, so gut es ging. Trotzdem entfuhr ihm ein unterdrückter Schmerzensschrei. Der Stachelscharrer knallte mit Wucht gegen die Wand, so dass sie zitterte und Mörtel zu Boden rieselte.

Aber sie hielt.

»Cephei«, rief Vela über ihm, und es klang wie ein »Danke« und ein »Alles in Ordnung?« zugleich.

Er rollte sich auf den Rücken und grinste erschöpft. »Dem haben wir es aber gezeigt, was?«

Sie lachte und weinte und umarmte ihn und half ihm auf die Beine. Und dann sagte sie tatsächlich »Danke« und fragte: »Alles in Ordnung?«

Er nickte. Die Knie waren aufgeschürft, das Loch in der Hose größer geworden, und an der Ferse würde er einen riesigen blauen Fleck bekommen. Aber er konnte laufen und fühlte sich gut. Er hatte seinen ersten richtigen Kampf erfolgreich bestanden. Nicht schlecht.

Dann setzten sie den Raumgeist wieder zu Boden und folgten ihm durch die Gänge unter dem Berg.

HINAUF

Der Stollen, dem sie eine Weile später folgten, wurde immer schmaler, und irgendwann fielen sie auf die Knie und mussten auf allen vieren weiterkriechen. Cephei hörte Vela hinter sich laut atmen, und auch ihm wurde die Kehle immer enger. Die Luft war stickig und staubig.

Was, wenn sie dem Gang bis in den Berg folgen würden und irgendwann steckenblieben? Keine angenehme Vorstellung. Einzig der Gedanke an den Raumgeist vor ihm ließ ihn weitermachen. Dieser Gang war wie ihre ganze Reise – irgendwann waren sie einfach zu weit gegangen, um umzudrehen, weil keiner wusste, ob der Weg, der vor ihnen lag, nicht kürzer war als der hinter ihnen. Wenigstens konnte hier der Stachelscharrer nicht hinein, selbst wenn er inzwischen die Mauer eingerissen hätte.

Gerade als Vela ihn mit der Hand am Fuß zog – zum Glück am gesunden –, um ihm etwas zu sagen, spürte er einen ganz leichten Luftzug von vorn.

»Halt durch, Vela, wir haben es gleich geschafft.«

Sie antwortete nicht, blieb aber hinter ihm. Eine Weile krochen sie weiter, und tatsächlich wurde die Luft ein wenig frischer. Auch schien der Gang vor ihnen jetzt heller.

Schließlich erreichten sie sein Ende, Cephei steckte vorsichtig den Kopf nach draußen – und blickte in eine steinerne Röhre, die den Fels von oben nach unten durchmaß. Vor seiner Nase baumelte ein dicker Strick, der im dunklen Nichts verschwand, als er den Blick nach unten richtete. Er konnte keinen Boden ausmachen. Von oben dagegen drang schwacher Lichtschein hinab.

»Ich glaube, wir sind in einem Brunnen gelandet. Wenn das Seil hält, können wir daran nach oben klettern.«

»Und wenn nicht?«

»Plumpse ich ins Wasser. Halt meine Beine fest.«

Er lauschte nach oben, ein unverständliches Stimmengewirr drang zu ihm herab, dumpfe Schritte, die sich dem Brunnen näherten, doch dann an ihm vorbeigingen. Langsam griff Cephei nach dem Seil und zog daran. Sein Gewicht schien es zu tragen. Möglichst lautlos kletterte er Stück für Stück hinaus.

Zuerst ließ er noch die Füße im Gang und hängte sich nur mit seinem Oberkörper an das Seil. Als das hielt, zog er die Beine nach und überließ sich ganz dem Seil. Er hob den Kopf und konnte über sich das Dach eines Brunnenhäuschens erkennen. Es sah nicht aus wie die Brunnendächer in Marinth, es war verziert mit Lilien aus Metall und kleinen Glocken, die leise klingelten, wenn sie vom Wind erfasst wurden.

»Ich klettere hoch und geb dir ein Zeichen. Schaffst du das?«

»Ja.« Vela sah ihm aus dem Loch in der Wand entgegen, das Gesicht schmutzig und gegen den dunklen Hintergrund kaum auszumachen.

Mühsam zog er sich am Seil empor. Das war nicht einfach, die Arme waren müde vom langen Kriechen, und seine Ferse schmerzte. Es erforderte einiges Geschick, das Seil um das gesunde Bein zu wickeln und sich dann wieder daraus zu befreien. Aber nur so gewann er genug Halt, denn allein mit der Kraft seiner Arme konnte er sich nicht emporziehen. Schweißnass kam er oben an. Ganz langsam hob er den Kopf über den Brunnenrand und schaute sich vorsichtig um.

Der Brunnen befand sich in einem schmalen Burghof, genau in der Mitte, Cephei konnte noch einen Schuppen ausmachen und etwas, das wie ein kleinerer Stall aussah. Die Mauern der Burg waren hoch und umschlossen den Hof zu vier Seiten.

In eine war das Burgtor eingelassen, dessen Flügel aus massivem Holz mit eisernen Beschlägen offen standen, so dass er dahinter eine Art Zugbrücke erkennen konnte. Ein Gewirr aus Eisenketten verlief kreuz und quer über dem Tor. An der gegenüberliegenden Seite befand sich außerdem eine Tür, die wohl ins Innere der Burg führte. Über der Mauer dort erkannte Cephei die Dächer von drei Türmen. Doch das Erstaunlichste war, dass weit und breit niemand zu sehen war – und auch nicht zu hören. Wohin waren die Menschen verschwunden, die er eben noch gehört hatte?

Vorsichtig hangelte sich Cephei an der Aufhängung des Seils zum Brunnenrand, schwang seine Beine hinauf und kletterte aus dem Schacht. Es tat gut, festen Boden unter den Füßen zu haben, auch wenn seine Hände dunkelrot waren und höllisch brannten. Hektisch sah er sich um, aber noch immer war niemand zu sehen.

»Du kannst hochkommen«, flüsterte er in den Brunnen und winkte. Das Flüstern schallte ihm lauter entgegen, als er gewollt hatte. Schnell zog er den Kopf ein und wartete, aber nichts rührte sich. Vielleicht gab es gerade Abendessen?

Er sah zu, wie Vela den Kopf aus dem Gang steckte und dann genau wie er nach dem Seil griff, um sich daran emporzuziehen. Die Lampe baumelte an ihrem Gürtel. Sie brauchte viel länger als er, aber das hatte er erwartet. Für ein Mädchen war sie gar nicht schlecht.

Als sie oben angekommen war, streckte er ihr die Arme entgegen und half ihr herauszuklettern. Er packte sie so fest, dass sie sich, als sie neben dem Brunnen stand, die Stelle rieb, an der seine Finger den Arm umschlossen hatten. Aber sie beschwerte sich nicht.

»Komm weiter«, flüsterte Cephei und zerrte sie zum Schuppen, wo sie sich schwer atmend gegen die Bretterwand lehnten. Die Anstrengung hatte sie erschöpft. Ihre Kleidung sah im Tageslicht noch dreckiger aus, der Gang durch den Berg hatte ihr nicht gutgetan. Durch das Loch in Cepheis Hose konnten sie sein aufgeschürftes Knie sehen. Das Blut war längst getrocknet und hatte eine dunkle Kruste gebildet.

Nervös zupfte Vela an ihrem Hemd. »Hier sind wir ja für alle sichtbar.«

»Wir können ja schlecht immer wieder in den Brunnen kriechen, wenn jemand kommt.«

Sie runzelte die Stirn. »Wieso ist hier eigentlich niemand zu sehen? Ist doch seltsam.«

»Die sind wahrscheinlich alle drin. Ich kann noch nicht mal die Klippengeier sehen, dabei sind die heute Morgen doch um die ganze Burg gekreist.«

»Hier sieht es überhaupt nicht aus wie im Schloss des Königs.«

»Das ist ja auch eine Hexenburg.«

Velas Stirnrunzeln verstärkte sich. »Das gefällt mir nicht.«

Cephei verdrehte die Augen. Andauernd sagten Mädchen diesen Satz. Als er wieder einmal grün und blau bei der Schusterstochter aufgetaucht war, um nach der Knochensalbe zu fragen, hatte sie genau dasselbe gesagt. Als ob es ihm besser gefiele! Er war ja nicht blind, alles an dieser Burg war seltsam. Aber er hatte nicht das Geringste dagegen, dass die Klippengeier im Augenblick *nicht* da waren. »Wir sollten reingehen und nachsehen, ob wir den Schlüssel finden.«

»Einfach so?«

»Was schlägst du sonst vor?«

Vela überlegte und zuckte mit den Schultern, beide starrten sie dann eine Weile auf ihre Füße, als hätten sie alle Zeit der Welt. Bis hierher waren sie gekommen, aber einen endgültigen Plan besaßen sie nicht. Irgendwie hatten sie angenommen, Urs würde schon wissen, was zu tun ist.

Am Anfang war es nur darum gegangen, einen Vogel zu finden, dann hieß es plötzlich, dazu gehöre auch noch eine Hexe! Die Burg war durch einen Lavafluss vom Rest der Welt abgeschnitten, Fremde kamen wohl nicht oft hinein. Wäre das eine Burg wie alle anderen auch, hätten sie sich als Händler oder Gaukler ausgeben können, aber so? Der Erste, der sie in den Gängen sah, würde Alarm schlagen. Hier gab es keine Menschen, unter die man sich unauffällig mischen konnte.

»Du hast doch zu den Bergmenschen gesagt, dass du mit der Hexe reden willst. Na, das wäre jetzt die beste Gelegenheit.«

»Das ist der Plan? Ich rede mit der Hexe?«

Er hob die Hände. »Wir werden wohl kaum in die Schlacht ziehen, oder? Ich hab meinen Dolch, du deinen Hammer, und die Hexe ihre Klippengeier und Zauberkräfte. Das wäre eine kurze Schlacht. Geierfutter wären wir.«

Betreten zwinkerte Vela. »Vielleicht sollten wir erst einmal versuchen, den Schlüssel zu finden. In der Burg, meine ich.«

»Du meinst, ihn zu stehlen.«

»Äh … nun ja. Das ist ja kein richtiges Stehlen, schließlich gehört der Schlüssel ihr nicht. Das ist sozusagen ein Wiederbeschaffen.«

Cephei nickte und bemühte sich um ein Grinsen. »Tja, dann

ist es wohl wie immer. Wir gehen los und schauen, wie weit wir kommen.«

Neben ihm seufzte Vela, dann stießen sie sich von der Wand ab und huschten bis zur offenen Tür. Nach einem kurzen Blick durch den Spalt schlüpften sie in das Zwielicht der Burg. Hinein in einen breiten Flur, an dessen Wänden brennende Fackeln hingen, die unruhige Schatten auf große Wandbilder warfen.

Die Bilder zeigten Landschaften, die Cephei nicht kannte, und auch merkwürdige Häuser, riesig und viereckig. Außerdem Türme wie der, auf den er in Sanjorkh geklettert war. Seltsame Tiere waren zu sehen, und am Rand der Bilder rankten sich die gleichen Symbole wie auf dem Hexenstein im Rauschwald. Sie hatten ganz zweifellos das Heim einer Hexe betreten …

Vorsichtig wagten sie sich vorwärts, jeden Moment erwarteten sie, dass sie entdeckt wurden. Auf dem glänzenden schwarz-weiß gekachelten Fußboden hinterließen sie staubige Fußabdrücke, und Cephei versuchte kurz, mit der Fußspitze darüberzureiben, um ihre Spuren zu verwischen. Aber alles, was er erreichte, war, dass sich der Fleck vergrößerte.

»Was machst du denn da?«, flüsterte Vela ungeduldig von vorne.

»Gar nichts.« Schnell schloss er zu ihr auf.

Am Ende des Flurs stand eine leere, eingebeulte Ritterrüstung. Cephei fand es merkwürdig, dass jemand eine leere Rüstung in einen Flur stellte, aber was war an diesem Ort *nicht* merkwürdig?

Als sie bei der Rüstung ankamen, lugten sie vorsichtig um die Ecke, aber auch in dem Flur, der nun vor ihnen lag, war niemand zu sehen.

»Das ist doch seltsam. Glaubst du immer noch, die sind beim Essen?«

Er schüttelte den Kopf. »Wonach suchen wir eigentlich?«

Vela sah ihn an, als hätte er den Verstand verloren.

Er wurde ein bisschen rot. »Ich meine, wo glaubst du, ist der Schlüssel? Suchen wir den Keller, ein Geheimfach? Was?«

Betreten starrte sie in den Flur, an dessen Ende sich eine geschlossene Tür befand, und kaute auf der Unterlippe herum.

»Vielleicht«, fuhr er flüsternd fort, »hat der Klippengeier den Schlüssel ja auch draußen irgendwo fallen gelassen.«

»Aber Serpem hat doch gesagt, dass der Vogel der Herrin der Südlichen Feste gehört. Wahrscheinlich hat er ihn bei ihr abgeliefert.«

»Wir suchen also in der ganzen Burg?«

Entschuldigend zuckte sie mit den Schultern, und Cephei seufzte. Sie waren eben keine Ritter – woher sollten sie wissen, wo eine Hexe ihre Schlüssel aufbewahrte und wie man in einem solchen Abenteuer richtig vorging? Vielleicht gab es dafür auch Regeln, so wie bei den Duellen. Urs hatte zwar nie etwas erwähnt, aber da er selbst kein richtiger Ritter war, konnte es ja auch sein, dass er es gar nicht wusste. Sie schlichen weiter bis zu der Tür am Ende des Gangs und legten dort die Ohren an die Verkleidung. Nichts war zu hören, also drückte Vela langsam und vorsichtig die Klinke nach unten. Lautlos öffnete sich die Tür einen Spalt breit und gab den Blick frei auf das, was dahinter lag.

»Das gibt's ja nicht!« Cephei vergaß für einen Moment sogar zu flüstern.

Ein Saal von enormer Größe tat sich vor ihnen auf, und er war vollkommen grün. Seine Wände bestanden aus schimmerndem dunkelgrünem Stein, und von der Decke hingen durchsichtige wiesengrüne Stoffbahnen herab, die den Saal unterteilten. Ein Lufthauch bewegte den Stoff sanft hin und her.

Von den Fenstern im oberen Rundgang fiel Sonnenlicht auf den Fußboden, der aus unzähligen polierten Silberplatten bestand, die die Decke, die Wände und das Grün der Stoffbahnen widerspiegelten. Selbst die Luft schien ein wenig grün zu sein.

Einen Moment lang waren sie beide ganz in den Anblick des Saals versunken, dann sagte Vela leise: »So was hab ich noch nie gesehen. Das ist besser als die Wasserpumpen.«

Die Wasserpumpen in Marinth hatten ihn zwar nie interessiert, aber auch er fand den Saal beeindruckend.

Sie zwängten sich durch den Spalt, ohne die Tür weiter zu öffnen, und gingen ein paar Schritte einer Seitenwand entgegen. Dort versuchten sie sich hinter den Stoffbahnen zu verstecken, um so den Raum zu durchqueren. Ihre verzerrten Spiegelbilder folgten ihnen auf den Platten des Fußbodens, und in den grünen Steinplatten der Wände schimmerten ihre undeutlichen Schatten.

Als sie fast die Hälfte des Saals durchquert hatten, hoben sich die Stoffbahnen plötzlich, wehten einfach nach oben und blieben wie sorgsam aufgerollt an der Decke hängen. Doch keine Mechanik war zu hören, nicht einmal eine Kurbel. Sofort sprangen Cephei und Vela an die Wand und drückten sich mit dem Rücken dagegen, die Hände an den kühlen Stein gepresst.

Ihnen gegenüber sahen sie einen Schreibtisch, der ihnen vorher nicht aufgefallen war. Er war wohl aus demselben grünen Stein gehauen, aus dem auch die Wände bestanden, und stellte einen Löwen dar, auf dessen Rücken eine Platte balancierte. Die Krallen seiner Pfoten schienen in den Fußboden zu wachsen, als wäre er einst lebendig gewesen und hätte sich hier festgekrallt.

Hinter dem Schreibtisch saß eine Frau, die in Papieren wühlte.

Sie war schon älter, aber ihr Haar war noch nicht weiß, sondern besaß einen rötlichen Farbton, der einen starken Kontrast zum Grün in ihrem Rücken bildete. Es war kurz geschnitten, und an den Ohrläppchen baumelten goldene Muscheln.

»Ihr werdet mir sicher sagen können, warum ihr hier durch meine Burg schleicht«, sagte sie mit rauer Stimme, die klang, als rede sie nicht oft, und sofort schlug Cepheis Herz so schnell wie noch nie. Sein Mund wurde ganz trocken. Er brachte kein Wort heraus, ebenso wenig wie Vela.

Die Frau sah auf und hielt in ihrer Tätigkeit inne. Funkelnd grüne Augen musterten Cephei, und seine Kopfhaut begann zu kribbeln, die Härchen auf seinen Unterarmen richteten sich auf, obwohl ihm nicht kalt war, sondern heiß, als hätte ihn jemand in den Lavastrom unter der Burg getaucht.

»Nun? Hat es euch die Sprache verschlagen?« Sie schnippte mit den Fingern, und wie unter Zwang bewegten sich Cepheis Füße vorwärts, er hatte keine Macht mehr über sie. Er wollte sich wehren, aber vergebens, Schritt für Schritt bewegten sie sich auf den Schreibtisch zu. Er schaffte es gerade so, nicht zu rennen, Stehenbleiben war unmöglich. Er hatte keine Macht mehr über sich, genau wie bei Serpem.

Neben ihm erging es Vela genauso.

Eine knappe Armlänge vor dem Tisch kamen sie wieder zum Stehen und konnten die Frau nun deutlich erkennen. Das Funkeln ihrer Augen war so intensiv und doch kalt wie das eines Edelsteins, dass sich Cephei schon beobachtet fühlte, wenn er nur auf die Wand sah und nicht einmal in ihr Gesicht. Alles Grün im Raum schien ihn zu betrachten, egal, wohin er sah, er konnte ihrem Blick nicht ausweichen. Und dieser Blick ging schrecklich tief.

»Ich mag es nicht besonders, wenn ich mich ständig und ständig wiederholen muss, das ermüdet mich. Wenn ihr also so freundlich wärt …« Sie hob eine Hand und wandte sich Vela zu.

»Wir suchen den Königsschlüssel«, hörte Cephei sie antworten. Ihre Stimme klang dünn und zitterte leicht, doch sie stockte nicht.

»So? Und wer seid ihr überhaupt?«

»Ich bin Vela, die Tochter des Königsmechanikers. Und das dort«, Vela zeigte auf ihn, »ist Cephei. Er begleitet mich.«

»Und das sollte mir jetzt etwas sagen?« Die Frau runzelte die Stirn, als hätte sie etwas Wichtiges vergessen. Fast wirkte sie, als wäre es ihr unangenehm, aber dann dachte Cephei, sie schien eher verärgert zu sein – wie man über diebische Zuckerkäfer in der Speisekammer verärgert war –, und er hoffte sehr, sie würde sie nicht einfach wie Käfer zertreten.

»Bist du die Herrin der Südlichen Feste?«, fragte Vela.

Als wäre das nicht längst klar, dachte Cephei, der seine Stimme noch immer nicht wiedergefunden hatte und auch die Beine nicht bewegen konnte. Wenigstens verließ die Hitze langsam seinen Körper.

Die Frau lehnte sich in ihrem Stuhl zurück und verschränkte die Arme. »Tja, wir sind hier am Südlichen Ende, das ist meine Burg, also würde ich behaupten, ja, ich bin die Herrin der Südlichen Feste.«

Na bitte.

Cephei musste schlucken. Besonders geschickt hatten sie sich wahrlich nicht angestellt. Sie waren der Hexe einfach in die Arme gelaufen. Diese hatte sich nicht einmal von ihrem Schreibtisch entfernen müssen, um sie in die Hände zu bekommen.

Hatte er denn gar nichts bei Urs gelernt? Vielleicht taugte er ja tatsächlich nicht zum Ritter, wenn er sich nicht mal die einfachsten Regeln merken konnte.

Niemals deine Deckung fallen lassen!

Aber so viel Deckung hatten sie ja ohnehin nicht gehabt. Würde die Hexe sie jetzt an die Klippengeier verfüttern? Er wollte nicht verfüttert werden!

Er musste doch zu Hause noch von seinem Abenteuer erzählen, und Dorado musste ihm ein Bier ausschenken, weil Cephei es tatsächlich gewagt hatte, durch die Ruinenstadt zu laufen. Cephei mochte zwar das Bier nicht, aber darum ging es ja gar nicht. Wie sollte der übellaunige Wirt ihm jemals sagen, dass er sich geirrt hatte und Cephei kein Tunichtgut war, wenn die Hexe ihn jetzt zu Geierfutter machte?

Nein, das durfte nicht passieren. Irgendwie musste es ihnen gelingen, hier heil herauszukommen. Mit oder ohne Schlüssel, das war jetzt fast schon egal.

DER KÖNIGSSCHLÜSSEL

Das Hexenmal juckte auf einmal fürchterlich, es wurde warm, und Vela konnte nicht unterdrücken, sich durch das Hemd zu kratzen, als die Hexe für einen kurzen Moment den Blick von ihr abwandte und Cephei anschaute.

»Mein Name ist Aniba«, sagte sie. »Es dauert zu lange, wenn alle immer den vollen Titel nennen.«

»Welche alle denn, hier ist doch niemand?«, wollte Cephei wissen und schien selbst verblüfft, dass er etwas gesagt hatte.

»Sei doch nicht albern, Junge. Wie soll ich denn eine so große Burg allein bewirtschaften?«

»Aber man sieht doch niemanden.«

»Also wirklich. Nur weil du sie nicht siehst, heißt es doch nicht, dass sie nicht da sind, oder?« Aniba schien beleidigt. »Hast du vielleicht gedacht, ich öffne die Tore selbst, striegle die Pferde und versorge die Schweine? Du scheinst kein sehr kluger Junge zu sein, was?« Sie schüttelte den Kopf, und Cephei lief rot an.

Vela fing seinen wütenden Blick auf und versuchte ihm aufmunternd zuzunicken, schließlich hatten sie nicht einmal Pferde und Schweine gesehen. Aber vielleicht war es auch besser, sie sahen niemanden. Wer wusste schon, in welcher Gesellschaft diese Aniba lebte? Unsichtbare Geister oder Ungeheuer, die nur nachts herauskamen, ganz abgesehen von den Klippengeiern. Mit Grauen dachte sie daran, was Serpem während der Nacht getan hatte. Vielleicht wartete auch diese Hexe auf die Dunkelheit, um entsetzliche Dinge zu tun.

In diesem Moment fiel ihr etwas ein. Sie versuchte sich zu bewegen und stellte fest, dass der Bann, der auf ihr gelegen hatte, aufgehoben war. Zumindest im Moment. Eilig setzte sie den Rucksack auf die Erde und holte die Holzkiste heraus. Sie öffnete sie, nahm den roten Raumgeist heraus und befreite ihn von der Leine.

»Hab Dank«, konnte sie gerade noch sagen, als er auch schon davonsprang, ohne sich noch einmal nach ihr umzusehen. Mit ausgebreiteten Armen rannte er in Schlangenlinien durch den Raum, drehte sich einmal um sich selbst und raste dann zur Tür hinaus.

Es erschien ihr nur richtig, dem Geist endlich die Freiheit zu schenken, er hatte seine Aufgabe schließlich erfüllt. Auch wenn Cephei ihr einen Blick zuwarf, der sagte: *Hast du nichts Besseres zu tun?*

»Mhm«, machte die Hexe, während sie dem Raumgeist nachsah. Dann musterte sie Vela mit viel größerer Neugier, und es kribbelte in Velas Bauch. Das Hexenmal juckte, und mühsam unterdrückte Vela den Drang, sich vor den Augen der Hexe zu kratzen.

»Was wollt ihr mit dem Schlüssel?«, fragte Aniba, und ein Lächeln, das Vela noch mehr beunruhigte als der finstere Blick, umspielte plötzlich ihre Lippen.

»Wir müssen den Mechanischen König aufziehen, damit er weiter über das Land herrschen kann und meinen Vater begnadigt, den man für den Verlust des Schlüssels verantwortlich macht.«

Vela wartete. Immerhin war es einer von Anibas Klippengeiern gewesen, der den Schlüssel gestohlen hatte. Das hatte zumindest Serpem gesagt.

Was, wenn Aniba den Schlüssel gar nicht für sich wollte?, dachte Vela plötzlich. Was, wenn sie ihn gestohlen hatte, damit der König nicht mehr aufgezogen wurde? Immerhin war es doch der Mechanische König, der das Land von Hexen befreien wollte …

Und Vela war auch noch so dumm gewesen, ihr zu verraten, dass sie ihn wieder aufziehen wollten! Dieses Mal war sie es, die sich einer Hexe gegenüber dumm benahm. Sie hätte heulen können vor Wut über sich selbst – und dieses vermaledeite Hexenmal juckte und juckte und juckte! Sie spürte das Blut dort richtig pochen.

Aniba schien dagegen in aller Ruhe zu überlegen. »Das ist ja bedauerlich«, antwortete sie nach einer Weile, »aber ich kann euch nicht helfen. Ich brauche den Schlüssel, er ist wichtig. Ihr findet sicher einen anderen.«

»Es gibt nur diesen einen Königsschlüssel. Wir können also keinen anderen finden. Er ist etwas Besonderes.«

»Ja, ja, ich weiß, darum brauche ich ihn ja auch.«

»Aber er gehört dir nicht!« Langsam wurde Vela wütend und tat auch den letzten Schritt bis zum Schreibtisch, stützte ihre Hände auf die glatte Steinplatte und spürte erst dann, wie Cephei sie am Hemd zog.

»Was sie sagen will, ist«, riss er das Wort mit einem bösen Seitenblick auf sie an sich, »wir benötigen den Schlüssel wirklich. Wenn du ihn haben möchtest, könntest du ihn ja vielleicht wieder«, er stutzte, »nun, kurzfristig borgen, wenn wir die Zeremonie beendet haben und der König für ein weiteres Jahr aufgezogen wurde.«

»Tut mir leid, aber die Zeit habe ich nicht.« Aniba stand nun auf und überragte sie um gut zwei Köpfe. Sie war schlank und groß und trug weite Hosen und ein viel zu großes Hemd, das Velas nicht unähnlich war.

»Du kannst ihn nicht behalten …«, begann Vela wieder, und dann packte sie plötzlich die Angst um ihren Vater mit aller Macht. »Es ist nicht deiner!«, schrie sie und ballte die Fäuste. »Gib ihn wieder her!«

Erstaunt blickte Aniba sie an. Vielleicht war sie verärgert, denn sie runzelte die Stirn und verschränkte erneut die Arme. Dann lehnte sie sich mit dem Rücken an den Tisch.

»Du hast ihn gestohlen, und wenn wir den Schlüssel nicht mitbringen, wird mein Vater hingerichtet. Deinetwegen! Ich will jetzt den Schlüssel! Ich bin doch nicht bis hierher gekommen, um mich dann von dir zurückschicken zu lassen!« Vela konnte nicht weiterreden, denn mit jedem Wort war sie schneller und lauter geworden, und nun bekam sie keine Luft mehr. Sie verschluckte sich und hustete.

Cephei klopfte ihr auf den Rücken, was es jedoch nur schlimmer machte.

Aniba blieb vollkommen unbeeindruckt. »Ich mag es auch nicht, wenn Kinder so laut werden. Deshalb gibt es hier so wenige.« Sie klatschte in die Hände. »Du kannst den Schlüssel nicht haben, und wenn du nicht willst, dass ich verärgert bin und dann vielleicht etwas tue, das dir nicht gefällt, solltet ihr lieber gehen.«

Vela zitterte vor Wut. Sie würde hier nicht weggehen, bevor sie nicht den Schlüssel hatte. Sie hatte es satt, dass ihr die Leute immer sagten, was sie zu tun und zu lassen hatte. Erst ihre Eltern, dann der Kanzler und die Palastwache, und jetzt auch noch die Hexen! Schluss damit.

Aniba tippte sich mit dem Finger gegen die Lippen und sah Vela lange an, bevor sie sagte: »Auf der anderen Seite habe ich heute einen guten Tag, und man soll Gäste ja nicht unbewirtet lassen. Schon gar nicht welche, die sich bereits mit unserer Zunft verbündet haben, nicht wahr?«

Vela wandte den Blick ab.

»Vor mir kannst du dein Hexenmal nicht einfach mit einem Hemd verdecken. Ich kann es spüren, wie alle Hexen.«

Neben sich hörte Vela Cephei nach Luft schnappen.

»Oh, hat das dein kleiner Freund noch nicht gewusst? Wie überaus delikat.« Aniba schien sich sehr zu amüsieren. »Ja, ja, so ein Geschäft geht nicht spurlos an einem vorbei. Wissen hat immer seinen Preis.«

Cephei blickte Vela unruhig an, und genau dieser Blick war es, den sie befürchtet hatte. Sie besaß nun ein Geheimnis, vor dem sich die Menschen fürchteten – genau wie vor den Hexen. Doch ungeschehen konnte sie es nicht mehr machen, und wenn dieses Geheimnis nun schon auf ihr lag, konnte sie es dann nicht noch einmal nutzen? Sie atmete tief durch.

»Was, wenn …«, begann sie. »Was, wenn wir dir etwas geben? Im Austausch für den Schlüssel?«

»Bist du verrückt?«, rief Cephei, aber sie machte nur »Schsch!« in seine Richtung.

»Bist du dir auch sicher, was du da vorschlägst?« Nachdenklich betrachtete Aniba sie.

Nein, war sie nicht. Aber welche Wahl hatte sie?

»Nun, vielleicht willst du dir ja erst einmal ansehen, was du so dringend von mir verlangst. Möchtest du nicht zuerst den Königsschlüssel sehen? Seid ihr nicht deshalb hier?«

»Nicht zum Ansehen, zum Mitnehmen«, sagte Cephei, und Vela musste fast lachen.

»Dann kommt, ich zeige ihn euch.«

Doch Vela und Cephei zögerten, der Hexe zu folgen.

»Nun kommt, ich fresse euch schon nicht.«

Und wieder bewegten sich ihre Füße von selbst, und sie folgten Aniba aus dem Saal, obwohl Vela sicher war, dass Cephei genau wie sie seinen Füßen nie befohlen hatte loszulaufen. Es schien Aniba weder Mühe zu kosten, ihre Hexenkunst auf sie anzuwenden, noch konnte Vela sagen, was sie da eigentlich genau machte.

Aniba führte sie durch weitere Flure, an deren Wänden senkrecht Glasröhren verliefen, durch die glitzernde Kugeln rollten, die im Boden verschwanden. Sie stiegen eine schmale, gewendelte Treppe empor, die durch einen der drei Türme führte. Hinter den kleinen Fensteröffnungen des Turms konnten sie Flügelschlag hören, aber wenn sie hinausblickten, sahen sie nur den Himmel, von den Klippengeiern gab es keine Spur.

Das Ende der Treppe führte sie in ein Turmzimmer. Darin befand sich nichts außer einem großen massiven Tisch aus dunklem Holz, auf dem eine silbergraue Truhe stand. Die Truhe bestand aus einem Material, das Vela noch nie gesehen hatte, und in der Mitte prangte ein großes Schloss.

Aniba trat hinter den Tisch und beobachtete sie, während sich ihre Hände auf die Truhe legten. »Diese Truhe gehörte einst dem Herrn dieser Burg. Er war ein mächtiger Mann mit vielen Geheimnissen. Unglücklicherweise war er auch ein Mann, der diese Geheimnisse nicht gern preisgab.« Sie schüttelte den Kopf »Sturer alter Hund!«

Vela trat näher an den Tisch und warf einen Blick auf die Truhe. Auf dem gewölbten Deckel war das Bild einer Stadt eingraviert.

Sie zog Cephei näher, der sich über das Bild beugte und den Finger auf einen der hohen schlanken Türme legte. Auch auf dieser Abbildung schwebte die dunkle Wolke über allem. »Das ist Sanjorkh!«

»Ihr kennt die Ruinenstadt?«

Sie nickten.

»Interessant. Nun, dann wisst ihr auch, dass es dort so einiges gibt, was Geheimnisse in sich birgt. Mein Vorgänger hat diese Geheimnisse wohl notiert, aber leider in dieser Truhe verschlossen. Wenn ich das Schloss nicht überwinden kann, komme ich nicht an sie heran. Versteht ihr?«

Vela schüttelte den Kopf, und Aniba seufzte.

»Warum haben sie nur euch Kinder losgeschickt? Ich dachte, für solche Fälle gäbe es Ritter. Besonders intelligent scheint ihr nicht zu sein.«

Cephei protestierte, indem er die Hand hob, aber er kam nicht zu Wort.

»Ihr müsst begreifen, dass die Zauberei ein schwieriges Geschäft ist und man sich unwahrscheinlich viele Dinge merken muss, Zauberformeln, Sprüche, Kritzeleien und so weiter. Unser Können entsteht nicht aus dem Nichts heraus, und diejenigen, die uns schaden wollen, verfügen über sehr viel Macht. Da ist man dankbar für jede Hilfe. Und diese Hilfe steckt in dieser Truhe, deshalb muss ich sie öffnen.«

»Kannst du das nicht mit Hexerei?«, fragte Vela, während sie überlegte, was das alles mit dem Königsschlüssel zu tun hatte.

»Denkst du vielleicht, das hätte ich noch nicht probiert?«

»Vielleicht mit einem Hammer«, schlug Vela vor und nahm ihn vom Gürtel, aber Aniba hob die Hände.

»Kind, das habe ich alles schon versucht. Ich brauche den richtigen Schlüssel. So einfach ist das. Und so kompliziert. Versteht ihr jetzt?«

»Du willst mit dem Königsschlüssel die Truhe öffnen. Das ist der Grund, warum dein Klippengeier ihn gestohlen hat«, sagte Cephei.

Aniba nickte. »Meine Geier müssen immer weitere Strecken fliegen. Auf dieser Seite des Rauschwalds haben sie mir schon alle großen Schlüssel gebracht, von denen man sich erzählt. Ach, das ist ziemlich schwierig mit diesen Burschen. Sie sind nicht gern weg von zu Hause und werden so leicht ungehalten.« Sie schüttelte den Kopf wie eine Mutter, die ihr ungezogenes Kind beobachtet.

Das erklärte auch, warum die Klippengeier die Dörfer verwüstet hatten. Sie waren nicht auf der Suche nach Futter gewesen, sondern nach Schlüsseln, die die Truhe öffneten! Die Rinder hatten sie wahrscheinlich nur gerissen, weil sie durch die langen Flüge hungrig gewesen waren.

Vela schöpfte plötzlich Hoffnung. »Dann lass uns den Schlüssel ausprobieren, und wenn er passt, gibst du ihn uns wieder, weil dann ja die Truhe offen ist. Und wenn er nicht passt, auch, denn dann nützt er dir nichts.«

»Nun, *so* einfach ist es dann auch wieder nicht.« Aniba kam um den Tisch herum.

»Aber …«, begann Vela und warf einen Blick zu Cephei, der inzwischen selbst die Arme verschränkt hatte.

»Jedes Jahr kann man nur einen Versuch wagen, wenn die Sterne in einer bestimmten Konstellation stehen und das Licht des klaren Vollmonds auf das Schloss fällt. Der frühere Besitzer dieser Truhe war kein dummer Mann, sieht man einmal davon ab, dass er nicht auf meine Angebote eingegangen ist. Er wollte sichergehen, dass ich, sollte ich gewinnen, nicht allzu leicht an seine Geheimnisse komme. Nun, das hat er erreicht, es ist eine äußerst aufreibende Prozedur.« Sie schnalzte ungehalten mit der Zunge. »Wie dem auch sei, die Sterne stehen bald richtig, es bleibt also keine Zeit, den Königsschlüssel zwischen Marinth und meiner Burg hin und her zu schicken.«

Vela fragte sich, woher die Hexe dies überhaupt alles wusste. Hatte der frühere Burgherr mit ihr darüber gesprochen? *Sturer alter Hund*, hatte Aniba ihn genannt. Was war zwischen ihnen passiert? Ihr fiel wieder ein, was Serpem erzählt hatte, dass Aniba ihn besiegt und in Träumen gefangen hatte.

Für einen kurzen Moment hatte sie vergessen, wozu die Hexe fähig war.

»Seit Jahren suche ich nach dem richtigen Schlüssel, ach was, seit Jahrzehnten und noch länger. Ich weiß genau, dass der Schlüssel für die Truhe irgendwo zu finden ist. Das ganze Land habe ich nach Hinweisen abgesucht, unzählige Pergamentrollen gelesen. Ich kann den Geruch von Pergament schon gar nicht mehr ertragen! Nun, und einige Hinweise deuten eben auf diesen Königsschlüssel hin.« Sie machte eine kurze Pause und sah Vela eindringlich an. »Und selbst wenn es der falsche ist, kann ich ihn euch danach nicht geben. Die Truhe schmilzt die Bärte der falschen Schlüssel zu Klumpen zusammen. Sie sehen danach aus wie in Säure getaucht.«

Es war zum Haareraufen!

Vela wollte nicht mehr stehen, sie setzte sich einfach auf den Boden und lehnte den Rücken an die Wand. Für einen Moment schloss sie die Augen, presste die Lider fest zu, um nicht zu weinen.

Zugegeben, sie hatten mehr Glück gehabt, als sie jemals gedacht hätte, aber dass es jetzt so zu Ende gehen sollte, daran konnte Vela nicht glauben. Das durfte nicht sein! Wozu war sie mit Serpem einen Handel eingegangen, wozu hatte sie sich die Haare abschneiden und sich für alle Zeiten mit dem Hexenmal zeichnen lassen? Sollte das alles umsonst gewesen sein? Erwartete Aniba etwa, dass sie umkehrte und mit leeren Händen in die Stadt zurückging? Ihrem Vater sagte, sie hätte den Schlüssel zwar gefunden, aber eine Hexe brauche ihn, um eine alte Truhe zu öffnen – das mit seiner Hinrichtung täte ihr aber leid?

Eine Hand strich ihr durchs Haar, sie schlug die Augen wieder auf und sah in Cepheis Gesicht, der vor ihr stand und sich zu ihr herabgebeugt hatte.

»Wird schon«, sagte er.

»Ich bin müde, Cephei.«

»Ich auch.« Er lächelte, und sie versuchte es ebenfalls, obwohl ihr gar nicht danach zumute war, doch in diesem Moment fühlte sie sich ihm nah.

Aniba klopfte mit den Fingerknöcheln auf die Tischplatte. »Hat Serpem euch denn nicht gesagt, dass es keinen Sinn hat herzukommen?«

Erstaunt sahen sie zu ihr.

»Woher weißt du, wie die andere Hexe hieß?«, fragte Vela.

»Euer Raumgeist gehört ja hierher. Wo solltet ihr den wohl herhaben, wenn nicht von ihr? Sie hat ihn schließlich auch von hier. Obwohl ich sagen muss, dass es nicht sehr nett gewesen ist, dass sie ihn damals mitgenommen hat. Man sollte meinen, dass sie mehr Respekt vor ihrer Mutter hat, nicht wahr?«

»Ähm …«, machte Cephei und blinzelte ungläubig. »Serpem ist deine Tochter?«

Doch Aniba ging nicht weiter darauf ein. Mit einer Handbewegung ließ sie zwei Becher erscheinen und reichte ihnen die Gefäße. »Trinkt erst mal, ihr seid doch bestimmt schon ganz ausgedörrt nach der langen Reise.«

Es widerstrebte Vela, den Becher anzunehmen, aber sie war tatsächlich durstig, und sie besaß nicht mehr die Kraft abzulehnen. Ohne den Schlüssel war ohnehin alles egal.

Ihre Finger griffen nach dem Becher, dessen kühles Metall sie noch weiter frösteln ließ. Aber das Getränk schmeckte köstlich, es war der Saft einer süßen Frucht, vielleicht Hirtenbeere, und er prickelte auf den Lippen. Es tat gut, und sie trank den Becher in zwei Zügen leer, dann stellte sie ihn auf den Boden.

Cephei hockte sich neben sie und rollte den Becher zwischen seinen Handflächen hin und her. »Kannst du keinen zweiten Schlüssel herzaubern, der genauso ist wie der Königsschlüssel?«

»Zauberei funktioniert nicht unbegrenzt, man kann nicht einfach Dinge aus dem Nichts erschaffen.« Aniba schüttelte den Kopf. »Und dieser Schlüssel ist einmalig, es gibt keine Kopie von ihm. Darüber hinaus darf man so einen Schlüssel nicht einmal herbeizaubern, manchmal verändert solche Zauberei die Dinge ein kleines bisschen. Wenn ich einen grünen Teller herbeizaubere, und er verfärbt sich, so dass er dunkler ist, dann macht das nichts. Doch wenn ein Schlüssel für ein so kompliziertes Schloss wie am Mechanischen König oder an dieser Truhe hier nur ein klein wenig verformt wird, passt er nicht, und alles ist verloren. Sonst hätte ich ja auch keinen Klippengeier den weiten Weg geschickt, sondern den Schlüssel gleich herbeigehext.«

»Mann, warum haben die nur einen Schlüssel hergestellt? Wieso gibt es keinen Ersatzschlüssel? Wenn er so wichtig ist?«, fragte Cephei wütend. »Selbst für die dämliche Gasthoftür hat Dorado einen zweiten Schlüssel machen lassen!«

Vela hob den Kopf, ihr Blick suchte das schwere Schloss der Truhe und blieb darauf haften.

Ein zweiter Schlüssel …

Geschaffen, nicht gezaubert.

Von ihr?

Der Mechanische König war schließlich kein Zauberding, er funktionierte, weil er aufgezogen wurde. Spielte es denn eine Rolle, welcher Schlüssel hineingesteckt wurde, solange er passte?

Ein Stoß am Knie ließ sie den Kopf wenden, und sie sah Cephei an, der fragend die Augenbrauen gehoben hatte. »Was geht wieder in deinem Kopf rum?«

Sie sah zu Aniba, deren Blick auf ihr lastete, und traf eine Entscheidung. »Ich weiß jetzt, was ich will. Wenn du uns den Schlüssel nicht gibst, erlaubst du uns vielleicht wenigstens, dass ich einen zweiten Schlüssel herstelle? Eine Kopie«, sagte sie fest und lauschte ihren eigenen Worten nach, weil sie viel sicherer klangen, als sie sich fühlte.

Die Hexe legte den Kopf schief, und auch Cephei sah sie erstaunt an.

»Der König ist nicht wie die Truhe«, erklärte sie. »Er ist nicht mit Zaubern belegt. Wenn ich den Schlüssel nachbaue, dann kann man ihn vielleicht benutzen.«

Aniba wirkte verblüfft, aber sie lächelte. Vielleicht amüsierte sie sich nur über Vela, aber das war ihr egal. Sie wollte es versuchen. Sie musste!

Cephei nickte. »Besser als nichts.«

Wut und Müdigkeit waren auf einmal verschwunden, und Vela sprang auf die Füße. »Wenn du mir den Schlüssel gibst, kann ich es versuchen.«

»Aber Vela«, sagte Aniba, »hat dir Serpem nicht erklärt, dass wir nichts zu verschenken haben? Du hast doch bereits mit einer Hexe gehandelt, wieso glaubst du, bei mir würde es anders sein? Willst du nicht erst den Preis erfahren, den dich der Schlüssel kostet?«

Die Euphorie ließ wieder nach. Mit Schaudern dachte sie an ihre Gaben an Serpem. Sie hatte gesagt, die Gaben stünden im Verhältnis zu dem, was sie von der Hexe verlangte. Musste sie nun doch mit ihrem Finger bezahlen, weil sie den Königsschlüssel wollte?

Cephei fasste sie am Arm. »Das darfst du nicht machen«, flüsterte er. »Es ist schlimm genug, dass du es bereits einmal getan hast. Wenn die Leute erfahren, dass du dich zweimal auf einen Hexenhandel eingelassen hast …« Er sprach nicht aus, was dann passieren würde, aber Vela musste sofort an die tiefe dunkle Zelle in Marinths Kerkerturm und die Geschichte vom Hexenstein aus Athago denken, den die Leute zerschlagen hatten.

»Es gibt keine andere Möglichkeit, oder fällt dir etwas Besseres ein?«

Betreten sah er zu Boden und ließ sie los.

Vela sah zu Aniba. »Was willst du von mir?«

Lange schwieg Aniba, und Vela dachte schon, sie würde das Geschäft ablehnen, doch dann sagte sie: »Du weißt, dass die Gabe im Verhältnis zu dem stehen muss, was du von mir verlangst, und das ist keine Kleinigkeit, schließlich überlasse ich euch den Königsschlüssel – und wer garantiert mir, dass ihr damit keinen Unfug macht? Ich muss also einiges Vertrauen aufbringen, und das wiegt schwer, Vela.«

Der Blick aus den grünen Augen wurde unergründlich, und zum ersten Mal sah Vela die Ähnlichkeit zu Serpem. In den Augen erkannte man, dass sie Mutter und Tochter waren. Ein

bisschen erinnerten diese Augen sie auch an Apus, obwohl dieser nicht mal ein Mensch war. Es lag etwas in ihnen … als hätten sie mehr gesehen als andere. Sogar mehr als der Kanzler.

»Nenn mir deinen Preis.«

»Deinen Hammer. Ich denke, das wäre nur angemessen.«

»Den Hammer meines Großvaters?« Erschrocken umklammerte Vela den glatten Holzstiel, auf dem Anibas Blick ruhte, und sie fragte sich, woher die Hexe wusste, wie viel ihr das Werkzeug bedeutete.

Diese Forderung war fast schlimmer als Haare und Blut zu verlieren. Den Hammer trug sie immer bei sich, er hatte sie auf all ihren Wegen begleitet, und wenn sie unsicher war, brauchte sie nur danach greifen und schon glaubte sie, die beruhigende Stimme ihres Großvaters zu hören. Der Hammer war ein Stück Zuhause und gab ihr Sicherheit. Ohne ihn würde sie sich nackt fühlen.

»Was ist nun, Vela, bist du bereit, den Handel einzugehen, oder willst du den Preis lieber nicht zahlen?« Geduldig blickte Aniba auf sie herab. Was bedeutete der Hexe dieser Hammer? Für sie konnte es doch nur ein schlichtes Werkzeug sein.

»Gib ihn ihr«, sagte Cephei neben ihr,

als hätte er nicht gerade noch von dem Handel abgeraten. »Das ist doch nichts.« Er schien erleichtert, dass die Hexe nicht ihr Blut, irgendwelche Körperteile oder ihren Erstgeborenen verlangt hatte, wie es in den Geschichten der Klatschweiber hieß.

Aber er verstand auch nicht, was ihr der Hammer bedeutete, und dass sie sich ohne ihn schutzlos fühlte. Hilflos, genau wie damals, als sie ihrem Vater nicht helfen konnte …

Doch jetzt hatte sie die Möglichkeit, ihm zu helfen. Sie musste sich nur trauen. Weitere Augenblicke verstrichen, in denen sie hin und her gerissen war zwischen ihrer Furcht und dem Verlangen, ihrem Vater zu helfen.

Mit zittrigen Knien ging Vela auf Aniba zu und versuchte, ihre Stimme fest klingen zu lassen: »Bitte gib mir den Königsschlüssel, damit ich versuchen kann, eine Kopie davon herzustellen.«

Aniba hob den Finger. »Glaub bloß nicht, du könntest damit abhauen.«

»Ich weiß.«

Aniba streckte die Hand aus, und langsam legte Vela den Hammer hinein. Es dauerte noch einige Herzschläge, bis sie in der Lage war, selbst die Hand zurückzuziehen, so fest hatten sich ihre Finger um den Stiel geschlossen. Es war, als würde sie mit dem

Hammer auch Erinnerungen an ihren Großvater aufgeben, Hoffnungen und Träume. War es das, was Aniba eigentlich von ihr wollte?

Im selben Moment, in dem sie den Hammer losließ, spürte sie zum zweiten Mal den brennenden Schmerz auf der Haut, und auch ohne nachzusehen, wusste sie, dass sich an der Stelle über ihrem Herzen nun ein zweites Hexenmal befand.

Sie stand der Hexe gegenüber und wusste auf einmal, dass sie nie wieder die Vela sein würde, die sie zu Beginn der Reise gewesen war. Sie sah die Welt nun anders. Aniba griff unter ihr Hemd, an ihrem Gürtel hing ein schwerer Schlüsselbund. Der goldene Königsschlüssel war leicht an seiner Größe zu erkennen. Sie löste ihn vom Bund und hielt ihn Vela entgegen. »Dann versuch dein Glück.«

Andächtig betrachteten Cephei und Vela den Schlüssel, aus solcher Nähe hatten sie ihn noch nie gesehen. Langsam hob Cephei die Hand und griff danach. Nervös hielt Vela die Luft an, aber er schloss einfach die Finger darum, und schon lag der Schlüssel in seiner Hand. Lachend streckte er ihn Vela entgegen. Auch sie griff danach, konnte gar nicht fassen, wie wenig er wog. Für einen so wichtigen Gegenstand und seine Größe war er zu leicht, zu unscheinbar. Das war kein echtes Gold. Oder war er hohl?

Cephei stieß sie mit dem Ellbogen leicht in die Seite. »Was willst du jetzt machen?«

»Hast du eine Werkstatt?«, fragte Vela.

Aniba nickte. »Ich zeige sie euch.«

Mit diesen Worten verließen sie das Turmzimmer und stiegen wieder hinab. Den Hammer ließ Aniba neben der Truhe liegen, und Vela hatte beim Hinausgehen einen sehnsüchtigen Blick zurückgeworfen. Sie wusste nicht, ob er für Aniba einen echten Nutzen hatte, schließlich gab es in der Burg sicher genügend Hämmer. Hatte die Hexe ihn nur gewollt, weil sie wusste, dass er Vela etwas bedeutete? Vielleicht war es ihr nur darum gegangen, dass Vela einen Preis bezahlte. Doch sie wurde das Gefühl nicht los, dass Aniba mehr bekommen hatte als nur ein Werkzeug, dass es ihr eigentlich um all das gegangen war, was Vela mit dem Hammer verband, als könne sie es mit Hilfe von Zauberei herausdestillieren. Eine Hexe, die ihre Feinde mittels Träumen besiegte.

Das vertraute Gewicht an Velas Hüfte fehlte nun, und so, wie sie sich zuvor in den Nacken gegriffen hatte, wo plötzlich ihre langen Haare gefehlt hatten – genauso fasste sie nun an den Gürtel. Fast zögerlich waren ihre Schritte, und bei jedem spürte sie, wie ihr Hemd über das neue Hexenmal rieb, doch dieses Mal kratzte sie nicht. Nun war sie mit den Hexen verbunden, ob sie wollte oder nicht, und hatte den Preis für den Königsschlüssel tatsächlich bezahlt, ohne genau zu wissen, wie hoch er wirklich war.

Weiter ging es durch die Burg, durch schmale und breite Gänge, vorbei an vier Schritt hohen doppelflügligen Türen mit grünen Knäufen und kleinen, edelsteinverzierten Klappen, die Vela gerade bis zum Knie reichten.

Die Scheiben der hohen gebogenen Fenster waren von einem grünen Hauch durchzogen, und jeder Teppich hatte zumindest grüne Fransen. Gemälde von fremdartigen Wesen und dampfenden Töpfen und Tiegeln hingen an den Wänden, die Treppen waren breit, und in einem kleineren Spiegelsaal durften sie nur auf die grünen Fliesen des Schachbrettbodens treten.

Auf einem Fensterbrett standen zwei halb geleerte Gläser, und über einem Stuhl hing ein dunkelroter Mantel.

Doch trotz dieser Anzeichen begegnete ihnen erneut kein einziger Mensch. Sie passierten die offene Tür zur Küche, und Velas Gefühl, dass es doch noch weitere Bewohner geben musste, wurde stärker. Über dem Feuer hing ein großer bronzener Kessel, in dem etwas kochte, und auf dem langen Tisch war Gemüse ausgebreitet – viel mehr, als eine Person allein essen konnte.

Ab und zu warf Cephei ihr einen Blick zu, als mache er sich Sorgen, dass sie sich jeden Moment in eine Kröte verwandeln könnte. Die Sache mit dem Hexenhandel war ihm wohl nicht geheuer. Sie war ihr ja nicht mal selbst geheuer.

Schließlich stiegen sie eine gewundene Treppe in den Keller hinab. Es war sauber und aufgeräumt, die Stufen mit dunkelroten Fließen ausgelegt. Die Wände waren warm und heizten die Luft auf. Schließlich erreichten sie eine eherne Tür, in die eine Flamme graviert war, und Aniba zog sie auf.

Dahinter lag eine großräumige Schmiede, die viel reichhaltiger ausgestattet war als die ihres Großvaters. Vela staunte. Sie blickte sich um und sah alle Werkzeuge, die sie kannte, und einige mehr.

»Hier sind die alten Schlüssel. Ich hebe sie aus Nostalgie auf.« Aniba deutete auf einen Haufen in einer Ecke. »Das waren alles besondere, außergewöhnliche Schlüssel. Ich denke, daraus kannst du einen guten Ersatz machen. Manche sind sogar auch aus Sternengold wie der Königsschlüssel. Und da ist die Esse. Töpfe siehst du, die Feilen hängen dort, Hammer daneben. Feuer brauchst du keines, heb den schwarzen Deckel dort drüben mit der Winde vom Boden. Darunter fließt der Lavastrom, seine Hitze kommt hier hoch. Sie ist durch einen Zauber gebändigt und doch heißer als ein normales Feuer. Mit normalem Feuer könntest du diesem Sternengold sowieso nichts anhaben.« Aniba sah auf den Königsschlüssel. »Ich habe ihn mit einem Schutzzauber belegt, versuch also nicht, ihn aus Ärger auf mich zu zerstören. Versuchst du es, werfe ich dich in den Lavastrom. Das wollte ich gesagt haben, nur für den Fall. Benötigst du sonst noch was?«

Vela schüttelte den Kopf, benommen von der beiläufigen Drohung, in die Lava geworfen zu werden. Wieso sollte sie den Königsschlüssel zerstören wollen? Verstand Aniba denn gar nichts?

Doch Cephei sagte: »Vielleicht einen Happen zu essen? Das wäre nicht schlecht.«

Die Hexe lächelte, und zum ersten Mal wirkte das Lächeln freundlich. Als hätte es die Drohung eben gar nicht gegeben. Hatte sich Vela das eingebildet?

Mit einer beiläufigen Handbewegung ließ Aniba zwei Teller und zwei gefüllte Schüsseln in der Luft erscheinen, die langsam auf der Ablage landeten. Ein paar breite grüne Nudeln hingen über den mit schwarzen Dornen verzierten Rand der einen Schüssel, aus der anderen strömte würziger Bratenduft. Irgendein Wild.

»Das müsste ich in der Gaststube können. Dann würde der Besen von allein fegen, die Krüge könnte ich einfach auf die Tische zaubern, und Dorado«, Cephei lachte, »würde ich einfach in eine Maus verwandeln. Oder in einen Frosch, wenn das die Tradition verlangt.«

Aniba sah ihn verwirrt an und verließ die Schmiede.

»Sag mal, hast du die Drohung auch gehört?«, fragte Vela Cephei, der sich gerade Nudeln und Fleisch auf einen Teller häufte.

»Nicht genau. Irgendwas hat sie gesagt, aber ich hatte das Gefühl, es galt dir.«

»Danke! Vielen Dank!« Was Aniba auch gesagt hatte, Vela würde nicht versuchen, den Schlüssel zu stehlen. Sie war sicher, Aniba würde das bemerken. Sollte ihr der Schlüssel nicht gelingen, müssten sie einen neuen Plan fassen, doch jetzt musste alle Konzentration der Kopie gelten.

Sie ging hinüber zu den alten Schlüsseln. Wie Aniba gesagt hatte, waren ihre Bärte geschmolzen, und sie waren zu nichts mehr zu gebrauchen. Einen nach dem anderen nahm sie in die Hand, wog ihn sorgfältig und verglich ihn mit dem Königsschlüssel. Nach einer ganzen Weile entschied sie sich für einen, der dem Königsschlüssel möglichst ähnlich sah und der ebenso leicht war wie dieser. Mit ihm ging sie zum Arbeitsplatz zurück.

Cephei hatte inzwischen gegessen und hielt sich bereit, ihr zur Hand zu gehen. Sie selbst hatte keinen Hunger.

»Heb mal den Deckel auf«, sagte sie, während sie das nötige Werkzeug zusammensuchte.

Kaum hatte er die Winde in Gang gesetzt, kam ein Schwall heißer Luft in die Schmiede geschwappt. Der größte Teil zog gleich weiter durch den Kamin über dem Bodenloch ab, aber ihnen brach dennoch der Schweiß aus.

Vela erwärmte den verklumpten Schlüssel. Er schmolz nicht, wurde lediglich zu einer formbaren, weichen Masse, der sie mit ihrem Hammer eine grobe Form gab. Dabei hielt Cephei Abstand und sah Vela zu, wie sie ein ums andere Mal den Schlüssel erhitzte, abkühlen ließ, wieder erhitzte und zögerlich immer weiter bearbeitete, während ihr der Schweiß über Stirn, Arme und Rücken lief.

Sie durfte keinen Fehler machen, und der viergeteilte Bart des Königsschlüssels war mit filigranen Zacken und Spitzen so schrecklich kompliziert. Stück für Stück näherte sie sich seiner groben Form an. Immer wieder hielt sie Original und Kopie prüfend nebeneinander. Dabei achtete sie penibel darauf, dass der echte Königsschlüssel der gefährlichen Lavahitze und dem Feuerloch nicht zu nahe kam.

»Was glaubst du, ist in der Kiste?«, fragte Cephei nachdenklich.

»Keine Ahnung? Zauberformeln?«

»Mhm. Ist doch eigenartig, dass ausgerechnet ein Bild der Ruinenstadt darauf zu sehen ist. Was hatte Anibas Vorgänger wohl damit zu schaffen? Ob er mal dort gelebt hat?«

»In Sanjorkh?« Vela schüttelte den Kopf. »Schwer zu glauben. Da kann doch nichts leben. Außer den Käfern.«

Doch Cephei schien weiter darüber zu grübeln. Sollte er – Hauptsache, er ließ sie in Ruhe arbeiten. Hin und wieder warf er ihr Blicke zu, aber sie wusste, dass das nichts mit ihrer Arbeit zu tun hatte, sondern mit den Hexenmalen. Wahrscheinlich wusste er nicht, wie er damit umgehen sollte. Sie wusste selbst nicht, ob sie nun mutig oder dumm gewesen war. Aber er würde sich mit der Zeit schon daran gewöhnen – und sie hoffentlich auch.

Stundenlang arbeitete sie, zweifelte, hämmerte, nannte sich *größenwahnsinnig* und ihr Vorhaben *wahnwitzig*, verbiss sich wieder in die Arbeit und formte stur weiter. Dann wusste sie, dass sie nun mit dem Hammer nichts mehr erreichen würde.

Sie kühlte den Schlüssel aus und aß von den kalten Nudeln und alles Fleisch, das übrig war. Ihr Magen knurrte nicht mehr nur, er schrie bereits nach einer Mahlzeit.

Noch einmal hielt sie die beiden Schlüssel nebeneinander und nickte zufrieden. So weit war es gelungen. Sie atmete tief durch und begann mit der Feinarbeit. Sie feilte hier ein Stück ab, dann dort. Ganz langsam, um sich mit dem Material vertraut zu machen. So leicht dieses Sternengold auch war, so hart war es. Aber Vela kam voran, immer deutlicher nahm der Bart den Umriss des Königsschlüssels an.

Während der ganzen Zeit ließ sich Aniba nicht mehr blicken. Um sie blieb alles ruhig, auch von anderen Burgbewohnern war nichts zu hören oder zu sehen. Kein Schmied stolperte herein und beanspruchte den Werkraum für sich.

Vela feilte und klopfte weiter, sogar Cephei hatte sie aus ihren Gedanken verdrängt. Er hatte sie nicht mehr angesprochen und auch sonst keine störenden Geräusche verursacht. Sie sah sich nicht um, um zu sehen, ob er schlief oder was er tat, alles, was jetzt zählte, war ihr Schlüssel.

Gebannt starrte sie auf den Königsschlüssel und übertrug in Gedanken seine Form auf ihren neuen. Sie atmete den schweren Geruch der Lava ein, den Duft erhitzten Metalls, und wusste genau, was sie zu tun hatte. Es war wie am Schrottfluss, als sie dessen Melodie aufgenommen hatte, seinen Rhythmus, und ganz in die Arbeit versunken gewesen war. Hatte sie auch zuvor gezweifelt, sah sie nun doch die Form des Schlüssels so deutlich vor sich wie noch nichts in ihrem Leben. Sie war sich jedes Handgriffs sicher.

Völlig vertieft in die Arbeit vergaß sie die Zeit und alles andere um sich herum, feilte und verglich und feilte weiter, bis sie schließlich zum letzten Mal den feinen Metallstaub vom Bart blies und die beiden Schlüssel nebeneinanderhielt.

Ihre Griffe waren unterschiedlich, doch die Bärte glichen sich aufs Haar. Lange starrte sie darauf, konnte jedoch keinen Unterschied feststellen. Dann knurrte ihr Magen, aber die Schüsseln waren inzwischen wieder verschwunden. Sie sah Cephei fragend an.

Er zuckte die Schultern. »Die waren irgendwann einfach weg. Nachdem du gegessen hast.« Dann betrachtete er die Schlüssel eingehend. »Perfekt, völlig gleich.« Bewunderung lag in seiner Stimme.

Dann warteten sie gemeinsam auf Aniba. Sie hatte sie hergebracht, sie würde sie auch wieder abholen, dachte Vela. Aber die Hexe erschien nicht.

»Und nun?«, fragte sie. »Hast du dir den Weg gemerkt?«

»Wollen wir uns die Burg anschauen?«, schlug Cephei vor.

»Meinetwegen. Aber wir müssen aufpassen. Nicht dass Aniba meint, wir wollen uns davonstehlen und uns doch noch verwandelt. Außerdem wissen wir nicht, was hier sonst so umherwandelt.«

Er grinste. »Die Klippengeier werden sich schon nicht in der Burg aufhalten.«

Doch sie kamen nicht weit. Schon kurze Zeit, nachdem sie die Wendeltreppe hochgelaufen waren, standen sie wieder im Grünen Saal. Dabei war Vela sicher, dass sie gerade einen völlig anderen Weg genommen hatten als zuvor mit Aniba.

Sie verließen ihn wieder und folgten dem Flur davor in die andere Richtung, passierten zwei verschlossene Türen und kamen innerhalb kürzester Zeit wieder im Saal an.

»Sind wir im Kreis gelaufen?«, fragte Cephei verwundert. »Um so viele Ecken sind wir doch gar nicht gegangen.«

Sie probierten es ein zweites Mal, aber auch jetzt endeten sie wieder im Grünen Saal.

»Hexerei«, stellte Vela fest und zuckte mit den Schultern.

»Die Burg ist doch groß. Die kann gar nicht nur einen Raum haben«, knurrte Cephei. »Vorhin haben wir doch auch lauter Türen gesehen.«

Sie versuchten es in der anderen Richtung, aber auf ihrem Rückweg fanden sie nicht einmal mehr die Treppe zur Schmiede, sondern standen nach wenigen Biegungen wieder da, wo sie losgegangen waren.

»Mist, jetzt haben wir uns endgültig verlaufen«, sagte Vela. »Ich sagte doch: Hexerei.«

»Sieht so aus. Vielleicht sollten wir mal nach der Hexe rufen«, schlug Cephei vor.

»Es ist nicht sehr höflich, mich so zu nennen«, erklang es hinter ihnen, und sie wirbelten herum. Da stand sie wieder, die Arme verschränkt, und sah streng auf sie herab.

»Das hat Serpem auch gesagt.« Vela steckte die Hände in die Hosentaschen.

»Irgendwo muss sie es ja herhaben.«

»Und sie ist wirklich deine Tochter?«, wollte Cephei wissen.

»Wenn ich es doch sage. Ich weiß, wir sehen uns nicht besonders ähnlich. Sie kommt nach ihrem Vater. Von ihm hat sie auch ihre Sturheit.«

»Habt ihr Streit?«

Aniba strich sich übers Haar. »Könnte man so sagen, das kommt eben in den besten Familien vor. Man hat unterschiedliche Ansichten, dann gibt ein Wort das andere, und ehe man sich versieht, stürmt die eigene Tochter aus dem Haus und zieht in irgendeinen Wald am anderen Ende des Landes!«

»Den Rauschwald«, half Cephei.

»Ja, ja, von mir aus. Ich hab ihr schon hundertmal mitgeteilt, dass sie nach Hause kommen soll, aber sie will einfach nicht. Eigentlich ist sie noch sturer als ihr Vater. Ich glaube, sie nimmt mir ein paar Sachen übel.« Sie winkte ab. »Nun ja, da kann man nichts machen. Wird schon wieder. Kommt, ich bring euch wieder in die Küche. Ihr solltet wirklich nicht allein durch die Burg marschieren, kein Wunder, dass ihr euch verlauft.«

Sie folgten Aniba, und Vela erinnerte sich an die letzte Begegnung mit Morvan. Damals hatte er zu ihr gesagt, bei Hexen geschehe nichts zufällig, es war also wahrscheinlich, dass die Flure verhext waren und sie deshalb immer wieder im Grünen Saal ankamen. Langsam kam ihr der Verdacht, dass Serpem gar nicht *ihnen* geholfen hatte, sondern sich selbst. Sie wollte Aniba eins auswischen und benutzte sie nur als Mittel zum Zweck. Aber Vela sprach es nicht laut aus.

Kein Wunder, dass Serpem und Aniba sich stritten, sie waren beide ausgesprochen eigenartig. Vela hatte mit ihrer Mutter zwar auch Meinungsverschiedenheiten, aber wenigstens versuchte sie nicht, ihr bewusst zu schaden. Sicher hatte Serpem gehofft, dass Vela und Cephei ihrer Mutter den Schlüssel stahlen, damit diese die Truhe nicht öffnen konnte. Das hatte ja nun nicht geklappt.

Sie holte die Schlüssel hervor und hielt sie Aniba unter die Nase. Sie sah noch immer keinen Unterschied, war aber gespannt, was die Hexe sagen würde. Immerhin kannte sie sich mit Schlüsseln aus.

Aniba nickte und wirkte beeindruckt. »Na bitte. Damit wäre ja alles geklärt. Wir sollten Abendbrot essen gehen.«

Das war alles? *Alles geklärt, Abendbrot?* Vela starrte Aniba an.

Lächelnd verstaute diese den Königsschlüssel in ihrer Tasche und reichte Vela die Kopie.

Behutsam steckte sie den Schlüssel ein, jetzt durfte sie ihn bloß nicht beschädigen. Eigentlich hatte sie keine Lust, über Nacht in der Burg zu bleiben, denn nachts hatte sie auch Serpems zweites Gesicht kennengelernt. Aber die Rückreise würde anstrengend werden, und sie war hungrig und erschöpft von der langen Arbeit. Und wohin sollten sie ohne Erlaubnis der Hexe auch gehen?

Wieder traten sie in den Grünen Saal, der nun ausgeleuchtet war. Vela wäre fast zurückgewichen..Unzählige Menschen tummelten sich darin, die alle zwischen langen Tischen und Bänken umherliefen, um Platz zu finden. Cephei stieß einen kleinen Schrei aus, und Vela boxte ihn in die Seite.

Die Menschen sahen ganz normal aus, ihre Kleidung war ein bisschen anders als in der Stadt, bunter, weiter geschnitten, und viele Stoffe glänzten, aber sie besaßen keine zweite Nase oder lange Zähne oder sonst irgendetwas, das sie wie Ungeheuer erscheinen ließ. Es herrschte großer Lärm, weil alle durcheinanderschwatzten, einige grölten, viele lachten. Die meisten Gesichter waren gewaschen, die Männer rasiert, und alle wirkten ausgelassen, keiner schien unter einem Bann zu stehen.

Aniba führte sie zum Ende einer großen Tafel und wies ihnen zwei Plätze neben sich zu.

»Sie kann mit Menschen wohl mehr anfangen als Serpem«, flüsterte Cephei ihr ins Ohr und langte dann nach dem Teller vor sich, um sich den Zierrand anzusehen, der aus wimmelnden Rittern bestand, die gegen allerlei Ungeheuer fochten.

Hinter ihnen standen plötzlich Mägde, die Essen auf ihre Teller löffelten und gefüllte Becher danebenstellten. Aniba winkte kurz, und alle begannen mit dem Essen. Auch Cephei fiel darüber her, und nur Vela wartete noch einen Augenblick, bis sie zaghaft nach einem Löffel griff. Es schmeckte köstlich, sie war hungrig, und auch hier fiel niemand um, nur weil er das Essen einer Hexe aß.

»Wo kommen denn eigentlich all diese Leute her?«, fragte sie und wandte sich an Aniba.

»Aber sie waren doch die ganze Zeit hier.«

Es klang, als wären sie selbst schuld gewesen, dass sie die Leute nicht gesehen hätten, fand Vela. Von einer Hexe konnte man einfach keine vernünftige Antwort erwarten.

Vela blickte sich um. Wie viele der Anwesenden mochten wohl ein Hexenmal tragen wie sie? Oder arbeiteten sie einfach für Aniba, ohne einen Handel mit ihr eingegangen zu sein?

»Neu hier?«, fragte sie ein junger Mann mit dünnem braunem Haar und großer Nase. Er saß rechts von ihr und lächelte breit.

»Ähm, nein, nur … zu Besuch.«

»Ah! Ich bin Hargk.« Er deutete eine Verbeugung an, die nicht so galant gelang wie wohl gewünscht. Mit dem Ellbogen stieß er seinen Weinkrug um, der zum Glück bereits geleert war. Seinen langsamen Bewegungen nach nicht zum ersten Mal.

»Hoppla«, sagte er, stellte den Krug mit aller Bedachtsamkeit wieder aufrecht und schenkte sich nach. »Du auch?«

»Danke, ich bleibe bei Wasser.«

»Auch gut, ja, sehr lecker, so ein Wasser. Guter Jahrgang.« Er lachte lauthals, und Vela ließ sich anstecken.

»Und was machst du hier, Hargk?«, fragte sie.

»Ich bin der Geierer der Burg«, erwiderte er stolz, »kümmere mich um die Klippengeier. Eigentlich können sie das ja selbst, aber ich sammle die Nachtfedern, die sie verlieren, für Aniba, du weißt schon.«

Nein, sie wusste nicht, doch es hatte wohl mit Hexerei zu tun, was sonst? Hargk zwinkerte ihr verschwörerisch zu, sogar mehrmals. Dann nahm er noch einen großen Schluck Wein.

Aus dem Augenwinkel bemerkte Vela, dass Aniba in ein Gespräch mit Cephei vertieft war, und senkte die Stimme. »Ist es dir eigentlich egal, dass du einer Hexe dienst? Wo doch Hexerei unter Strafe steht.«

Hargk sah sie irritiert an und kratzte sich am Kopf. »Echt? Aniba hat Hexerei unter Strafe gestellt? Das ergibt doch keinen Sinn.«

»Nicht Aniba! Der König.«

»Der König? Ach, der.« Hargk winkte ab und hätte beinahe wieder den Krug umgestoßen. »Nein, nein, hier hat Aniba das Sagen. Sie schickt seinen Steuereintreibern jährlich eine Handvoll Münzen und einen Strauß Blumen. Jeder bleibt auf seiner Seite des Schrottflusses und fertig. Wir hier und drüben der König und seine ganze Mechanik, du weißt schon …« Wieder zwinkerte er, und wieder wusste sie nicht warum. Aber wusste der König wirklich von der Hexe? Nahm er ihre mageren Steuern und ließ sie ansonsten in Ruhe?

»Außerdem bin ich Geierer«, fuhr Hargk fort. »Geierer mit Leib und Seele. Ich habe nicht gehört, dass der König Geierern Arbeit gibt, oder?«

Irritiert schüttelte Vela den Kopf.

»Da siehst du's. Und du bist ja auch hier; allzu viel Angst vor einer Strafe scheinst du also selbst nicht zu haben.« Wieder lachte er. »Bist du sicher, dass du keinen Wein willst?«

»Äh, nein. Das Wasser ist wirklich gut. Ausgezeichneter Jahrgang.«

Hargk wieherte los und klopfte ihr auf die Schulter. Dann stand er auf, um die Burgmauer zu gießen und nach den Geiern zu sehen. »Willst du mitkommen?«

»Nein«, sagte Vela hastig. Sie hatte nicht das geringste Bedürfnis, sich einem solchen Vieh zu nähern.

»Schade«, sagte Hargk und wankte aus dem Saal.

Nach dem Mahl führte sie eine freundliche Magd mit vom Wein geröteten Wangen in eine Kammer, in der zwei Betten standen, wünschte ihnen eine angenehme Nacht und ging. Sie ließen sich in die Betten fallen, zogen nicht einmal ihre Sachen aus, so erschöpft waren sie. Cephei war schon nach wenigen Atemzügen eingeschlafen, zu verlockend war das Gefühl eines weichen Federbetts.

Vela starrte jedoch noch lange in die Dunkelheit und tastete abwechselnd nach dem neuen Schlüssel, den sie mit unter die Bettdecke genommen hatte, und nach dem Hexenmal über ihrem Herzen. Dort fühlte sich die Haut ein bisschen rau und erhaben an, aber es schmerzte nicht mehr. Ganz im Gegensatz zu dem Gedanken an den Hammer. Sie lauschte den Geräuschen, die nun an ihr Ohr drangen, als hätte die Stille davor nie existiert, und hoffte inständig, dass der Schlüssel für den König passte, sonst wäre alles umsonst gewesen.

»Wenn er nicht passt, können immer noch die Ritter herkommen und den richtigen Schlüssel mit Gewalt holen«, murmelte sie noch, bevor sie einschlief.

HEIMREISE

Am nächsten Tag wurden sie erst gegen Mittag wach, die Sonne stand schon hoch am Himmel, wie Vela mit einem Blick durch das Fenster erkennen konnte. An ihre Träume konnte sie sich nicht erinnern, doch glaubte sie, dass Aniba in ihnen vorgekommen war. Nur ganz am Rande, eine stille und reglose Beobachterin.

Brummend erhob sich Vela. Eine Nacht in einem richtigen Bett war erholsam gewesen, aber nicht so erholsam, dass sie sich vollkommen erfrischt fühlte. Der eine oder andere Knochen tat ihr immer noch weh. Neben den Betten standen Waschschüsseln, und nachdem sie ihre Katzenwäsche erledigt hatten, nahmen sie ihre Rucksäcke und traten auf den Gang hinaus.

Dort kamen ihnen schon die ersten Mägde entgegen, aber keine blieb stehen, um ihnen zu sagen, wo sie Aniba finden konnten.

»Sollen wir etwa einfach abhauen und nicht auf Wiedersehen sagen?«, fragte Cephei. »Lass uns zum Grünen Saal gehen.« Er grinste über die Schulter – es dürfe nicht schwierig werden, denn man kam ja ohnehin immer dort an. Und tatsächlich standen sie einige Zeit später wieder zwischen den schimmernden grünen Wänden. »Was habe ich gesagt?«

Vela strich sich das Haar hinter die Ohren.

»Morgen, Kinder«, kam es von der gegenüberliegenden Tür, durch die Aniba den Kopf steckte. »Hier entlang.« Sie winkte, und die beiden liefen zu ihr.

Sie gingen durch lange Flure und dann eine Treppe hinab, und plötzlich standen sie im Freien, mitten im Burghof, in dem es hektisch zuging, weil sich dort Händler tummelten und eine Gänsemagd ihre Schützlinge aus der Burg trieb. Wie waren die alle über den Lavastrom gekommen?

»Müssen wir denselben Weg zurück, den wir gekommen sind?« Vela dachte mit Schrecken an das Innere des Bergs und den Stachelscharrer. »Oder gibt es hier noch einen anderen Weg den Berg hinab?«

»Aber natürlich gibt es noch einen anderen Weg. Hättet ihr euch nicht so angeschlichen, hättet ihr ihn auch gestern nehmen können. Ich kann euch auf jeden Fall heimbringen lassen – das geht um einiges schneller, und das wollt ihr doch, oder?«

Cephei nickte eifrig. »Je schneller, desto besser.«

»Moment«, unterbrach Vela. »Was wird uns das kosten?«

Aniba beugte sich zu ihr. »Auch Hexen können großzügig sein, meine Liebe.«

Aniba begleitete sie aus der Burg hinaus, dann blieb sie stehen und pfiff. Ein Schatten verdunkelte den Himmel über ihnen. Der Schatten war groß, besaß zwei riesige nachtschwarze Flügel und entpuppte sich als Klippengeier, der sich nicht weit von ihnen niederließ.

Ein kalter Hauch erfasste sie, und Cephei murmelte: »Es ist wie bei der Zeremonie.«

»Da steig ich nicht auf«, sagte Vela fest und schüttelte den Kopf. Ihr war erst jetzt klargeworden, was die Hexe unter *heimbringen lassen* verstand. »Nicht auf diesen Vogel!«

Der Klippengeier schien sie verstanden zu haben, denn er drehte den Kopf und sah sie mit glänzenden kohlschwarzen Augen an. Vela brach der Schweiß aus. Dieses Vieh war riesig und schuld an ihrem Unglück, an allem, an der ganzen Reise – da würde sie sicher nicht auf seinen Rücken steigen.

»Ach, nun stell dich nicht so an, Vela, das geht doch wirklich schneller.« Fasziniert betrachtete Cephei den Vogel.

»Hast du von dem Stachelscharrer was auf den Kopf bekommen?«, fragte sie erbost und packte ihn am Arm. »Wir werden herunterfallen, und wer weiß, vielleicht lässt er uns sogar absichtlich fallen.«

»Unsinn«, mischte sich Aniba ein, »das wird er nicht. Und ich muss jetzt wirklich darauf bestehen, dass ihr euch beeilt, schließlich habe ich mich lange genug mit euch aufgehalten. Es wird Zeit, dass ich mich um wichtigere Sachen kümmere. Lebt also wohl.« Mit diesen Worten drehte sie sich grußlos um und ging zurück in die Burg.

Während die beiden ihr noch verblüfft nachsahen, wurden sie plötzlich gepackt und in die Höhe gerissen. Vela schrie sich die Seele aus dem Leib, als sie immer höher stiegen und die Burg kleiner wurde. Der Klippengeier hatte sie einfach mit den Krallen ergriffen und flog nun mit ihnen über das Land. Auch Cephei sah blass aus, aber er schrie nicht, stieß sie nur nach einiger Zeit heftig mit dem Fuß an, so dass sie augenblicklich vor Schreck verstummte. Vela hätte dem Klippengeier gern zugerufen, dass er sie gefälligst runterlassen solle, aber sie befürchtete, dass er dann genau das tun würde – hundert Schritte über dem Erdboden.

Sie überflogen das Land, konnten vereinzelt Siedlungen ausmachen, die sie auf ihrem Hinweg nicht entdeckt hatten, auch Seen und Wälder. Lange flogen sie und konnten sich nicht bewegen, aber nach einer Weile gewöhnte sich Vela daran und befürchtete nicht mehr jeden Moment hinabzustürzen.

Nachdem sie bereits eine große Strecke geschafft hatten, für die sie zu Fuß bestimmt mehrere Tage gebraucht hätten, landete der Klippengeier an einem See, um zu trinken. Auch Vela und Cephei nutzten die Gelegenheit. Sie bespritzten sich gegenseitig mit Wasser, und ab und zu warf Vela dem großen Vogel einen Blick zu. Aber der blieb ruhig und ließ sich die Flügel von der Sonne bescheinen. Danach aßen sie die letzten Vorräte aus ihren Rucksäcken und ein paar Hirtenbeeren, die am Seeufer wuchsen. Als der Klippengeier seine Flügel erneut ausbreitete, war das das Zeichen zum Aufbruch. Etwas unschlüssig standen sie neben dem Vogel.

»Er macht nicht den Eindruck, als wolle er uns wieder mit den Krallen packen«, stellte Cephei fest.

»Vielleicht müssen wir nur wegrennen, und dann kommt er nach«, erwiderte Vela und verschränkte die Arme.

Der Klippengeier wandte den Kopf und blinzelte sie an.

»Ich glaub, der versteht, was du sagst.« Cephei lachte.

Sie schaute misstrauisch zurück. »Unsinn.« Trotzdem schwieg sie nun lieber.

»Lass uns einfach aufsitzen. Wir binden uns mit einem Seil fest.«

»Ich hab doch schon gesagt, dass ich nicht auf den Vogel steige.«

»Weißt du«, sagte Cephei und trat näher zu ihr, bis sich ihre Nasenspitzen fast berührten. »Manchmal bist du wirklich anstrengend. Kannst du nicht einmal etwas machen, ohne das Gegenteil zu wollen?«

Sie öffnete den Mund, um zu protestieren, worauf er die Augenbrauen hob und ebenfalls die Arme verschränkte.

»Pff«, machte sie, weil das alles war, was ihr einfiel, und plötzlich stieß der Vogel einen heiseren Schrei aus, der ihnen durch Mark und Bein ging.

»Der bringt mich noch um den Verstand!« Sie öffnete ihren Rucksack, um zwei wollene Hemden herauszuholen. Eines reichte sie Cephei. »Da, zieh das über, wir kommen immer näher in den Norden. Es wird kühler werden. Bei dem Tempo pfeift der Wind ganz schön.«

Dann fiel ihr noch etwas ein. »Mensch, das hätten wir fast vergessen.« Schnell zog sie die Holzkiste aus dem Rucksack und stellte sie zwischen sich.

»Was machen wir mit dem da?«, fragte sie und zeigte auf die Kiste, in der sich der zweite Raumgeist befand.

Cephei sah ratlos darauf und wiegte den Kopf hin und her. »Wir könnten ihn rauslassen. Der findet auf jeden Fall nach Hause.«

»Und wenn der Vogel uns irgendwo absetzt und wir dann gar nichts haben und nicht zurückfinden?«

»Warum sollte er das tun?«

Vela zog eine Grimasse. »Vielleicht hat er irgendwann keine Lust mehr weiterzufliegen.« Ein weiterer Schrei des Vogels ließ sie herumwirbeln.

»Na schön, ich hab schon begriffen, du musst dich nicht so aufführen«, schrie sie den Vogel an, der weiterhin seine kleinen schwarzen Augen auf sie gerichtet hielt. »Dann lassen wir ihn eben frei. Ich hoffe, er begegnet nicht Serpem und erzählt ihr, dass wir seine Hilfe nie in Anspruch genommen haben. Sie wird ohnehin wütend sein, wenn sie erfährt, dass wir uns von einem Vogel ihrer Mutter heimfliegen lassen.«

Langsam öffnete sie die Kiste und stupste den Raumgeist an, der noch friedlich in dem Kissen lag. Als er den Finger spürte, wurde er munter, richtete sich auf und hopste aus der Kiste. Ohne eine Geste oder sonstige Regung marschierte er los, und weil keine Leine ihn hinderte, konnte er einfach weiterlaufen.

»Der wird schon nicht bei Serpem vorbeigehen, liegt wahrscheinlich sowieso nicht auf seinem Weg«, sagte Cephei. »Und nun komm.«

Zuerst stieg Cephei auf, denn er war im Klettern geübter und zog sich an den langen Federn empor. Dann half er Vela hinauf, die ein verbissenes Gesicht machte. Konnte ihr doch keiner übel nehmen, wenn sie den Vogel nicht mochte!

Sie flogen weiter, ganz hoch oben, und es wurde tatsächlich kälter, je weiter sie nach Norden kamen, und sie waren froh, eine zusätzliche Schicht Kleidung zu tragen.

Sich auf dem Vogel zu halten, strengte an, und so waren sie erleichtert, als er am Abend einen weiteren Landeplatz ansteuerte. Sie machten ein Feuer und legten sich schlafen. Auf der anderen Seite des Feuers saß der Klippengeier, und als Vela die Augen zufielen, war ihr, als stiege er erneut in die Lüfte.

Am nächsten Tag wurden sie zeitig wach, die Sonne war noch nicht ganz aufgegangen, und von dem Vogel fehlte jede Spur. Erst nach einer Weile spürten sie wieder einen kalten Hauch, und der nun bekannte Schatten verdunkelte die Sonne über ihnen.

»Wo warst du denn?«, fragte Cephei den Vogel, als dieser landete, erhielt aber keine Antwort. Vela hatte auch keine erwartet.

Sie saßen auf, und der zweite Tag ihrer Rückreise begann. Vela musste zugeben, dass diese Art der Fortbewegung nicht die angenehmste, aber bestimmt die schnellste war. Vielleicht sollten sich der Kanzler und der König mal überlegen, ob sie nicht auch ein paar Vögel dressierten, die sie dann überall hinfliegen konnten. Dann würden zumindest alle Bewohner des Landes den König sehen können, und der König konnte sich ein Bild von allem machen. Er könnte zum Beispiel die Kuhzäune besser beurteilen.

Bei dem Gedanken an den König verspürte sie wieder leise Angst vor dem Moment, in dem sie versuchen würden, ihn aufzuziehen. Zuerst mussten sie ja ohnehin den Kanzler davon überzeugen, einen Versuch mit dem nachgemachten Schlüssel zu wagen. Wenn sie sich an ihre letzten Begegnungen mit ihm erinnerte, kamen ihr Zweifel, ob er auf sie hören würde. Ihm etwas abzuverlangen, würde sich vielleicht als ebenso schwierig herausstellen wie bei Apus. Wahrscheinlich verstieß ein Ersatzschlüssel auch gegen irgendein altes Gesetz.

Gegen Mittag konnten sie in der Ferne ein Rauschen hören und unter sich einen dunklen Strich erkennen.

»Ich glaube, wir sind fast am Schrottfluss«, schrie Cephei über die Schulter.

Je näher sie kamen, desto deutlicher konnten sie die großen Räder sehen und auch den Lärm hören. Fast erwartete Vela, Apus zu sehen, aber der war sicher längst weitergezogen.

Sie überflogen den Fluss, und auf einmal schrie Cephei auf: »Sieh mal, Vela, da, dort unten!«

Seine Hand zeigte hektisch auf einen Punkt unter ihnen. So weit sie es wagen konnte, beugte sie sich zur Seite. Auf der nördlichen Seite des Flusses war ein Lager aufgeschlagen, und davor saß eine große bepelzte Gestalt.

Urs.

Sofort schrie Cephei wie am Spieß und wackelte auf dem Vogel hin und her. »Urs! Urs!«, brüllte er, so laut er konnte, und winkte.

Der Bär hob den Kopf, dann sprang er auf und stolperte erschrocken zwei Schritte zurück.

»Urs, wir haben den Schlüssel!«, schrie Cephei weiter. »Halt doch mal an, geh runter, Vogel, da ist Urs.«

Aber der Klippengeier konnte oder wollte Cephei diesmal nicht verstehen, denn er flog in gleicher Höhe weiter. Vela winkte ebenfalls. Sie war zwar immer noch wütend auf Urs, denn schließlich hatte er sie im Stich gelassen, aber er hatte sie auch im Wald gerettet und durch Sanjorkh geführt, und offenbar hatte er sein Duell mit dem Ritter gut überstanden. Darüber war sie froh.

»Wir fliegen in die Stadt!«, rief sie und winkte weiter.

Der Bär brauchte eine Weile, bis er begriff, was sie ihm zuriefen, dann hob er die Pranke, winkte ebenfalls wie ein Verrückter und deutete Richtung Norden. Sein Gesicht konnten sie von hier oben nicht erkennen. Sie drehten die Köpfe und sahen so lange zu ihm, bis er nur noch ein winziger Punkt am Horizont war.

»Glaubst du, er ist uns nachgelaufen? Weil er doch am Schrottfluss sitzt. Vielleicht ist er nur nicht drübergekommen«, überlegte Cephei.

»Möglich. Wenn ihn nicht jemand wie Apus rüberfliegt. Vielleicht kehrt er jetzt um und kommt in die Stadt«, setzte Vela hinzu, weil sie wusste, dass sich Cephei freuen würde, den Bären wiederzusehen. Gegen eine gute Geschichte hätte auch Vela nichts einzuwenden, selbst wenn sie nach dieser Reise ein paar eigene Geschichten zum Besten geben konnte.

»Ob er wohl das Duell gewonnen hat?«, fragte sie, und Cephei wandte sich beleidigt zu ihr um.

»Natürlich hat er das, steht doch außer Frage.« Er schüttelte den Kopf.

An diesem Tag schafften sie den Großteil des Wegs, und Vela konnte den Nordwind auf ihrer Haut spüren. Nein, gegen das

Fliegen hatte sie nichts, es war nur der Vogel. Den Wind begrüßte sie mit einem Lächeln, und er ergriff ihr Haar.

An diesem Abend nächtigten sie nördlich von Sanjorkh, der Vogel war im Westen an der grauen Wolke vorbeigeflogen. Auch dieses Mal verschwand er über Nacht, um am Morgen wieder aufzutauchen.

Am frühen Nachmittag lag der Rauschwald vor ihnen, sie erkannten ihn an den dunklen Bäumen und seinen gewaltigen Ausmaßen, denn kein anderer Wald konnte sich mit ihm messen. Als sie direkt über ihn hinwegflogen, verlor der Klippengeier eine glänzende Feder. Kurz darauf schoss ein Pfeil durch die Luft, der zwar auf sie zuhielt, sie aber nicht erreichte. Sie flogen einfach zu hoch.

Das war wohl die Art, wie Mutter und Tochter Nachrichten austauschten. Vela war ganz froh, dass sie nicht durch den Rauschwald hindurchmussten, sie verspürte keine große Lust, Serpem zu erklären, wie die Begegnung mit ihrer Mutter verlaufen war. Und auf eine erneute Begegnung mit einer Baumfaust war sie auch nicht erpicht. Solange sie über den Bäumen waren, juckte ihr Hexenmal.

Am frühen Abend, kurz hinter dem Rauschwald, setzte der Vogel zur Landung an. Er hätte die Strecke bis zur Stadt noch geschafft, aber zu Fuß war der Weg für Vela und Cephei immer noch zu weit.

»Ob er nicht näher an die Stadt will und nun ganz verschwindet?«, mutmaßte Cephei.

»Weiß nicht, kann sein. Lass uns ein Feuer machen. Morgen gehen wir dann eben den Rest zu Fuß.«

Sie taten, was sie schon an so vielen Abenden zuvor getan hatten, aber an diesem war die Stimmung irgendwie anders. Sie waren beide schweigsam, es wurde ihnen bewusst, dass dies der letzte Abend war, den sie so verbringen würden. Genau deshalb wollte Vela nicht mit Cephei darüber reden. Sie hätte ihn vieles fragen können: Ob er zurück in das Gasthaus wollte, was er jetzt überhaupt vorhatte und so weiter, aber sie traute sich nicht. Doch sie spürte die Blicke, die er ihr zuwarf, und wusste, dass ihm dasselbe durch den Kopf ging.

Als er sprach, klang seine Stimme leise. »Wenn das mit dem Schlüssel funktioniert, sollten sie vielleicht gleich ein paar nachbauen lassen, nur für den Fall, dass wieder mal einer verschwindet.«

»Keine schlechte Idee.«

»Komisch, dass noch niemand darauf gekommen ist.«

»Es ist eben der Königsschlüssel«, sagte sie und hörte, wie seltsam das klang, weil es eigentlich gar nichts aussagte. Aber sie wusste nicht, wie sie dieses Gefühl beschreiben sollte: die Ehrfurcht, die sie vor dem Schlüssel hatte und auch vor dem Mechanischen König. Weil er eben schon immer da gewesen war. Bis vor kurzem hatte sie noch geglaubt, das würde für immer so bleiben. Der König brauchte kleinere Reparaturen, hier und da ein bisschen Schmieröl oder eine ausgewechselte Schraube, wenn ein Bein quietschte und klemmte, aber das war doch nichts Ernstes gewesen. Hatte ihr Vater jedenfalls immer behauptet.

»Außerdem«, fuhr sie fort, »wissen wir doch gar nicht, ob es überhaupt klappt.«

»Ja, aber wenn«, er sah auf einmal aufgeregt zu ihr rüber, »dann könnten wir doch gleich ein ganzes Dutzend Schlüssel herstellen, vielleicht erfinden sie einen neuen Posten: Schlüsselaufpasser. Das könnte ich dann werden, glaubst du nicht?«

Sie musste lachen. »Du kannst den König ja fragen. Aber eigentlich ist der Königsmechaniker für die Schlüssel verantwortlich. Wie wir wissen«, setzte sie leiser hinzu. »Meinem Vater werde ich sicher einen weiteren Schlüssel bauen, das versteht sich doch von selbst.«

Cephei stocherte mit einem Stock in der Glut herum. »Na, wenn ich erst Mechaniker werden muss für diese Aufgabe, ist mir das zu anstrengend. Ich versteh doch gar nichts von Mechanik. Bin ja nicht du.« Sein Grinsen war ansteckend. »Es müsste einfach mehr Könige geben, dann könnte es auch mehr Posten geben.«

»Ach, wozu denn? Was sollen wir mit mehr Königen?«

Er überlegte eine Weile. »Man könnte sie in allen Teilen des Landes einsetzen, und alle hätten einen Mechanischen König. Bei dem Bauern, den wir gesehen haben, mit seinen Nacktkühen, könnte ein König mal was gegen die Zäune unternehmen. Das wäre doch was.«

»Und welcher von deinen Königen soll regieren?«, fragte Vela.

»Na, alle.«

»Und was ist, wenn sich die Könige in einer Sache nicht einig sind? Wer entscheidet dann?«

»Keine Ahnung. Vielleicht sollten sie sich dann treffen und abstimmen?«

Vela musste laut lachen, und Cephei sah sie beleidigt an.

»Was ist so komisch daran?«

»Gar nichts. Ich hatte nur heute schon mal denselben Gedanken, nur anders. Aber wahrscheinlich weiß auch da der Kanzler ein altes Gesetz, das so etwas verbietet.«

»Mhm«, brummte er. »Frag deinen Vater trotzdem mal, ob er nicht einen Ersatzkönig bauen will.«

»Einen Ersatzkönig?« Nachdenklich starrte Vela in die Flammen. Ein komischer Gedanke, es wusste doch keiner, wie der Mechanische König wirklich funktionierte. Man konnte ihn ja schlecht auseinanderbauen und dann wieder zusammensetzen. Eine Schraube falsch eingesetzt, und er sprach vielleicht nie wieder.

»Was grübelst du?«

»Ach nichts, ich denke an die Stadt. Morgen sind wir wieder dort und …« Sie sprach es nicht aus, der nächste Tag war noch weit. Sie hatte entsetzliche Angst, dass der Schlüssel nicht passte.

Dann redeten sie nicht mehr viel und versuchten zu schlafen.

DER MECHANISCHE KÖNIG

Der Morgen kam, und sie falteten ihre Decken zusammen, verstauten alles in den Rucksäcken, als der Klippengeier erneut vor ihnen landete. Vela sah zu, wie Cephei auf den Rücken des Vogels kletterte, und mit einem Seufzen tat sie es ihm nach.

Der Flug dauerte nicht lang, sie waren schon dicht an der Stadt. Auch heute war die südliche Straße kaum belebt, und niemand deutete zu ihnen hinauf. Vela war froh darüber, denn ausgerechnet auf dem Vogel herbeizufliegen, der den Königsschlüssel gestohlen hatte, würde sicher einen Aufruhr verursachen.

Als sie Dorados Gaststube überflogen, sah Vela, wie Cephei das Haus beobachtete.

»Willst du hin?«, fragte sie.

Er schüttelte den Kopf. »Nein, wir gehen erst zum König. Vielleicht später«, setzte er leise nach.

Der Klippengeier brachte sie nicht bis ans Stadttor, er landete in einiger Entfernung hinter einem Wäldchen, und bevor sie noch irgendetwas sagen konnten, flog er auch schon davon. Den kalten Hauch, der ihn immer begleitete, nahm er mit sich. Langsam stapften sie über die Wiesen nach Marinth hinüber.

Einen Moment lang standen sie vor der Stadt und sahen zum Tor, durch das die Menschen eilten. Vela erinnerte sich an den Tag der Zeremonie, als sie mit der Kutsche durch das Tor gefahren und so gespannt gewesen war. Das schien so lange her … Die Aufregung ließ ihre Fingerspitzen kribbeln, bis es sich in ihrem ganzen Körper ausbreitete. Bald würde sie ihren Vater wiedersehen!

Ein Fuhrwerk versperrte den Weg, bis die Stadtwachen den Besitzer anhielten, sich zu beeilen. Alles sah aus wie immer. Sie warfen sich einen Blick zu, dann nickte Cephei, und sie gingen das letzte Stück zu Fuß.

Irgendwie hatte Vela erwartet, dass etwas passieren würde, wenn sie die Stadt betraten, aber natürlich passierte gar nichts. Keiner hielt sie an, und es begrüßte sie auch niemand. Sie konnten Marinth durchqueren, als wären sie nie fort gewesen.

Auf halber Strecke zum Schloss entdeckten sie in einer Gasse einige Geschäfte, die geschlossen waren. Es sah aus, als hätte jemand die Läden verwüstet, manche Tür hing in den Angeln und fauliges Obst war an die Wände geworfen.

»Was ist denn hier passiert?«, fragte Vela laut, und eine ältere Frau stellte sich hinter sie.

Die Hände in die Hüften gestützt und das Gesicht finster verzogen, antwortete sie: »Das waren die Palastwachen, der Kanzler geht gegen Unruhestifter vor.«

»Unruhestifter?«

»Ja, solche, die den König sehen wollen und nachfragen, was mit ihm passiert. Seit dem Verschwinden des Schlüssels hat keiner mehr den König gesehen, und der Kanzler vertröstet die Leute. Er sagt, sie sollen sich gedulden, bis die Ritter den Schlüssel zurückbringen.«

Vela sah Cephei an, der die Arme verschränkte. Hatte es sich in all der Zeit etwa nicht herumgesprochen, dass sich die Ritter im Gasthaus vor der Stadt eingemietet hatten? Waren sie inzwischen aufgebrochen? Der Wirt hängte es vielleicht nicht an die große Glocke, weil sie ihn bezahlten.

»Dabei sind die Leute doch nur beunruhigt«, sagte die Frau und ging abwinkend weiter. Auch Vela und Cephei setzten sich wieder in Bewegung.

»Es wird Zeit, dass der König wieder aufwacht.«

»Tja, der Kanzler scheint ja alles ganz gut im Griff zu haben.« Cephei blinzelte.

Schweigend gingen sie weiter, betraten die breite Allee, die zum Schloss führte, und Vela atmete tief ein und aus. Der Anblick des Schlosses machte sie seltsam froh und beunruhigte sie gleichzeitig.

Doch als sie am Schlosstor ankamen, verstellte ihnen eine Palastwache den Weg. Der Mann war bis unter die Zähne bewaffnet, und ein Blick durch die Torgitter zeigte, dass es im Schlosshof nur so von Wachen wimmelte.

»Name!«, schnauzte der Mann unfreundlich.

»Vela und Cephei.«

»Kenn ich nicht.«

Irritiert sahen sich Vela und Cephei an.

»Äh …«, machte sie. »Ich wohne hier.«

»Hab dich noch nie gesehen.« Der Wächter blickte weiter finster auf sie herab.

»Ich bin nicht immer … ich meine … mein Vater …«

»Was ist denn nun? Habt ihr eine Erlaubnis? Stammel nicht so herum, Mädchen!« Ungeduldig schüttelte der Mann den Spieß in seiner Rechten.

»Mein Vater ist der Königsmechaniker.«

»Interessiert mich nicht. Erlaubnis? Schriftlich und gestempelt.«

Sie schüttelte den Kopf.

»Dann kommt ihr hier auch nicht rein. Wer keine Erlaubnis vom Kanzler hat, bleibt draußen.«

»Wo kriegen wir denn so eine Erlaubnis her?«

»Hörst du schlecht? Beim Kanzler!«

»Und wo ist der jetzt?«

»Man kann doch nicht jedem dahergelaufenen Kind erzählen, wo der Kanzler gerade ist! Vielleicht kommt ihr ja von diesen Unruhestiftern, so heruntergekommen, wie ihr zwei ausseht.«

Egal, was sie sagten, sie durften nicht passieren. Bestürzt schüttelte Vela den Kopf. Das war noch nie vorgekommen! Bisher war sie immer ohne eine solche Erlaubnis in das Schloss gelangt. Was sollten sie jetzt machen? Wenn sie nicht ins Schloss kamen, konnten sie dem Kanzler nicht sagen, dass sie den Schlüssel hatten.

Cephei neben ihr war vor Wut rot angelaufen, und Vela ahnte, dass er der Palastwache gleich eine gepfefferte Beschimpfung zurufen würde, die er in der Gaststube von den Betrunkenen aufgeschnappt hatte. Sie hielt ihn am Arm zurück. »Komm. Wir versuchen es anders.«

Sie rannten um das Schloss herum, bis Vela stehen blieb und auf ein Fenster im oberen Stockwerk zeigte. »Das ist die Stube des Chronisten«, sagte sie. »Kassia ist bestimmt um diese Zeit dort. Kannst du einen kleinen Stein hinaufwerfen?«

»Ich kann's versuchen.« Er suchte am Boden nach geeigneten Kieseln und warf sie nach oben. Von dem guten Dutzend Steine, die er aufgelesen hatte, traf nur ungefähr die Hälfte das eigentliche Ziel, aber es reichte, um einen kahlköpfigen Chronisten anzulocken, der neugierig den Kopf aus dem Fenster steckte. In seiner Hand hielt er die Steine und rief: »Was soll denn das?«

»Entschuldigung, wir würden gern mit Kassia sprechen.«

»Die muss arbeiten.«

»Es ist wichtig. Nur kurz, bitte.«

Der Chronist verzog das Gesicht, zog sich zurück, aber kurz darauf erschien Kassia im Fensterrahmen. »Vela! Wo kommst du denn her? Deine Mutter ist hier. Weil du nicht nach Hause gekommen bist, und sie hat sich fürchterliche Sorgen gemacht. Und wütend ist sie auch. Sehr, sehr wütend. Sie hat gesagt, wenn du wieder auftauchst, dann ... und wie siehst du überhaupt aus ...«

Bei der Erwähnung ihrer Mutter zuckte Vela zusammen. Da konnte sie sich ja auf ein mörderisches Donnerwetter gefasst machen. Schließlich hatte ihre Mutter wegen Vela den Turm verlassen, und wer hielt nun Ausschau nach Feinden? Vielleicht Medabell von nebenan, die nicht gern auf den Feldern arbeitete und jedes Mal froh war, wenn Velas Mutter krank wurde? Dabei taugte sie nicht zur Turmwächterin, sie merkte nicht mal, wenn ein Sturm am Horizont aufzog. Vela seufzte. Vielleicht würde die Strafe nicht ganz so schlimm ausfallen, wenn ihre Mutter erst mal erfuhr, dass sie den Königsschlüssel zurückgebracht hatten. »Erklär ich dir alles später. Jetzt musst du uns erst einmal helfen. Ich komm nicht ins Schloss. Kannst du runterkommen und der Palastwache sagen, wer ich bin? Er lässt uns nicht rein.«

»Und wer ist da bei dir?«

»Das ist Cephei.«

Mehr wollte Vela jetzt nicht erklären, sie wollte das alles hinter sich bringen. Sie sah zu ihm und bemerkte seinen Blick, der gebannt auf Kassia hing. Sie schüttelte den Kopf. »Wir gehen vor zum Eingang, beeil dich, ja?«

Danach zog sie Cephei einfach mit sich, weil der immer noch zu Kassia hochstarrte. »Nun beweg dich mal, Kassia kannst du später noch anglotzen«, setzte sie zornig hinzu und erhielt als Antwort nur ein Grinsen.

Als der Torwächter sie sah, rief er: »Was wollt ihr denn schon wieder hier?«, aber schon tauchte Kassia hinter ihr auf, die Wangen rot gefärbt. Ihr Atem ging schnell. Sie musste gerannt sein.

»Die beiden gehören zu mir. Das geht in Ordnung.« Sie erklärte dem Mann, dass Vela und Cephei ihr Besuch wären und dass der Kanzler sich sehr darüber freue, wenn seine Tochter Freunde empfange.

Daraufhin ließ der Wächter sie zähneknirschend passieren, und Vela wunderte sich über die Verhältnisse, die inzwischen im Schloss herrschten. Als ob es eine Rolle spielen würde, was der Kanzler gern sah! Als hätte er den Platz des Königs eingenommen.

Kassia zog sie vorbei an glotzenden Dienern in den Jagdsalon und fragte dann aufgeregt: »Was hast du nur gemacht, Vela?«

»Wo ist dein Vater?«, platzte sie heraus, ohne auf die Frage einzugehen.

Irritiert sah das Mädchen sie an. »Auf dem Land, es hat Zwischenfälle gegeben.«

»Welche Zwischenfälle?«

Kassia zuckte nur mit den Schultern, und Vela sah Cephei an, der sein Starren wieder aufgenommen hatte.

»Was machen wir jetzt?«, fragte sie ihn. »Wem sollen wir den Schlüssel geben, wenn er nicht da ist?«

Aber er reagierte erst, als sie ihn mit dem Ellbogen anrempelte.

»Weiß nicht. Vielleicht dem Hauptmann der Wache?«

Das erschien ihr keine gute Idee, sie vertraute den Wachen nicht, schließlich ging es hier um ihren Vater und den König.

Was, wenn sie den nachgemachten Schlüssel einfach wegwarfen, weil sie nicht daran glaubten, dass es funktionieren konnte? Oder weil an dem Schlüssel keine schriftliche Erlaubnis hing?

»Welchen Schlüssel?«, mischte sich Kassia ein.

»Wir haben einen Königsschlüssel.«

»Was?« Ihr Gesicht wurde blass. »Wo habt ihr ihn gefunden?«

»Das ist eine lange, abenteuerliche Geschichte voller gefahrvoller Ereignisse«, prahlte Cephei und reckte sich.

Vela verpasste ihm eine Kopfnuss. »Das können wir ein anderes Mal erzählen.« Sie grübelte. »Vielleicht sollten wir einfach selbst versuchen, den König aufzuziehen.«

Kassia keuchte entsetzt, nur Cephei grinste mal wieder.

»Klar«, sagte er. »Lass es uns ausprobieren. Wenn es nicht klappt, dann schimpft wenigstens keiner mit uns, weil es niemand gesehen hat.«

Vela wollte sich gar nicht erst vorstellen, was passierte, wenn es nicht klappte, denn dann war auch die letzte Chance vertan, ihren Vater zu retten. Für einen Moment wurde ihr wieder schlecht, aber dann riss sie sich zusammen. »Wo ist der König?«

»Weiß nicht«, sagte Kassia, sah dabei aber auf den Boden und knetete ihre Finger.

»Komm schon, du weißt es bestimmt, dein Vater hat es doch sicher mal erwähnt. Wo haben sie den König hingebracht?«

»Ich darf es nicht sagen. Dann krieg ich Ärger, wenn was passiert.«

»Wollen wir doch hoffen, dass was passiert«, erwiderte Cephei, und Vela drängte: »Bitte, Kassia, es ist sehr wichtig. Du weißt doch, dass sie meinen Vater nicht begnadigen werden, wenn der König nicht aufgezogen wird. Willst du mir das wirklich antun?«

Sie wusste, dass es nicht in Ordnung war, Kassia so in Bedrängnis zu bringen. Sie war zwar mit Vela befreundet und wollte ihr sicher helfen, aber sie war auch die Tochter des Kanzlers.

»Wir mussten wirklich viele Gefahren bestehen, und fast hätten wir es nicht geschafft. Wir haben nur die eine Chance, und wenn nichts passiert und der König schweigt, verraten wir auch keinem, dass wir es versucht haben. Und wenn der König doch wieder aufwacht, hast du etwas Gutes für das Land getan. Denk doch daran.«

Das Kneten der Finger nahm zu, aber dann schien sich Kassia durchzuringen, denn sie richtete sich hoch auf und sagte: »Na schön, aber wehe, ihr verratet, wer euch zum König geführt hat. Dann bin ich dir für immer böse, Vela.«

Vela nickte eifrig, und Cephei kreuzte zwei Finger vor dem Gesicht. »Ehrenwort.«

Mit einem tiefen Seufzer verließ Kassia den Salon, und sie folgten ihr hinauf zu den Räumen des Kanzlers. Dort zog Kassia einen kleinen Schlüssel aus ihrem Kleid und öffnete die Tür.

»Kommt rein, aber seid leise. Im Nebenraum sind die Hunde.«

Leise schlichen sie an der Wand entlang, bis sie zu einem großen Gemälde kamen, auf dem der Kanzler in voller Lebensgröße zu sehen war.

»Packt mal mit an«, flüsterte Kassia, und zu dritt hoben sie das Bild vom Haken und stellten es an die Seite.

Dahinter kam eine Tür zum Vorschein, und erneut drehte Kassia einen Schlüssel im Schloss. Die Tür sprang auf und gab einen dunklen Gang frei. Cephei nahm die Öllampe aus dem Rucksack und zündete sie an, so dass sie die Stufen, die nach unten führten, gut sehen konnten.

»Wenn ihr dem Gang folgt, kommt ihr in einen Raum. Dort ist der König. Ich warte draußen vor dem Zimmer. Beeilt euch.«

Kassia warf Vela noch einen Blick zu, dann verschwand sie leise aus dem Raum.

»Ist nett, oder?« Cephei sah ihr nach.

»Mhm«, brummte Vela und nahm die Lampe. »Lass uns gehen.«

Schnell schlüpften sie in den Gang und liefen die Stufen hinunter. Mit einer bösen Überraschung rechneten sie nicht, denn davor hätte Kassia sie sicher gewarnt, und so standen sie schon nach kurzer Zeit in einem kleinen, quadratischen Raum, der nur vom Schein ihrer Lampe erhellt wurde. In der Mitte war ein Stuhl aufgestellt – und auf dem saß der Mechanische König.

Regungslos, aber noch immer mit einem Lächeln. Die Orden auf seiner Brust glänzten, und einen langen Moment starrten sie ihn schweigend an. So nah war Vela ihm noch nie gekommen, selbst auf dem Balkon nicht, und Cephei schon gar nicht. Sie traute sich fast nicht, den letzten Schritt zu tun, weil sie solche Ehrfurcht vor ihm hatte. Er war schön – auf seltsame, mechanische Art schön.

»Willst du nicht den Schlüssel probieren?«, flüsterte Cephei.

»Warum flüsterst du?«

»Weiß nicht.«

Mit zitternden Händen entnahm sie ihrem Rucksack den Schlüssel und sah zwischen ihm und dem König hin und her. Sie schienen nicht zusammenzupassen, plötzlich wurde sie von Zweifeln gepackt. Was hatte sie sich nur gedacht? Der König so strahlend und der Schlüssel so unscheinbar. Es war eben kein Königsschlüssel, nur ein Ersatz, hergestellt von einem Mädchen. Ihre Hände zitterten.

»Soll ich es machen?«, fragte Cephei und trat dicht neben sie.

Sie nickte, und er nahm ihr den Schlüssel aus den Fingern. Sie konnte sich nicht mehr bewegen, verfolgte nur mit den Augen, wie er sich dem König näherte, hinter ihn trat und dort hantierte. Sie hörte das Heben des Stoffes, ein Schaben, dann ein Klicken und Knarzen. Sie hörte, wie der Schlüssel wieder und wieder gedreht wurde. Dann trat Cephei einen Schritt zurück.

Beide warteten darauf, dass etwas passieren würde, der Schweiß lief Vela in Bächen übers Gesicht. Ihre Hände zitterten noch immer und wurden kalt, und einen Moment lang sah es aus, als würde gar nichts geschehen. Aber dann klappte der König die Augen auf und zu, hob eine Hand und wandte den Kopf in Velas Richtung.

»Sei gegrüßt. Ich bin der Mechanische König, der freundlichste Herrscher aller Länder. Und wer bist du?«

»Ich bin Vela«, stotterte sie. »Ähm, Ihre Majestät.«

»Aha«, sagte der König, und Cephei kam hinter dem Stuhl vor.

»Ich bin Cephei. Wir haben Euch gerade aufgezogen.«

»So.« Der König brauchte wohl noch eine Weile, um sich zu erholen, immerhin hatte er lange stillgehalten.

»Ein Klippengeier hat bei der Zeremonie den Schlüssel gestohlen. Wir haben einen anderen Schlüssel gebaut. Also, Vela hat ihn gebaut, ich hab sie nur zu Anibas Schloss begleitet, und zurück natürlich und …«

»Cephei!«, unterbrach sie ihn. »Das können wir später berichten.«

Er kratzte sich am Kopf. »Gut, dann eben später.«

»Geht es Euch gut, Majestät?«

»Ja, sicher.« Der König erhob sich langsam und mit quietschenden Gelenken vom Stuhl und stand dann einen Augenblick verwirrt im Raum.

»Ich erinnere mich, da waren die vielen Menschen, und wir standen auf dem Balkon.« Er sah in die Lampe, dann hob er die

Hand. »Nun gut, es spielt ja keine Rolle. Ich gehe dann wohl besser zurück an die Staatsgeschäfte, nicht wahr, Kinder?«

Und schon setzte er sich in Bewegung, um auf die Treppe zuzusteuern, als wäre nie etwas gewesen. Überrascht sahen sie ihm nach. Vela fing sich als Erste wieder. Sie rannte ihm nach. »Majestät, Ihr müsst zuerst meinen Vater begnadigen, damit sie ihn aus dem Kerker lassen. Das muss als Erstes geschehen.«

»So?«, fragte der König, blieb stehen und drehte sich auf der

Treppe zu ihr um. Er sah auf sie herunter und fragte: »Warum denn? Wer ist denn dein Vater, Mädchen?«

»Der Königsmechaniker, also … Euer Leibmechaniker. Der Kanzler macht ihn für den Diebstahl des Schlüssels verantwortlich.«

»Aber hast du nicht gesagt, dass es ein Vogel war?«

»Ja, genau. Deshalb müsst Ihr ihn auch begnadigen.«

»Nun gut.« Der König stieg weiter hinauf. »Dann wollen wir das als Erstes tun.«

Oben angekommen, steuerte er auf den Schreibtisch des Kanzlers zu und nahm sich einen Bogen Pergament zur Hand. Er schrieb in seiner großen, verschnörkelten Schrift ein Begnadigungsschreiben und setzte mit dem rechten Zeigefinger sein Siegel darauf, das filigran in die Fingerkuppe geschnitzt war. Dann streute er Sand darüber und pustete alles in Velas und Cepheis Richtung, die vor dem Tisch standen. Der Sand landete auf ihren Kleidern, aber das machte Vela nichts mehr aus. Sie spürte die Freude heranrollen wie eine warme Welle, und es war ihr egal, ob sie schlecht aussah, stank und ihr die Knochen wehtaten. Sie würde ihren Vater befreien!

»Danke, Euer Majestät!«, rief sie und rannte schon zur Tür hinaus. Dort drehte sie sich um und sah Cephei an. »Kommst du nicht mit?«

Er trat zu ihr und stupste sie mit den Fingern an die Schulter, sein Lächeln war breit. »Geh ruhig allein, du weißt doch, dass Jungs nicht so sind mit dieser ganzen Gefühlsduselei. Und du fängst bestimmt an zu heulen, wenn er rauskann.«

Zu einem anderen Zeitpunkt ihrer gemeinsamen Reise hätte sie ihm das übel genommen, aber jetzt lächelte sie und erwiderte nur: »Wenn du meinst.«

»Ich geh mal schauen, was sich so getan hat. Wir sehen uns später, ja? Außerdem muss sich doch jemand um den König kümmern, die Leute werden erst mal ganz schön verwundert sein. Und ich muss doch berichten, was passiert ist.«

Sie nickte, dann hielt sie es nicht länger aus und lief durch die Flure davon. So schnell wie noch nie in ihrem Leben rannte sie zu ihrem Vater.

ABSCHIED

Zuerst war Cephei schnell gegangen, ein Stück sogar gerannt, aber je näher er dem Gasthaus kam, desto langsamer wurde er.

Er war noch eine Weile im Schloss geblieben, schließlich war er nie zuvor dort gewesen. Der König hatte die Räume des Kanzlers irgendwann verlassen, und schon geriet das ganze Schloss in Aufregung. Die Höflinge kamen angerannt, dann der Hofarzt und schließlich die Wachen, um den Tumult zu unterbinden. Der König hatte sich auf den Thron gesetzt, und Cephei musste berichten, was passiert war, aber sie hatten ihn gar nicht zu Ende erzählen lassen, sondern ihn schon vorher unterbrochen und zur Seite gedrängt. Alle redeten auf den König ein, und Cephei war es nach einer Weile zu bunt geworden. Er hatte das Schloss einfach verlassen und beschlossen, später wiederzukommen, wenn sich die Aufregung etwas gelegt hätte.

Er wusste nicht genau, was er eigentlich im Gasthaus wollte. Glaubte er, dass Dorado ihn loben würde, weil er den Schlüssel wieder zurückgebracht hatte? Nun, wahrscheinlich würde der dicke Wirt ihm nicht einmal glauben und behaupten, Cephei schneide auf.

Er hatte keine Ahnung, wie es nun weitergehen sollte, es schien ihm schon schwer, an den nächsten Tag zu denken und sich vorzustellen, dass er wieder Krüge schleppen und den Boden kehren sollte. Nicht, weil es schwere Arbeit war, nur irgendwie … Ach, er wusste es selbst nicht so recht, eine Heimkehr hatte er sich immer anders vorgestellt. Glanzvoller, mit mehr Jubel. Es hätte ein Triumph sein sollen.

Als er die Klinke herunterdrückte und den Schankraum betrat, klang ihm schon der Lärm entgegen. Einen Moment lang blieb er an den Türrahmen gelehnt stehen, betrachtete den Ort, an dem er den Großteil seines Lebens verbracht hatte, und versuchte, diese neue Fremdheit zu überwinden. Er kannte alles, die Tische, die Stühle, die alte Theke, hinter der die Fässer standen, die wachsbekleckerten Kerzenständer, aber nichts davon kam ihm vertraut vor. Konnte ihn diese eine Reise schon so sehr verändert haben, dass er das Gefühl hatte, nicht mehr hierherzupassen?

Aus der Küche trat ein schmächtiger Junge, der Essen an die Tische brachte und dabei schwitzte und Mühe hatte, die großen Teller zu halten. Er war einen Kopf kleiner als Cephei, und ein schmutzig gelber Haarschopf fiel ihm ins Gesicht. Dorado hatte sich offenbar Ersatz für ihn geholt, dachte Cephei und sah den Wirt auch schon aus der Küche in den Schankraum treten.

Ihre Blicke begegneten sich, und das Gesicht des Wirts wurde finster. Cephei schlenderte zu ihm hinüber, während Dorado das Handtuch über die Schulter warf und die Hände in die Hüfte stützte. Etwas weiter als Dorados Armlänge entfernt blieb Cephei stehen.

»Du hast vielleicht Nerven, hier noch mal aufzutauchen«, begrüßte er Cephei.

»Ich wollte sehen, was du so machst.«

»Wenn du nicht schnell wieder verschwindest, prügle ich dich windelweich. Weil du einfach verschwunden bist, musste ich mir einen neuen Gehilfen suchen. Glaub bloß nicht, dass du nun wieder angekrochen kommen kannst. Dein Zimmer ist vergeben und die Arbeit auch.« Dorado ging hinter die Theke und begann, Bier zu zapfen.

»Ehrlich gesagt hatte ich nicht vor wiederzukommen. Das Zimmer ist viel zu klein, das Essen zu wenig und du«, Cephei zuckte mit den Schultern, »na, wir wissen ja alle, wie du bist.«

»Pass bloß auf!«, drohte ihm Dorado mit erhobener Hand, und einige Gäste hoben die Köpfe. »Wo hast du dich nur rumgetrieben? Bestimmt hast du die ganze Zeit nur Unsinn gemacht.«

»Ich habe den Königsschlüssel zurückgebracht. Es war ein Abenteuer.«

Der Wirt lachte lauthals auf, und einige Männer stimmten in das Gelächter ein. »So siehst du aus, Junge.«

Wieder zuckte Cephei mit den Schultern und lächelte. Sie würden schon noch erfahren, was passiert war, wenn der König wieder vor das Volk treten würde. Er betrachtete den neuen Jungen und spürte Mitleid mit ihm; das Leben bei Dorado war nicht angenehm. Dann sah er den Wirt an und klopfte kurz auf die Theke. »Ich mache mich vom Acker, Dorado. Glaube nicht, dass ich noch mal wiederkomme.«

»So was Undankbares wie du ist mir noch nie untergekommen. Ich zieh dich groß, gebe dir eine Unterkunft und Essen, die Möglichkeit zu arbeiten, und du dankst es mir, indem du abhaust. Wo wärst du denn ohne mich? Wahrscheinlich schon längst im Winter erfroren.«

Cephei besah sich Dorados Gesicht genau, sah die Falten, die vom Alter und der schweren Arbeit herrührten, auch den verkniffenen Zug um den Mund, der dort saß, weil Dorado nie lachte, und die großen Hände, die ihm manches Veilchen verpasst hatten. Dorados Blick war unnachgiebig und zeigte, dass er sich wohl nie ändern würde. Kein Wunder, dass es keiner bei ihm aushielt.

Dorado schlug ebenfalls mit der flachen Hand auf die Theke. »Ich weine so was wie dir sicher keine Träne nach«, sagte er noch, und Cephei nickte.

»Das wollte ich nur hören. Mach's gut.«

Mit diesen Worten drehte er sich um und wollte die Gaststube verlassen, als die Tür plötzlich aufging und eine Gruppe Männer hereinstolperte. Sie drängelten sich an Cephei vorbei, und er erkannte die vier Ritter, deren Aufgabe es eigentlich gewesen war, den Schlüssel zu finden.

Ihre Gesichter waren vom vielen Wein und reichlichen Essen aufgedunsen, genau wie ihre Bäuche. Sie lärmten und lachten und steuerten auf einen Tisch zu. Cephei sah ihnen nach und konnte beim besten Willen nicht mehr verstehen, was ihn früher so an ihnen beeindruckt hatte. Wie hätten sie wohl reagiert, wenn sie Serpem begegnet wären oder in das Loch zu Apus gefallen wären? Ob einer für den anderen dageblieben wäre, so wie Vela für ihn?

Noch einmal maß er den Raum mit seinem Blick, trotz allem trennte er sich nicht leicht von diesem Ort, aber bleiben wollte er auch nicht. Nach einem kurzen Seufzer ging er hinaus und schloss die Tür hinter sich.

Draußen schien die Sonne. Ein leichter Wind wehte, und Cephei steuerte auf einen Steinhaufen auf der anderen Straßenseite zu. Dort setzte er sich, schloss die Augen und ließ sich die Sonne ins Gesicht scheinen. Für eine Weile dachte er an gar nichts, lauschte nur den Vögeln.

Erst als sich ein Gewicht auf seinem Knie niederließ, öffnete er die Augen. Der Erdwühler pickte an seiner Hose. »Na, hallo. Wo kommst du denn auf einmal her?«

Beim Klang seiner Stimme sah ihn der Vogel kurz an und pickte dann weiter.

»Ein schöner Freund bist du. Lässt mich die ganze Reise alleine machen, und jetzt kommst du wieder an.« Aber er war nicht wirklich wütend, wenigstens einer freute sich, dass er zurück war. Er schloss die Augen wieder und lächelte. »Vielleicht erzähle ich dir irgendwann die ganze Geschichte. Aber jetzt bleibe ich einfach noch ein bisschen in der Sonne liegen.«

Wie zur Antwort hopste der Vogel vom Knie auf den Bauch und begann dort erneut mit der Pickerei.

Als sich die Sonne das nächste Mal verfinsterte und er die Augen aufschlug, sah er direkt in Velas Gesicht.

»Es ist erst Mittag, und du liegst schon faul rum«, sagte sie lachend.

»Wie soll ich das machen, wenn du mir in der Sonne stehst?«, erwiderte er und setzte sich auf.

Sie sah glücklich aus, das Lächeln schien an ihrem Gesicht festzukleben, und selbst die Fransen ihres kurzen Muthhaars schienen sie nicht zu stören.

»Hast du deinen Vater aus dem Kerker holen können?«

»Die Wache wollte mich zuerst wieder wegschicken, obwohl ich doch das Schreiben des Königs bei mir hatte. Der Kerl hat behauptet, ich würde lügen, weil ja jeder weiß, dass der König keine Befehle aufsetzen kann.« Sie lachte. »Der hat vielleicht geglotzt, als ich ihm gesagt habe, dass der König wieder aufgewacht ist. So groß sind seine Augen geworden.« Ihre Hände formten Kreise wie Teller.

»Dann geht es ihm gut? Deinem Vater, meine ich.«

»Die lange Zeit im Kerker hat ihm nicht gutgetan. Er ist dünn und hat einen furchtbaren Husten. Er sieht viel älter aus, als ich ihn in Erinnerung hatte.« Ihr Lächeln wurde schmaler, ging aber nicht ganz verloren. »Aber Mutter ist bei ihm. Sie kocht ihm Suppe und Tee, und in ein paar Tagen wird er ihren Kuchen verschlingen, der ist nämlich zum Umfallen gut.« Sie seufzte: »Wenigstens kann sie nicht mit mir streiten, während sie sich um ihn kümmert.«

Vela verzog das Gesicht, und Cephei lachte. Er konnte sich vorstellen, was für ein Donnerwetter das gegeben hatte.

Sie zuckte mit den Schultern. »Mutter wird sich schon wieder beruhigen. Wenn sie erst mal mit dem Weinen aufgehört hat. Ich glaube, am meisten entsetzt sie, dass meine Haare kurz sind.« Sie grinste, aber ein kurzer Schatten huschte über ihr Gesicht. »Vorhin hätte sie mich fast nicht gehen lassen. Sie denkt, ich renne gleich wieder davon. Dabei bin ich doch nicht zum Spaß gegangen.«

Er erinnerte sich an die Nacktkühe, die ständig davongerannt waren, und an die Nächte am Lagerfeuer unter dem Sternenhimmel – und dachte, dass es manchmal doch auch Spaß gemacht hatte. So im Nachhinein, wo alles gut überstanden war.

Vela nahm neben ihm Platz und zog die Knie an. »Warst du schon drin?«, fragte sie und deutete auf das Gasthaus.

»Mhm.«

»Und?«

»Ich bin wieder draußen, oder?«

Einen Moment lang schwiegen sie, und Vela strich dem Erdwühler über den Kopf, der sie neugierig betrachtete, dann fragte sie: »Was wirst du jetzt machen?«

»Weiß noch nicht genau. Arbeit suchen. Irgendwer in der Stadt wird einen kräftigen Burschen wie mich schon brauchen. Und vielleicht verhilft mir der König ja zu einem Posten im Schloss. Ich könnte in der Küche helfen. Immerhin schuldet er mir ja was, da kann man doch mal anfragen.«Vela nickte und sah ihn eindringlich von der Seite an, bis er sich zu ihr umdrehte.

»Du könntest auch … du könntest mit mir kommen.«

»Wohin?«

»In mein Dorf.«

Er war sprachlos. Das hatte er nicht erwartet. »Ich dachte, du willst in der Stadt bleiben und eine Lehre machen?«

»Will ich auch, aber vorher muss ich zurück ins Dorf. Außerdem fehlen sie mir auch«, fuhr Vela fort. »Mutter, Großvater und die Schmiede. Vielleicht geh ich heim und probiere das mit dem Turm einfach mal aus. Wenn es mir nicht gefällt, kann ich immer noch zurückkommen und eine Lehre machen. Oder vielleicht mach ich auch beides, ich glaube nicht, dass ich mich jetzt schon entscheiden muss.«

Cephei dachte darüber nach, er hatte sich an Vela gewöhnt, es würde merkwürdig sein, sie nicht mehr jeden Tag zu sehen und mit ihr zu reden. Mit ihr zu streiten. Selbst daran hatte er sich irgendwie gewöhnt. Aber in einem Dorf leben? Das konnte er sich nicht vorstellen, er mochte die Stadt, das Leben darin, die Aufregung in den Straßen, selbst die dunklen Gassen mit den streunenden Katzen. Hier standen seine Möglichkeiten besser, immerhin war hier der König, der ihm vielleicht half.

»Ich glaub nicht, dass ich mitkomme. Ich muss mich hier erst noch ein bisschen rumtreiben, da hat Dorado wohl recht.« Er grinste, und sie lächelte, sah aber trotzdem ein bisschen traurig aus. »Ich komm dich besuchen«, schob er deshalb nach. »Ganz bestimmt. Wenn ich Geld habe für die Fahrt, dann komm ich. Und wenn nicht, dann lauf ich eben. Bin ich doch gewohnt.«

Es schien sie aufzuheitern, denn ihr Lächeln wurde breiter, und sie zog etwas aus ihrer Hosentasche. Sie ergriff seine Hand und legte es hinein. Als sie ihn losgelassen hatte und er hinuntersah, erkannte er, dass es ein kleiner goldener Schlüssel an einem Lederband war.

»Du kannst ihn umhängen, dann vergisst du mich wenigstens nicht«, sagte sie.

Er bekam einen Kloß im Hals und ließ den Kopf sinken, musste ein paarmal schlucken, bevor er »Danke« sagen konnte. Fest schloss sich seine Hand darum. Als ob er ihre gemeinsame Reise je vergessen könnte.

Da sprang sie schon wieder auf. »Ich muss jetzt los, ich will mich noch ein bisschen um Vater kümmern. Ich werde heute Abend mit ihm reden, du weißt schon, über den Mechanischen König und über das, worüber wir gesprochen haben. Ich bin gespannt, was er dazu sagt. Morgen werde ich dann wohl schon fahren. Er besteht darauf.« Sie rollte mit den Augen, und Cephei stand ebenfalls auf.

»Du könntest ihn anschwindeln. Hast du doch schon mal«, sagte er und grinste, weil er es nicht wirklich ernst meinte. Sie wollte ja nach Hause.

Vela antwortete nicht, griff nur mit den Fingerspitzen nach einem seiner Hemdknöpfe. »Wir sehen uns wieder, oder?« Ihre Stimme klang auf einmal zittrig.

»Klar«, antwortete er und nahm sie dann fest in den Arm. Es war ihm egal, wer sie sah, es tat einfach gut, und Vela drückte fest zurück.

Es dauerte lange, bis sie sich voneinander lösten, dann traten sie einen Schritt auseinander, und Vela zupfte an den kurzen Strähnen ihres Haares. Ihre Nase war ein bisschen rot.

»Weißt du, was ich festgestellt habe auf der Reise? Es ist komisch, meine Mutter sagt immer, ich hätte Wind in den Adern statt Blut. Ich hab nie so richtig begriffen, was sie damit meint. Aber ich habe festgestellt, dass der Wind überall weht. Ich hab immer gedacht, er wäre im Norden zu Hause, aber auf der anderen Seite des Flusses war er auch.«

Cephei verstand nicht, was sie damit sagen wollte, vielleicht wusste sie es selbst nicht so genau. Aber es schien ihr wichtig zu sein.

»Ich habe auch etwas festgestellt.«

»Was denn?«

»Erinnerst du dich noch an das, was Urs über das Zuhause gesagt hat? Dass man es nicht loswird und so?«

Sie nickte.

»Ich glaube, damit hatte er Recht, aber er hat nie erwähnt, dass das Zuhause nicht immer nur ein Ort ist.« Er sah sie an, versuchte sich ihr Gesicht einzuprägen, die Wärme ihrer Hand, als sie ihn am Ohrläppchen zog und dabei seine Wange streifte.

»Pass auf dich auf«, sagte sie noch, lächelte und drehte sich dann um.

Lange sah er ihr nach, hob die Hand, wenn sie sich umdrehte und winkte, bis er sie nicht mehr erkennen konnte und sie durch das Stadttor verschwand. Der Erdwühler flog ihm auf die Schulter und pickte ihn ebenfalls am Ohrläppchen. »Lass das. Was habt ihr nur alle mit meinen Ohren?«

Cephei steckte die Hände in die Hosentaschen und schlenderte auf die Stadt zu. Er hatte es nicht eilig. Er könnte zuerst mal bei der Schusterstochter vorbeischauen, die hatte ihn bestimmt vermisst. Vielleicht gab sie ihm was zu essen, und er konnte ihr von seinen Abenteuern erzählen. Dort gab es sicher auch ein Lager für die Nacht. Und wenn nicht, konnte er immer noch in der Scheune hinter der Weberhütte schlafen. Er würde auf Urs warten, der bestimmt bald in der Stadt auftauchen würde. Das gäbe ein Wiedersehen! Vielleicht machten sie sich ja gemeinsam zu neuen Abenteuern auf.

Morgen würde er dann zum Schloss gehen.

Während er auf das Stadttor zuging, durch das auch Vela verschwunden war, wurden ihm die vielen Möglichkeiten bewusst, die ihm nun offen standen, und ihm wurde ein bisschen schummrig. Leicht würde es nicht werden, aber er war bis ans südliche Ende des Reiches gelaufen, da würde er das hier schon irgendwie schaffen.

Er betrat die Stadt und hörte in der Ferne die ersten Rufe: »Der Schlüssel ist zurück, der Schlüssel ist zurück. Der König ist erwacht!«

DANKSAGUNG

Genau wie Vela und Cephei sind auch wir beim Schreiben dieses Romans auf eine Reise gegangen. Begleitet und unterstützt wurden wir von folgenden Personen, denen wir an dieser Stelle danken möchten:

unseren Familien – Maria, Jens und Alex für kritische Anmerkungen und Unterstützung in allen Lebenslagen; dasselbe gilt auch für Sylvia und Peter (der genügend Können und Phantasie besitzt, um Königsmechaniker zu werden, sollte er je nach Marinth kommen);

Sandra (G.), Solveig, Jana, Nicki, Grobi und Andreas – den Testlesern der ersten und zweiten Stunde für Anmerkungen und Rat;

Franzi und Sandra (P.) für ganz altmodischen freundschaftlichen Beistand;

BEN für die skurrilen, wundervollen Illustrationen;

dem Team von Heyne für ihr Vertrauen in den Königsschlüssel und besonders unserer Lektorin Catherine, die uns nicht zum ersten Mal auf einer Reise begleitet hat und immer noch willens ist, es wieder zu tun – erstaunlicherweise.

Boris Koch, Jahrgang 1973, wuchs auf dem Land südlich von Augsburg auf, studierte Alte Geschichte und Neuere Deutsche Literatur in München und lebt heute als freier Autor in Berlin. Er ist Mitveranstalter der phantastischen Lesereihe *Das StirnhirnhinterZimmer* und Redakteur des Magazins *Mephisto*. Zu seinen Buchveröffentlichungen gehören der All-Age-Fantasyroman *Der Drachenflüsterer* und der mit dem Hansjörg-Martin-Preis ausgezeichnete Jugendkrimi *Feuer im Blut*, demnächst erscheint der in Berlin angesiedelte Vampirroman *Gebissen*.
Mehr zu Autor und Werk unter: www.boriskoch.de

Kathleen Weise, geboren 1978 in Leipzig, absolvierte ein Studium am Deutschen Literaturinstitut Leipzig mit den Schwerpunkten Prosa und Dramatik/Neue Medien. Sie lebt und arbeitet als freie Autorin und Lektorin in Leipzig und war außerdem viele Jahre ehrenamtlich für das Literaturbüro Leipzig e.V. tätig, wo sie Textwerkstätten, Schullesungen und Workshops organisierte und durchführte. Veröffentlicht sind neben Beiträgen in Anthologien auch die Jugendkrimis *Langer Schatten* und *Code S2*.
Mehr zu Autorin und Werk unter: www.kathleenweise.de

›Leseprobe

Wollen Sie mehr von
Boris Koch lesen?

Ben war elf Jahre alt und erkältet, als er den Ordensritter auf dem befreiten Drachen durch Trollfurt reiten sah. Milde Herbstwinde wehten von den schneebedeckten Berggipfeln herunter, und die ersten bunten Blätter sammelten sich raschelnd im Rinnstein der grauen Hauptstraße.

Der Drache hatte kohlschwarze Schuppen und war bestimmt zehn Schritt lang, sein mit kantigen Hornsplittern übersäter Schwanz schrabbte zwischen den verdreckten Fahrrinnen über das Pflaster. Die Schulterknubbel hinter seinem kräftigen Hals waren frisch vernarbt; hier hatten ihn bis vor kurzem Samoths fluchbeladene Flügel versklavt, nun war er flügellos und frei. Freundlich blickten die großen hellgrünen Augen über die lange Schnauze in die Welt, zugleich strahlte sein majestätischer Körper Stärke und Macht aus.

Voller Ehrfurcht und atemlosem Staunen lief Ben mit einer ganzen Horde Jungen neben dem Fremden her.

Hinter ihnen ritt eine schöne junge Frau mit golden schillerndem Kopfschmuck auf einem schwarzen Pferd und führte einen mit allerlei Gepäck beladenen Schimmel am Zügel, doch Ben beachtete sie nicht. Er hatte nur Augen für den Drachen und seinen Ritter.

Dieser trug keinen Helm, die langen dunklen Haare wehten im Wind, und das erschöpfte, kantige Gesicht war unrasiert. Sein Kettenhemd aus wertvollem, gedämpftem Blausilber schimmerte selbst an diesem bewölkten Tag hell und klar, auch wenn es nicht von selbst leuchtete wie reines Blausilber, das im tiefen

Fels ruhte. Kein Rost, kein Schmutz, kein Schatten konnte den Glanz von Blausilber trüben. Die rote, ärmellose Tunika mit dem stilisierten gelben Drachenkopf, dem Symbol des Ordens, war von Reise und Kämpfen verdreckt, doch der Ritter lächelte und winkte den Kindern zu, und Ben war sicher, dass er gerade ihn besonders lange angesehen hatte.

Deshalb nahm Ben all seinen Mut zusammen und näherte sich dem Drachen im Lauf, berührte die schwarzen Schuppen, die sich ganz kühl und rauer anfühlten, als er gedacht hatte, nicht so glatt wie ein perfekter Flussstein oder gar ein Fingernagel. Fast wie die Hornhaut auf seiner Fußsohle, nur noch härter und unverletzbar. Die Berührung kribbelte, so aufgeregt war Ben, und er zog die Hand schnell wieder zurück. Dabei musste er niesen.

Die anderen Jungen hatten es gesehen und drängten ihn nun ab, um ihrerseits den Drachen zu berühren. Sie schoben ihn einfach zur Seite wie immer, wenn er ihnen im Weg war.

»Vorsicht, Kinder«, brummte der Ritter, als das Gedränge um ihn zu eng wurde. »Nicht, dass einer unter Nachthimmels Füße stürzt.«

Nachthimmel. Lautlos wiederholte Ben den Namen des Drachen, flüsterte ihn sich vor, während er von den zurückweichenden Jungen noch weiter abgedrängt wurde und sich ein trockener Husten seiner Kehle entrang. Neugierige Mädchen wurden von ihren besorgten Eltern zurückgehalten, welche ebenfalls auf die Straße geeilt waren, um den Ritter zu betrachten und ihm Grußworte zuzurufen, die er freundlich erwiderte. Viel zu lange war kein Mann des Ordens mehr hier gewesen.

Auf dem Marktplatz bog der Ritter in die alte Handelsstraße ein, die den rauschenden Dherrn hinabführte, hinaus aus der Stadt, vorbei an Weiden und Feldern und dann durch den Wald ins Landesinnere. Ohne anzuhalten, nicht einmal, um die Tiere zu tränken, verließ er die Stadt, noch immer lächelnd und grüßend. Die Erwachsenen tuschelten und schimpften, weil er nicht einmal auf ein Bier geblieben war, um Geschichten aus der Ferne zu erzählen. Mit verbitterten Gesichtern murmelten sie, dass der Orden der Drachenritter Trollfurt vergessen habe.

»Schlimme Zeiten brechen an«, brabbelte der weißhaarige Konaan, der nur noch einen einzigen Zahn im Mund hatte und jeden Herbst das Ende der Stadt kommen sah, an gewitterdunklen, stürmischen Abenden gar das Ende der Welt.

Doch Ben war dies alles egal. Er hatte einen Drachen gesehen!

Lachend lief er nach Hause, stürmte in das kleine Haus am linken Flussufer, in dem er mit seiner Mutter lebte, und rief: »Mama! Ich will Drachenritter werden! Ich …«

»Wo warst du?«, unterbrach sie ihn scharf. »Du bist krank.« Eine Strähne war dem ausgeblichenen Haarband entkommen und hing ihr ins ausgemergelte Gesicht mit den blassen, schmalen Lippen. Eine dünne Schicht Mehl bedeckte ihre bloßen Arme, und auch auf dem abgetragenen, ehemals nachtblauen Rock waren Flecken aus staubigem Weiß zu erkennen. Mit den Händen stützte sie sich auf der Tischplatte ab, bis eben hatte sie sauren Apfelkernbrotteig geknetet. Ihre trüben Augen glänzten.

»Auf der Straße, da war ein riesiger schwarzer Drache mit einem Ritter und … Ich will Drachenritter werden, weil …«

»Du wirst nie ein Drachenritter«, unterbrach sie ihn erneut und kam auf ihn zu. »Dein Vater war ein nichtsnutziger Rumtreiber, und du bist ein nichtsnutziger Rumtreiber!«, schrie sie plötzlich, und dann verpasste sie ihm einen Schlag auf den Hinterkopf.

Ben wurde von dem Schlag völlig überrascht. Doch dann roch er ihren säuerlichen Atem und sah den leeren Weinkrug auf dem Tisch stehen. Den zweiten Schlag sah er kommen, aber er wagte nicht, auszuweichen, das würde alles nur schlimmer machen.

»Der hohe Herr wird also ein Drachenritter! Dass ich nicht lache«, keifte seine Mutter noch einmal und stierte ihn an. »Schlimmer als der Vater, der Balg ist schlimmer als der Vater.«

Das wusste er nicht, denn an seinen Vater konnte er sich nicht erinnern. Mit einem Fußtritt schickte sie ihn ins Bett und wäre dabei beinahe gestolpert. Wenn sie zu viel getrunken hatte, nannte sie ihn immer das Balg und behandelte ihn wie einen Hund. Und sie trank oft, deshalb war er gern und viel auf den Straßen Trollfurts unterwegs.

Gehorsam und still ging Ben in das angrenzende Zimmer und rollte sich auf dem Strohsack zusammen, obwohl es draußen noch hell war. Er hustete, starrte aus dem Fenster und lauschte angespannt auf die Geräusche aus der Küche, wo seine Mutter weiter den Teig knetete und vor sich hinfluchte.

Egal, was sie auch sagte, er würde doch ein Drachenritter werden. Er würde eine Klinge aus Blausilber und eine Rüstung tragen, und er würde zahlreiche Drachen von Samoths Fluch befreien. Eines Tages würde er auf einem Drachenrücken sitzen, das schwor er sich. Und dann würde sie Augen machen.

Erst lange nach Sonnenuntergang schlief er ein, und er träumte davon, wie er auf einem großen, schwarzen Drachen durch ferne, schöne Länder ritt.